Windflüsterin

Buch 1
Verzauberte Horizonte

Anna Lowe

Inhaltsverzeichnis

Kapitel 1

ERIN

„Beeil dich, Erin!", brüllte Pippa.

Meine Schwester stand drüben auf der Veranda des Haupthauses, aber sie hatte die Lunge einer Opernsängerin, wie ihr Vater zu sagen pflegte. Das und wir drei Schwestern – Pippa, Abby und ich – waren schon immer auf eine Weise aufeinander eingestimmt, die die Gesetze der Physik nicht erklären konnten.

„Ich komme", murmelte ich, rührte mich jedoch nicht. Der Sonnenuntergang war zu spektakulär, um ihn zu verpassen.

Nun, jeder Sonnenuntergang in Sedona war ein Wunderwerk von Farben und Licht, aber dieser hier war besonders eindrucksvoll. Streifen in orange, rosa und gelb durchzogen den Himmel und brachten die felsige, rote Landschaft zum Glühen.

Ich schloss die Augen, atmete tief und bewusst ein und genoss die friedliche Ruhe. Ein Trick, den mir mein Vater schon in jungen Jahren beigebracht hatte, als es überdeutlich wurde, dass ich seine unbeschwerte Art nicht geerbt hatte.

Reine Willenssache, sagte er gern. Das, und: *Der Weg ist das Ziel.*

Aber ein Kerl, der mit seiner Motorradgang – ähm, Club – den Westen unsicher machte, hatte leicht reden.

Die ersten Sterne funkelten genau wie die Augen meines Vaters und sagten mir: *Eins nach dem anderen. Du wirst deine Träume verwirklichen... irgendwann.*

Mein Magen knurrte und deutete an, dass das Abendessen ganz oben auf meiner Liste stehen sollte. Trotzdem stand ich da und schloss meine Arme gegen die Kälte um mich. Die Sterne schienen so hell und klar auf unserer Ranch, die kilometerweit entfernt von der nächsten asphaltierten Straße war.

Roscoe, unser gescheckter Australian Shepherd lehnte sich gegen meine Beine und suchte die Wüste nach einem Hasen ab, den er jagen konnte. Bisher sah er jedoch nichts und nur die trockene Winterbrise ließ das Gestrüpp flüstern und wogen. Ein einsamer Zaunkönig trällerte eine fröhliche Melodie, während im Hintergrund ein Chor von Grillen zirpte.

So friedlich alles auch war, ein Gefühl der Unruhe kribbelte in meiner Seele. Fast so, als lauerte Ärger hinter der nächsten Ecke und als könnte das Chaos gleich ausbrechen.

Roscoe schien sich keine Sorgen zu machen. Sollte ich es?

Ich schnupperte noch einmal an der Luft und drehte mich zum Fuß der Klippe um, meinem Lieblingsaussichtspunkt für den Sonnenuntergang. Die felsige, rote Oberfläche strahlte mit der Sonne in einem Schönheitswettbewerb um die Wette, der nur in einem Unentschieden enden konnte. An einer Stelle der Klippe – gerade dort, wo zur Sonnenwende das Licht einfiel – befanden sich zahlreiche Felsmalereien, die von urzeitlichen Künstlern eingeritzt worden waren.

Manche der Felsgravuren waren rätselhafte Schnörkel. Manche stellten Hirsche dar. Einige ähnelten Schildkröten und dann gab es noch einen Tausendfüßler, der bis in alle Ewigkeit über denselben Zentimeter des Felsens kroch. Pippa behauptete immer, einen Penis zu sehen, aber ich sah ihn nicht. Nur Vierecke, Strichmännchen und Lichtblitze. Es war ein Durcheinander, aber ein Symbol stach für mich hervor – das in der Mitte, genau auf der Höhe meines Herzens.

Es war eine Spirale, oder besser gesagt, eine sich drehende Galaxie mit zwei losen Enden, die in einem engen Muster ineinandergeschlungen waren.

Die, die man nicht berühren sollte.

Tatsächlich sollte man *keine* der Felsgravuren anfassen, aber diese ganz besonders nicht.

Also habe ich es als Kind natürlich getan.

Einmal berührt, ein einziges Mal. Niemals wieder.

Ich zitterte, als die Elektrizität in meinen Armen kribbelte. Oder war es nur die Erinnerung daran?

Roscoe legte die Ohren an, als ich meine Hand zwischen die letzten Sonnenstrahlen und die Spirale hob. Ich spürte nichts… nichts…

Dann, *wumm!* Von einer unsichtbaren Kraft getroffen, riss ich die Hand zurück. Ich zog sie weg und starrte auf die Klippe.

Roscoe wimmerte und wich zurück.

Ich wackelte mit den Fingern und versuchte es erneut.

Wusch! Der unsichtbare Strahl schleuderte meine Hand zurück.

Roscoe knurrte und pirschte nervös auf und ab.

„Komm schon, Erin!", rief Pippa in der Ferne. „Zeit, zu gehen!"

Eine Autotür wurde zugeschlagen und ein Motor heulte in einem nicht ganz so subtilen Wink auf.

„Roscoe! Zeit, einzusteigen." Pippa pfiff.

Er wimmerte noch einmal, dann schoss er los.

„Erin! Komm schon!", rief meine Schwester.

Ich starrte die Spirale noch eine Minute lang an, dann trat ich zur Seite.

„Ich komme", murmelte ich und meine Füße knirschten über dem frostigen Boden auf dem Weg zum Haus.

∞∞∞∞

„Ein Bitterroot IPA, ein Mile High Lite und einen Eistee." Der Kellner zwinkerte und brachte Getränke und Nachos. „Sagt Bescheid, wenn ihr sonst noch etwas braucht, meine Damen."

Pippa hob ihr Glas zu ihm und flirtete zurück. „Das werden wir." Dann schaute sie sich in der Bar um und murmelte: „Nun, das ist nicht gerade ermutigend."

Ihr Seufzer der Enttäuschung deutete auf schlechte Nachrichten hin. Ich schaute mich um, schloss die Augen und erinnerte mich daran, die Perspektive zu behalten. Solange es bei *schlecht* nicht um Vampire, Dämonen oder einen Überraschungsbesuch meiner Mutter ging, konnte ich damit klarkommen.

„Was?“, fragte Abby.

„Kein einziger halbwegs attraktiver Kerl hier, mit dem man heute Abend tanzen könnte“, beklagte Pippa.

Ich schnaubte. Keine Priorität. Und außerdem gönnten wir uns diesen Abend aus einem ganz anderen Grund.

Ich hob mein Glas. „Also dann. Zeit für einen Toast. Alles Gute zum Geburtstag, Mom.“

„Wo auch immer du bist.“ Abby, meine jüngere Schwester, seufzte.

Pippa kicherte, als sich unsere Gläser berührten. „Was glaubt ihr, was sie jetzt gerade macht?“

Ich zog es vor, nicht zu spekulieren, aber Pippa liebte es, ihrer Fantasie freien Lauf zu lassen.

„Ich wette, sie feiert in einer schicken Ferienwohnung in Tahoe.“

„Mit Blick auf die Pisten“, fügte ich hinzu.

„Und einem Glas Wein, das mehr kostet als unsere drei Getränke zusammen“, warf Abby ein.

„In einem Whirlpool“, fügte Pippa lachend hinzu.

„Mit einem Mann“, seufzte ich.

Pippa stieß herzhaft an. Abby und ich weniger.

„Super, Mom“, jubelte Pippa, stürzte sich das Getränk hinunter und löffelte eine große Portion Guacamole auf einen Nacho.

Ich nahm mir mit viel weniger Begeisterung eine kleinere Portion und seufzte dann.

„Was stimmt mit ihr nicht?“, fragte Pippa Abby, als wäre ich nicht da.

Abby zuckte mit den Schultern und schaute mich an. „Lass mich raten. Du hast die Stunde, die du brauchst, immer noch nicht.“

Ich biss die Zähne zusammen und schüttelte stumm den Kopf.

„Ein lausiger Flug“, bemitleidete Abby mich. „Eine kleine Stunde. Das ist alles, was sie braucht.“

Pippa hielt mit dem nächsten Nacho auf halbem Weg zum Mund inne. „Du hast die letzte Stunde immer noch nicht?“

„Jetzt mach es nicht noch schlimmer“, zischte Abby.

Ich starrte stumm in mein Glas.

„Ich mache es nicht schlimmer", beharrte Pippa. „Ich verstehe es nur einfach nicht. Du hast deinen Pilotenschein schon vor Ewigkeiten gemacht und bist seitdem oft Ballons geflogen."

„Es geht nicht um den Pilotenschein", erklärte Abby. „Es ist die Versicherungsgesellschaft. Die versichern Berufspiloten erst ab zweihundertfünfzig Stunden Flugzeit."

Ich schaute sie überrascht an. Wenn ich mit Abby sprach, hatte ich stets das Gefühl, dass sie nicht zuhörte... ähnlich wie unsere Mutter. Aber wow. Sie hatte tatsächlich aufgepasst.

„Nun, das ist doch scheiße", erklärte Pippa. „Ich meine, mal ernsthaft. Eine Stunde. Könnte dein Chef nicht einfach aufrunden und dein Logbuch abzeichnen?"

Ich warf ihr einen strengen Blick zu, aber Pippa ließ sich nicht beirren. „Ernsthaft. Wir sollten ihn auf der Stelle finden und ihn zur Vernunft bringen." Sie begann, aufzustehen.

„Wir haben Burger bestellt, schon vergessen?", verwies Abby.

Pippa ließ sich wieder fallen. „Genau. Dann eben nach den Burgern."

Die gute, alte Pippa, die sich stets für eine gute Sache aufregen konnte – und sich dann von etwas anderem ablenken ließ.

„Und wenn das nicht klappt, könnten wir deinen Vater dazu bringen, ihn zu überzeugen." Sie schlug eine Hand in die andere und deutete damit an, wie diese *Überzeugungsarbeit* aussehen könnte.

Ich schüttelte den Kopf. „Ähm, nein. Mein Boss hat recht, sich an die Vorschriften zu halten. Aber Danke für den Vorschlag." Ich trank einen Schluck Bier und fügte dann lahm hinzu: „Außerdem ist mein Vater vier Bundesstaaten weit weg."

Meine Schwestern brachen in Gelächter aus und Pippa stieß Abbys Arm an. „Wir könnten *deinen* Dad anrufen. Er ist genauso knallhart wie Erins."

Abby runzelte die Stirn. „Wir brauchen ihn nicht."

Ihr Tonfall klang wie der letzte Sargnagel, um ihn für die Ewigkeit wegzuschließen.

Ich zuckte bei der Wortwahl zusammen. Wegzuschließen... ihr Vater war doch nicht wieder im Gefängnis, oder?

Bei Abby war es besser, nicht zu fragen.

„Könntest du einfach als zahlender Gast Ballon fahren?", sinnierte Pippa. „Würde das zählen?"

„Machst du Witze?", jaulte Abby. „Weißt du, wie viel diese Flüge kosten?"

Ich knabberte an einem weiteren Nacho und ergab mich meinem Schicksal. „Früher oder später bekomme ich diese Stunde."

Ich schaffte einen lässigen Tonfall, aber in Wahrheit wurde ich immer verzweifelter. Ich brauchte einen Flug, und das nicht nur aus Versicherungsgründen. Was der Ozean für die Segler und die Berge für die Bergsteiger waren, das war der Himmel für mich. Ich musste den Wind in meinem Haar, auf meiner Haut und in meiner Seele spüren. Überall um mich herum und auf eine Art und Weise, die nur in der Höhe möglich war.

„Das weiß ich." Pippa tätschelte meinen Arm, so wie sie Roscoe streichelte. „Oh! Unsere Burger!"

Ah, so wie Pippa zu sein, und stets bereit, alles Schlechte unter einen Teppich der guten Laune zu kehren.

„Bitte sehr, meine Damen." Der Kellner lächelte vor allem in Pippas Richtung. „Drei Burger."

Sie war die jüngste, süßeste und quirligste von uns dreien und als solche ein Männermagnet. Abby hingegen konnte einen Mann mit einem einzigen, durchdringenden Blick verjagen – mit Ausnahme der rauesten, härtesten Typen, die von den auf ihre Arme tätowierten Flammen wie Motten angezogen wurden.

Ich war die älteste Schwester. Die disziplinierteste. Die praktische – in der relativen Größenordnung einer Heißluftballonpilotin, einer Glaskünstlerin und einer Schmiedin/Teilzeitschweißerin.

Manchmal hatte ich das Gefühl, dass wir außer der Hälfte unserer Gene von unserer Mutter nichts gemeinsam hatten. Zu anderen Zeiten dachte ich, dass meine Schwestern mich besser kannten als ich mich selbst.

Pippa verschlang ihren doppelten Cheeseburger und beschmierte sich das Gesicht beim Essen mit Ketchup. Abby verdrückte ihren in schnellen entschlossenen Bissen. Früher hatte sie gegessen, als könnte jede Mahlzeit ihre letzte sein – ja, ein Teil ihrer Kindheit war so hart gewesen –, aber Abbys Essensstil hatte sich etwas entspannt, seit wir alle endgültig auf die Ranch gezogen waren. Ich selbst drehte meinen Teller hin und her und überlegte, wie ich den Burger am besten angehen würde. Dann breitete ich meine Serviette auf meinem Schoß aus und nahm meinen ersten Bissen.

Wir aßen schweigend und starrten anstelle des Footballspiels auf dem Großbildfernseher auf den offenen Kamin in unserer Ecke der Bar.

Die Kerze auf unserem Tisch tanzte und flackerte. Ich spürte, wie sich die Tür der Bar hinter mir öffnete und ein neuer Gast hereinkam. Pippas hellblaue Augen blitzten auf und sie quietschte.

„Oha. Tretet zur Seite, Jungs. Ich glaube, wir haben eine Zehn."

Eine Zehn war der Gemüseburger, den ich gerade genoss und auf den ich mich konzentrierte. Pippa lag immer auf der Lauer für eine mögliche Bekanntschaft. Abby und ich waren ein wenig zurückhaltender.

Aber die Kerze flackerte, ebenso wie das Feuer im Kamin und etwas in mir bebte auf dieselbe Weise.

„Oh la la, wo kommt denn dieser Typ her?", schwärmte Pippa.

Abby runzelte die Stirn und schaute zweimal hin. „Nicht schlecht – wenn man solche Frisuren mag."

„Ich, ich!", gluckste Pippa.

Ich konnte ihn mir schon vorstellen. Ein großer, gut gebauter Cowboy-Typ. Vielleicht ein großer, gut gebauter Holzfällertyp. Oder ein großer, gut gebauter Athlet...

Ja, es gab ein klares Muster, wenn es um Pippas Männergeschmack ging.

Ich war nicht überzeugt, aber ich drehte mich um, um einen Blick auf ihn zu werfen. Und, oh.

Oh.

Wow.

Ich meine, äh... nicht schlecht.

Der geheimnisvolle Mann stand an der Tür. Kräftiger Kiefer, starke Schultern – verdammt, alles an ihm war stark. Er überragte den Mann, der ihm am nächsten stand, um einiges. Sein braunes Haar kräuselte sich bis knapp unter die Ohren, eine Nuance dunkler als meins. Die bequeme, vliesgefütterte Jeansjacke hatte einen Riss am Ärmel. Der Kerl hätte perfekt in einen Bautrupp gepasst – die Art, die Diät-Cola-Werbung inspirierte.

Mit tief grünbraunen, unergründlichen Augen musterte er die Umgebung, bevor er in die Bar trat. Wer auch immer er war, der Kerl bewegte sich wie eine Katze. Oder besser noch, wie ein Auftragskiller.

Pippa wischte sich den Mund ab, warf ihre Serviette weg und stand auf. „Ich bin gleich wieder da, Mädels. Ich bin gleich wieder da."

„Das solltest du besser sein", warnte Abby. „Es ist alles schön und gut bis zum Morgen danach."

„Mit einem Kerl etwas zu trinken, bedeutet nicht, dass ich die Nacht mit ihm verbringe", protestierte Pippa und stolzierte davon.

Ich glaubte ihr. Pippa flirtete zwar gern, aber mir wäre nicht bewusst, dass sie seit der Trennung von der Liebe ihres Lebens tatsächlich mit jemandem herumgemacht hätte. Sie behauptete, sie sei über ihn hinweg, aber ich bezweifelte es.

Abby schaute ihr nach und runzelte die Stirn. „Machst du dir manchmal Sorgen, dass sie Mom zu ähnlich ist?"

Ich machte mir ständig Sorgen – und nicht nur deswegen. Auch die Finanzen der Ranch standen ganz oben auf meiner Liste. Unsere Großtante hatte uns die Ranch für einen Spottpreis verkauft, bevor sie selbst nach Palm Springs gezogen war, aber wir hatten wegen der Steuern, der Instandhaltungs- und laufenden Betriebskosten Mühe, das Haus in Schuss zu halten. Immer wieder klopften Bauunternehmer an unsere Tür, aber wir weigerten uns, zu verkaufen.

Abby und ich überlegten gerade, was wir tun sollten, als Pippa zurückkam und sich auf ihren Stuhl plumpsen ließ. „Hach."

„Kein Glück?", fragte ich.

Sie schüttelte fassungslos den Kopf.

Nun, das war eine Premiere.

Ebenso wie mein seltsames Gefühl der Erleichterung. Offenbar war Pippa nicht der Typ des geheimnisvollen Mannes. Also, wer war es dann?

Als ich zu ihm hinüberschaute, flackerte die Kerze wieder, genau wie dieses undefinierbare *Etwas* in mir.

Kapitel 2

NASH

Der Kellner knallte ein Glas auf den Tresen. „Ein Wasser. Bist du sicher, dass du keinen Whisky dazu willst?"

Ich schüttelte den Kopf. Wasser war in Ordnung. Im Gegensatz zu anderen Getränken war es einfach, zu wissen, wann man aufhören sollte.

Trotzdem stand er da und grinste mich an. „Du bist entweder verrückt, dumm oder schwul."

Ich neigte den Kopf und wartete auf die Pointe.

„Ein Mann muss eines von diesen drei Dingen sein, um eine so hübsche Frau wie Pippa abblitzen zu lassen." Er gluckste.

Ich zuckte mit den Schultern. *Ausgebrannt* – von der Arbeit, von Frauen, vom Leben – traf es wohl eher, aber sollte dieser Kerl doch denken, was er wollte.

„Oh, ich verstehe", fuhr er fort. „Schlimme Trennung und du bist noch nicht so weit."

Knapp daneben ist auch vorbei. Trotzdem hielt ich den Mund.

„Oder vielleicht ist ihre Schwester eher dein Typ." Er deutete auf eine der beiden Frauen, zu denen sich Pippa gesellt hatte. „Erin."

Ich warf einen kurzen Blick hinüber und biss die Zähne zusammen. „Ich möchte nur etwas trinken."

Meine Augen mussten aufgeblitzt haben, denn er hob die Hände und eilte davon.

Ich drehte mein Glas und verursachte nasse Kreise auf der Bar. An meinem ersten Abend in der Stadt in eine abgelegene

Bar zu gehen, war nicht mein Plan gewesen. Aber irgendetwas hatte mein Blut in Wallung gebracht und ich hatte dasselbe juckende Gefühl, das ich in letzter Zeit öfter spürte – das Gefühl, dass ich zu einer bestimmten Zeit an einem bestimmten Ort sein musste, auch wenn ich nicht wusste, warum.

Und, verdammt. Dieses Gefühl hatte mich nach Sedona geführt. Es hatte mich dazu gebracht, an einem Einkaufszentrum zu halten und in die Richtung eines Supermarktes zu gehen, gerade als ein älterer Mann ein Schild *Personal gesucht* aufstellte. Fünf Minuten später nahm er das Schild wieder ab und ich hatte einen Job – ab morgen – und ein Dach über dem Kopf.

Also dachte ich mir, dass ich diesem Gefühl noch einmal folgen sollte, und hier war ich nun.

Alte Gewohnheiten ließen sich nur schwer ablegen, also studierte ich den Ort, zählte die Eingänge und Ausgänge und ließ meinen Blick über die Menge schweifen. Alle waren Menschen – bis auf drei alte, mürrische Gestaltwandler, die auf der anderen Seite des Raums eine Runde Poker spielten. Zwei Wölfe und ein Puma, wenn meine Nase sich nicht irrte. Es dauerte eine Weile, bis sie mich bemerkten, und als sie es taten, bebten ihre Nasenflügel. Der eine schnaubte und sein Bart wurde dichter, aber die anderen beiden stießen ihn mit den Ellbogen an.

Ich hob mein Glas in einer subtilen Bewegung, die sagte: *Leben und leben lassen, richtig?* Schließlich hatte ich meinen früheren Job nicht mehr.

Sie hoben ihre Biere zu einem stummen Toast und widmeten sich wieder ihrem Kartenspiel.

Ich nippte an meinem Glas und war erleichtert, auf Gestaltwandler getroffen zu sein, die alt genug waren, sich nicht um einen Drachen zu scheren, der sich um seine eigenen Angelegenheiten kümmerte.

Ich prüfte den Rest der Menge und fand nichts weiter Bemerkenswertes – außer die drei Frauen am Kamin.

Entspann dich einfach und schau dir das Spiel an, befahl ich mir selbst.

Ich versuchte es, aber mein Blick fiel immer wieder auf den Spiegel unter dem Bildschirm – ein langer Spiegel, der sich über die gesamte Länge der Bar erstreckte und in dem sich all die ausgestellten Flaschen spiegelten – und dazwischen auch die Tische hinter mir. Viele, viele Tische, aber mein Blick landete jedes Mal auf Pippas. Nicht wegen Pippa, sondern wegen der Frau, die neben ihr saß.

Erin, flüsterte mein Drache, wenn es stimmte, was der Barkeeper gesagt hatte.

Eines dieser toughen, brünetten Cowgirl-Mädchen mit faszinierenden, mehrfarbig tiefen Augen und etwas, das ihr Sorgen bereitete. Ich bezweifelte, dass sie die Lösung dafür im Feuer finden würde, aber sie starrte weiter hinein.

Ich lenkte meinen Blick auf den Fernseher, aber er wanderte immer wieder zu ihr zurück und ich bemerkte winzige, unwichtige Details. Wie sie, tief in Gedanken versunken, ihren Burger mampfte. Wie sie sich die Lippen abtupfte, bevor sie nach ihrem Getränk griff. Ihr Blick schweifte durch das Lokal, dann hinüber zu. . .

Einen Sekundenbruchteil, bevor ihr Blick meinem im Spiegel begegnete, riss ich meine Augen zu meinem Glas hinunter.

Minuten später schaute ich wieder auf. Sie unterhielt sich angeregt mit der dritten Frau – die mit den Tätowierungen.

Das brachte mich zum Grübeln. Hatte Erin eine Tätowierung? Sie schien nicht der Typ dafür zu sein, es sei denn, sie verbarg sie.

Und zack – meine Fantasie ging bei diesem Gedanken mit mir durch. Ein vierblättriges Kleeblatt an ihrem Knöchel. Ein Delfin auf ihrem Kreuz. Ein Yin und Yang-Symbol um ihren Bauchnabel. . .

Ich schluckte und starrte zurück auf das Spiel. Wer spielte da gegen wen? Miami und. . . irgendein anderes Team.

Dann fluchte ich, als ich mich dabei ertappte, wie ich wieder diese Frau beäugte. Was hatte sie nur an sich?

Sie stand auf, um zur Toilette zu gehen. Als sie es tat, fiel mir ein Detail auf, und ich erstarrte.

Die Flamme der Kerze auf ihrem Tisch neigte sich, als sie sich bewegte, und folgte ihr. Sie kippte. . . und kippte. . . flackerte zur Seite, gab dann auf und schnappte wieder nach oben.

Das hätte alles Mögliche sein können, aber das Kerzenlicht auf dem nächsten Tisch neigte sich ebenfalls in ihre Richtung, als sie vorbeiging. Und das nächste und das nächste. So wie diese Wackelspielzeuge, die kippten und kippten und kippten. Als Erin im Flur verschwand, flackerten die Kerzen wieder normal.

Ich blinzelte in den Spiegel. Nur eine optische Täuschung?

Als sie zurückkam, drehte ich mich um, um es zu beobachten. Und *ding! Ding! Ding!* Wie eine Lichterkette in Las Vegas flackerte jede Kerze, als sie vorbeiging. Auch das Feuer im Steinkamin sprühte Funken.

Und es war nicht nur sie. Als Pippa hinüberging, um mit jemandem zu plaudern, folgte ihr ebenfalls jede Flamme im Raum.

Alles kaum wahrnehmbar, außer für jemanden, der darin geübt war, solche Zeichen zu erkennen.

Mein Mund wurde trocken, als ich über die Möglichkeiten nachdachte.

Pyromanen kamen mir in den Sinn, aber nein. Sie neigten dazu, heiße, pulsierende Energie auszustrahlen, die man schon aus einem Kilometer Entfernung spüren konnte.

Drachengestaltwandlerin, schlug meine animalische Seite hoffnungsvoll vor.

Wieder ein Nein. Erin hatte weder das nervöse Temperament noch den Duft.

Hexe war meine dritte Vermutung, aber sie schien sich ihrer Wirkung auf die Kerzen nicht bewusst zu sein.

Relikt, grummelte mein Drache schließlich.

Ich hielt inne und versuchte, es zu begreifen. Ein Relikt?

Vielleicht alle drei, wenn sie Schwestern sind, sagte mein Drache.

„Ich weiß, ich weiß." Der Typ neben mir gluckste. „Das Spiel ist wirklich schlimm."

Ich klappte meine Kinnlade zu. Es war nicht das Spiel, das mich verblüffte. Es war die Tatsache, ein Relikt an einem Ort wie diesem zu finden.

Andererseits hatte Sedona den Ruf, übernatürliche Wesen anzuziehen – Gestaltwandler, Vampire, Hexen und dergleichen. Das bedeutete, dass es auch Relikte anzog – Nachkommen von

Übernatürlichen, die im Laufe der Jahre mit genügend Menschen gekreuzt worden waren, um ihre Kräfte zu schwächen oder ganz auszulöschen.

Einige Relikte waren sich ihrer schwachen Kräfte bewusst und konnten sie nach Belieben manipulieren. Andere hatten keine Ahnung. Die meisten waren harmlose Partytrick-Typen. Menschen, die zum Beispiel wahnsinnig lange die Luft anhalten konnten, stammten oft von Meerjungfrauen ab. Menschen, deren Finger über Musikinstrumente flogen, um himmlische Melodien zu erzeugen, hatten in der Regel Magie in einem entfernten Zweig ihres Stammbaums. Auch die meisten Spitzensportler waren Relikte, die über außergewöhnliche Schnelligkeit, Kraft oder Beweglichkeit verfügten. Olympische Turner waren ein Paradebeispiel für verwässertes Gestaltwandlerblut – in der Regel von Großkatzen. Wer sonst konnte vier Rückwärtssalti auf einem nur wenige Zentimeter breiten Balken aneinanderreihen?

Nur ein winziger Teil aller Relikte verursachte Probleme – und dann kamen Typen wie ich ins Spiel. Kaum hatte ich das Militär verlassen, wurde ich von der für solche Dinge zuständigen Regierungsbehörde rekrutiert.

All die üblichen Protokolle gingen mir durch den Kopf – bis ich mich daran erinnerte, dass ich nicht länger in dieser Branche tätig war.

Ich starrte eine Weile in mein Glas und schaute dann wieder zu Erin. War sie wirklich ein Relikt?

Ich beschloss, mich stattdessen auf Pippa zu konzentrieren. Da sie die aufgeschlossenste der Schwestern war, würde sie eher Hinweise auf ihr verborgenes Wesen preisgeben als die beiden anderen. Erin war eher zurückhaltend, während die dritte Schwester weit *mehr* als nur zurückhaltend war. Sie schien eher wie der in einem Turm eingesperrte Typ, dessen Schlüssel weggeworfen worden war.

Also war es Pippa. Ich konzentrierte mich auf ihr Spiegelbild, das ich gerade noch zwischen einer Flasche Jim Beam und Jack Daniels sehen konnte...

Pippa, zischte ich meiner Drachenseite zu, als mein Blick wieder zu Erin wanderte.

Das Biest knurrte, dann hielt es inne und war plötzlich in Alarmbereitschaft.

Ein Motorrad bog in die Parkverbotszone vor der Bar. Dann noch eins... und noch eins. Sie alle heulten laut auf, so dass man sie nicht ignorieren konnte.

„Was zum...?" Ein Typ an der Bar stand auf, um nachzuschauen.

Die unteren zwei Drittel der Fensterfront waren mit schwarzer Folie beklebt, aber der obere Teil war durchsichtig. Mein Hocker war hoch genug, dass ich hinausschauen konnte, wenn ich aufrecht saß. Ich zählte mit, als ein fünftes und sechstes Motorrad in die Parkverbotszone vor der Bar rollte. Dann ein siebtes und ein achtes, und sie alle heulten auf, als würden sie gleich losdüsen, anstatt zum Stehen zu kommen.

Nach einem Dutzend hörte ich auf, zu zählen.

Sie machten weiter Lärm, bis der Anführer auf den Parkplatz bog und sein eigenes Gefährt gebührend aufheulen ließ. Als sie schließlich die Motoren abstellten, machten sie Witze und riefen sich gegenseitig zu.

„Seht euch das einmal an", murmelte jemand, obwohl es ohnehin schon alle taten. „Diese Jungs wissen, wie man Eindruck schindet."

Mein Drache schnaubte. *Die halten sich für so groß und böse.*

„Ärger?", murmelte jemand dem Barkeeper zu.

Mein ganzer Körper spannte sich an, weil ich mindestens einen Übernatürlichen unter ihnen spürte.

Mein Drache knurrte. *Ärger, ganz sicher.*

Kapitel 3

NASH

Der Barkeeper tat die Frage lachend ab.

„Ärger? Nee. Diese Typen würden keiner Fliege etwas zuleide tun."

Oberflächlich betrachtet, hatte er recht. Die Jüngsten der Bande waren Ende fünfzig. Der Rest war älter mit grauem Haar, das lang getragen wurde, um die kahlen Stellen zu kompensieren. Die meisten waren groß mit breiten Oberkörpern, und ein wenig eingerostet, als sie ihre Beine über die Motorräder schwangen.

Aber diese Typen machten mir keine Sorge. Es war der Anführer, auf den ich ein Auge geworfen hatte.

Der Oberboss schlenderte herein, als gehöre ihm der ganze Laden. Ein fitter, harter Kerl um die sechzig, ganz in Leder gekleidet und mit einem dichten, geschwungenen Schnurrbart, der den Hells Angels-Look abrundete. Er warf einen abschätzigen Blick in die Menge und strahlte dann, als er... Erin sah?

Ich musste zweimal hinsehen, denn sie sah wirklich nicht wie eine typische Bikerbraut aus.

Aber es war Erin und mein Drache wurde sofort in höchste Alarmbereitschaft versetzt.

Wenn dieser Typ es wagte, sie zu belästigen...

Aber dann schaute ich. Er zeigte nicht nur auf sie wie auf eine alte Schachtel, die er aufreißen wollte, sondern Erin sprang mit einem fröhlichen Quietschen auf. Als sie sich zwei Schritte von ihrem Tisch entfernt trafen, hob der große Kerl sie hoch, wirbelte sie herum und gab ihr einen Kuss.

Ekelhaft, grummelte mein Drache.

Zutiefst enttäuscht, schaute ich gerade noch rechtzeitig weg. Sie schien nicht der Typ zu sein, der sich mit einem doppelt so alten Motorradkerl einließ. Aber hey. Bei manchen Leuten konnte man nie wissen.

Trotzdem rumorte es in meinem Magen und ein eifersuchtsähnliches Gefühl pulsierte durch meine Adern.

„Hey, Baby", verkündete er.

Ich runzelte die Stirn. Baby? Sie war eine erwachsene Frau. Und doch himmelte sie den Kerl an – einer dieser grau melierten Typen, bei denen die Frauen ins Schwärmen kamen.

Alle Köpfe drehten sich zum Oberboss um und wurden zurückgerissen, als er sie warnend anfunkelte. Der Rest seiner Gang strömte herein und überflutete den Laden.

„Mike! Ted! Bones!" Erin und ihre Schwestern jubelten sie alle an.

Bones? Waren sie für solch dumme Spitznamen nicht schon etwas zu alt?

Ich drehte mich leicht und betrachtete die breiten Schultern des Anführers von hinten. Oder besser gesagt studierte ich den Raum um sie herum. Schimmerte er?

Ich beugte mich hierhin und dorthin, aber es war unmöglich, zu erkennen. Schließlich schlenderte ich in die Richtung der Toiletten, um ihn aus einem anderen Blickwinkel zu betrachten.

Mir stockte der Atem. Der Raum um seine Schultern schimmerte definitiv.

Ich schnupperte an der Luft. Der Mann hatte die gebieterische Präsenz eines Gestaltwandlers, aber nicht seinen Geruch. Andererseits hatte er auch nicht *keinen* Geruch, was eine *wirklich* schlechte Nachricht gewesen wäre. Die einzigen Wesen, die überhaupt keinen Geruch hatten – oder höchstens den schwächsten Gestank von Ammoniak – waren Vampire.

Er war also weder ein Gestaltwandler noch ein Vampir. Aber definitiv auch kein Mensch.

Hexenmeister, knurrte mein Drache.

Ich hustete, um das Geräusch zu überspielen.

Offensichtlich hatte Erin keine Ahnung, denn sie hatte sich dicht an ihn gekuschelt und kreischte bei seinen Witzen nur so.

Ich starrte sie mit einem durchdringenden Blick an, den sie unbedingt bemerken sollte. Als sie es schließlich tat, winkte ich sie so unauffällig wie möglich in Richtung Toilette. Was nicht allzu unauffällig war, denn sie blinzelte verwirrt. Dann wurde ihr Blick härter und sie schaute weg. Als wäre ich ein komischer Kauz und nicht einer von den Guten.

Ich drängte genug meines Drachen in meinen Blick – mächtig und eindringlich –, um sie dazu zu zwingen, wieder zu mir zu schauen.

Toilette. Jetzt. Ich hauchte die Worte und wies mit dem Finger auf den hinteren Gang.

Es war ein Wunder, dass ihr nicht der halbe Laden zurief: *Er will dich sofort bei den Toiletten treffen. Aber lass es den Biker, mit dem du zusammen bist, nicht bemerken!*

Erin runzelte die Stirn und erwog ihre Möglichkeiten.

Definitiv nicht komplett menschlich, entschied ich, denn der Durchschnittsmensch zögerte nicht, wenn ihm ein Drache befahl, sich zu bewegen.

Bitte, signalisierte ich. Vielleicht würde *höflich* funktionieren.

Der Oberboss begann, sich umzudrehen, und folgte ihrem Blick. Ich stürmte den Gang hinunter und wartete in der Hoffnung, sie würde mir folgen. Schwefel lag in der Luft, als mein Drache sich näher an die Oberfläche kämpfte.

Einen Moment später stürmte Erin um die Ecke und verschränkte die Arme vor der Brust.

„Was zum Teufel willst du?“

Ich wich einen Schritt zurück. Diese Frau hatte eine starke Ausstrahlung, wenn sie wütend war. Und verdammt, war sie wütend.

Nachdem ich mich vergewissert hatte, dass der Anführer uns nicht gefolgt war, drängte ich sie durch die nächstgelegene Tür und hielt sie hinter uns zu.

Sie riss die Hände in einer *Ich kann Ziegel zerschlagen*-Karate Pose in die Höhe. „Noch eine Bewegung und du wirst es bereuen."

Ich hob meine freie Hand. „Ich muss dich nur warnen."

Sie schnaufte. „Auf der Herrentoilette?"

Ich schaute mich um. Hoppla. Gut, dass niemand am Pissoir stand. Immerhin etwas.

Aber das war kein guter Start und der Anführer könnte jeden Moment hinter uns herkommen.

„Keine gute Wahl", gab ich zu und senkte dann meine Stimme. „Dieser Mann dort draußen. Der an deinem Tisch…"

Sie kniff die Augen zusammen.

„Der Bikertyp", fuhr ich fort.

Sie rollte mit den Augen. „Oh, *der* Mann an meinem Tisch."

Ich verzog das Gesicht. Okay, okay. Er war der *einzige* Mann an ihrem Tisch.

„Du musst dich von ihm fernhalten. Er bedeutet Ärger."

„Sagt der Mann, der mich in einer Toilette gefangen hält." Sie zog die Nase in Falten. „Gott, es stinkt hier drin. Können Männer nicht zielen?"

Es roch in der Tat, aber ich hatte nicht vor, mich von dieser Bemerkung ablenken zu lassen… oder vom Lavendelduft ihres Haars oder diesen leuchtend grünen Augen. Oder waren sie blau?

Wie dem auch sei, mir wurde ganz warm ums Herz und mein Drache summte verträumt vor sich hin. *Eins grün und eins blau.*

In meinem Kopf schrillten kleine Alarmglocken, aber darum könnte ich mich später kümmern. Im Moment musste ich sie vor einem Hexenmeister warnen, ohne dabei wie ein Verrückter zu klingen.

Das war das Schwierige an meinem Job. Nun, an meinem früheren Job, aber darum ging es jetzt nicht. Es ging darum, die Menschen davon abzuhalten, sich mit bösartigen Übernatürlichen einzulassen, ohne zu viel zu verraten.

Und Herrgott. Wenn sich die Menschen tatsächlich an die Spitze der Nahrungskette entwickelt hatten, dann hatte es mehr mit beweglichen Fingern als mit ihrem Verstand zu tun, denn sie taten nur selten das, was für sie am besten war – vor allem in Herzensangelegenheiten.

„Ich meine es ernst. Er bedeutet Ärger."

Sie ließ von ihrer *Bruce Lee*-Position ab und verschränkte die Arme stattdessen vor der Brust. „Offensichtlich. Waren es die Tätowierungen oder das Motorrad, die dich das glauben ließen?"

Jeden Moment würden wir einen Wischmopp für die Lache des Sarkasmus brauchen, der von ihrer Zunge tropfte.

Ich schüttelte den Kopf. „Glaube mir. Er ist purer Ärger."

„Aha. Und du weißt das, weil...?"

Wenn ich es doch nur direkt sagen könnte. *Weil ich ein Drachengestaltwandler bin und seine Art riechen kann. Weil ich ein Jahr lang eine streng geheime FBI-artige Schulung im Erkennen und Eindämmen von Übernatürlichen absolviert und den Teil „Hexen und Hexenmeister" mit Auszeichnung bestanden habe.*

Mein Magen rumorte beim Gedanken an den Teil der Ausbildung, den ich *nicht* mit Bravour geschafft hatte, aber das brauchte sie nicht zu wissen.

„Weil ich diese Art Typ kenne. Ich kenne seine Taktik."

Ihr Lachen breitete sich im Raum aus. „Lass mich raten. Er schleicht sich in abgelegene Bars und verführt junge, naive Frauen wie mich." Sie beugte sich vor und fuhr in einem verschwörerischen Tonfall fort: „Ehe du dich versiehst, hat er seine schmutzigen Stiefel auf dem Tisch und ein süßes, junges Ding auf dem Schoß, während er sein nächstes Verbrechen plant. Vielleicht eine Fahrerflucht oder er lässt einen Hubschrauber im Kreis durch den Rosengarten einer alten Dame fliegen. Dann verlässt er die Stadt, ohne seine Rechnungen zu bezahlen, und richtet anderswo Unheil an. Diese Art Typ?"

Ihre Stimme steigerte sich zu einem bedrohlichen Heulen, das mich blinzeln ließ. Wow! Warum war sie so abwehrend?

Und verdammt. Sie war noch nicht fertig.

„Und natürlich haben unschuldige, junge Frauen keine Chance gegen seine Art Typ. Wir müssen unbedingt von völlig Fremden gerettet werden, weil wir nicht in der Lage sind, zusammenhängend zu denken – und schon gar nicht in der Lage, auf uns selbst aufzupassen.“

Mann, die war wirklich gereizt.

Ihre Augen – blau? Grün? – blitzten auf. „Lass mich etwas klarstellen. Ich bin nicht diese Frau. Ich habe dich nicht um Rat gefragt. Ich *brauche* deinen Rat nicht.“ Sie stieß mit dem Finger in die Mitte meiner Brust, um jedes Wort zu unterstreichen. „Wenn ich deine Hilfe oder deinen Rat brauche, werde ich darum bitten. Bis dahin kannst du es steckenlassen.“

Sie hielt für einen tiefen Atemzug inne und stieß dann erneut gegen meine Brust. „Und wenn du mir aus dieser Toilette folgst, schwöre ich dir, dass nicht nur dein Ego leiden wird.“

Ein Stechen durchzuckte meine Leiste und ich drehte mich vorsichtshalber zur Seite.

Sie riss die Tür auf und stapfte davon, wobei sie fast einen Lkw-Fahrer mit einer John Deere-Kappe über den Haufen rannte.

Der Typ starrte sie an, dann mich.

Ich schüttelte missmutig den Kopf. „Frag nicht.“

Auf dem Weg zum Pissoir warf er mir einen dieser *Versteh schon, Bruder*-Blicke zu.

Wäre Erin noch da gewesen, würde sie sicher murmeln: *Pass auf, dass du zielst.*

Ich ging. Schnell. An der Ecke des Flurs hielt ich inne. Erin ging schnurstracks zu ihrem Tisch zurück – und zu dem Hexenmeister. Sie näherte sich ihm seitlich und legte ihm trotzig einen Arm um die Schultern.

Mein Drache seufzte. *Vielleicht war der Hexenmeister derjenige, der sich übernommen hatte.*

Ich konnte es nur hoffen.

Ein paar Minuten lang stand ich in der Bar und haderte mit mir. Dann stürzte ich den Rest meines Getränks hinunter und warf ein paar Scheine auf den Tresen. Ich ging zur Tür und erinnerte mich daran, dass ich jetzt Zivilist war. Es war nicht meine Aufgabe, mich einzumischen.

Aber, verdammt. Irgendetwas in mir *bettelte* darum, mich einzumischen, auch wenn es nichts nützen würde.

Draußen starrte ich finster auf die Motorräder, die sich in der Parkverbotszone direkt vor der Bar drängten.

Alle Hexenmeister waren verdammt verdächtig, aber im Gegensatz zu Vampiren verletzten sie ihre Opfer nur selten. Sie setzten ihre Magie einfach ein, um zu verführen und zu betören. In dieser Hinsicht unterschieden sie sich nicht allzu sehr von Menschen mit Macht oder Prominenz, wie CEOs oder Sportstars. Schließlich waren viele CEOs und Sportstars Hexenmeister oder Relikte. Wie dem auch sei, viele Frauen fielen auf diese Typen herein. Und wenn dieser Hexenmeister nicht etwas viel Heimtückischeres vorhatte, gäbe es keinen Grund für mich, mich einzumischen.

Ich warf einen Blick zurück und kämpfte wie ein Hund gegen die Leine meines eigenen Willens. Dann knurrte ich mich selbst an. Wurde ich etwa weich? Oder machten mir die letzten rastlosen, deprimierenden Monate zu schaffen?

Vielleicht macht sie *dir zu schaffen*, murmelte mein Drache.

Ich entdeckte Erin, die lachend den Kopf zurückwarf, durch das Fenster. Ihr glänzendes Haar wirbelte durch die Luft und reflektierte das Licht des Feuers.

Mein Herz schlug ein wenig höher und mein Atem stockte.

Dann schaute ich wieder finster und ging weiter, wobei ich jedes Motorrad verfluchte, das mir im Weg stand. Schließlich schlüpfte ich in meinen Truck und ließ den Motor mit einem Heulen an, gefolgt von der Heizung. Verdammt, es war so kalt. Es dauerte nicht lange, bis die Lichter der Stadt hinter mir verschwanden und nur noch die beiden Lichtkegel meiner Scheinwerfer die klare Nacht erhellten.

Ich fuhr und versuchte, an etwas anderes als an Erin zu denken. Ich fluchte, denn sollte es in Arizona nicht warm sein? Und scheiße. Wie früh am Morgen sollte ich bei meinem neuen Job auftauchen?

Unwichtige Dinge kreisten durch meine Gedanken, aber eine Sache ließ mich nicht los. Die Frau, an der ich nicht interessiert war. Zumindest sagte ich mir das immer wieder.

Kapitel 4

ERIN

„Die gute oder die schlechte Nachricht zuerst?", fragte Henry, mein Boss.

Die Tasse Kaffee, die er mir in die Hand drückte, deutete auf die *schlechte* hin. Ich trank einen kleinen Schluck, schloss die Augen und erinnerte mich daran, dass ich mit allem zurechtkommen konnte – zum Beispiel mit Idioten, die mich darüber belehrten, mit wem ich Umgang pflegen sollte, wie dieses Arschloch von gestern Abend. Oh, oder mit einem drei Meter langen Riss in dem Ballon, den ich an diesem Morgen steuern sollte – das wären *wirklich* schlechte Nachrichten.

Ich riss meinen Blick zu dem bunten Bündel auf dem Anhänger vor mir herum, um es zu prüfen. Gott, bitte, nein. Nicht der Ballon. Nichts, was meinen Flug stören würde.

„Der Ballon ist in Ordnung", sagte Henry schnell.

„Was ist dann die schlechte Nachricht?"

Henry hatte in unserem Startbereich geparkt – eine Lichtung ein paar Kilometer außerhalb der Stadt auf Nationalparkgelände – und schläfrige Gäste stiegen aus dem Kleinbus. Sie rieben sich die Hände und tippelten auf den Füßen hin und her, um sich warm zu halten. Henry führte mich von ihnen weg, um unter vier Augen zu sprechen. Ein weiteres schlechtes Zeichen.

„Kenny wird heute nicht kommen." Sein Atem kristallisierte sich in der kalten Winterluft und blieb in einer regungslosen Wolke dort hängen.

Ich biss die Zähne zusammen, denn etwas in Henrys Gesichtsausdruck sagte mir, dass das noch nicht alles war.

„Kenny wird auch morgen nicht kommen", fuhr Henry nach einer vielsagenden Pause fort. „Auch nicht für den Rest der Woche. Tatsächlich nicht für den Rest des Monats. Er hat ein paar...Probleme, um die er sich kümmern muss."

Ich runzelte die Stirn. Kenny schien, wie so viele Aushilfen im Ballongeschäft, stets von *Problemen* geplagt zu sein – Männersprache für Dramas mit der Ex, Konflikte mit dem Gesetz oder vierstellige Summen, die man den falschen „Geschäftspartnern" schuldete.

Henry stieß einen Seufzer aus, der sagen sollte, *armer Kerl*, aber ich empfand kein solches Mitleid.

„Probleme? Was ist es denn dieses Mal?", begann ich, hob dann aber eine Hand. „Vergiss es." Es war wahrscheinlich besser, sich nicht aufzuregen, obwohl ich trotz allem gedanklich vor mich hin schimpfte.

Wanda, die Empfangsdame der Ballonfirma, hatte drei Kinder, bekam keine Alimente und zahlte eine erdrückende Hypothek. Beschwerte sie sich über Probleme?

Nein, tat sie nicht.

Deirdre, Henrys Buchhalterin, hatte eine demenzkranke Mutter, einen Honda mit Abgasproblemen und einen Schnauzer mit Herzwurm. Aber ist sie wegen dieser Probleme nicht zur Arbeit gekommen?

Nein, sie ist immer da.

Tatsächlich kannte ich nur sehr wenige Frauen, die sich über *Probleme* beklagten. Sie kämpften einfach weiter, weil sie keine andere Wahl hatten. Aber wenn es hart auf hart kam, verschwanden großspurige Typen wie Kenny und flüchteten vor ihren Problemen. Oder schlimmer noch, sie überließen die Lösung dieser Probleme anderen Leuten.

Leuten wie mir, die sich um fünf Uhr morgens mit einer unterbesetzten Bodencrew, mehr als zwanzig Gästen und einem Job wiederfanden, der erledigt werden musste.

Damit das klar ist, ich bin kein Männerhasser. Ich liebte und schätzte Henry, der mir eine Chance gegeben hatte, als es sonst niemand tat. Tatsächlich hatte ich viele männliche Freunde – manche mit, ähm, *Vorzügen*, die ich sehr genoss. Ich liebte meinen Vater von ganzem Herzen und würde ihm für die Opfer, die er für mich gebracht hatte, auf alle Ewigkeit dankbar sein.

Es war nur Kennys Art, die mich wütend machte, vor allem in der Dunkelheit des frühen Morgens.

Ich verschränkte die Arme und starrte Henry an. „Die gute Nachricht ist hoffentlich, dass du einen Ersatz gefunden hast."

„Habe ich!" Er grinste, dann drehte er sich um und rief einen der Männer zu sich. „Komm rüber, Junge."

Ich warf einen Blick in die Dunkelheit, bereit, enttäuscht zu werden.

„Kann er fahren?"

Ja, meine Erwartungshaltung war so niedrig. Wenigstens fing ich nicht mit der Frage: *Hat er einen Puls?* an.

Henrys Lachen ließ erneute Kondensation durch die Luft wabern. „Natürlich kann er fahren."

„Ich meine, kennt er die Nebenstraßen? Kann er so fahren, wie wir es von unserem Bodenpersonal brauchen?"

Das bedeutete, ein Auge auf die Straße, ein Auge auf den Himmel und beide Ohren auf das Funkgerät gerichtet zu haben, über das das Bodenpersonal mit dem Piloten kommunizieren konnte.

„Er lernt schnell. Vor allem, wenn du die Lehrerin bist." Henry grinste.

„Henry...", knurrte ich.

„Ich weiß, es ist nicht das, was du dir erhofft hast", gab er zu.

Ich schnaubte. Als Tochter meiner Mutter hatte ich gelernt, dass das Leben einem nicht immer brachte, was man sich erhoffte. Aber das hier war anders.

„Das ist nicht das, was wir vereinbart haben", betonte ich und senkte dann meine Stimme in einem Flehen. „Ich brauche diesen Flug, Henry."

„Ich weiß, ich weiß. Ich verspreche dir, dass wir diese Stunde bald für dich finden werden", schwor Henry.

Ich ballte meine Hände zu Fäusten. Ich arbeitete schon über ein Jahr lang für Desert Skies Balloon Adventures und hatte jede seltene Gelegenheit ergriffen, mit Henry oder seinem zweiten Piloten, Madden, in den Himmel aufzusteigen. Aber das hing davon ab, dass es im Ballon einen freien Platz gab – und einen kompetenten Boss für die Bodencrew, der den Ballons dorthin folgte, wohin der Wind sie an einem bestimmten Tag trug.

Heute hatte Desert Skies One mehrere freie Plätze. Aber ohne Kenny als Leiter der Bodencrew...

„Ich brauche diesen Flug", wiederholte ich und biss die Zähne zusammen, bevor ich bettelte.

Ich brauchte ihn *wirklich*, und nicht nur, um schließlich allein fliegen zu können. Mein ganzes Leben lang hatte ich ein inneres Urbedürfnis danach verspürt, vom Boden abzuheben und der Schwerkraft zu trotzen, zumindest für eine Weile. Aber in letzter Zeit hatte sich dieser Drang zu einem regelrechten Verlangen verstärkt.

Die schwache Morgenbrise spielte mit meinem Haar und neckte mich.

„Du bekommst diese Stunde. Bald", versprach Henry. Dann grinste er und erhob seine Stimme. „Da bist du ja, mein Sohn. Das ist Erin, unsere Leiterin des Bodenpersonals. Sie wird dir alles beibringen."

Der Neue bewegte sich durch die Dunkelheit der Morgendämmerung, wie ein Panther durch den Wald streifte, mehr Schatten als Materie. Er streckte seine Hand aus und murmelte ein schroffes: „Hallo."

Ich streckte die Hand aus und erstarrte, als ich seine Jacke sah – eine vliesgefütterte Jeansjacke mit einem Riss am Ärmel.

Als ich meinen Blick hob, ballte ich die Hände zu Fäusten. Er?

Kräftiger Kiefer. Starke Schultern. Alles an ihm war stark und thronte genau wie am Abend zuvor nur wenige Zentimeter über mir.

Unsere Blicke prallten aufeinander wie die Fronten eines Sturms.

Du, zischte ich fast.

Sein Gesichtsausdruck verhärtete sich und spiegelte das gleiche Gefühl wider.

„Erin, das ist Nash, Kennys Ersatz." Henry schaute mich an und dann ihn. „Oh. Kennt ihr euch?"

„Nein", schnaufte ich und ließ meine Hand sinken.

Ich kannte ihn nicht und ich wollte ihn auch nicht kennen. Nicht nach dem, was er am Vorabend getan hatte.

John, einer des Bodenpersonals, kam in diesem Moment vorbei und gluckste. „Hey, Erin. Ich habe gehört, dein Vater ist wieder in der Stadt."

Ich warf dem neuen Typ einen spitzen Blick zu. „Ja, das ist er. Es spricht sich schnell herum."

John lachte. „Stimmt, wenn man an der Spitze einer Motorradgang in die Stadt fährt."

„Club", knurrte ich.

John lachte. „Genau. Club." Er drehte sein Handgelenk und ahmte einen *Brumm-brumm-Effekt* nach. „Schade, dass ich ihn verpasst habe. Hast du dich amüsiert?"

Ich funkelte Nash an. „Ja, habe ich. Mit meinem *Vater.*" Ich betonte das letzte Wort.

Er machte große Augen. Seine Wangen röteten sich. Hatte er dieses *Ich möchte am liebsten in ein Loch kriechen und sterben*-Gefühl? Gut. Er hatte es verdient.

„Dein Vater, was?", murmelte er und ballte die Fäuste.

„Ja", sagte ich schadenfroh.

Henrys verwirrter Gesichtsausdruck sagte: *Seid ihr sicher, dass ihr euch nicht kennt?*

Laut fragte er: „Wie lange bleibt dein Vater in der Stadt?"

„Er fährt heute weiter. Dieses Mal nur auf Durchreise."

Ein viel zu kurzer Besuch, aber das konnte ich ihm verzeihen. Mein Vater hatte seinen *Easy Rider*-Lebensstil geopfert, um mich allein aufzuziehen. Das Spezial-Motorradgeschäft, das er eröffnet hatte, um uns über die Runden zu bringen, war ebenfalls sehr erfolgreich gewesen. Aber in dem Moment, in dem ich achtzehn wurde und meinen ersten festen Job antrat, hatte sich Dad auf den Weg gemacht. Er kam jedoch regelmäßig vorbei. Und jedes Mal, wenn er sich verabschiedete, wischte er sich viel zu lange über die Augen – wegen des Staubs, wie er behauptete.

Ich bin so stolz auf dich, Schatz.

Ich bin auch stolz auf dich, Dad.

Das war ich wirklich – stolz und dankbar. Mein Vater war der Beste. Unkonventionell vielleicht, aber definitiv der Beste.

Ich warf Nash noch einen vernichtenden Blick zu. *Wenn du meinen Vater noch einmal beleidigst...*

Sein bräunlich grüner Blick begegnete meinem kurz, dann senkte er ihn zu Boden.

Ist es dir zu peinlich, mir ins Gesicht zu sehen? Gut so.

„Du musst deinem Vater meine Grüße ausrichten", sagte Henry versöhnlich.

„Das werde ich", sagte ich und zwang mich zu einem Lächeln.

„Nun, zurück an die Arbeit... ", sagte John und schlenderte davon.

Henry klopfte Nash wie einem Preisbullen auf die Schulter und machte da weiter, wo er aufgehört hatte. „Nash hat einen beachtlichen Lebenslauf. Dieser Mann ist ein Pilot mit jahrelanger Erfahrung." Henry strahlte über seinen guten Fang. „War das bei der Army oder bei den Marines?"

„Marines", grunzte Nash und schaute niemanden Bestimmtes an.

„Zehn Jahre", verkündete Henry und klopfte Nash erneut auf die Schulter. Gut, dass der Kerl so gebaut war, dass er es aushalten konnte.

„Marinepilot, was?" Madden, Henrys zweiter Pilot, kam herüber, angezogen wie ein Käfer von einem testosterongetränkten Licht. „Mein Vater war bei den Marines."

Ich verdrehte die Augen und konnte mir kaum verkneifen zu sagen: *Und du warst es nicht.*

„Schön", murmelte Nash.

„Zehn Jahre als Pilot, was? Verdammt, wir sollten dich einen unserer Ballons fliegen lassen", krähte Madden.

Einen von Henrys *Ballons*, wollte ich schnauzen. *Und überhaupt, nein, denn diese Flugstunden gehören mir, nicht ihm.*

„Ich helfe gern, wo immer ich kann", murmelte Nash in diesem tiefen, brummenden Ton.

„Guter Junge." Madden klopfte dem Neuankömmling anerkennend auf den Rücken.

Ich war versucht, meinen eigenen Beitrag zu leisten, nur an einer anderen Stelle. Verdammt! Was war es nur mit Männern und ihren Gorillaritualen?

„Ich wette, du hast Kriegsgeschichten zu erzählen", fuhr Madden begeistert fort. „Hey, das würden die Gäste auch lieben."

Ich schüttelte den Kopf. Was, wenn Nash *echte* Kriegsgeschichten zu erzählen hatte? Was, wenn er sie nicht erzählen wollte?

Das hielt Madden nicht davon ab, begeistert zu sagen: „Was meinst du, Henry? Wir haben heute einen Platz im Ballon frei."

Ich funkelte Henry an. Wenn er jetzt ja sagte, würde ich schreien.

Zu seiner Ehre schüttelte Henry den Kopf. „Nash muss sich mit den Details des Bodenteams vertraut machen."

Madden spottete, als wäre das unter der Würde eines echten Mannes.

Meine Finger zuckten. Zum Glück für ihn hatte ich kein Talent für Magie. Aber vielleicht könnte ich jemanden anheuern, der es hatte, und ihn für mich in eine Kröte verwandelte.

Aber das war das Problem mit den Übernatürlichen in Sedona. Es war schwer, die Möchtegerne von den Echten zu unterscheiden.

„Ich helfe gern, wo ich kann", wiederholte Nash in demselben gemessenen Tonfall.

Aber verdammt. Ich konnte schon sehen, wie diese Männerfreundschaft aufblühte. Madden, der sich bei Nash anbiederte. Nash, der im Eiltempo einen Ballonfahrtschein absolvierte und seine Tausende von Flugstunden nutzte, um mir meinen Platz als Pilotin streitig zu machen – wenn er lange genug blieb.

So oder so, meine Träume wären am Boden. Buchstäblich.

Ich schlug mit meinen Arbeitshandschuhen gegen meine Jeans. Zeit, an die Arbeit zu gehen. Und dazu brauchte ich meinen neuen Kollegen nicht zu mögen.

Ich zeigte Nash den zusammengerollten Ballon. „Wir müssen ihn aufrollen. Nimm diese Seite. Ich nehme die hier."

Dann rief ich Chico und John, unser Bodenteam, dazu. Keiner von ihnen strebte danach, selbst zu fliegen, Gott segne sie. „Alle bereit? Auf drei... "

Kapitel 5

NASH

Verdammt. Der Biker war Erins Vater?

Ich war bei ihrer Offenbarung fast gestorben. Selbst jetzt fühlten sich meine Wangen heiß an. Aber, verflucht. Woher hätte ich das wissen sollen?

Trotzdem... Ihr Vater war ein gottverdammter Hexenmeister? Ein motorradfahrender, Gang-anführender Hexenmeister?

Es erklärte ein paar Dinge über Erin, warf aber gleichzeitig auch tausend Fragen auf.

Und, Mist. Sie war jetzt mein Boss. Ein Boss, der mich abgrundtief hasste.

So viel zu einem einfachen, undramatischen Job.

„Da lang. Ein bisschen mehr. Gut. Jetzt lass mich ihn prüfen." Erin beugte sich vor und tastete jede Naht und jedes Seil im schwachen Licht der Morgendämmerung ab.

Ich trat zurück, um ihr den Raum zu geben, ihr Ding zu machen. Und Mann, sie wusste wirklich, was sie tat. Jede Bewegung war schnell und effizient, jede Anweisung in einem entschlossenen, gleichmäßigen Ton ausgesprochen – und mit einem bösen Blick für mich.

Wir hatten den ersten Ballon ausgerollt und mit einem riesigen Gebläse gefüllt, aber er lag immer noch auf der Seite.

„Jetzt müssen wir ihn hochkriegen", sagte John.

Chico gluckste. Ich rollte mit den Augen.

Erin murmelte etwas, ohne ihren Blick von dem Stahlrahmen des Korbs abzuwenden. „Du kannst dir das Gebläse ausleihen, falls du noch etwas anderes hochkriegen musst, John."

„Oh. Erwischt", höhnte Chico.

John musste zugegebenermaßen ebenfalls lachen. „Der war gut, Boss."

„Ja, ja", murmelte sie und zeigte auf die Länge des Ballons. „Die Topleine ist verdreht."

„Verstanden", sagte John und trat zurück.

Henry, der große Boss, Firmeninhaber und Hauptpilot, überwachte die Vorbereitungen des anderen Ballons, *Desert Skies One*. *Desert Skies Two*, der Ballon, den Erin vorbereitete, würde von Madden gesteuert werden, der so sehr damit beschäftigt war, mit weiblichen Gästen zu flirten, die halb so alt waren wie er, dass Erin alles andere übernehmen musste.

Ich runzelte die Stirn. Die Marines hatten für jeden Flug Techniker, um alles zu überprüfen, aber jeder Pilot, der etwas auf sich hielt, machte auch seine eigenen Checks.

Nicht Madden.

Ich trat zurück und schaute mir den Ballon, die Leinen und den Korb noch einmal an.

„Die Chefin wird es nicht mögen, wenn du ihr auf den Hintern starrst", warnte mich Chico in einem leise lachenden Flüsterton.

Ich hatte nicht auf ihren Hintern gestarrt. Ich bewunderte ihre Arbeit. Aber jetzt, da er es erwähnte...

Ich ließ meinen Blick an der Rundung ihrer Jeans hinunterwandern, als sie vor dem Ballon in die Hocke ging. Einen Sekundenbruchteil später riss ich meine Augen zum Ballon zurück.

Nicht angemessen. Nicht respektvoll. Und vor allem, nicht interessiert.

„Nicht, dass es kein schöner Hintern wäre", fuhr Chico fort und nutzte das laute Geplapper der Gäste, um sein Glucksen zu verstecken. „Trotzdem ist er für meinen Geschmack ein bisschen zu knochig."

Knochig? Für mich sah er ziemlich perfekt aus. Das dicke Flanellhemd und die blaue Mütze, die sie sich über ihr langes, kastanienbraunes Haar gezogen hatte, verliehen ihr einen niedlichen, zersausten Look. Nicht, dass ich das laut gesagt hätte.

„Also gut, Leute. Zurücktreten, bitte." Erin prüfte die Umgebung und zog am Abzug des Druckventils.

Und, *wusch!* Eine meterhohe Flamme schoss in die kalte Morgenluft.

Wie gebannt von der Hitze beobachtete ich sie. Das Aufbrausen. Die schiere Kraft.

Ich wusste nicht, was ich erwartet hatte, aber ich hatte nicht geglaubt, dass es so... berauschend wäre. Ein bisschen wie Drachenfeuer.

Nicht einmal annähernd, schnaufte mein inneres Biest.

Vielleicht nicht, aber meine Sinne waren in letzter Zeit so abgestumpft, dass es schön war, zur Abwechslung von etwas in seinen Bann gezogen zu werden.

Unsere Gäste staunten, als der Ballon stieg, bis er senkrecht war. *Umpf!* Der Korb folgte und kippte von der Seite in die Senkrechte.

Wusch! Erin stieß einen weiteren Feuerstoß aus.

Meine Kehle wurde warm, als meine Drachenseite darüber fantasierte, Feuer zu speien.

„Wow. Das ist unglaublich", murmelte einer der Gäste.

Ha. Was würden sie wohl sagen, wenn sie wüssten, dass ich wirklich Feuer speien konnte?

Ich schaute Erin durch die Flammen an. Der Schein spiegelte sich auf ihren Wangen, ihrem Haar und in ihren laserscharfen Augen wider. Sie glitt mit den Fingern über den Brenner und wägte genau ab, wann sie mehr Feuer ausstoßen musste.

Dann neigte ich den Kopf, denn sie bewegte ihre Finger in keine bestimmte Richtung. Ihre Finger krümmten sich und ein durchhängender Teil des Ballons füllte sich sanft aus.

Moment mal. Lenkt sie die Luft? fragte mein Drache.

Ich starrte sie an und dachte an den Vorabend, als die Kerzen auf sie reagiert hatten. Das und die Tatsache, dass ihr Vater ein Hexenmeister war. War sie nur ein Relikt – oder mehr?

Wie auch immer, sie war furchtbar gut darin, einen Ballon zu füllen. So perfekt, dass sich der ganze massive Ballonkörper zwei Zentimeter vom Boden abhob und dort schwebte. Nicht schlecht, vor allem an einem kalten Wintermorgen, an dem winzige Temperaturschwankungen die Handhabung erschwerten – und vor allem bei einem Ballon dieser Größe.

Ich warf einen Blick hinüber zu *Desert Skies One*. Henry hatte vierzig Jahre Erfahrung, aber sein Ballon schwankte zwischen dem Kratzen über dem Boden und einem halben Meter darüber.

„Halt ihn hier fest." Chico deutete zu mir, um den Korb zu stabilisieren, während Madden einstieg.

„Also gut, meine Damen und Herren", verkündete er. „Zeit zum Einsteigen. Sie und Sie, bitte."

„Oh! Wir fliegen!", rief jemand ein paar Minuten später, als alle an Bord waren und der Korb etwa auf meiner Augenhöhe schwebte.

Ich war so beschäftigt gewesen, dass ich den Sonnenaufgang kaum bemerkt hatte. Aber, wow. Der Himmel leuchtete in Orange und Gold und die Farben spiegelten sich in der Landschaft und im Ballonstoff wider.

„Es ist so still!", rief jemand anderes.

Das war es wirklich. Sogar leiser als ein Drachenstart.

Meine innere Bestie spottete. *Ich kann leise sein. Zum Beispiel, wenn ich von einer Klippe springe.*

Das stimmte, aber der Start von einer ebenen Fläche erforderte kräftige Flügelschläge, die jeden Busch, jede Blume und jeden Grashalm im Umkreis von zehn Metern plattmachten. Der Ballon hingegen hob sanft und geräuschlos ab.

Ich konnte mir ein Grinsen nicht verkneifen, als er höher stieg.

„Ziemlich cool, was?", murmelte John an meiner Seite.

Ich nickte. Meine Drachenseite lehnte die ganze Ballon/Propangas/Korb-Konstruktion ab, aber ich musste zugeben... Ziemlich cool traf es ganz genau.

∞∞∞∞

Als Bodenpersonal zu arbeiten, war ein seltsamer Job, wie ich zwanzig Minuten später auf dem Parkplatz der Circle K-Tankstelle feststellte. Die Arbeit begann um halb fünf Uhr morgens mit hektischer Betriebsamkeit, um die Ballons in die Luft zu bringen. Dann stiegen wir in den Kleinbus, drehten die Heizung voll auf und brausten los, um die Verfolgung aufzunehmen – nur um an der Tankstelle anzuhalten.

Das musste ein kleines Ritual sein, denn Chico und John zückten ihre Zehnerrabattkarten für den Kaffee, die sie abstempeln ließen, um einen Gratiskaffee zu bekommen. Erin fügte ihrer Bestellung einen Schokoladendonut hinzu und mampfte ihn auf dem Weg zurück zum Transporter.

„Kommt schon, Leute." Ihre Nasenflügel bebten. „Der Wind nimmt zu."

Ich wollte in Richtung Rücksitz gehen, aber Erin schüttelte den Kopf. „Du fährst als Beifahrer, damit du zusehen und lernen kannst."

Es war eher ein Grunzen als eine Einladung, aber egal. Es war mir recht.

Als wir losfuhren, lehnte sich John in die Lücke zwischen den beiden Vordersitzen.

„Du warst also bei den Marines, was?"

Gut, dass ich die *Special Forces* aus meinem Lebenslauf gestrichen hatte. Aber das würde ich genauso wenig erwähnen wie den Job, den ich danach angenommen hatte.

„Und dann noch als Pilot", fuhr John fort. „Was fliegst du denn?"

Ich spürte, wie Erin sich versteifte. Ich tat es ebenfalls. Einige Zivilisten vermieden es wie die Pest, über den Militärdienst zu sprechen. Andere schnüffelten zu sehr.

Was flog ich denn? Ich verkniff mir ein trockenes: *Mich selbst in Drachengestalt*, und blieb bei dem Teil, den er verstehen konnte. „Hubschrauber."

„Was macht ein Hubschrauberpilot im Bodenteam?", gackerte er. „Wurdest du suspendiert oder so?"

Ich biss die Zähne zusammen. Suspendiert? Ja. Aber nicht von diesem Job. Nicht, dass ich es laut gesagt hätte.

„Ich lege nur eine kleine Pause ein. Ich bin froh, eine Weile geistlose Arbeit zu machen."

Erin warf mir einen vernichtenden Blick zu. Ups. Ich wollte damit nicht andeuten, dass ihr Job keine Fähigkeiten erforderte. Nur dass der Rest des Bodenpersonals es sich leisten konnte, sich zu entspannen.

Besonders ich. Keine Entscheidungen, keine Verantwortung. Mein neues Mantra im Leben.

John gluckste. „Amen, Mann."

„Oh! Es ist wunderschön!", quietschte eine Stimme über eins der Handfunkgeräte, die Erin in den Becherhalter zwischen den Vordersitzen gelegt hatte. Über das Gerät konnten wir sowohl die beiden Piloten als auch die Gäste hören.

„Wir behalten dieses Gerät auf Senden", erklärte John. „Auf diese Weise können wir sie überwachen, ohne dass die Piloten sich extra melden müssen. Das zweite Funkgerät ist auf einen anderen Kanal eingestellt, falls wir sie rufen müssen. Normalerweise brauchen wir das aber nicht."

Ich nickte und hörte zu, wie die Gäste schwärmten.

„Und wow! Ich kann den Wirbel spüren!", fuhr die Frau fort.

„Nein, du spürst den Aufwind von Deer Mountain", murmelte Erin.

Ich unterdrückte ein Lachen und musterte den Tafelberg, über den sie flogen.

Etwa anderthalb Kilometer außerhalb der Stadt hielt Erin an und öffnete das Fenster, behielt die Ballons jedoch im Auge.

„Etwas kalt hier, Boss." Chico fröstelte auf dem Rücksitz.

„Tut mir leid. Ich brauche nur eine Minute", murmelte Erin abwesend.

Sie neigte den Kopf und ließ die kalte Luft über ihre linke Wange strömen.

Henrys Stimme ertönte über das Funkgerät. „Drei-Vierzig Grad bei vier Komma zwei."

Madden meldete sich einen Moment später. „Drei-Vierzig Grad bei vier Komma vier."

Ich schaute nach Nordnordwest und stellte mir einen mentalen Kompass vor, während die Ballons langsam über uns schwebten.

Erin schüttelte den Kopf und murmelte: „Nicht mehr lange."

Ich schaute mich um. Die letzten rosa und orangefarbenen Streifen verschwanden in einem perfekt blauen Himmel. Es war wunderschön. Wirklich atemberaubend vor allem mit dem Schnee, der die spektakulären Felsformationen bedeckte. Kein Wunder, dass Sedona so viele Besucher anlockte. Und kein Wunder, dass Leute Hunderte von Dollar für eine neunzigminütige Ballonfahrt ausgaben.

Mein Drache schnaufte. *Die armen Dinger.*

Es gab jedoch keine Anzeichen für einen Windwechsel. Wie kam Erin darauf, dass die Ballons ihren Kurs ändern würden?

Ich kurbelte das Fenster auf der Beifahrerseite hinunter und ließ meine Drachensinne die subtilen Hinweise in der trockenen Wüstenluft prüfen, angefangen von der dicken, nach Kiefern duftenden Schicht in Bodennähe bis hin zu den dünneren, milderen Schichten weiter oben, die sich wie Strömungen in einem Ozean über und umeinander schoben.

Meine Ohren zuckten, als mein Drache sagte, *dort drüben.*

Ich drehte mich nach Nord Osten und richtete meine Sinne dorthin aus.

„Drei-Vierzig... Drei-Fünfunddreißig", rief Henry über Funk. „Sieht so aus, als gäbe es einen Windwechsel."

Erin spitzte die Lippen.

Ich warf ihr einen Seitenblick zu. Ein Glückstreffer, ein ungewöhnlicher sechster Sinn oder magische Kräfte?

„Oh, das ist fantastisch!", staunte einer der Gäste.

„Wunderschön", stimmte ein anderer zu.

„Ich kann spüren, wie sich meine Chakren öffnen", schwärmte eine Frau.

Wie bitte, was? Ihre was?

„Ist das der Flughafen Mesa?", fragte die Erste.

„Ja. Gleich dort drüben." Henrys Stimme schallte als Nächstes aus dem Funkgerät.

„Ich wusste es", sagte die Frau. „Ich kann die Kraft des Wirbels von hier aus spüren."

„So wahr", meldete sich eine andere zu Wort. „Mir war gar nicht klar, wie blockiert mein Drittes Auge war, bis es sich jetzt öffnet."

„Sehr klärend", stimmte eine andere zu. „Der Amethyst, den du gekauft hast, hat wahrscheinlich auch geholfen."

John gackerte. Ich zog eine Augenbraue hoch.

Er zuckte mit den Schultern. „Manche Leute kommen wegen der Landschaft nach Sedona. Aber viele kommen wegen der Wirbel, der Energie… Du weißt schon." Er winkte mit der Hand ab. „Die spirituellen Vibes."

Ja, das war mir schon bei meiner ersten Fahrt durch das Stadtzentrum zwei Tage zuvor aufgefallen. Jeder zweite Laden war mit Kristallen, Edelsteinen, Traumfängern und Werbung für spirituelle Seminare gefüllt. Aber diese Frauen reden zu hören, war, als würde man einer fremden Sprache lauschen.

„Glaubt ihr an dieses Zeug?", fragte ich.

„Ha. Ich nicht. Was ist mit dir, Boss?", fragte John.

Erin fuhr zurück auf die Straße. Ihre Augen huschten stets zwischen dem Asphalt und dem Himmel hin und her.

„Ich glaube, Sedona hat etwas Besonderes", murmelte sie.

Ha. Eine diplomatische Antwort. Aber war es eine ehrliche Antwort?

Vielleicht weiß sie es, grübelte mein Drache.

Die Welt war voller Dinge, von denen die Menschen nichts wussten – und nicht nur Gestaltwandler wie ich, sondern auch Hexen, Vampire und Dämonen. Darüber hinaus gab es noch weitaus größere Kräfte, die selbst Übernatürliche manchmal vor ein Rätsel stellten. Schicksal… Vorsehung…

Mit einem Hexenmeister als Vater musste Erin doch etwas davon wissen. Oder hatte er das alles irgendwie vor ihr geheim gehalten? Aber sie wirkte zu bodenständig und nüchtern für all das spirituelle Zeug, über das die Menschen so gern spekulierten.

Sie war außerdem ruhig. Ich schwöre, dass sie im Laufe der nächsten halben Stunde mehr Worte zu sich selbst murmelte als zu mir. Was mir gut passte, denn ich war nicht hier, um zu plaudern. Ich war hier, um einen Job zu erledigen – einen einfachen Job – und um für eine Weile abzuschalten.

Was mir nicht ganz gelang, denn meine Seele – und mein Drache – weigerten sich, zu schlummern. Meine Nase schnupperte ständig in der Hoffnung, einen Hauch von Erins Duft zu erhaschen. Was angesichts der vielen konkurrierenden Gerüche dort draußen wie Lottospielen war. Aber jedes Mal, wenn ihr sonniger Wildblumenduft zu mir herüberdrang, seufzte meine Drachenseite. Mein Verstand spielte ihre kleinen Bewegungen immer wieder durch, angefangen bei ihrem lockeren Einsteigen in das Fahrerhaus des Kleinbusses bis hin zum Wiegen ihrer Haare im Wind. Und ihre Augen... waren sie grün oder blau?

Ich runzelte die Stirn. Welche Rolle spielte das? Ich war nicht interessiert.

Nicht einmal ein bisschen? stichelte mein Drache.

Nicht einmal ein bisschen. Im letzten Jahr war so viel Scheiße passiert, dass ich zu einem mürrischen, selbstsüchtigen Mistkerl geworden war, und das war es.

Außerdem hasste sie mich.

Nun, ich werde es genießen, während du schmollst, murmelte mein Drache.

Ich verschränkte die Arme und schaute zu, wie das Gestrüpp draußen am Seitenfenster des Transporters vorbeirauschte.

Schließlich bog Erin von der Bundesstraße auf einen Feldweg ab. Nach zwei holprigen Kilometern hielt sie auf dem Kamm eines Hügels an. Chico und John gähnten und streckten sich, um sich langsam für die Action bereit zu machen.

„Landepunkt wird die Angel Valley Haltebucht", verkündete Henry über den offenen Funkverkehr.

„Verstanden", wiederholte Madden aus dem zweiten Ballon. „Angel Valley."

Chico schaute Erin an.

Sie schüttelte den Kopf und murmelte: „Lime Kiln Road."

Ich schaute in die Richtung, in die sie zeigte, und dann wieder zu den Ballons. Wenn die Angel Valley Haltebucht in der Senke direkt unter unserem Aussichtspunkt war, dann wäre es naheliegend – die Ballons flogen direkt darauf zu.

Aber sie bewegen sich ein wenig zu schnell, stellte mein Drache fest. *Und die Luftströmung ist hier unten westlicher als dort oben.*

Ich schnupperte an der Luft. Als Drachengestaltwandler konnte ich den Wind genauso wenig sehen, wie es ein Mensch konnte, aber wenn ich mich wirklich darauf konzentrierte, konnte ich die sich ineinander verflochtenen, verwobenen und aufeinanderprallenden Schichten in der Luft spüren. Und wenn ich das tat...

Hmm. Erin hatte recht. Der Wind würde die Ballons genau über dieser Senke beschleunigen und sie näher zur Straße tragen.

In diesem Moment kam Henrys Fluch über das Funkgerät.

„Korrektur", murmelte er. „Noch ein Windwechsel. Plan B – Lime Kiln Road."

Mit diesen Worten zog er am Ventilabzug und ließ einen Schwall heißer Luft aufsteigen.

Madden tat es ihm gleich – so schnell, dass sich einige seiner Gäste an der Kante des Korbs festhielten.

„Sollten wir so schlingern?", piepste jemand.

Madden gluckste. „Machen Sie sich keine Sorgen. Das passiert manchmal."

Ich schnaubte. Nicht, wenn er beobachtet hätte, was Erin sah. Aber verdammt. Selbst ich hatte den Windwechsel erst im letzten Moment bemerkt, also konnte ich es ihm nicht verübeln. Aber Erin...

Ich schaute sie aus den Augenwinkeln an. Woher hatte sie das gewusst?

„Lime Kiln Road, wir kommen", murmelte sie und lenkte den Kleinbus die Straße hinunter.

Kurz darauf parkte sie und winkte alle aus dem Transporter. Wir verteilten uns auf einer offenen Fläche und schauten den Ballons beim Abstieg zu.

Aus der Ferne schienen sie sich kaum zu bewegen. Aber jetzt, da sie nur noch wenige Meter entfernt waren, rasten sie wie Elefanten, die auf einer unsichtbaren Welle surften, auf uns zu.

„Greife einfach einen der Gurte des Korbs und jogge neben ihm her, um ihn zu verlangsamen", warnte Erin. „Aber versuche nicht, ihn allein abzubremsen."

Als der Boden des Korbs in Augenhöhe vorbeiflog, hielt ich mich an einem Lederriemen fest. Und wow – der Schwung des Ballons riss mir fast den Arm aus.

„Ruhig", befahl Erin mit derselben Stimme, mit der man Pferde beschwichtigen würde.

Unsere Hüften stießen aneinander, dann unsere Schultern. Mein Körper wurde angenehm warm.

Der Ballon sank tiefer und bewegte sich weiter seitlich. Einen Moment später schlug der Boden des Korbs gegen einen Busch.

Ich fluchte und krachte ebenfalls hinein.

Neben mir umklammerte Erin einen weiteren Riemen, ganz das entschlossene Cowgirl, das ein wildes Pferd zähmen wollte. Einen halben Meter über mir schnappte jemand nach Luft.

„Oha, wir kommen schnell runter."

Aber drei gejoggte Schritte später gab der Schwung den Kampf auf und der Korb landete mit einem leichten Knarren. Henry zog an einer Schnur und ließ die Luft ab. Der Ballon kippte zur Seite und entleerte sich langsam.

„Dort – nimm die Topleine." Erin zeigte darauf.

Chico und ich schnappten sie und entfernten uns vom Korb, so dass wir die Spitze des Ballons führten, bis er ordentlich auf dem Boden ausgestreckt lag.

Ein paar Minuten später versammelten sich die Gäste zu einem Sektbrunch, während wir von der Bodencrew die beiden Ballons in ordentliche Pakete hievten, aufrollten und zusammenpressten.

Es ist so viel einfacher, allein zu fliegen, murmelte mein Drache.

Das stimmte, aber ein Job war ein Job.

Mein Blick wanderte zu Erin, bevor ich ihn wieder zum Boden zwang.

Nur ein Job, erinnerte ich mich. *Ein wenig geistlose Arbeit, die mir helfen soll, wieder auf die Beine zu kommen.* Sobald ich meinen Scheiß auf die Reihe bekam, würde ich mich auf den Weg zu grüneren Wiesen und einer neuen Richtung im Leben machen.

Ich musste nur noch überlegen, was das sein könnte.

Kapitel 6

ERIN

Das Problem mit jemandem, der einen ärgert, ist, dass es an einem klebt, egal wie sehr man versucht, es abzuschütteln.

Und Junge, wie sehr ich versuchte, Nash abzuschütteln.

Was mich nur noch mehr ärgerte. Er war die Nervensäge. Ich war die Genervte. Welches Recht hatte er, meine Gedanken so zu beherrschen?

Und doch war er da und klebte wie Leim.

Umwerfend, attraktiver Leim. Besonders die Augen. Die Schultern. Die Brust. Oh, und dieser perfekte, knackige Hintern – viel, viel besser als Maddens speckige Poritze.

Aber das war auch schon alles, was für ihn sprach. Er hatte meinen Job beleidigt – Geistlos? Im Ernst? – und meinen Vater niedergemacht. Obendrein könnte er es heimlich auf meinen Pilotenjob abgesehen haben. Was für ein Arschloch.

Ich marschierte durch den Supermarkt und ließ meinen Frust an den Produkten aus, die ich in meinen Einkaufswagen warf. Eine Tüte englische Vollkornmuffins – *zack!* Ein halbes Pfund Cheddarkäse – extra lang gereift – *knall!* Eine Packung gefrorenes Putengehacktes – *krach!*

Die Frau in der Fleischabteilung schaute mich an und wandte sich dann schnell wieder ab.

Ich ließ es nicht an der Kassiererin aus, weil sie wahrscheinlich selbst mit arroganten, herablassenden Leuten zu tun hatte. Aber ich entlud meinen Frust an den Einkaufstüten, stopfte jeden Artikel hinein und stieß sie dann in den Einkaufswagen. Ich schloss meine Jacke und ging hinaus, wo die Wintersonne den

Himmel in ein verblüffend klares Navajoblau tauchte. Darunter breiteten sich Sedonas spektakuläre, rote Tafelberge aus, die von der Zeit gezeichnet und mit Schnee bedeckt waren. Weiter unten wurde die Stadt von einem tiefgrünen Flickenteppich aus Kiefern, Eichen und Wacholder gerahmt, der von einer dünnen Schicht Puderzucker bestäubt war.

Ich schloss die Augen und atmete ein paarmal tief durch, um Frieden durch meine Seele strömen zu lassen.

Jemand stieß mich an und beeilte sich dann, sich zu entschuldigen. „Oh, Entschuldigung."

„Meine Schuld." Ich trat zur Seite und behielt meine Augen geschlossen.

„Nicht verfügbar? Sind Sie sicher?", fragte derselbe Mann. Seine Stimme klang sanft wie Honig – die dunkle, dickflüssige Sorte, die einen dazu verleitete, einen Löffel einzutauchen und abzulecken.

Ich schaute zu einem gestylten, mittsechziger Mann hinüber, der sich ein Handy ans Ohr hielt. Sein Ärmel war so weit hinuntergerutscht, dass eine dieser schicken Uhren zum Vorschein kam, die einen fünfstelligen Betrag kosteten und einem den Luftdruck sowie die Zeit in Hongkong mitteilen konnten – von dreißig Metern unter Wasser zweifellos. Der Rest seines Outfits war das, was Pippa als Marlboro-Mann-Stil bezeichnete mit einer Ralph Lauren-Lammfelljacke und glänzenden Stiefeln, die noch nie mit Kuhmist beschmiert worden waren und es auch nie sein würden.

Alles in allem könnte man ihn als gepflegt bezeichnen. Elegant. Und weltgewandt, als müsste er in Kürze zu einem Geschäftstreffen nach New York – oder besser noch, nach London. Einer dieser grau melierten Gentlemen, die Frauenherzen höherschlagen ließen. Denn hier war ein Mann, der seine Begleitung nicht auf billige Stadionplätze einladen würde, wo verschüttetes Bier und Limonade die Schuhe halb am Boden kleben ließen. Ein Mann, der gelernt hatte, dass Geburtstage nicht vergessen werden durften und dass schmutzige Kleidung in den Wäschekorb gehörte.

Also nicht unbedingt mein Typ, aber eine witzige Fantasie, der man sich ab und zu hingeben konnte.

„Es ist also gar nichts zu machen?", fragte er. Ich hätte erwartet, dass ein so reicher Geschäftsmann anfangen würde zu schreien und zu drohen, aber er blieb ganz ruhig. „Kein einziger Hubschrauber? Nicht einmal ein viersitziges Flugzeug?"

Zwei Türen weiter kam eine Frau auf Stöckelschuhen *klick-klick-klick* aus einem Immobilienbüro gestakst und drückte ihm einen Umschlag in die Hand.

Er ließ ein umwerfend blendendes Lächeln aufblitzen und nickte dankend, ohne sein Gespräch zu unterbrechen.

„Wie schade. Aber irgendetwas lässt sich doch sicher machen. Ich bin nur für ein paar Tage in der Stadt und möchte das Erlebnis, sie aus der Luft zu sehen, wirklich nicht missen."

Ich mochte diesen Kerl immer mehr.

„Ja, ich bleibe an der Leitung", sagte er und schaute auf seine Uhr.

Und verdammt. Ich war keine geborene Verkäuferin, aber ich erkannte eine Gelegenheit, wenn ich eine sah.

Ich trat mit einem kleinen Winken näher. Er schaute auf – und wow. Dieses Tausendwattlächeln ließ etwas in meiner Brust flattern.

Ich verdrängte das Gefühl und lächelte zurück. „Ich kam nicht umhin, mitzuhören. Suchen Sie jemanden, der Sie auf einen Rundflug mitnimmt?"

Seine Augen, seine Stimme und sein Lächeln waren nun komplett auf mich konzentriert und es ließ meine Wangen heiß werden. „Ja, das tue ich. Sind sie Pilotin?"

Ich verliebte mich auf der Stelle in ihn. Die meisten Leute hätten gesagt: *Kennen Sie einen Piloten?* Niemand hätte vermutet, dass ich eine bin.

„Das bin ich – bei Desert Skies Balloon Adventures." Ich deutete auf unser Büro auf der gegenüberliegenden Seite des Einkaufszentrums. „Haben Sie eine Ballonfahrt in Betracht gezogen? Kein heulender Motor, der in ihren Ohren kreischt, keine Rotorblätter, die die Luft zerhacken. Sie schweben einfach nur friedlich durch den Himmel."

Seine Augen funkelten. „Wissen Sie, daran habe ich noch gar nicht gedacht. Aber es könnte passen." Er blinzelte und sprach dann in sein Handy, als die Gesprächspartnerin wieder an der Leitung war. „Nichts bis nächste Woche? Das wird leider nicht reichen. Aber ich glaube, ich habe möglicherweise eine andere Lösung gefunden." Er zwinkerte mir zu und legte dann lächelnd auf. „Wie stehen meine Chancen, einen baldigen Privatflug zu bekommen, Captain?"

Mein Herz flatterte wieder.

„Wir müssen meinen Boss fragen, aber ich bin sicher, er kann etwas arrangieren. Wie viele Passagiere?"

„Mindestens zwei. Wenn genug Platz ist möglicherweise auch mehr."

„Kein Problem. Selbst unsere kleinsten Körbe fassen acht Personen", sagte ich.

Mein Herz raste aus einem anderen Grund. Desert Skies Balloon Adventures lief ziemlich gut, aber jede Buchung war wichtig. Wenn ich zusätzliches Geschäft generierte *und* ein Platz frei wäre, würde Henry mich damit belohnen, indem er mich als Co-Pilotin mitnahm, nicht wahr? Dann hätte ich endlich die letzte Stunde, die ich brauchte, um nach Herzenslust fliegen zu können.

Der Marlboro-Mann streckte eine Hand aus. „Also dann, bitte zeigen Sie mir den Weg, Miss...?"

„Sattler."

Er grinste. „Harlon Greene."

Wir schüttelten einander die Hände und ich führte ihn zu Henrys Büro.

„Aber Ihre Lebensmittel...", begann Harlon.

Das war mir egal – ich kümmerte mich nicht einmal um das Schoko-Pfefferminz-Eis, das mit Sicherheit schmelzen würde. So viel bedeutete mir ein Flug. Außerdem hatte ich einen weiteren Grund, ihn dorthin zu begleiten. Wäre Madden im Büro, wenn dieser Kunde hereinkam, würde er das Geschäft für sich beanspruchen, weil er auf ein großes Trinkgeld hoffte – denn Harlon Greene sah aus wie ein *großer* Trinkgeldgeber.

Er bestand darauf, mir zu helfen, die Lebensmittel ins Auto zu laden, und folgte mir dann ins Büro. Und juhu – es war wirklich mein Glückstag, denn Henry saß am Schreibtisch, nicht Madden, und wir hatten in zwei Tagen einen Termin frei.

„Ich wüsste es sehr zu schätzen, wenn Miss Sattler meine Pilotin sein könnte." Harlon ließ den Raum mit einem weiteren Lächeln leuchten.

Mein Gott. Ein so sonniges Lächeln könnte an einem wolkenverhangenen Tag ganz Sedona erstrahlen lassen – nicht, dass wir viele davon hätten.

Sogar Henry strahlte. „Ich werde dafür sorgen, dass sie es ist."

Ich lächelte den ganzen Weg nach Hause und meine Sorgen waren vergessen. Ich war zum Fliegen eingeteilt – endlich! Mein Traum von einer Pilotenkarriere würde in Erfüllung gehen.

∞∞∞

In den nächsten sechsunddreißig Stunden war ich völlig aufgedreht und schlief in der Nacht vor dem Flug kaum. Chico und John befanden sich in ihrem üblichen Halbschlafzustand, als ich sie abholte. Nash war sein übliches Selbst, wie eine mühelos attraktive Mischung aus *Channing Tatum*, der auf *Oskar, den Griesgram,* trifft. Ich selbst war wie ein gedoptes Energizer-Häschen und redete ununterbrochen auf Chico ein. Er war lange genug Teil des Bodenteams gewesen, um die Nebenstraßen zu kennen, und ich hatte Henry überredet, ihn an diesem einen windstillen Tag das Verfolgungsfahrzeug fahren zu lassen. So konnte ich Henry als Co-Pilotin begleiten und die letzte Stunde Flugzeit absolvieren, die ich so dringend brauchte.

„Könntest du etwas langsamer machen?", protestierte John, als wir den Ballonanhänger ankoppelten und die Propantanks dreimal prüften.

Ich ließ den Kleinbus aufheulen und winkte sie herein.

„Ich schätze, das heißt, nein", murmelte Chico, als ich doppelt so schnell losraste wie sonst.

Aber in dem Moment, als ich an unserem Startpunkt ankam und sah, dass Madden, nicht Henry, mit den Gästen in einem zweiten Kleinbus ankam, sackte meine Laune schlagartig in den Keller.

Ich setzte ein falsches Lächeln auf, als ich Madden zur Seite zerrte.

49

„Wo ist Henry?"

„Dir auch einen guten Morgen", murmelte Madden zwischen zwei Schlucken seines dampfenden Kaffees. Dann gähnte er. „Hast du seine SMS nicht gelesen?"

Nein, hatte ich nicht. Dort wo ich wohnte, war der Empfang miserabel, und ich war zu sehr damit beschäftigt gewesen, Chico noch letzte Anweisungen zu geben, um meine Nachrichten zu prüfen, als wir durch die Stadt gefahren waren.

„Henry musste nach Denver fahren. Sein Bruder hatte einen Herzinfarkt." Madden gähnte auf eine Weise, die eher einem *platten Reifen* als einem *lebensbedrohlichen Notfall* gerecht werden würde. „Ich springe für ihn ein."

Ich starrte ihn an und war nicht gerade erfreut über die Aussicht, mit Madden zu fliegen. Dann ermahnte ich mich und stellte meine Prioritäten richtig. „Geht es Henrys Bruder gut?"

Madden zuckte mit den Schultern. „Das habe ich nicht gefragt."

Ich schnaubte. Natürlich hatte er das nicht.

„Ah, Miss Sattler", begrüßte mich eine sanfte Stimme.

Das entlockte mir ein echtes Lächeln. „Mr. Greene. Guten Morgen."

„Bitte, nennen Sie mich Harlon." Er drückte mir herzlich die Hand und zeigte dann hinter sich. „Ich hoffe, das ist in Ordnung. Ich habe ein paar Freunde mitgebracht."

Freunde? Wohl eher einen Geschäftspartner – einen glatzköpfigen, korpulenten Kerl mit einer Aktentasche – und mehrere umwerfende junge Frauen. Seine Töchter?

Eher Groupies, stellte ich fest, als eine ihm einen Kuss zuwarf.

Mein Herz wurde schwer, als ich im Geiste nachzählte.

„Madden hat mir versichert, dass genug Platz ist... ", fuhr Harlon fort.

Ich erstarrte und zählte erneut. Sieben Gäste und ein Pilot. Ein Ballon für acht Personen. Genug Platz für alle... außer für mich.

„Können wir ein Selfie mit Ihnen schießen?", gurrten die Groupie-Mädchen Madden an.

Madden schmiegte sich an sie, um sich in das Bild zu zwängen. „Alles, was die Damen wünschen."

Die „Damen" nahmen mehrere verschiedene Posen ein, bevor diejenige, die das Handy in der Hand hielt, auf Video umschaltete und zu erzählen begann.

„Hier sind wir bereit für unseren Flug mit unserem Piloten…"

Madden machte ein Hang Loose-Zeichen und grinste, als sich die vollbusigen, jungen Frauen um ihn scharrten.

„Und Miss Sattler", fügte Harlon hinzu.

Madden hob eine Hand. „Heute leider nicht."

Oder an irgendeinem anderen Tag, wie sein wenig überzeugender Blick des Bedauerns deutlich machte.

„Es gibt nur Platz für sieben und Erin darf nicht solo fliegen", frohlockte Madden. „Sie kann lediglich Co-Pilotin sein."

Aber nur noch für eine weitere Stunde, hätte ich fast gebellt. *Eine mickrige Stunde.*

„Oh, das war mir nicht bewusst", sagte Harlon. „Wie schade. Ich wusste es nicht, als ich die Damen eingeladen habe."

Er konnte es nicht wissen, aber Madden schon. Ich warf ihm einen bösen Blick zu.

Harlon wandte sich an seine Groupies. „Ich nehme nicht an, dass eine von euch abspringen möchte?"

Sie drängten sich vor wie panische Schafe und streichelten über seine Ralph Lauren-Lammfelljacke. „Und den Spaß verpassen?"

Harlon schaute offensichtlich zerrissen zwischen ihnen und mir hin und her.

Ich brannte darauf, einer – oder besser *allen* – dieser jungen Frauen den Flug auszureden. Aber Geschäft war Geschäft und in Achterbahnzeiten zählt in einem Achterbahngeschäft jeder zahlende Kunde.

Ich streckte meine Hände hoch. „Das ist sehr nett von Ihnen, aber es ist schon in Ordnung. Wirklich", log ich.

„Siehst du?", spottete eine der Frauen fast. „Es ist in Ordnung."

Harlon sah verärgert aus, vielleicht weil er die Kehrseite der Tatsache erkannte, sich eine Herde junger und eifriger Groupies zu halten. Er schaute die Frauen durch zusammengekniffene Augen an und seine Lippen wurden hart.

Wie aus dem Nichts stieg ein Dunkle-Wolken-am-Horizont-Gefühl in mir auf und ich hätte schwören können, dass die Erde bebte. Etwas Schreckliches war im Begriff zu passieren und ich wollte nicht dabei sein, um herauszufinden, was es war.

„Es ist in Ordnung. Wirklich", mischte ich mich ein und berührte Harlons Arm.

In dem Moment, als ich es tat, *zack!* Statische Elektrizität traf mich so stark, dass ich zusammenzuckte.

Nun, innerlich wohlgemerkt, denn ich ließ es mir nach außen hin nicht anmerken.

Aber verdammt. Harlons Blick brannte sich in mich hinein und das unheimliche Gefühl, das mich zunächst *umgeben* hatte, *durchdrang* mich nun. Eine seltsame Empfindung kitzelte meinen Verstand und meine Gedanken begannen zu verschwimmen.

Gott sei Dank schloss Chico die Tür des Transporters mit einem mächtigen Knall. Ich drehte mich um und entzog mich Harlons betörender Aura.

„Wirklich, kein Problem", wiederholte ich. „Und überhaupt, ich mache mich jetzt besser an die Arbeit. Genießen Sie Ihren Flug."

Ich entfernte mich zügig und bemühte mich dabei, wie eine *fleißige Biene* anstatt wie ein *flüchtender Hund* zu wirken. Denn, scheiße. Ich wusste jetzt, an wen Harlon mich erinnerte.

Gewandter Redner. Heißer Typ. Ein magnetischer Mann mit genau dem richtigen Händchen. Man könnte sogar sagen mit einem Hauch von *Magie.*

Hexenmeister.

Genau wie mein Vater.

Kapitel 7

NASH

Ich kannte Erin noch nicht lange, aber ich merkte, dass etwas nicht stimmte. Sie hatte sich ein paar Minuten lang mit Madden und den Gästen unterhalten und war dann mit einem Schimmer der Blässe auf ihrer stark gebräunten Haut zurück zum Ballon geeilt. Normalerweise konzentrierte sie sich auf die Details des Aufbaus, aber heute huschte ihr Blick immer wieder zu den Gästen zurück.

„Mach sie nicht noch wütender", flüsterte Chico, als hätte ich das nicht schon selbst herausgefunden. „Sie ist schon sauer, weil sie nicht als Co-Pilotin mitfliegen kann."

Wusch! Erin ließ den Brenner aufflammen und erzeugte einen langen, wütenden Feuerschwall.

Sie würde einen tollen Drachen abgeben, beschloss mein inneres Biest.

Das würde sie und wehe dem Mann – oder der Bestie –, der ihr in die Quere kam.

Ich konnte es mir genau vorstellen – die blitzenden Augen, der zusammengebissene Kiefer. Dann seufzte ich, denn diese Wut wäre wahrscheinlich gegen mich gerichtet.

„Lastbänder. Kabel. Kontrollleuchte." Sie schnaufte in abgehackten, maschinengewehrartigen Stößen durch die Flugvorbereitungscheckliste. „Treibstoffdruck…"

„Check", murmelte Chico in seiner gewohnt ruhigen, besonnenen Art.

An den meisten Tagen scharrten sich die Gäste um uns, die das Spektakel eines Starts faszinierte. Aber diese Gruppe war mehr mit sich selbst beschäftigt als die kichernden Frischverheirateten, die wir von Zeit zu Zeit zu sehen bekamen.

Oder besser gesagt, sie waren total auf ihren Anführer fixiert, einen großen, fitten, silberhaarigen Mann. Alle fünf Frauen hingen an jedem seiner Worte wie reuige Sünder bei einer Predigt. Sie berührten ihn auch oft. Sie berührten ihn und schoben sich gegenseitig mit der Hüfte aus dem Weg, während sie um die Spitzenposition an seiner Seite wetteiferten.

Der zweite Typ – eine Art Geschäftsmann mit Aktenkoffer – war nicht viel besser. Er ahmte die Gesten des Anführers nach und lachte zu laut über seine eigenen Witze, um sich dann verlegen selbst zu unterbrechen, wenn sie danebengingen. Wenn das eine Männerfreundschaft war, dann war sie bestenfalls einseitig.

Ich war zu sehr mit dem Ballon beschäftigt, um den Kerl zu studieren, und Madden versperrte mir die wenigen Male, als ich hinsah, die Sicht.

Was hatte es mit diesem mysteriösen Mann auf sich? Und was hatte er gesagt oder getan, um Erin zu vergraulen?

Vielleicht hat er sie vor ihrem Vater gewarnt, brummte mein Drache.

Ich biss die Zähne zusammen. *Musst du mir das erneut unter die Nase reiben?*

Als der Ballon bereit war, gab Erin ein Zeichen und rief dann mehrmals nach Madden. Nichts. Keine Antwort. Schließlich steckte sie ihre Finger in den Mund und pfiff, woraufhin sich die ganze Gruppe umdrehte.

„Alle einsteigen.“

Madden führte die Gruppe nicht an. Das tat ihr Anführer. Die aufgehende Sonne stand jetzt hoch genug, um sie alle im Gegenlicht anzuleuchten, so dass ich sein Gesicht nicht ausmachen konnte. Ich interessierte mich ohnehin mehr für den Raum um seine Schultern.

Gespannt hielt ich den Atem an. Beunruhigt.

Dann versteifte sich mein Körper. Da war er, der verräterische Schimmer, der wie ein Pelzmantel um die Schultern des Mannes hing.

Kein Wunder, dass seine Gäste so verzaubert erschienen. Das waren sie auch – buchstäblich. Denn er war ein weiterer Hexenmeister. Der zweite, den ich in den letzten drei Tagen gesehen hatte.

Eher der zehnte, murmelte mein Drache.

Ich schnaubte. *Die anderen zählen nicht.*

Drittklassige Hexen und Hexenmeister gab es in Sedona wie Sand am Meer, aber sie waren im Vergleich zu diesem Weißen Hai nur kleine Fische.

Ich biss die Zähne zusammen, als ich mich fragte, wonach er in Sedona suchte. Ich bezweifelte, dass es die Aussicht war.

„Beweg dich", zischte Erin und trieb mich weiter an.

Wir vom Bodenteam hielten jeweils eine Ecke des Korbes fest, um ihn zu stabilisieren, während die Gäste hineinkletterten. Ich senkte meinen Blick nach unten und wandte ihn vom Hexenmeister ab. Seine Art hatte nicht die Nase, um einen Gestaltwandler wie mich zu erschnüffeln, aber wenn er tief genug in meine Augen blickte, könnte er die Bestie in mir sehen.

„Hilf mir, Harlon" quietschte eine der Frauen.

Dann schlug eine pummlige Hand, die ein Klemmbrett hielt – die des Geschäftsmannes – nur wenige Zentimeter von meinem Ohr entfernt gegen den Korb. Ich schaute verärgert auf.

Robert Hardy. Red Rock Vistas Real Estate lautete der geprägte Schriftzug oben auf dem Klemmbrett.

Einen Moment später verriet mir der Immobilienmakler – Hardy selbst? – den Nachnamen seines Auftraggebers. „Darf ich Ihnen meine Aktentasche reichen, Mr. Greene?"

Ich nahm mir vor, in der Zentrale anzurufen, um Nachforschungen über Harlon Greene anzustellen.

Dann fluchte ich innerlich, weil mir diese Ressourcen nicht länger zur Verfügung standen.

Wusch! Madden öffnete eine Minute später das Hauptventil und der Ballon hob langsam ab.

„Oh! Wir sind in der Luft!", kreischte eine der Frauen.

Erin marschierte zu unserem Kleinbus. Ich wartete mit John und Chico und schaute dem Ballon beim Aufstieg zu.

„Wow, das ist ein Mann mit viel Geld und Macht", seufzte John.

„Und Frauen", fügte Chico hinzu.

Sie gackerten auf dem Weg zum Transporter. Wir packten die restliche Ausrüstung zusammen und stiegen ein. Erin umklammerte das Lenkrad mit den Händen und fuhr los.

„Oh! Das ist so hübsch!" Eine Frauenstimme klang über das Funkgerät.

John verschränkte die Arme, zog sich die Baseballkappe über die Augen und machte es sich für sein übliches Nickerchen bequem.

Chico setzte seine Kopfhörer auf und zog sich in seine eigene Welt zurück.

So blieben nur noch Erin und ich, um den üblichen Kommentaren aus dem Ballon zu folgen. Zumindest begann es so wie immer. Viele *Ohhs* und *Ahhs* und das Erkennen bekannter Orte aus der Vogelperspektive.

Aus der Drachenperspektive, knurrte das Biest in mir.

Doch dann wichen die Dinge vom Normalen ab und ich ertappe mich dabei, dass ich lauschte, anstatt wegzuhören.

„Bob, wo ist dieser Bach, *Painted Rock Creek*, über den wir gesprochen haben?", fragte Harlon Greene.

Erins scharfes Einatmen ließ mich zu ihr hinüberschauen. Sie hatte die Lippen zu einer schmalen Linie zusammengepresst und die Furche zwischen ihren Augenbrauen vertiefte sich.

„Ich öffne einfach erst einmal die Karte...", antwortete Bob – der Robert Hardy von Red Rock Vistas Real Estate, wie ich annahm.

Erin bog um eine Kurve und schaute nach oben. Als wir über eine Bodenwelle fuhren, löste sie ihre rechte Hand vom Lenkrad und ihre Finger zuckten.

„Oh! Halten Sie sie fest! Halten Sie sie fest!", rief Hardy.

Es folgten raschelnde Geräusche und etwas Weißes flatterte über uns davon.

Eine der Frauen lachte. „So viel zu Ihrer Karte. Der Windstoß hat sie in den Busch geblasen."

Es war fast schon komisch, aber Erin schien nicht amüsiert zu sein.

„Verdammt. Lassen Sie es mich auf meinem Handy laden...", sagte Hardy als Nächstes.

„Painted Rock Creek? Der ist dort drüben", antwortete Madden.

„Halt die Klappe, Madden", fluchte Erin leise.

„Fliegen Sie uns darüber", befahl Harlon.

„Tut mir leid, das geht nicht", sagte Madden. „Es sei denn, der Wind dreht sich."

Harlon Greene war eindeutig ein Mann, der es gewohnt war, zu bekommen, was er wollte. In der darauffolgenden Totenstille stellte ich mir vor, wie Madden zusammenzuckte und wegschaute.

„Wie schade", grunzte Harlon mit tiefer, gefährlicher Stimme.

„Ich meine, ich werde mein Bestes tun", fügte Madden schnell hinzu. „Aber in einem Ballon kann man sich die Richtung nicht aussuchen. Man kann nur auf und ab steuern. Den Rest erledigt der Wind."

„Ich verstehe", murmelte Harlon überhaupt nicht erfreut.

Ich hielt den Atem an und erwartete halb, dass der Wind über die Berge herabbrausen würde. Das geschah nicht, aber die Koordinaten, die Madden ablas, fingen an, sich nach Norden zu drehen.

„Drei-vierzig Grad bei vier Komma zwei Knoten... drei-zweiundvierzig... drei-fünfundvierzig... nun, vielleicht haben Sie Glück, Mr. Greene", rief Madden.

Erin starrte auf das Funkgerät, dann auf den Ballon.

Ich starrte ebenfalls. Nur die seltensten und mächtigsten Hexenmeister konnten Naturphänomene, die so mächtig waren wie Erde, Wind, Wasser oder Feuer, dazu zwingen, sich ihrem Willen zu beugen. Wenn ich noch für die Agentur arbeiten würde, hätte ich Harlon Greene auf jeden Fall überprüfen lassen. Aber ich war gegangen und jetzt war ich auf mich allein gestellt.

Nicht dein *Problem*, sagte eine kleine Stimme in meinem Kopf.

Nein, das war es nicht. Aber es schien ein Problem für Erin zu sein, die immer unruhiger wurde, je länger das Gespräch andauerte.

„Das dort ist der Painted Rock und die grüne Linie dort ist der Bach, Painted Rock Creek", erklärte Madden. „Man sagt, dass es dort draußen einen fünften, versteckten Wirbel gibt."

Wenn Blicke töten könnten, wäre das Funkgerät implodiert, denn Erin starrte erst darauf und dann wieder auf den Ballon.

„Was Sie nicht sagen", antwortete Harlon in einem besonders geschmeidigen Tonfall.

„Das Grundstück, über das wir sprachen, befindet sich in der Nähe der Felsen, gleich dort hinten", warf Hardy ein.

Erins Wangen erblassten von einem Rot des Zorns zum Weiß der Angst. Nun ja, Unbehagen vielleicht. Erin schien nicht der Typ zu sein, der sich vor viel fürchtete.

Nicht einmal vor einem Hexenmeister? flüsterte eine kleine Stimme in meinem Kopf.

Ich runzelte die Stirn und erinnerte mich an ihren Vater. Glaubte sie, sie könnte es mit anderen seiner Art aufnehmen?

Aber Erins Vater war so schnell verschwunden, wie er gekommen war. Harlon schnüffelte herum. Warum?

„Oh, Harlon, du musst es kaufen", säuselte eine der Frauen über das Funkgerät. „Es sieht dort hinten so schön aus. Du könntest diese Hütten dort abreißen und eine Villa darauf bauen!"

Mein Blick glitt zu Erin hinüber, die wutentbrannt war. War eine dieser Hütten oben am Painted Rock Creek ihr Zuhause?

„Sie könnten mehr als das tun", gluckste Hardy. „Es liegt außerhalb des Nationalparks, also ist es nur eine Frage der richtigen Papiere, um die Genehmigung für ein ganzes Resort zu bekommen."

Erin knurrte nicht wirklich, aber ich schwöre, sie war nah dran.

„Natürlich müssten sie den Besitzer überreden, es zu verkaufen", fuhr Hardy fort.

„Es steht nicht zum Verkauf", murmelte Erin fast zu leise, um sie zu verstehen. „Das wird es auch nie."

Harlon gluckste. „Ich bin ein sehr überzeugender Mann.“

Die Frauen kicherten und eine zwitscherte: „Das ist er wirklich. Er hat mich sogar zu dieser Ballonfahrt überredet!“

Und dich wahrscheinlich auch in sein Bett gequatscht, brummte mein Drache.

Das war das Problem mit Hexenmeistern. Keiner verführte so mühelos wie sie. Ich bezweifelte, dass er sich dessen überhaupt bewusst war.

So wie der Oberboss, murmelte mein Drache. *Erins Vater.*

Ich warf ihr einen Blick zu. Sie musste über ihren Vater Bescheid wissen, oder? Und hatte sie seine Kräfte geerbt oder war sie nur ein simples Relikt?

Sie ist überhaupt nicht simpel, knurrte mein Drache. *Und selbst die vererbten Kräfte eines Relikts können zum Leben erwachen.*

Das hatte man mir zumindest gesagt, aber bestätigte Fälle traten nur alle hundert Jahre auf.

„Man sagt, es gäbe weiter hinten in den Felsen eine ganze versteckte Schlucht“, fuhr Madden fort.

Erin war bereits so angespannt, dass es schwer zu beurteilen war, wie sie darauf reagierte.

„Erzählen Sie mir mehr über diesen Wirbel“, sagte Harlon.

Hardy gluckste. „Nun, das hängt davon ab, wen Sie fragen.“

Harlon unterbrach ihn nicht sehr amüsiert. „Nicht Wirbel im Allgemeinen. Sondern diesen hier.“

Hardy schien keine Antwort zu haben, Madden aber schon. Verarschte er ihn – wie üblich – oder kannte er die Fakten?

„Alle reden von den vier großen Wirbeln, aber ich habe gehört, dass es einen fünften noch stärkeren gibt. Aber dass er kommt und geht. So lange, bis die Leute ihn vergessen haben. Natürlich könnte das alles nur eine Legende sein.“

Das hoffte ich sehr. Denn ein mächtiger Hexenmeister, der einen privaten Komplex auf einem geheimen Wirbel errichtete, war ein Szenario, dass die Leute in der Behörde erblassen lassen würde.

Erin sah aus, als wollte sie ihren Kopf gegen das Lenkrad schlagen. Und das war, bevor Hardy sich einmischte.

„Selbst wenn es nicht so ist, ist es ein fantastischer Standort. Groß genug, um einen privaten Golfplatz darauf zu bauen."

Erin warf einen bösen Blick nach oben.

Nur ein Relikt, murmelte mein Drache ein wenig wehmütig. *Wenn sie irgendwelche Kräfte hätte, wären sie jetzt offensichtlich.*

Das stimmte. Die meisten Relikte, von denen ich gehört hatte, hatten ihre übernatürlichen Fähigkeiten in Extremsituationen entdeckt, wenn die Emotionen überkochten.

In etwa so wie jetzt und der Ballon hatte kein Leck und stürzte auch nicht spektakulär in Richtung Erde.

Zu schade, brummte mein Drache.

„Nun, jetzt gleiten wir von dort weg. Neuer Kurs, drei-sechsunddreißig Grad", sagte Madden. „Dreidreiunddreißig... drei-dreißig. Der nächste Windwechsel."

Ich schaute zu Erin hinüber und schüttelte still den Kopf. Wenn sie den Wind kontrollieren könnte, hätte sie es längst getan... nicht wahr?

Die Minuten vergingen, während der Ballon seinen neuen Kurs beibehielt, und die Gäste unterhielten sich wieder über die üblichen Dinge. Die Schönheit der Tafelberge, die Sichtung eines Javelinas, dann die *Ohhs* und *Ahhs* und die Fotos, die geschossen wurden, bis jemand den Schatten des Ballons auf dem Boden entdeckte.

„Oh! Alle einmal winken", quietschte eine der Frauen. „Schaut mal! Unsere Schatten winken uns zurück! Hast du das gesehen, Harlon?"

Ich hörte die Antwort nicht, aber ich wettete, dass er nicht gewunken hatte. Stattdessen stellte ich mir vor, wie er auf die sattgrüne Linie des Painted Rock Creek zurückstarrte.

„Wir werden dort drüben hinter den Feuchtgebieten landen", sagte Madden, als der Ballon langsam sank.

„Oh! Ich brauche zuerst noch ein Gruppenfoto", rief eine der Frauen. „Kannst du es machen, Bob?"

Ich schnaufte, als sie herumrutschten. Der arme Hardy gehörte definitiv nicht zur Gang.

„Sagt Cheese", sagte er.

Die Frauen jubelten und kreischten. Reichte das?

Dann ergriff Harlon das Wort und das Geschnatter verstummte augenblicklich. „Was für ein wunderbarer Flug das war. Danke, Madden."

Jetzt, als das Stichwort gefallen war, stimmten die Frauen in seine Worte ein. Hätten sie sich sonst die Mühe gemacht?

„Ja, wir werden uns alle noch lange daran erinnern." Harlons Stimme wurde langsamer und klang fast wie ein Singsang. „Wir werden uns an die unglaubliche Aussicht erinnern. An die Javelinas. Wie friedlich es sich angefühlt hat. So, so friedlich... "

Harlon sprach langsam und leise weiter wie ein Vater, der eine Gutenachtgeschichte vorlas, wenn das Kind langsam einschlief.

„Die Art, wie der Wind Bobs Hut weggepustet hat... ", sagte er danach.

Ich runzelte die Stirn. Es war kein Hut gewesen, der weggeweht worden war. Es war eine Landkarte.

„Wir werden uns daran erinnern, wie schön der Oak Creek aussieht, und an das Grundstück, von dem Hardy mir dort erzählt hat... "

Nicht Oak Creek, hätte ich fast gesagt. *Painted Rock Creek. Du bringst alles durcheinander.*

Dann erkannte ich, was er tat. Harlon brachte absichtlich alles durcheinander – er pflanzte dabei neue Erinnerungen in die Köpfe seiner Zuhörer.

Gedankenzauber, flüsterte mein Drache.

Es gab Hunderte von Zaubersprüchen, aber nicht jede Hexe oder jeder Hexenmeister beherrschte alle Arten. Was eine verdammt gute Sache war. Aber verflucht. Harlon verfügte über zwei sehr mächtige Zauberkünste, wenn er Gedankenzauber *und* das Windflüstern beherrschte.

Dann schaute ich auf das Funkgerät. Die meisten Gestaltwandler waren resistent gegen Zaubersprüche, aber Menschen – und die meisten Relikte – waren es nicht.

Ich warf einen Blick zurück. Chico wippte mit dem Kopf zu der Melodie in seinen Kopfhörern, also hatte er kein Wort gehört. John schlief tief und fest. Und was Erin betraf...

Ich schaute sie aus dem Augenwinkel an. Aber wie schon zuvor war es schwer zu sagen.

Ich brannte darauf, es zu wissen. So sehr, dass ich es nicht lassen konnte, ganz beiläufig zu fragen.

„Ich lerne immer noch die Details der Gegend hier", sagte ich. „Welcher Bach war das, über den sie geflogen sind?"

Erin lenkte den Kleinbus auf eine große Lichtung, wo der Ballon landen sollte. Dann schaute sie zu mir hinüber und blinzelte ein paar Mal.

„Hast du es nicht gehört? Oak Creek."

Ich setzte eine ausdruckslose Maske auf und achtete darauf, nichts zu verraten. Aber mein Herz wurde schwer. Ich hatte mir *gewünscht*, dass sie gegen Harlons Magie immun wäre und selbst Magie besaß.

Aber sie war nur ein unbedeutendes Relikt, wie es schien. Ahnungslos. Harmlos. Wie jeder andere Mensch auch.

Trotzdem, brummte mein Drache. *Sie ist etwas Besonderes. Eines Tages wirst du es sehen. Und jede Wette, sie kann eine Menge Schaden anrichten… zumindest in närrischen Herzen.*

Ich verzog das Gesicht und schwor mir, dass ich dieser Narr nicht sein würde.

Kapitel 8

ERIN

Ich tat mein Bestes, um den glasigäugigen, aus einem Traum erwachenden Zustand zu imitieren, in dem Madden und die anderen Gäste herumstolperten, nachdem sie von Bord gegangen waren. Harlon hingegen hatte Adleraugen.

„Ein herrlicher Flug. Einfach herrlich", sagte er und musterte leise jedes Gesicht, auch meins.

Mein Herz raste, als ich die Propangasflasche zudrehte und die Halterung löste, die den Korb mit dem Ballon verband. Auch meine Gedanken rasten, obwohl ich versuchte, die gleiche unbeschwerte Ausstrahlung wie Harlons junge Groupies zu versprühen. Aber meine Güte, war das schwer. Sein Blick war wie eine schwere Hand, die auf mich drückte, und als er endlich wegschaute, schluckte ich erleichtert. Dann spionierte ich selbst.

John und Chico hatten Harlon nicht über das Funkgerät gehört, aber Nash hatte genauso aufmerksam gelauscht wie ich. War er wirklich Harlons Magie erlegen oder war das alles nur ein Bluff?

Welcher Bach war das, über den sie geflogen sind?

Eine unschuldige Frage – oder ein Versuch, mich zu täuschen?

Ich beobachtete, wie Nash John und Chico half, den Ballon zu falten und aufzurollen. Der Kerl war einen Meter neunzig groß, muskulös, geheimnisvoll und, wie immer, unmöglich zu durchschauen.

„Kommen Sie alle." Madden wies die Gäste auf den Picknickkorb hin, den ich neben dem Transporter aufgestellt hatte. „Zeit für Frühstück und Champagner."

Die Groupies kicherten und folgten Harlon wie dressierte Corgis. Ich schaute zu, als sie die Champagnergläser hoben und Bagels mampften. Nach allem, was ich gehört hatte, waren Hexenmeister fantastisch im Bett. Obwohl, igitt – ich hatte dieses Thema immer gemieden, da mein Vater einer war. War es das, was sie an Harlon reizte, oder war es sein Geld? Beides?

Als ich Madden als Nächstes ansah, funkelte ich ihn finster an und wünschte mir halb, er würde ersticken und sterben. Nun, nicht wirklich, aber ich war versucht, ihn zu erwürgen.

Das dort ist der Painted Rock, hatte er Harlon erzählt, *und die grüne Linie dort ist der Bach, Painted Rock Creek. Man sagt, dass es dort draußen einen fünften, versteckten Wirbel gibt.*

Ja, den gab es. Und die Betonung lag auf *versteckt*. Was zum Teufel hatte sich Madden dabei gedacht, so viel zu verraten?

Und, scheiße. Woher wusste er überhaupt davon, wenn es nur wenige Anwohner taten?

Natürlich konnte es sein, dass Madden nur etwas ausplauderte, das er selbst zufällig mitgehört hatte, wie er es so oft tat. Es stimmte zur Abwechslung nur leider einfach mal.

Wie dem auch sei, es waren wirklich schlimme Nachrichten.

Es ist nur eine Frage der richtigen Papiere, um die Genehmigung für ein ganzes Resort zu bekommen.

Nur über meine Leiche. Meine Tante hatte sich ihr ganzes Leben lang gegen Bauunternehmer gewehrt und meine Schwestern und ich hatten geschworen, das Gleiche zu tun. Wir hatten unser Bestes getan, um unser Grundstück geheim zu halten, aber bei den in die Höhe schießenden Immobilienpreisen in Sedona war das gar nicht so einfach.

Ich bin ein sehr überzeugender Mann, hatte Harlon gesagt.

Ich schnaubte. Das traf auf alle Hexenmeister zu, deren Magie ihren natürlichen, verführerischen Charme vervielfachte. So war es auch bei meinem Vater. Aber während die Magie meines Vaters verspielt und gutartig war, war Harlons Magie dunkel und bedrohlich. Außerdem lief mein Vater nicht herum und bezirzte die Leute. Und er konnte auch ganz sicher keine Erinnerungen anderer Menschen überschreiben.

Das lag natürlich zum Teil daran, dass die Magie, die er besaß, einzigartig war. Meine Tante nannte sie *elementar*. Deshalb fuhr Dad mit seinem Motorrad durch den Westen – er brauchte diese Verbindung zu Erde, Himmel und Wind.

Besonders zum Wind, seufzte ein Teil in mir, als ich an die Sandstürme dachte, die er von Zeit zu Zeit auslöste. Manche aus Spaß, manche aus Versehen, wenn er besonders wütend, traurig oder fröhlich war. Aber selbst dann war Dad nur das Streichholz. Das Brennmaterial war schon da und wenn es einmal entzündet war, konnte man nicht wissen, wann Mutter Natur sich hinreißen ließ und blies und blies und blies.

Die Brise spielte mit meinem Haar und erinnerte mich daran, dass ich keine solchen Kräfte besaß.

„Miss Sattler."

Fast wäre ich zusammengezuckt. Harlon schien direkt neben mir zu erscheinen. Konnte der Mann auch Raum und Zeit überwinden?

Ich drehte mich mit einem vorgetäuschten Lächeln zu ihm um. „Oh, hallo. Hat Ihnen der Flug gefallen?"

Er nickte. „Ich bin so froh, dass Sie es vorgeschlagen haben. Die Aussicht über dem Oak Creek war wunderschön."

Ein Test, und ich wusste es. Zum Glück lag mir die richtige Erwiderung auf der Zunge.

„Ja, es gibt doch nichts Schöneres, als über Weinberge zu fliegen, nicht wahr?"

Er nickte zufrieden. *Uff.*

„Meine einzige Enttäuschung ist, dass Sie nicht mit uns fliegen konnten."

Junge, dieser Mann wusste, wie man die richtigen Töne traf. Zu schade, dass er so ein Abschaum war.

Ich brachte ein bedauerndes Lächeln zustande. „Vielleicht ein anderes Mal. Aber sagten Sie nicht, Sie würden Sedona schon bald verlassen?"

„Ja, ich habe ein paar Termine in meinem Kalender. Ich fliege nach Chicago, dann nach London…"

Ha. Im Stillen gab ich mir Bonuspunkte, weil ich richtig geraten hatte.

„... aber nicht bevor ich hier eine kleine Party gebe." Er zog eine Visitenkarte aus seiner Tasche. „Morgen Abend. Ich würde mich freuen, wenn Sie kommen könnten."

Seine erwartungsvolle Miene verriet mir, dass ich die Hände in die Luft reißen und *Wow!* rufen sollte. *Ich würde so gern kommen.* Aber bei all den inneren Alarmglocken, die in mir schrillten, war ich eher für: *Verdammt, nein. Keine Party, die von einem Hexenmeister veranstaltet wurde.*

Ich stellte mir Hexen und Vampire vor, die sich unter ahnungslose Geschäftsleute und Harlons Groupies mischten. Nicht, dass die Hexen spitze, schwarze Hüte tragen würden. Wohl eher Designer-Cocktailkleider, deren einzige verräterischen Merkmale Frisuren und Oberweiten waren, die der Schwerkraft trotzten. Die Vampire würden ihre Zähne nicht fletschen, sondern Bloody Marys schlürfen, während sie stillschweigend jedem süßen, jungen Ding, das vorbeikam, auf den Hals starrten.

„Morgen Abend, was?" Ich suchte nach plausiblen Ausreden.

„Ja, um sechs. Ich würde mich sehr freuen, wenn Sie kommen könnten."

Seine Stimme nahm diesen Singsangton an, den er bei den Gästen angewandt hatte, und die Luft um mich herum wurde so warm und gemütlich wie eine Bettdecke. Wäre ich mir Harlons Kräften nicht bewusst gewesen, wäre ich vielleicht in einen angenehm schläfrigen Zustand verfallen.

Oh, ich würde liebend gern zu ihrer blöden Party kommen. Und sicher doch. Lassen Sie mich Ihnen auch gleich die Ranch verkaufen.

Der Gedanke, dass ich auf seine Tricks hereinfallen könnte, machte mich krank.

Die Sache war die, dass er mir auf die Schliche kommen würde, wenn ich nicht zustimmte.

„Um sechs?", fragte ich, um ihn hinzuhalten.

Er nickte und die Decke, die meine Gedanken zu verwischen versuchte, legte sich auch um meine Schultern. Und verdammt.

Es war eine Sache, Harlons Magie zu widerstehen, wenn sie durch den Filter eines Funkgeräts kam. Sich ihr persönlich zu widersetzen, von Angesicht zu Angesicht...

Ich schob meine Hände tief in meine Taschen und war fest entschlossen, nicht nachzugeben.

„Um fünf wäre noch besser", sagte er. „Ich würde gern Ihr Wissen über die Gegend in Anspruch nehmen. Vielleicht können wir sogar übers Geschäft reden."

Bis dahin waren die Alarmsignale in meinem Kopf nur eine Art piepsender Digitalwecker gewesen. Jetzt heulten sie wie Feuerwehrsirenen.

„Das Geschäft?", wiederholte ich dümmlich.

Sein warmes Lächeln sollte mich beruhigen, es bewirkte jedoch das Gegenteil. „Ich hoffe, regelmäßig nach Sedona zurückzukehren. Es ist der perfekte Ort, um zu entspannen und Gäste zu unterhalten."

Unterhalten... wie in dem Resort, das er auf meiner Ranch zu bauen plante, wenn er sie in seine schmutzigen Finger kriegen konnte?

Ich konnte es mir jetzt schon vorstellen: das dritte Loch eines Golfplatzes, das sich auf der ehemaligen Ostkoppel erstreckte.

Harlon grinste. „Meine Pläne befinden sich noch im Anfangsstadium, aber ich denke gern in großen Dimensionen. Ich könnte zum Beispiel eine Ballonpilotin anheuern, damit meine Gäste fliegen können, wann immer sie wollen." Er gluckste. „Natürlich müsste ich auch einen Ballon kaufen, aber ich nehme an, Sie könnten mich dazu beraten."

Ich blinzelte. Wow. Hatte er eine Ahnung, wie viel diese Ballons kosteten? Ganz zu schweigen von den Kosten für einen fest angestellten Piloten, der für den seltenen Fall bereitstand, dass seine Gäste in letzter Minute am frühen Morgen fliegen wollten?

Andererseits musste es Millionen kosten, aus dem Gestrüpp einer abgelegenen Ranch ein üppiges Resort zu machen, warum also nicht auch noch das Gehalt eines Piloten und einen Ballon hinzufügen?

Zugegeben, mein Herz setzte ein paar Schläge aus. Was für ein Traumjob. Jede Menge Freizeit. Keine Werbung. Nur eine Handvoll Gäste auf einmal. Ich fragte mich sogar, ob sie mir Trinkgeld geben würden.

Dann fing ich mich wieder. Nein, nein, nein. Das war kein Traumjob. Nicht, wenn es um mein Land ging – oder um ein anderes der letzten unberührten Grundstücke in dieser Gegend. Und vor allem nicht, wenn mein Boss ein intriganter Hexenmeister wäre.

Ich blinzelte. „Wow. Sie denken wirklich in großen Dimensionen."

Er grinste. „Und ich bin sehr überzeugend."

Er sagte es wie einen Scherz, aber ich erkannte die Drohung dahinter.

Ich zwang mich zu einem höflichen Lachen. „Da bin ich mir sicher."

„Also kommen Sie?"

„Das würde ich gern, aber ich bezweifle, dass sich in meinem Kleiderschrank etwas Passendes findet." Ein schwacher Versuch, aber das war alles, was mir einfiel. Und es war absolut wahr. Für mich bedeutete, sich schickzumachen, eine anständige Jeans, ein sauberes Hemd und blank geputzte Stiefel.

Harlon warf den Kopf zurück und lachte. „Miss Sattler, Sie können so kommen, wie Sie jetzt sind, und die Party trotzdem zum Strahlen bringen."

Hitze stieg in meinen Wangen auf. Er wollte mir nur Honig ums Maul schmieren, nicht wahr? Ich konnte auf gar keinen Fall mit seinen Model-Groupies mit ihren großen Brüsten, bauchfreien Tops und flachen Bäuchen konkurrieren. Ich könnte mir schon vorstellen, was sie auf seiner Party tragen würden. Schulterfreie Kleider mit superhohen Schlitzen an den Beinen? Hautenge Hüllen, in die sie sich wie Würmer hineinschlängeln mussten?

Die Groupies bewegten sich wie unruhiges Vieh, unglücklich darüber, dass Harlon seine Aufmerksamkeit auf mich richtete und nicht auf sie.

„Oh, Harlon...", rief Groupie Nummer eins.

„Noch etwas Champagner?", warf Groupie zwei ein und hob die Flasche hoch.

Nash kam ebenfalls herbei und sah genauso alarmiert aus. Ich runzelte die Stirn. Wollte er mich jetzt vor Harlon warnen, so wie er mich vor meinem Vater gewarnt hatte?

Und Moment mal. Damit hätte Nash zwei von zwei Hexenmeistern aufgespürt. War er ebenfalls einer? Vielleicht eine andere Art von übernatürlicher Kreatur?

Ich schnaufte und war versucht, zu Harlons Party zu gehen, nur um Nash zu ärgern. Der Mann musste lernen, sich um seine eigenen Angelegenheiten zu kümmern.

Dann kam mir ein Gedanke. Das *Geschäft*. Wenn ich zu Harlons Party ginge, könnte ich herausfinden, was er vorhatte. Die Art und Weise, wie er herumschlich, deutete darauf hin, dass er seine Pläne geheim halten wollte. Nicht einmal Bob Hardy, der Immobilienmakler, schien eine klare Vorstellung davon zu haben, was Harlon plante.

„Sie kommen also?" Harlon drückte mir seine Visitenkarte mit einem unausgesprochenen Befehl in die Hand.

Ich schaute auf die Karte hinunter. Auf der Vorderseite waren seine Kontaktdaten eingeprägt und auf der Rückseite stand eine protzige Adresse in Sedona in sauberer Bleistiftschrift.

Harlon beugte sich vor und drehte den Charme voll auf. „Wie ich schon sagte, würde ich gern um fünf mit Ihnen plaudern."

Die Groupies strömten herbei wie ein furioser Bienenschwarm. Ich wich zurück und war froh, sie den Platz um ihren Sugardaddy zurückerobern zu lassen.

„Ich werde da sein", versicherte ich ihm.

„Wunderbar. Und machen Sie sich keine Sorgen wegen der Kleiderordnung", rief Harlon und wackelte ganz im Stil von Richard Gere in *Pretty Woman* mit den Augenbrauen.

Nun, ich war keine Julia Roberts, die zu einem Einkaufsbummel gehen würde. Aber ich hatte einen Plan.

„Und danke noch mal", rief ich und wandte mich wieder meiner Arbeit zu.

Fünf Sekunden später packte mich Nash am Arm und zischte: „Du gehst nicht auf die Party dieser Schlange."

Zu seinem Glück konnte ich mich losreißen, ohne ihm den Ellbogen in den Solarplexus zu rammen. Hielt er mich für völlig bescheuert? Und wer war er eigentlich, dass er glaubte, mir sagen zu können, was ich zu tun hatte?

Trotzdem schenkte ich ihm ein zuckersüßes Lächeln, während ich Harlons Karte einsteckte.

„Natürlich nicht."

Zumindest nicht ohne Verstärkung. Aber ich hatte nicht vor, meinen ganzen Plan zu verraten. Ein Plan mit verdammt vielen Details, die in sehr kurzer Zeit ausgearbeitet werden mussten.

„Auf drei", sagte ich zur Bodencrew. „Eins... zwei... drei."

Wir kippten den Korb auf die Seite, dann schoben wir ihn in den Anhänger. Als Nächstes hievten wir den aufgerollten Ballon hinterher und klopften uns schließlich die Hände ab.

„Unsere Arbeit hier ist getan", scherzte John und schaute auf seine Uhr. „Und es ist noch nicht einmal acht Uhr morgens."

Chico lachte. Ich tat so, als ob. Nash warf mir einen durchdringenden Blick zu, den ich ignorierte.

Denn meine Arbeit mochte für den Vormittag erledigt sein, aber ich hatte bis morgen noch jede Menge zu tun. Und der Countdown hatte gerade erst begonnen.

Kapitel 9

ERIN

Ich wusste, dass Harlons Ferienhaus eine beeindruckende Immobilie wäre, aber ich machte trotzdem große Augen, als ich am Tor vorfuhr.

Ja, am Tor. Mit zwei Wachmännern und einem Dutzend Kameras, die in alle Richtungen zeigten. Wenn sie den Ölstand meines Oldtimer-Chevys hätten prüfen wollen, hätten sie es wahrscheinlich gekonnt. Steinmauern umgaben die gesamte exklusive Wohnanlage und auf einem Schild stand _Coyote Grove Ranch_.

Ich schnaubte. _Coyote Grove_ deutete eine Reihe von Bäumen an, auf denen Kojoten wuchsen. Oder tummelten sich die Kojoten unter den Bäumen? _Coyote Ranch_ hingegen beschwor das Bild eines offenen Geländes herauf, auf dem Kojoten in aller Ruhe ihr Futter wiederkäuten.

Der Marketingverantwortliche, der dieser Anlage ihren Namen gegeben hatte, stammte definitiv nicht aus dem Südwesten.

Ich reichte dem Sicherheitsmann Harlons Visitenkarte. „Coyote Grove Ranch, was?"

Der Typ zuckte mit den Schultern. „Wenn Sie zwölf Millionen Dollar haben, um ein Haus dort drin zu kaufen, können Sie es nennen, wie Sie wollen."

Ich lachte und winkte ihm zum Dank zu, als er das automatische Tor öffnete.

Er zeigte auf ein Haus. „Nummer neun ist oben auf dem Hügel."

Natürlich. Nichts Geringeres für Harlon Greene.

„Danke."

Als das Tor lautlos zur Seite glitt, schüttelte ich den Kopf über die schmiedeeiserne Figur in der Mitte.

Der Schwanz dieses Hundes war so buschig, dass er eher nach Fuchs aussah als nach Coyote. Meine Schwester Abby, die Schmiedin, wäre davon nicht beeindruckt.

Als ich der sich windenden Straße bergauf folgte, gab es noch mehr zu bestaunen. Die Häuser waren riesig und selbst in die kleinste Garage würden vier Autos passen. Meine Gedanken verstrickten sich in den Berechnungen eines Hauses mit acht Schlafzimmern und doppelt so vielen Bädern. Das ergab ein Verhältnis von Toilette zu Auto von vier zu eins, nicht wahr?

Oben auf dem Hügel versuchte ich, ein neues Verhältnis auszurechnen, aber es gelang mir nicht. Harlons Haus war doppelt so groß wie die anderen mit riesigen acht Meter hohen Fenstern, in denen sich der atemberaubende Ausblick auf die roten Felsen widerspiegelte. Sehr schön, aber verwirrend, denn der Cathedral Rock lag hinter mir – und doch spiegelte er sich in den vier langen Fenstern vor mir wider. Die Fenster auf der rechten Seite waren dem Bell Rock zugewandt und einer Ecke des Courthouse Butte, aber ihre Positionen waren vertauscht.

Ich parkte und ließ gut zwei Meter Abstand zwischen meinem schäbigen Truck und den nächsten Autos – einem BMW und einem funkelnden Range Rover –, dann stieg ich aus und holte tief Luft. Die optischen Täuschungen in den Fenstern waren eine gute Erinnerung an das, was mich im Inneren erwartete. Betrug, verpackt in einer hübschen Hülle, die ablenken sollte.

Jemand winkte von einem Balkon im zweiten Stock und ich winkte zurück.

Es war Harlon, der in ein Handy sprach. Und, wow. Jetzt, da ich mir dessen bewusst war, war der Schimmer der Magie um seine Schultern offensichtlich. Wie hatte ich das nur übersehen können?

Er hielt lange genug inne, um zu rufen: „Miss Sattler! Kommen Sie doch herein. Ich bin in einer Minute unten."

Es waren eher fünfzehn, aber das gab mir Zeit, mich zu orientieren, nachdem mich einer der Angestellten hereingelassen hatte.

Ja, *einer* der Angestellten. Plural.

Das Foyer war größer als mein ganzes Haus mit einer geschwungenen Treppe wie aus *Vom Winde verweht*. Der Essbereich war zwei Stockwerke hoch, genau wie die Fenster, und die Türen von mindestens sechs verschiedenen Zimmern öffneten sich zum Zwischengeschoss darüber. Alles war in einem so prunkvollen Stil gehalten, der eher in die Toskana als nach Sedona passen würde. Aber es war so, wie der Wachmann gesagt hatte. Wenn man zwölf Millionen Dollar hatte, um ein Haus zu kaufen, konnte man es in jedem Stil einrichten, der einem gefiel.

Eine Handvoll weiterer früher Gäste nickte mir zur Begrüßung zu und ließ mich dann in Ruhe. Eine Frau schaute mich jedoch immer wieder an, amüsiert über... mein Kleid? Mein Haar? Meine Schuhe? Alles Genannte?

Ich starrte sie direkt an, bis sie sich kleinlaut abwandte. Ha. Das hatte ich von meinem Vater gelernt. Ein Beweis dafür, dass Magie nicht so wichtig war wie die richtige Einstellung.

Zumindest dachte ich das gern.

Die Caterer waren noch mit dem Aufbau beschäftigt, also schenkte ich mir ein halbes Glas Champagner ein und trat zurück, um aus den Südfenstern zu schauen. So viele herrliche Tafelberge und Felsen... so viel Platz...

Klatsch! Ich zuckte zusammen, als draußen etwas an der Scheibe abprallte. Eine winzige, metallisch grüne Gestalt blitzte auf und stürzte dann zu Boden. Als ich es identifizieren konnte, weinte mein Herz. Das war ein Kolibri und er hatte sich gerade das Genick gebrochen. Auch nicht das erste Opfer dieser Villa, wenn man auf die winzigen, zerknautschten Körper auf dem Kies draußen schaute.

Ich wandte mich ab und stellte das Sektglas zur Seite.

„Ah, Miss Sattler. Welch eine Freude. "

Ich wirbelte herum, weil er mich unvorbereitet erwischte. Und da stand Harlon, der sich wieder an mich herangeschlichen hatte.

Er war so gepflegt und gut gekleidet wie immer, aber ich sah in ihm nur eine mit Federn und Blut verschmierte Katze.

Trotzdem setzte ich ein Lächeln auf. Das Spiel hatte begonnen und ich weigerte mich, sein Spielball zu sein.

„Harlon. Was für ein schönes Haus Sie hier haben.“

Er zuckte auf diese *Ja, ich bin so dankbar und privilegiert, reich zu sein*-Art mit der Schulter. „Das ist es, obwohl ich hoffe, bald mein eigenes Heim zu haben.“ Seine Augen funkelten. „Apropos... diese geschäftliche Sache, die ich mit Ihnen besprechen wollte. Wollen Sie nicht mit in mein Arbeitszimmer kommen?“

Mein Herz klopfte, als ich ihm die Treppe hinauf folgte. Jeder Schritt führte mich an einem weiteren Gemälde vorbei, wobei die schweren Goldrahmen mehr Eindruck machten als die eigentlichen Kunstwerke.

„Hatten Sie einen schönen Tag?“, begann er mit bedeutungslosem Geplauder, das mich beruhigen sollte.

Mein Blick wanderte zu den Fenstern und ich fragte mich, wie viele Kolibris noch leblos unter den Scheiben lagen.

„Es ist schwer, es nicht zu tun“, bluffte ich. „Sedona ist zu dieser Jahreszeit so schön.“

„Das ist es wirklich.“

Eines seiner Groupies platzte herein. Sie war in das engste Etuikleid gezwängt, das ich je gesehen hatte. Ich fügte meiner privaten Punkteliste zwei weitere Bonuspunkte hinzu.

„Hilf mir, Harlon“, jammerte sie und hielt ihm eine silberne Halskette hin, während sie mir denselben Seitenblick zuwarf wie die Frau unten.

Ich funkelte sie an. Das ärmellose, gelbe Kleid, das ich mir von Pippa geliehen hatte, war völlig in Ordnung, genauso wie Abbys Stiefeletten. Und völlig in Ordnung war gut genug für mich.

„Kannst du die bitte anlegen?“ Sie drehte Harlon den Rücken zu und wartete.

Er schlang sie ihr in einer intimen Geste um den Hals, auf die sie sicher gehofft hatte.

Er gehört ganz dir, Schätzchen, wollte ich lachen. *Ich habe kein Interesse an deinem Mann – oder besser gesagt, an dei-*

nem Hexenmeister. Einen, den ich verdächtige, ruchlose Pläne zu schmieden. Aber zerbrich dir deinen hübschen Kopf nicht darüber. Genieße deinen Sugardaddy einfach weiter... so lange die guten Zeiten andauern.

Was mich zum Grübeln brachte... Wie lange „überlebte" ein Groupie von Harlon Greene im Durchschnitt?

Länger als du, wenn du nicht aufpasst, warnte mich eine innere Stimme.

„Bitte schön." Harlon schloss die Kette und entließ sie mit einem kleinen Klaps, bei dem mir Corgi-Bilder durch den Kopf schossen. „Ich komme bald runter."

Ich würde darauf wetten, dass sie ihn bitten würde, als Nächstes noch etwas anderes zu prüfen – wie ihre Ohrringe oder vielleicht ihren BH. Aber ein strenger Blick von Harlon ließ ihre Augen glasig werden und sie wich wie eine Frau in Trance zurück.

Ich holte tief Luft und zog meinen mentalen Schutzpanzer hoch, den ich durch die jahrelangen Interaktionen mit meinem Vater entwickelt hatte. Aber mein Vater war ein gutmütiger Hexenmeister, so dass ich mich nur gegen Psychospielchen wehren musste, die darauf abzielten, früh zu Bett zu gehen oder mein Gemüse zu essen. Würden meine Abwehrkräfte gegen einen Mann wie Harlon standhalten?

„Wie ich schon sagte... ", begann er, wurde aber von einem weiteren Anruf unterbrochen. „Verzeihung. Ich habe den Fehler gemacht, meiner Assistentin zu sagen, dass ich bis sechs Uhr verfügbar bin." Dann sprach er in sein Handy. „Ja, Bridget?"

Ich stellte mir eine umwerfende und hochkompetente Assistentin vor – eine moderne Miss Moneypenny, die mit ein paar Anrufen alles herbeizaubern konnte, was ihr Boss wünschte, von gekühltem Champagner bis hin zum Anschlag auf seine Feinde.

„Ja, ich bin die Zahlen durchgegangen", sprach Harlon ins Telefon.

Ich schlenderte zum Kamin hinüber und machte eine Show daraus, das Mauerwerk zu inspizieren und ganz bestimmt nicht zu schnüffeln.

„Ja, und die Prognose... ", fuhr Harlon fort.

Ich schlenderte an einem großen Esstisch vorbei, der zwischen dem Kamin und den Fenstern stand. Ordentliche Stapel mit Papieren bedeckten den größten Teil der Oberfläche, alles mit Büroklammern und Klebezettelchen versehen. War das Bridgets Werk oder hatte Harlons Assistentin ihre eigene Assistentin, die sich um solche Dinge kümmerte?

Broschüren und Mappen bedeckten eine Karte halb und ich brannte darauf, sie beiseitezuschieben. Dennoch sah ich genug, um die Konturen des Bear Mountain zu erkennen – ein Wahrzeichen, das buchstäblich einen Schatten auf meine Ranch warf.

Das und zwei weitere Objekte sorgten dafür, dass sich mein Magen umdrehte – ein Buch über indianische Felszeichnungen, das mit weiteren Klebezetteln versehen war, und ein Architekturmodell eines weitläufigen Privatanwesens. Das Haus, das Harlon auf meinem Land bauen wollte?

Nur über meine Leiche, hätte ich fast geknurrt.

„Sagen Sie ihm, dass ich ihn morgen früh zurückrufen werde", fuhr Harlon fort.

Ich schlenderte zu den Fenstern, wo ein Fernrohr nach Westen zeigte. Ich schaute nicht hindurch, aber ich konnte erkennen, dass es leicht nach links vom Bear Mountain auf die Nähe der Painted Rock Ranch ausgerichtet war.

Ich ging weiter und nahm mir vor, nicht auf den Kolibrifriedhof draußen zu schauen.

Harlon sprach weiter und ließ mir Zeit, seinen Schreibtisch zu umrunden und alles zu registrieren, obwohl nichts so Offensichtliches wie eine Mappe mit der Aufschrift *Topsecret: Verschwörung, um die Painted Rock Ranch zu stehlen* darauf lag.

Es gab jedoch eine zweite Tür zum Büro. Ich trug sie in meine mentale Karte des Hauses ein.

Schließlich bedankte sich Harlon bei Bridget und legte auf – gerade als es unten an der Tür klingelte.

Er verzog das Gesicht und schaute auf seine Uhr. „Viertel vor sechs. Wo ist nur die Zeit geblieben? Und seit wann sind Gäste so verdammt pünktlich?"

Ich lachte, insgeheim erleichtert.

„Das ist so lästig", witzelte ich.

Er fuhr sich mit der Hand durch sein dichtes Haar – ein weiteres Kennzeichen eines Hexenmeisters, oder zumindest eines Mannes mit übernatürlichem Blut. Die meisten normalen Menschen bekamen mit dem Alter eine Glatze.

„Dann sollte ich unsere Zeit wohl gut nutzen. Ich hatte gehofft, Sie fragen zu können, ob Sie von irgendwelchen Immobilien wissen, die zum Verkauf stehen. Sie kennen sich hier ja aus.“

Seine Miene war neutral, aber ich spürte, wie sich seine Magie auf mich zu bewegte.

Ich spielte die Dumme, als ich mental meinen Schild hochzog – langsam, unauffällig, damit er es nicht bemerkte.

„Oh. Hat es mit dem Grundstück am Oak Creek nicht geklappt?“

Er zuckte mit den Schultern. „Ich hatte gehofft, etwas Abgelegeneres zu finden. Nicht zu weit außerhalb der Stadt, aber etwas abseits der ausgetretenen Pfade wäre gut.“

Eine Ranch wie Ihre. Er sagte es nicht, aber die Worte schlichen sich in meinen Kopf und ich hätte sie ihm fast nachgesprochen.

Sich der Magie zu widersetzen, war, als würde man ein lästiges, zeitweiliges Geräusch ausblenden. Zum Beispiel, wenn Abby an meinem einzigen Morgen, an dem ich ausschlafen konnte, die Unkrautfräse benutzte, oder wenn Roscoe hysterisch bellte und dann aufhörte, nur um wieder loszulegen. Im Prinzip nicht allzu schwierig, aber fast unmöglich, wenn einem das Geräusch erst einmal unter die Haut gegangen war.

„Leider sind alle Grundstücke bis an den Rand des Nationalparks aufgekauft worden“, sagte ich und stellte mich weiter dumm.

Seine Augen funkelten und ich erschauderte. War das sein Plan B – die Stadtplaner davon zu überzeugen, einen Teil des geschützten Landes auszugliedern und die Bebauungspläne zu überarbeiten? So absurd es auch klingen mochte, Harlon konnte es wahrscheinlich durchdrücken.

„Jedes einzelne Grundstück?“ Harlon wartete und ließ die Stille andauern.

„Es gibt die Granit Wash Ranch“, versuchte ich und erwähnte das neuste Grundstück, das zum Angebot stand. Alle in der Stadt sprachen darüber.

Er schüttelte den Kopf. „Leider entspricht es nicht meinen Anforderungen.“

Sie meinen, es gibt keinen Wirbel? hätte ich fast gewitzelt.

„Fällt Ihnen noch etwas ein?“, drängte Harlon.

In der Unbehaglichkeit der langen stillen Minute, die darauf folgte, entglitt mir die Abwehr. Scheiße.

„Oh. Sie meinen, wo ich wohne?“

Er nickte warmherzig und seine Magie beglückwünschte mich dazu, ein braves Mädchen zu sein.

Ich schenkte ihm ein sonniges, Pippa-artiges Lächeln. „Schade, dass sie nicht zum Verkauf steht.“

Sein Grinsen zuckte nicht einmal. „Sehr schade.“

Seine Magie schlängelte sich um mich herum und suchte nach Schwachstellen. *Noch nicht zum Verkauf,* flüsterte eine Sirenenstimme. *Aber stellen Sie sich einmal vor, Sie würden sie verkaufen. Dann müssten Sie keinen einzigen Tag in Ihrem Leben mehr arbeiten.* Die Wärme um mich herum wurde intensiver, wie ein Schaumbad bei Kerzenschein in einer kühlen Nacht. *Sie könnten sogar einen Deal aushandeln und bis ans Ende Ihrer Tage mietfrei in Ihrer Hütte wohnen.*

„Vielleicht überlegen Sie es sich noch einmal.“ Er zog einen großen Briefumschlag aus seiner Aktentasche und schob ihn über den Schreibtisch. „Na los, öffnen Sie ihn.“

Als würde mein Herz noch nicht hoch genug schlagen.

Sprachlos fummelte ich an dem Umschlag herum. Und Heiliger Strohsack. Als ich die Klappe öffnete, entdeckte ich ein Bündel Geldscheine. Ich korrigiere – viele, viele Bündel mit vielen, vielen Scheinen.

Harlon gluckste. „Los. Schauen Sie es sich an.“

Ich zog ein Bündel Scheine heraus. *Einhundert*-Dollar-Scheine, feinsäuberlich in einen weißen Papierstreifen gewickelt, auf dem der Gesamtbetrag in rosa Zahlen stand. Eine eins und so viele Nullen, dass mein Blick verschwamm.

Als ich nach Luft schnappte, grinste Harlon so, wie es reiche Leute taten, wenn sie ach-so-großzügig waren.

„Das ist nur eine Anzahlung."

Mein Gehirn hatte einen Kurzschluss. Wow. Ich hatte noch nie so viel Geld gesehen.

So viel Geld... Die Worte klebten an meinem Verstand wie Honig.

Ich wusste, dass es Harlons Trick war, aber...nun...vielleicht wäre es gar nicht so schlecht, ausgetrickst zu werden.

Dann stellte ich mir einen Golfplatz und Whirlpools vor – und vor allem den Wirbel.

Ich schob den Umschlag wieder zurück. „Leider steht meine Ranch nicht zum Verkauf."

Harlons Wange zuckte, als hätte ich gerade in einer Fremdsprache gesprochen. Und das hatte ich wohl auch, denn ein *Nein* hörte er wahrscheinlich nicht allzu oft.

„Sie wissen nicht einmal, wie viel ich biete."

Ich zuckte mit den Schultern. „Manche Dinge haben keinen Preis."

Er spottete: „Alles hat einen Preis."

„Granite Wash Ranch hat einen. Siebzehn Millionen, soweit ich weiß", versuchte ich ihn abzulenken. „Einhundert Hektar und viel Privatsphäre."

Harlon starrte mich teilnahmslos an, ohne ein Wort zu sagen.

Die Stille war erdrückend und ich beeilte mich, sie zu füllen. „Dann gibt es noch die Crooked Canyon Ranch. Sie ist viel besser zugänglich und das Wasser fließt das ganze Jahr über. Unser Bach trocknet jedes Jahr früher und früher aus." Ich schüttelte traurig den Kopf und betonte dabei, wie ungeeignet das Land sei.

Er beugte sich vor und schaute mir tief in die Augen. „Um ganz ehrlich zu sein, bin ich an keinem anderen Grundstück interessiert. Sie können mir Ihren Preis nennen. Sagen wir, einundzwanzig Millionen?"

Tatsächlich hatte er mir damit meinen Preis genannt, aber ich beschloss, das nicht zu erwähnen.

Einundzwanzig Millionen, gurrte eine sanfte, weiche Stimme in meinem Kopf.

Ich schluckte. Einundzwanzig Millionen waren eine Menge Geld – selbst durch drei geteilt. Meine Schwestern und ich könnten uns eine kleinere überschaubarere Ranch am Rande von Sedona kaufen. Verdammt, jede von uns könnte es. Ich könnte mir einen eigenen Ballon kaufen und damit fliegen, einfach weil ich es wollte. Abby könnte ihren eigenen Laden eröffnen und sich aussuchen, welche Aufträge sie annahm. Das Gleiche galt für Pippa – keine langweiligen Weingläser mehr, die sie tagein tagaus in der heißen Werkstatt herstellen musste. Wir könnten sogar angrenzende Grundstücke finden und ein richtiges Tierheim zusätzlich zu der Handvoll buckliger Pferde eröffnen, die wir bereits aufgenommen hatten. Wir könnten sogar Alpakas züchten...

Moment mal. Alpakas?

Ich runzelte die Stirn und fing mich wieder. Oder hatte ich Harlon gerade dabei erwischt, wie er einen weiteren Gedankenzauber webte?

Ich schloss die Augen und suchte verzweifelt nach einer Möglichkeit, ihn abzuweisen, ohne zu verraten, dass ich wusste, was er tat.

Ich schluckte und setzte einen, wie ich hoffte, dummen Blondinenblick auf. „Es tut mir leid, aber sie steht nicht zum Verkauf.“

Sein Kiefer verhärtete sich und sein Blick wurde durchdringend. Doch einen Moment später rang er sich ein schmales Lächeln ab und wurde wieder charmant.

„Wie schade. Gut, dass ich ein geduldiger Mann bin.“

Unterschwellig: *Ich kann länger warten als Sie, also schlagen Sie zu, so lange Sie noch können.*

Ich zwang mein Gesicht zu einem aufgesetzten Grinsen. „Ich bin sicher, Sie werden etwas finden. Und dieses Haus hier ist auch nicht gerade schlecht.“

Ich lachte, was ihn dazu veranlasste, dasselbe zu tun, obwohl sein Glucksen einen gezwungenen Beigeschmack hatte.

Gott sei Dank klingelte es an der Tür und dieses Mal hallte ein Chor von Stimmen die Treppe hinauf.

„Harlon! Du verpasst deine eigene Party!“

Ich schenkte ihm ein entschuldigendes Lächeln und machte mich auf den Weg zur Tür. „Ich möchte Sie nur ungern von Ihren Gästen fernhalten. Aber ich halte die Augen nach Immobilien, die zum Verkauf stehen, offen."

„Das ist sehr nett von Ihnen. Bitte bleiben Sie und genießen Sie die Party."

Er folgte mir aus dem Büro und die Tür fiel ins Schloss, als er sie hinter uns zuzog. Verriegelt?

Mein Herz schlug im Eiltempo. Ich würde es noch früh genug herausfinden.

Kapitel 10

ERIN

Die Party war so ziemlich das, was ich erwartet hatte – eine
Menge schwatzhafter reicher Leute, die sich nicht zu kennen
schienen, jedoch so taten, als würden sie es. Um sieben bildete sich eine Schlange von schicken Autos am Straßenrand und
schnittige Geländewagen wechselten sich mit eleganten Limou-
sinen und einer Handvoll Sportwagen ab. Die Gespräche drehten sich um Investmentfonds, Immobiliengeschäfte und darum,
wie dünn oder nicht dünn der oder die eine oder andere aussah.
Vornehmes Fingerfood und Getränke wurden serviert, unter-
malt von der seichten Hintergrundmusik einer professionellen
Pianistin mit einem beeindruckend langen Namen. Es ließ sie
wie die Ururenkelin von Rachmaninoff klingen, plusminus ein
paar Silben.

Es war keinerlei Magie erkennbar, nicht einmal versteckte
Magie, wie ich nach dem Studieren der einzelnen Gäste fest-
stellen konnte. Nur Harlon, der seinen Charme im Raum ver-
sprühte.

Ich ertrug eine Stunde lang die Gespräche und Witze der
reichen Leute. Schließlich wurde Harlon von zwei glatzköpfigen
Geschäftsleuten zur Seite gezogen – meine Chance, mich nach
oben zu schleichen.

Ich ging langsam hinauf und tat so, als würde ich die Kunstwerke bewundern. Die Tür zu Harlons Büro befand sich auf
dem Zwischengeschoss, das jeder von unten sehen konnte, aber
die Seitentür, die mir aufgefallen war...

Ich schlich auf Zehenspitzen den Flur entlang, klopfte leise, öffnete die Tür... und Bingo. Ein Marmorbadezimmer öffnete sich zum Flur hin, ebenso wie zum Raum auf der anderen Seite.

Büro, ich komme.

Mit einem letzten verstohlenen Blick schlüpfte ich durch das Bad ins Büro und schloss beide Türen hinter mir ab.

Die Schnüffelei konnte beginnen.

Mein Herz schlug mir die ganze Zeit bis zum Hals und alle paar Sekunden schwor ich mir, nur noch ein paar Sekunden länger zu bleiben. Denn, scheiße. Ich wollte hier *wirklich* nicht erwischt werden.

Ich dachte an die toten Vögel, die unter den Fenstern lagen. Würde ich mit brutal zur Seite verdrehtem Hals zwischen ihnen enden? Oder hatte Harlon einen anderen Ort, an dem er Einbrecher beseitigte?

Inzwischen war die Sonne untergegangen und es fiel genug Mondlicht in den Raum, um sehen zu können. Ich begann an dem Tisch mit den Broschüren und der Karte. Ich benutzte einen Stift, um die Dinge vorsichtig zu verschieben – so vermieden Einbrecher Fingerabdrücke, nicht wahr? – und legte mehr von der Karte frei. Es gab nichts zu Verwerfliches wie einen roten Kreis um mein Grundstück, aber die Karte war zurückgeklappt worden, um sich auf diesen Bereich zu konzentrieren, was schlimm genug war.

Dann versuchte ich es mit den Ordnern. Ich brauchte drei Anläufe, um den ersten aufzuschlagen und fand darin nur Broschüren mit dem üblichen Touristengeschwafel über Kristalle, Jeepsafaris und Energiewirbel. Ein zweiter Ordner enthielt ein Willkommenspaket der Handelskammer von Sedona. Der dritte...

Mir stockte der Atem.

Das Siegel der Bezirksverwaltung zierte den oberen Teil der ersten Seite. Darunter befand sich ein vollständiger Bericht über die Painted Rock Ranch mit allen Vorbesitzern, dem geschätzten Wert, den Steuerbescheiden, der Verkaufsgeschichte...

Die Tatsache, dass diese Details öffentlich bekannt waren, beruhigte meine Nerven nicht.

Lachen drang von unten herauf. Ich schaute auf und eilte dann zu Harlons Schreibtisch.

Mit dem Stift zog ich eine Schublade nach der anderen auf, aber ich fand nur Schreibmaterial und Bürobedarf. Dann schlug ich das Buch über die Felsenkunst der amerikanischen Ureinwohner auf und fand eine Seite, die mit einem Klebezettel markiert war. Dann die nächste und die nächste. Alle zeigten Schwarz-Weiß-Aufnahmen von Felszeichnungen und obwohl jede Aufnahme mehrere nebeneinander befindliche Symbole enthielt, war der gemeinsame Nenner eine Spirale.

Ich überflog den Text unter einer Nahaufnahme des Crane Petroglyph historischen Denkmals.

Frühe Interpretationen des Spiralsymbols sahen darin eine Schlange, andere interpretierten es als den Weg der Sonne. Eine weitere Theorie besagte, dass solche Spiralen Wasserlöcher markierten, während wieder andere Energiefelder oder gar Portale zu einer anderen Welt vermuteten.

Mein Arm zuckte bei der Erinnerung daran, von einer unsichtbaren Kraft zurückgestoßen zu werden. Die Portaltheorie bezweifelte ich, aber das *Energiefeld* passte auf jeden Fall.

Ein Energiefeld, das... was genau tun konnte?

Ich klappte das Buch zu und musterte Harlons Laptop. Würde ich es wagen?

Gerade als ich meine Hand darüber schweben ließ, fiel ein Schatten vor das Mondlicht hinter mir.

Ich wirbelte zu den Fenstern herum. Ein Mann hievte sich über das Balkongeländer. Langsam wich ich zurück. Hatte er mich gesehen? Konnte ich ihm entkommen?

Und Moment. Warum kletterte er auf den Balkon?

Ich runzelte die Stirn. Bisher hatten sich meine Ängste immer nur darauf konzentriert, von Harlon oder einem seiner Gäste entdeckt zu werden. Aber dieser Kerl...

Ich starrte ihn an. Breite Schultern. Schnelle, geräuschlose Bewegungen wie eine Katze – oder ein Auftragskiller. Jeansjacke, abgetragene Stiefel...

Nash?

Er erstarrte, als er mich entdeckte. Dann runzelte er die Stirn, pirschte sich vor und deutete auf den Riegel.

Ich schnaufte. Das hier war mein heimlicher Plan, nicht seiner, verdammt.

Mein Blut geriet in Wallung. Reichte es ihm nicht, mir die Chance zu verbauen, jemals allein zu fliegen? Musste er sich auch noch in meine Schnüffelei bei Harlon einmischen?

Er deutete ein zweites Mal auf den Riegel.

Ich verschränkte die Arme vor der Brust. Nein. Einfach, nein.

Er starrte mich an. Mit einem dieser verständnislosen Männerblicke, die sagten: *Du befolgst keine Anweisungen? Selbst wenn sie so einfach sind?*

Ich schnaufte. Es war, als würde man einen Hund dressieren. Manchmal mussten Männer auf die harte Tour lernen.

Erst als er an der Klinke rüttelte und dabei Lärm machte, gab ich nach und öffnete die Tür.

„Was zum Teufel machst du hier?", zischte er und trat mit einem kalten Luftzug herein.

Ich verschränkte erneut die Arme. „Sagt der Mann, der sich über einen Balkon hereinschleicht."

„Du bist diejenige, die ohne Licht in Harlons Büro herumschnüffelt." Er starrte auf mein Kleid und runzelte die Stirn. „Moment. Du bist zu seiner Party gegangen? Aus freien Stücken?"

„Nein, er hat mich mit Hypnose dazu gezwungen."

Nash riss die Augen weit auf. „Ich wusste es! Du hast gemerkt, was er gestern mit den Gästen gemacht hat."

Ich stemmte die Hände an die Hüfte. „Natürlich habe ich das."

„Und trotzdem hast du es mir nicht gesagt", schnaufte er und hielt dann inne. „Warte. Hast du gedacht, ich hätte es nicht gemerkt?"

Er klang so beleidigt, dass ich schnauben musste. „Manchmal ist es schwer, zwischen einem Hochstapler und einem Dummkopf zu unterscheiden."

Seine Augen funkelten. „Du meinst mich?"

Ich zuckte mit den Schultern. „Ich könnte Einbrecher zu der Liste hinzufügen."

Er pirschte sich an mich heran – so nah, dass ich aufschauen musste. „Ich bin nicht hier, um zu stehlen."

„Warum bist du dann hier?"

Er wollte antworten, packte dann jedoch meinen Ellbogen und drängte mich in Richtung Balkon. „Du darfst nicht hier sein. Du hast keine Ahnung, worauf du dich einlässt."

Ich riss meinen Arm weg. „Vielleicht bist du derjenige, der keine Ahnung hat."

„Ich habe dir doch gesagt, du sollst nicht hierherkommen", beharrte er.

„Ganz offensichtlich habe ich nicht darauf gehört. Fällt dir langsam ein Muster auf?" Ich stieß mit dem Finger gegen seine Brust, als ich die nächsten Worte wütend flüsterte. „Du bist nicht mein Boss. Du kannst mir nicht sagen, was ich zu tun habe."

Er schüttelte den Kopf, als wäre ich die Unvernünftige, dann versuchte er es mit einer neuen Taktik. „Es ist gefährlich."

„Für dich, Mr. Pink Panther. Ich habe eine Einladung."

Er deutete um sich. „In Harlons Privatbüro?"

„Ich habe mich auf dem Weg zur Damentoilette verlaufen."

„Ha. Ich habe noch niemanden getroffen, der einen besseren Orientierungssinn hat als du."

Ich öffnete den Mund und schloss ihn dann wieder, weil mich das indirekte Kompliment irritierte.

Nash lehnte sich näher zu mir. „Du bist hier, weil du weißt, was er vorhat."

„Ich bin hier, weil ich weiß, dass er etwas vorhat, und ich wissen will, was genau das ist."

Nash zog die Augenbrauen hoch. „Auch wenn es dich umbringt?"

Wer weiß, wie lange wir uns gegenseitig angestarrt hätten, hätte sich der Türknauf nicht in diesem Moment gedreht.

Wir wirbelten herum. Scheiße.

Nash zerrte mich zum Balkon, aber nicht hinaus, denn dafür war keine Zeit. Stattdessen versteckte er sich hinter den schweren, raumhohen Vorhängen, zog mich mit sich dahinter und drückte einen Finger auf seine Lippen.

Ich funkelte ihn an, um sicherzugehen, dass er meine Botschaft verstand. *Ich bin nicht dumm, schon vergessen?*

Er schlang einen Fuß um meinen und zog ihn zurück, damit man meine Zehen nicht sehen konnte.

Ich verzog das Gesicht. Okay, okay. Ich war nicht dumm, aber daran hatte ich nicht gedacht. Aber das lag nur daran, dass ich kein erfahrener… Einbrecher war? Auftragskiller? Was war Nash überhaupt? Er war nicht nur irgendein Typ, der zufällig durch Sedona streifte, so viel war sicher.

Wir standen reglos da und lauschten, als sich die Bürotür öffnete und wieder schloss, gefolgt von den Schritten einer – nein, zwei – Personen, die sich hineinschlichen.

Ich spitzte die Ohren. Moment. Hereinschleichen? Was hatte es mit diesem Büro auf sich?

Damit war allerdings ein kleines Rätsel gelöst – die Haupttür war doch nicht verschlossen gewesen. Nicht, dass es zu diesem Zeitpunkt wichtig gewesen wäre.

„Oh, Josh…", murmelte eine Frau.

Ich blinzelte. Das musste Harlons Groupie Nummer zwei sein… oder Nummer drei. Ich erkannte es an ihrer eingebildeten Stimme und ihrer Art.

„Cindy…", hauchte ein Mann.

„Candy", korrigierte sie ganz und gar nicht beunruhigt.

„Tut mir leid, Baby", sagte der Mann.

Schweres Atmen machte ihre Mission deutlich. Ein Reißverschluss öffnete sich und ein Schuh fiel zu Boden.

„Ich brauche dich", hauchte Josh. „Genau hier." Es folgte ein dumpfes Geräusch. Er hob Cindy –, Candy – auf den Schreibtisch?

„Genau hier ist perfekt", säuselte sie.

Noch mehr schweres Atmen. Ich hätte schreien können. Passierte das wirklich?

Nash schaute auf seine Uhr. Hatte er noch einen Termin, oder was?

Dann fluchte ich – sehr, sehr leise. Er hatte vielleicht keinen Termin, aber ich schon. Früher oder später würde jemand bemerken, dass ich mich von der Party entfernt hatte.

Jemand wie Harlon. Scheiße.

Ich beäugte die Balkontür, die in der Lücke zwischen Vorhang und Wand zu sehen war. Aber wenn die jungen Verliebten nicht gerade in ihr... ähm, Techtelmechtel vertieft waren, gab es keine Möglichkeit, unbemerkt zu verschwinden.

Nash warf mir einen strengen Blick zu. Wir würden noch eine Weile hier warten.

„Oh, oh, oh!", stöhnte Candy.

Ich wollte mir nicht vorstellen, was Josh machte, aber ich konnte nicht anders. Nicht, wenn die Action nur zwei Schritte entfernt stattfand.

„Warte. Hier drüben." Josh ging auf den Vorhang zu. Ich konnte ihn nicht sehen, aber mein sechster Sinn sagte es mir.

Nash drückte sich flach an die Wand und zog mich mit dem Rücken an seine Brust dicht zu sich heran. Nicht der Ort, an dem ich sein wollte, aber wir hatten keine Wahl.

Ein weiterer Reißverschluss wurde geöffnet – Joshs Hosenstall? – und etwas schlug gegen den Vorhang und fiel dann weg. Candys Unterwäsche?

„Oh, Baby... ", stöhnte Josh.

Pippa scherzte gerne, dass Sex wie Softball sei – es machte mehr Spaß, es selbst zu tun, als dabei zuzuschauen. Und während ich nicht zuschaute, ließen mich meine anderen Sinne doch genau wissen, was vor sich ging. Das Wiegen der Hüften. Das dumpfe Klatschen von Joshs Eiern. Das Kratzen von Candys Krallen – ähm, Fingernägeln – auf seinem Rücken...

„Oh... Oh... ", stöhnte Candy weiter.

Ich kam nicht umhin, mich etwas zu fragen. Hatte Harlon etwas dagegen, zu teilen? War es ihm egal? Oder waren dies Joshs letzte Stunden als Mann, bevor er in eine Kröte verwandelt wurde?

Das geschah in einer kleinen Ecke meiner Gedanken. Der Rest wandte sich in eine ganz andere Richtung und ich konnte nicht verhindern, dass mir ein wenig... ähm... warm wurde. Sehnsüchtig. Begierig – nach Sex. Und nicht mit Josh.

Mit Nash, wie ich entsetzt feststellte. Das war es, woran ich dachte.

Wie wäre es wohl, auf einem Schreibtisch zu liegen, wenn Nash seine muskulösen Arme auf beiden Seiten meines Kopfes abstützte? Wie wäre es, meine Beine um ihn zu schlingen und mich ihm bei jedem seiner Stöße entgegenzustemmen?

Ich blies ein wenig Luft durch meine Wangen heraus. Es half nicht. Vor allem nicht, wenn ich mit der Rückseite an seine Leiste gedrückt wurde.

Ich knirschte mit den Zähnen. Ich war überhaupt nicht an Nash interessiert. Schon gar nicht an Sex mit ihm.

Wenn meine weiblichen Teile doch nur genauso denken würden.

„Oh... Oh...", fuhr Candy fort, was Josh zu weiterem Stöhnen veranlasste.

Offenbar erreichten sie den Höhepunkt ihres kleinen Rendezvous. Je schneller, desto besser. Denn noch ein paar Minuten länger und ich würde anfangen, mich an Nash zu reiben.

„Ja...", hauchte Josh.

Nash drehte sich zur Seite. Verdammt. Es war schon schlimm genug, dass ich erregt war. Aber er auch?

Mist, Mist, Mist. Wie war es nur so weit gekommen?

Endlich kamen die beiden rammelnden Kaninchen. Aber das führte nur zu mehr kehligen Seufzern, leichtem Gekicher und sanften Berührungen.

Ich kicherte nicht. Und ich bezweifelte, dass Nash ein kehliger Seufzer war. Aber sanfte Berührungen...

Witzig, wie sehr ich mich danach sehnte. Mein letzter Freund mit Vorteilen war schon eine ganze Weile her und obwohl Nash nervtötend war, war er auch unbestreitbar heiß. Wirklich heiß, auf eine jenseits sämtlicher Normen übermenschliche Art und Weise.

Und in diesem Moment machte es klick.

Übermenschlich...

Ich hatte nicht genug Platz, um mich umzudrehen, aber in Gedanken musterte ich ihn von Kopf bis Fuß. Diese funkelnden, braungrünen Augen – wirklich funkelnd, die manchmal in einen glühenden Bronzeton übergingen. Eine Kraft, die das übertraf, wozu er selbst mit seinen beeindruckenden Muskeln fähig sein sollte. Die unruhige, animalische Rastlosigkeit...

Was, wenn der Mann, mit dem ich hinter einem Vorhang eingesperrt war, nicht ganz Mensch war?

Ein Gedanke, auf den ich später zurückkommen würde. Mein Gehirn verarbeitete bereits zu viele Informationen.

„Baby, du bist wunderschön", murmelte Josh.

Ich versuchte, mir Candy nicht ausgestreckt auf Harlons Schreibtisch vorzustellen.

„Und du bist fantastisch", gurrte sie mit ihrem taubengroßen Gehirn.

Ich wollte die Luft mit der Hand aufwirbeln und flüstern: *Geht zurück zur Party, Leute.*

„Ich schätze, wir sollten zurück zur Party gehen", seufzte Josh.

Ich erstarrte. Nur ein Zufall, oder?

„Das sollten wir wohl", stimmte Candy zu. Dann wurde sie fröhlicher. „Aber das ist ein großes Haus. Wir könnten uns noch mal wegschleichen. Du weißt schon, zum Pool... "

„Ins Billardzimmer... ", warf Josh ein.

Wohin auch immer, nur nicht in dieses Büro. Ich drängte den Gedanken in ihre Richtung, nur so als Experiment.

„Wohin auch immer, nur nicht auf den Rücksitz eines Autos", kicherte Candy.

Ich überlegte. Nah genug dran?

Josh und Candy ließen sich Zeit, sich wieder anzuziehen.

„Wo ist denn deine Unterwäsche?", gluckste Josh und tastete herum.

Ich blieb wie versteinert stehen, als seine Hand meinen Fuß berührte. Zum Glück fand er das Höschen und nicht meine Zehen.

„Hier, bitte schön", sagte er.

Candy kicherte. „Nur damit du es später wieder ausziehen kannst."

Ich versuchte, nicht zu würgen. Wenn ich jemals Sex mit Nash hätte – was nie und nimmer passieren würde –, würde ich sicher nicht solche Sprüche von mir geben.

Josh und Candy schlüpften endlich zur Tür hinaus, aber Nash und ich blieben noch eine Weile eng aneinandergedrückt hinter dem Vorhang stehen.

Nur für den Fall, dass jemand anderes hereinkommt, sagte ich mir. Aus keinem anderen Grund. Ganz und gar nicht.

Kapitel 11

NASH

Wenn ich noch eine Minute länger von Erins perfektem Arsch an die Wand gepresst worden wäre, wäre ich explodiert. Oder ich hätte gestöhnt, denn der Ständer, den ich verzweifelt zu unterdrücken versuchte, tat höllisch weh und konnte nirgendwohin.

Mein Drache brummte etwas davon, dass er genau wüsste, wo er hingehörte.

Ich ignorierte ihn. Aber verdammt. Vielleicht war es an der Zeit für mich, die Stadt zu verlassen. Jedes Mal, wenn ich Erin in den letzten Tagen auf der Arbeit begegnete, flammte diese kleine Glut, die sie am ersten Tag in mir entfacht hatte, zu einem ausgewachsenen Feuer auf.

Auf der anderen Seite tat es gut, mich lebendig zu fühlen, nachdem meine Sinne monatelang so getrübt waren, dass ich mich eher wie eine *Maschine* als wie ein *Mann* gefühlt hatte. Zuerst dachte ich, dass Sedona meinen Geist wieder zu einem *angenehmen* Bewusstseinszustand stimuliert hatte. Aber vielleicht war es nicht Sedona. Vielleicht war es Erin.

Eindeutig Erin, hauchte mein Drache.

Eine Sache war sicher. Es wurde immer härter, die körperliche Anziehungskraft zu ignorieren.

So wie jetzt. Wirklich, wirklich hart.

Buchstäblich, brummte mein Drache.

Wie gut, dass ich genug Platz hatte, um mich zur Seite zu drehen und die Beule in meiner Jeans zu verstecken.

Vielleicht will Erin ja gar nicht, dass wir sie verstecken, flüsterte mein Drache. *Vielleicht will sie das hier genauso sehr wie wir.*

Ich schüttelte den Kopf. Es gab kein „das hier." Sie hasste mich und ich war nicht an ihr interessiert. Ich war an *nichts* interessiert und das schon seit Monaten nicht mehr.

Bis jetzt. Mit Erin zusammen zu sein, war der Höhepunkt meines Tages, jeden Tag. Und da wir gegen acht Uhr morgens mit der Arbeit fertig waren, ging es für den Rest des Tages nur noch bergab.

„Die Luft ist rein", flüsterte sie und trat hinter dem Vorhang hervor.

Ich atmete ein paarmal tief durch, bevor ich ihr folgte und immer noch versuchte, meinen Ständer zu beruhigen. Und selbst dann achtete ich darauf, nicht in Richtung Schreibtisch zu blicken, obwohl mein Drache darauf bestand, sie mir dort mit ihren langen, trainierten Beinen vorzustellen, die sie um mich schlang – Erin, nicht Candy.

Verdammt, nein, schnaubte mein Drache.

Ich räusperte mich und versuchte, wieder zur Sache zu kommen.

„Du musst von hier verschwinden", sagte ich und machte da weiter, wo wir aufgehört hatten.

„Ich bin diejenige mit der Einladung. Du bist derjenige, der verschwinden muss, bevor jemand Alarm schlägt."

„Jemand wie du?"

„Glaube mir, ich spüre die Versuchung."

„Harlon ist hier der Böse, nicht ich."

Sie verschränkte die Arme. „Ich weiß, dass Harlon der Böse ist. Aber bei dir bin ich mir immer noch nicht sicher."

Ha. Ich, der Böse? Ich habe für die Agentur zur Beobachtung, Dokumentation und Kontrolle des Supernatürlichen gearbeitet. Ich war derjenige, der die Bösen zur Strecke gebracht hat.

Und dann erinnerte ich mich, als mein Drache traurig murmelte: *Jetzt nicht mehr.*

Ich schluckte schwer und versuchte, mich zu konzentrieren.

„Ich bin auf deiner Seite, Erin."

Sie schaute mir tief in die Augen. Tiefer, als ich dachte, dass der Blick hineinreichen könnte. Dann streckte sie das Kinn vor. „Beweise es."

Das würde ich gern, aber ich musste sie zuerst aus Harlons Reich locken.

Ich zeigte auf den Flur. „In Ordnung. Du gehst zügig durch die Vordertür hinaus. Sag Harlon, dass du müde bist... dir ist übel... was auch immer. Dann treffen wir uns."

„Treffen? Wo?" Sie kniff die Augen zusammen und ich hätte fast geseufzt. Dachte sie etwa, ich wollte sie in eine stille, dunkle Gasse locken und ermorden?

„Auf der Hauptstraße. An der nächsten großen Kreuzung mit einer Ampel. Dort gibt es einen Quadverleih."

Ihre Augen flackerten auf, weil sie den Ort kannte, aber sie stimmte nicht zu – noch nicht.

„Dort werden wir reden", versprach ich. „Du sagst mir, was du weißt, und ich sage dir, was ich weiß."

Sie schüttelte den Kopf. „Andersrum."

„Also gut. Geh einfach." Ich winkte sie in Richtung Tür.

Sie verzog das Gesicht, aber schließlich verließ sie das Büro und ging ins Bad, dann durch die andere Tür hinaus und murmelte: „Leichter gesagt, als getan."

Ich schaute über ihre Schulter. Das Bad öffnete sich zu einem Seitenflur, aber es war nah genug am Zwischengeschoss, dass jemand bei der Party sie entdecken könnte, wenn er im richtigen Moment nach oben schaute. Selbst wenn sie sich unbemerkt hinausschleichen könnte, würde sie nicht einfach die Treppe hinunterschlendern können. Wie sollte sie erklären, wo sie gewesen war?

Ich verfluchte die jungen Liebenden, wegen denen wir so viel Zeit verschwendet hatten.

„Vielleicht dort lang?" Ich deutete in die andere Richtung des Flurs.

Erin schüttelte den Kopf und dachte nach. Dann zückte sie ihr Handy, drückte die Schultern durch und trat mutig in den Flur hinaus. Ohne sich die Mühe zu machen, sich zu verbergen, ging sie zum Zwischengeschoss und wieder zurück, während sie sich das Handy ans Ohr drückte.

„Was machst du da?", zischte ich.

„Ich nehme natürlich abseits vom Lärm der Party einen sehr wichtigen Anruf entgegen", murmelte sie, bevor sie wieder zum Geländer zurückging. Sie stand deutlich sichtbar dort und war auf ihr fiktives Telefonat konzentriert. Dann schritt sie zu einem Fenster und gestikulierte herum, als würde sie sich vertieft unterhalten.

Die Scharade gelang ihr perfekt und sie winkte sogar jemandem unten zu. Harlon?

Es tut mir so leid, sagte die Geste. *Ich bin in einer Minute unten.*

Kluge Frau, brummte mein Drache.

Wunderschöne Frau, konnte ich mir nicht verkneifen, zu denken. Bei der Arbeit trug sie Jeans, ein langweiliges Shirt und darüber ein dickes Flanellhemd. Ein bodenständiger *Was man sieht, bekommt man auch*-Look, der perfekt zu ihr passte. Aber wow. Dieses gelbe Kleid brachte ihre Schönheit auf eine ganz andere Weise zur Geltung.

Unten klopfte jemand mit einem Löffel gegen ein Glas und die Gäste verstummten.

Erin murmelte etwas zu ihrem imaginären Anrufer. So etwas wie: *Ich muss jetzt Schluss machen.*

Aus meinem Blickwinkel konnte ich nur eine Handvoll Gäste in einer Ecke des Esszimmers unten sehen. Niemand stach heraus, aber eine kalte, bohrende Präsenz überkam meine Seele.

Meine Nackenhaare stellten sich auf und das nicht nur, weil Harlon in den Bereich trat, den ich sehen konnte.

Mit seinem perfekten *Ich bin so ein reiches Arschloch*-Lächeln winkte Harlon jemanden an seine Seite. Eine Frau in einem engen, roten Kleid erschien, das ihre zu dünne Figur und den kunstvollen Zopf in ihrem tiefschwarzen Haar zur Geltung brachte.

Kalter Schweiß brach auf meiner Stirn aus.

Gott, nein. Nicht sie. Nicht hier. Nicht jetzt, mein Drache knurrte halb, halb wimmerte er.

„Meine Damen und Herren, vielen Dank, dass Sie alle heute Abend hergekommen sind", verkündete Harlon. „Ich möchte die Gelegenheit nutzen, um Ihnen meine Geschäftspartnerin vorzustellen…"

Ich umklammerte den Türpfosten. *Bitte, nein. Nicht Angelina.*

„Angelina Saint James", sagte Harlon.

Jede Silbe bohrte sich wie ein Messer in meine Seele.

Als Angelina lächelte, bildeten ihre weinroten Lippen einen Kontrast zum weißen Glanz ihrer Zähne. Nun, ihrer menschlichen Zähne. Ihre spitzen Eckzähne ließen nur erahnen, was sich darunter verbarg.

Vampir.

Sie winkte den Gästen königlich zu, als würde sie sagen: *Ich weiß, dass ich hinreißend bin, also scheut euch nicht, mich zu bewundern. Ich tue es ständig.*

Aber sie war nicht hinreißend. Sie war viel zu blass und knochig und ihre Augen nahmen ihre Umgebung nur dahin gehend wahr, wer ihre nächste potenzielle Beute sein könnte. Doch ihre souveräne Ausstrahlung machte es auf eine Weise wieder wett, die sagte: *Ich glaube, dass ich hinreißend bin, also wirst du es auch glauben.*

Vor langer Zeit hatte ich es tatsächlich geglaubt. Jetzt machte es mich einfach nur noch krank.

Zu spät merkte ich, dass mein Herz klopfte und mein Blut rauschte.

Angelinas Nase zuckte, als sie die Menge musterte.

„Wir werden bald die Details unseres neuesten Projekts bekannt geben. Eine für beide Seiten vorteilhafte Kombination unserer einzigartigen Talente, könnte man sagen." Harlon gluckste.

Ein Hexenmeister, der sich mit einem Vampir verschwor? Sehr schlechte Nachrichten.

„Aber heute Abend haben wir alle frei", beendete Harlon seine Rede und brachte alle zum Lachen. Dann hob er sein Glas. „Genießen Sie die Party allerseits."

Applaus ertönte, aber ich hörte nur das Klopfen meines Herzens.

Angelinas Nasenlöcher bebten und ihre Augen nahmen einen raubtierhaften Ausdruck an.

Weg von der Tür, schrie ich meine Beine an. *Weg von hier. Verschwinde von ihr.*

Harlon war schon schlimm genug, aber Angelina trieb das Böse in eine ganz neue Dimension. Und falls sie spüren sollte, dass ich hier war...

Nicht *falls. Sobald.* Aber obwohl mein Verstand Befehle bellte, wollten meine Beine einfach nicht gehorchen.

Aus den Augenwinkeln sah ich, wie Erin mich stirnrunzelnd ansah.

Die Alarmglocken in meinem Kopf schrillten ohrenbetäubend, aber ich konnte mich nicht bewegen. Verdammt, ich konnte kaum denken.

Angelina musterte die Gäste mit ihren obsidianfarbenen Augen, dann schaute sie auf.

Erin! wollte ich schreien. *Lauf weg. Versteck dich.*

Erin versteifte sich, als Angelinas Blick über sie schweifte und dann an ihr vorbeiglitt. Glücklicherweise hatte sie die Geistesgegenwart, nicht in meine Richtung zu schauen und mich zu verraten.

Aber es war nur eine Frage der Zeit. Angelina war ein Vampir und wenn ein Vampir einmal von deinem Blut gekostet hatte, konnte er dich für immer aufspüren.

Für immer, versprachen ihre gierigen Augen, als sie zur Tür huschten, die ich umklammerte.

Beweg dich! Versteck dich! Tritt zurück! ertönte Erins Stimme in meinem Kopf.

Vielleicht hasste sie mich also nicht. Zumindest nicht genug, um mich von einem Vampir aussaugen zu lassen.

Der Gedanke war nicht gerade beruhigend, zumal es mein letzter sein könnte.

Dann klapperte etwas Metallenes im Untergeschoss – laut genug, dass alle Gäste herumwirbelten und keuchten. Ein weiteres Krachen folgte auf das Erste.

Aber es war nicht das Geräusch, das Angelina ablenkte. Es war ein Geruch, der sie herumwirbeln ließ.

Ein Geruch, der mich erst einen Moment später erreichte. Frisches Blut.

„Oh nein! Das tut mir so leid", rief unten jemand. „Die ganzen Spare Ribs..."

Angelinas Augen glühten förmlich und sie war voll darauf konzentriert.

„Oh Gott. Ich hoffe, ich verliere meinen Job nicht...", jammerte dieselbe Person.

Trotzdem stand ich immer noch dümmlich da und flehte Angelina förmlich an, mich zu finden.

Erst Erins Stimme, die durch meinen Kopf dröhnte, trieb mich schließlich zum Handeln an.

Tritt zurück! Sofort!

Mit einem Ruck riss ich mich los und eilte auf den Balkon. Es war an der Zeit, diese Villa so zu verlassen, wie ich sie betreten hatte. Pronto. Aber verdammt. Was zum Teufel war gerade passiert?

Angelina ist passiert, seufzte mein Drache. *Irgendein Cateringtrottel hat dir gerade den Arsch gerettet.*

Ein Cateringtrottel, der mir seltsam bekannt vorkam, entschied ich, als ich einen Blick durch die Fenster im Erdgeschoss auf sie warf, bevor ich mich in die Nacht davonstahl. Zu Fuß, wie ein gewöhnlicher Krimineller, denn weder Harlon – oder schlimmer noch, Angelina – würde der Energieausbruch entgehen, der mit einer Verwandlung einherging.

...und du hast Erins Gedanken gehört, fügte mein Drache hinzu.

Das war unerwartet, ganz sicher. Aber es bestätigte meine Vermutung, dass sie ein Relikt war – oder mehr. Wir nicht ganz Menschlichen konnten uns verständigen, ohne zu sprechen, wenn wir uns nur genug Mühe gaben. Besonders in extremen oder dringenden Situationen.

Ich sprintete vom Haus weg und ließ in meinem Kopf alles noch einmal Revue passieren.

Ein paar Schritte später stolperte ich fast, als ich das Mädchen vom Catering erkannte.

Wie war ihr Name gleich, murmelte mein Drache schockiert. *Erins Schwester.*

Pippa, erinnerte ich mich.

Ich rannte los und hielt mich in den Schatten. Die ganze Zeit über hatte ich gedacht, Erin wüsste nicht viel. Aber vielleicht wusste sie viel mehr, als sie zugeben wollte.

Wir müssen reden, brummte mein Drache. *Wir müssen unbedingt reden.*

Kapitel 12

ERIN

Es dauerte eine weitere Viertelstunde, bis ich mich von Harlons Party verabschieden konnte, obwohl jede Sekunde eine Ewigkeit war. Die Gäste schwärmten von der – bezaubernden? wunderschönen? Furcht einflößenden? – Frau, die Harlon vorgestellt hatte, oder sie schimpften über das Cateringdesaster.

„Es tut mir so leid." Pippa weinte wegen des Chaos, das sie angerichtet hatte. Buchstäblich.

Meine Schwester war brillant – in Aktion und Schauspiel. Sie weinte so lange und so erbärmlich, dass die Gäste ihr den Fehler verziehen und sogar halfen, die Unordnung zu beseitigen.

Ich hätte auch geholfen, aber ich konnte nicht riskieren, dass jemand erkannte, dass wir verwandt waren. Nicht wenn Pippa eine ihrer vielen Verbindungen genutzt hatte, um sich in das Catering-Team einzuschleusen und mir den Rücken zu stärken.

Ja, das wäre etwas schwierig zu erklären.

Außerdem war es auch so schon schwer genug, mich an Harlon vorbeizumogeln.

„Es war nett, aber ich muss jetzt wirklich los. Das ist die Kehrseite des Ballongeschäfts", jammerte ich. „Wer um vier Uhr morgens aufwacht, muss sehr früh ins Bett."

Harlon nickte so langsam, wie er meine Hand aus seinem besitzergreifenden Händedruck losließ.

„Wie schade. Ich wollte Ihnen Angelina vorstellen."

Gott sei Dank, war sie auf der anderen Seite des Raums.

Sie schaute zu uns hinüber, fixierte mich mit einem reptilienhaften Blick und nahm dann auf eine Weise Augenkontakt zu Harlon auf, die mich noch nervöser machte.

„Wirklich sehr schade." Ich tat mein Bestes, um aufrichtig zu klingen. „Aber nochmals Danke für die Einladung."

„Danke, dass Sie gekommen sind. Ich hoffe, wir können uns bald wiedersehen."

Er erwähnte mein Grundstück nicht, aber ich spürte, dass es unterschwellig darum ging.

„Das wäre sehr nett." Mann, ich verwandelte mich langsam in eine Serienlügnerin. „Auf Wiedersehen."

Kaum war ich draußen, atmete ich die frische Nachtluft ein. Nicht nur, um meine Nerven zu beruhigen, sondern auch, um meinen vernebelten Geist zu klären. Lag es nur an der Stickigkeit bei dieser Party oder war es eine Nebenwirkung von Harlons subtilen Psychospielchen?

Ich zwang mich, zu meinem Chevy zu gehen, nicht zu rennen, und mit gemäßigter Geschwindigkeit wegzufahren, während ich die ganze Zeit in den Rückspiegel schaute.

Es dauerte ewig, bis sich das Sicherheitstor öffnete, und ich beäugte die Kameras, die mich aus vier verschiedenen Blickwinkeln erfassten. Gut, dass Nash nicht bei mir war. Aber verdammt. Wie war er an den Sicherheitsleuten vorbeigekommen? Und, scheiße. Was, wenn es ihm nicht gelungen war?

Ich tippte mit zittrigen Fingern auf das Lenkrad.

„Auf Wiedersehen", rief mir der Wachmann freundlich zu.

„Einen schönen Abend noch", rief ich so unschuldig wie möglich zurück.

Kaum war ich um die erste Ecke gebogen, trat ich das Gaspedal durch. Fünf Minuten später bremste ich an einer Ampel ab und fuhr auf den Parkplatz der Quadvermietung. Das Büro war geschlossen und schummrig, aber die Quads vor der Tür wurden von Lichtern hell angestrahlt. Ich fuhr nach hinten herum, stellte den Motor ab und wartete.

Und wartete...

Wo war Nash? Und noch wichtiger, *wer* war Nash? Warum war er an Harlon interessiert – und warum war er beim Anblick dieser Frau erstarrt?

Dieser *Vampirin,* erinnerte mich eine kleine Stimme.

Gut, dass Pippa es noch rechtzeitig erkannt hatte. Von uns drei Halbschwestern war Pippa diejenige, die am empfindlichsten für übernatürliche Wesen war. *Andere* übernatürliche Wesen, würde sie sagen, und sich selbst in diese Kategorie dazuzählen. Abby und ich taten es nicht, obwohl wir auch nicht unbedingt zur menschlichen Gruppe gehörten. Wir waren die unglücklichen Verlierer einer genetischen Lotterie, in der sich die verschiedenen Kräfte unserer Eltern gegenseitig aufgehoben hatten, so dass wir keine besonderen Fähigkeiten besaßen.

Ich runzelte die Stirn, als sich ein Stückchen Müll in der Brise bewegte. Eben war noch kein Wind zu spüren gewesen, aber jetzt, da ich untätig mit den Fingern gewackelt hatte...

Okay, *fast* keine Fähigkeiten. Jedenfalls keine, die erwähnenswert wären. Nicht, wenn mein Vater ganze Sandstürme heraufbeschwören konnte, wie diesen riesigen Haboob, der vor Jahren Phoenix verschlungen hatte.

Ich erinnerte mich daran, wie er an diesem Abend die Nachrichten sah und flüsterte: *Ups.*

Und das alles nur wegen eines Sportwagenfahrers, der ihm den Weg abgeschnitten und ihm dann den Mittelfinger gezeigt hatte.

Eine gute Lektion über Ereignisse, die außer Kontrolle gerieten... ein wenig wie jetzt vielleicht.

Es raschelte im Gebüsch und ich drehte mich um. Ein weiterer Fehlalarm, aber er lenkte meine Gedanken zurück auf Nash. War er auch ein Hexenmeister?

Ich schnaubte. Nein, der Mann hatte null Charisma – das typische Merkmal eines Hexenmeisters.

Was war er dann? Ein Vampir?

Das Blut gefror mir in den Adern, aber auch das lehnte ich ab. Ihm fehlte die unheimliche Aura, ganz zu schweigen von ihrem aalglatten, geschliffenen Äußeren und den Manieren. Zumindest behauptete Pippa, dass man sie daran erkennen konnte.

Ein Gestaltwandler vielleicht?

Ich umklammerte das Lenkrad mit der Hand. Gestaltwandler gab es in vielen Variationen, so dass es schwer war, sie zu identifizieren.

Ich presste bitter die Lippen zusammen. *Genau wie Mom.*

Schritte scharrten über das Ende des Parkplatzes und ich wirbelte auf dem Fahrersitz herum. Bevor ich auch nur *Buh* sagen konnte, riss jemand die Beifahrertür auf und sprang herein.

„Fahr los", befahl Nash und zeigte auf die Straße.

Ich runzelte die Stirn. „Es freut mich auch, dich zu sehen."

„Schön, dich zu sehen", grunzte er ohne jegliche Wärme. „Fahr los."

Mit quietschenden Reifen raste ich los und bog auf die 89A nach Westen ab. Als Nash nach oben griff, um den Rückspiegel auf seinen Blickwinkel einzustellen, drehte ich ihn zurück.

„Mein Auto, mein Spiegel. Wo ist deins?"

„Mein Auto?" Er machte eine vage Geste. „Ich bin zu Fuß gekommen."

Ich war mir nicht sicher, ob ich ihm diese Geschichte abnahm, aber das war jetzt die geringste meiner Sorgen.

Ein paar Minuten vergingen in angespanntem Schweigen, bevor er plötzlich aufbrauste.

„Verdammt noch mal, ich habe dir doch gesagt, du sollst nicht zu Harlon gehen!"

Ich schnaubte. „Entschuldigung, Boss. Oh, Moment. Das bin ja ich."

„Hier geht es nicht um Arbeit."

„Nein, tut es nicht. Es geht um einen Hexenmeister, einen Vampir und einen Mann, der kein Recht hat, mich herumzukommandieren. Oder warte, bist du überhaupt ein Mann? Also ein Mensch?"

Er starrte mich an.

Ich fuhr durch drei weitere Ampeln und war kurz davor, das Lenkrad mit meinem festen Griff zu zerquetschen. Dann platzte es aus mir heraus.

„Junge, du hältst mich wirklich für dumm, nicht wahr?"

Er schüttelte schnell den Kopf. „Nicht dumm. Ich dachte, du wärst menschlich... oder nah genug daran."

„Gott, danke, dass du mich unterschätzt hast."

Die abgefahrenen Reifen meines Wagens rollten über zwei weitere Kilometer Straße, bevor er schließlich murmelte: „Tut mir leid."

Ich verzog das Gesicht. Sollte er sich ruhig entschuldigen. Ich musste es nicht dankbar annehmen.

Er fuhr ein wenig lahm fort. „Ich dachte, Harlons Zauber hätte gestern während des Ballonflugs bei dir gewirkt."

Ich zuckte mit den Schultern. „Ich kann mich gut verstellen."

„Oder gut lügen."

Ich zuckte mit den Schultern. „Du hast auch gelogen. Wer bist du? *Was* bist du?"

Ein grimmiges Zusammenpressen seiner Lippen war die einzige Antwort.

Zu diesem Zeitpunkt hatten wir die Ausfahrt nach Paige Springs schon fast passiert, aber ich bremste und bog im letzten Moment ab. Nash stützte sich ab, als wir vom Highway rasten. Er hatte immer noch beide Arme gegen das Armaturenbrett gestemmt, als ich anhielt und ihn direkt ansah.

„Ich frage noch einmal. Wer bist du? *Was* bist du? Und was führst du im Schilde?"

„Ich führe gar nichts im Schilde."

„Nein, du genießt es nur, einfach geistlos zu sein", bellte ich und wiederholte damit seine eigenen Worte. Dann schüttelte ich ungeduldig den Kopf. „Du tauchst bei meiner Arbeit auf. Du taucht im Buffalo Bills auf, als meine Schwestern und ich dort…" Plötzlich misstrauisch packte ich ihn beim Kragen und knurrte: „Wenn du hinter einer meiner Schwestern her bist…"

Er riss die Hände hoch. „Ich bin hinter niemandem her. Ich schwöre es."

Ich behielt meine Hände noch einen Moment länger am Stoff seines Hemdes und ließ ihn dann mit einem kleinen Stoß los.

„Nein, du tauchst nur ganz zufällig immer wieder in meinem Leben auf. Auch bei Harlons Party. Alles nur Zufall?"

Seine Augen funkelten bei dieser Anschuldigung, und nicht auf eine gute Art. Aber dann runzelte er nachdenklich die Stirn.

Ich stellte den Motor ab und schaltete die Scheinwerfer aus, so dass sich die kontrastierenden Schatten in der Umgebung zu einem weicheren, sanfteren Umriss der Landschaft veränderten.

„Gut", brummte ich. „Ich will es dir leicht machen. Für wen arbeitest du?"

„Desert Skies Balloon Adventures."

Ich spottete: „Für wen arbeitest du *wirklich*?"

Ein Rennkuckuck huschte über die unbefestigte Straße und wir schauten zu, wie er im Gebüsch verschwand. Nash hielt seinen Blick lange darauf gerichtet, bevor er antwortete.

„Ich arbeite für niemanden außer für Henry. Nicht mehr. Aber ich habe früher für die ABDKS gearbeitet."

Er beobachtete meine Reaktion. Erwartete er tatsächlich, dass ich diesen Buchstabensalat erkannte?

Ich tat es nicht, also wurde ich kreativ. „ABDKS... Agentur für Bürokratische Dummköpfe und Kleingeister mit Selbstüberschätzung?"

Er zog die Augenbrauen hoch. „Ähm, nein. Die Agentur zur Beobachtung, Dokumentation und Kontrolle des Supernatürlichen."

„Meins gefällt mir besser", murmelte ich, aber dann sickerten seine Worte zu mir durch. „Moment mal. Die Agentur für *was*?"

Er schaute sich um, als könnte der nächste Rennkuckuck ihn wegen Verrat an Staatsgeheimnissen anzeigen. „Die Agentur zur Beobachtung, Dokumentation und Kontrolle des Supernatürlichen. Wir... " Er zog eine Grimasse und korrigierte sich. „*Sie* haben ein Auge auf Leute wie Harlon... Angelina... "

Ich fletschte die Zähne. „Meinen Vater?"

Er schüttelte den Kopf. „Nein. Ja. Ich meine, Hexenmeister im Allgemeinen. Nicht deinen Vater im Besonderen."

Ich musterte sein Gesicht nach einer Lüge, konnte aber keine erkennen.

„Behalten sie Harlon im Auge?", versuchte ich es als Nächstes.

Nash verzog das Gesicht. „Wenn nicht, dann sollten sie es. Er führt nichts Gutes im Schilde."

Ich schnaubte. „Also bräuchte man eine spezielle Agentur, um das zu erkennen." Dann hielt ich inne. „In wessen Zuständigkeit fällt diese Behörde?"

Er zögerte, dann murmelte er: „Der Regierung."

Ich rollte mit den Augen. *Mach keinen Scheiß, Sherlock.* „Ich meine, welche Abteilung?"

„Das ist geheim. Ich sollte dir nicht einmal sagen, dass es sie überhaupt gibt."

„Weil ich es wahrscheinlich für alle im Buffalo Bills herausposaunen werde?" Ich lachte humorlos. „Als würde mir das jemand glauben."

Er sagte nichts.

Ich grübelte nach. „Du arbeitest nicht mehr für diese Agentur und doch bist du hier und schnüffelst hinter mir her."

„Ich schnüffle niemandem hinterher."

„Nein, du hast dich nur ganz heimlich still und leise über den Balkon im zweiten Stock zu der Party gesellt, als niemand hinsah."

Er verzog das Gesicht, aber ich hatte ihn erwischt und er wusste es.

„Auch wenn ich nicht mehr für die Agentur arbeite, kann ich verdächtige Aktivitäten melden. Aber dazu brauche ich mehr als nur eine Vermutung."

„Dass Harlon die Erinnerungen von sieben Ballonpassagieren überschreibt, zählt nicht als Beweis?"

„Beweis für böswilliges Fehlverhalten, meine ich."

Ich gackerte. „Böswillig? Warum zeigst du dann nicht diese Angelina-Tussi an?"

Er wurde blass. Offensichtlich hatte ich einen Nerv getroffen.

„Für den Umgang mit Vampiren wurde ich nicht trainiert." Sein Blick verdüsterte sich, was auf eine Lüge hindeutete – oder zumindest auf eine Interpretation der Wahrheit.

„Wie trainiert man denn für Vampire?" Ich stellte mir ein Labor im Stil von 007 vor, komplett ausgestattet mit Holzpflöcken, Knoblauchzehen und Särgen mit Sicherheitsfallen.

„Gute Frage", murmelte Nash verbittert.

Galt diese Bitterkeit allen Vampiren oder Angelina im Besonderen? Und, oh. Hatten er und sie eine gemeinsame Vergangenheit?

Eifersucht versetzte mir einen Stich, was seltsam war. Eifersucht kam ins Spiel, wenn man einen Kerl begehrte, und das war hier nicht der Fall. Nicht einmal im Entferntesten.

„Kannst du sie anzeigen – und Harlon?“, Versuchte ich es.

„Das könnte ich.“ Sein flacher Tonfall war nicht gerade inspirierend.

„Warum würdest du es nicht tun?“

Er schaute lange auf seine Füße, bevor er antwortete. „Ich bin aus... mehreren Gründen gegangen... “

Ich unterdrückte den Impuls, seine Pause mit ein paar Vermutungen zu füllen. *Unfähigkeit zur Zusammenarbeit? Schlechte Kommunikation? Ungehorsam?*

Angelina? fügte ich in meinem Hinterkopf hinzu.

Schließlich fuhr er fort. „Ein Grund, warum ich gegangen bin, war die Vermutung, dass wir korrumpiert wurden und dass jemand Informationen weitergab.“

„Informationen an wen weitergab? An Harlon?“

Er zuckte mit den Schultern. „Möglicherweise. Ich bin der Sache nie auf den Grund gegangen. Aber ganze Ermittlungen wurden gefährdet und Agenten in Gefahr gebracht. Ich habe meinen Verdacht gemeldet, aber niemand hat ihn ernst genommen. Vielleicht waren die Vorgesetzten, denen ich Bericht erstattete, selbst schuldig.“ Er fuhr sich mit den Fingern durchs Haar und seufzte. „Wer weiß.“

Ich widerstand dem Drang, sein Haar wieder zu glätten, denn eine Strähne war ihm über das Auge gefallen und ließ ihn wie diesen gequälten Bad Boy aussehen, den Frauen unwiderstehlich fanden.

Andere Frauen, meine ich.

Ich zwang meine Aufmerksamkeit zu einem anderen Thema. „Wie soll sich ein Agent überhaupt vor einem Hexenmeister schützen?“

„Sag du es mir.“ Er starrte mich hartnäckig an. „Du bist diejenige, die es mit Harlon aufgenommen hat.“

„Ich habe es nicht mit ihm aufgenommen. Ich habe nur. . . nur. . . "

„Geschnüffelt?"

Ich seufzte. „Ja, geschnüffelt. Aber er hat zuerst geschnüffelt."

Kein gutes Argument, aber ich war nicht in der Stimmung, meine Logik zu hinterfragen.

„Er hat in Bezug auf dein Grundstück geschnüffelt, meinst du", sagte Nash.

Ich nickte langsam und überlegte, wie viel ich ihm verraten sollte.

„Ein Grundstück mit einem geheimen Wirbel", fuhr Nash fort.

Ich funkelte ihn an. Ich war diejenige, die *ihn* ausfragte, verdammt.

Aber ich war es leid, mich zu streiten, und ich hatte keine Ahnung, was ich in Bezug auf Harlon tun sollte. Ich beäugte Nash misstrauisch und überlegte. „Was war das noch mal für eine Agentur? Die BDSM?"

Und ups. Die ungewollte Anspielung ließ meine Wangen glühen. Aber jetzt, da meine schmutzigen Gedanken in diese Richtung wanderten. . .

„ABDKS", brummte er.

„Wie dem auch sei." Ich starrte auf das Lenkrad. „Die Sache ist die, James Bond. Das hier ist keine Einbahnstraße. Wenn ich dir sage, was ich weiß, musst du das Gleiche tun."

Er schüttelte den Kopf. „Zu gefährlich."

Ich spottete: „Für mich oder für dich? Denn ich war nicht diejenige, die von Harlons Party weggerannt ist, als hätte sie einen Geist gesehen."

Seine Augen blitzten vor Verärgerung auf und er senkte die Stimme zu einem bedrohlichen Knurren. „Du hast keine Ahnung, mit welchem Feuer du da spielst."

Ha. Meinte er Angelina, Harlon oder sich selbst?

Ich zuckte mit den Schultern. „Vielleicht nicht. Aber vielleicht ist Harlon derjenige, der sich übernimmt." Ich lehnte mich vor. „Wir wissen beide, dass er etwas im Schilde führt.

Also lass uns reden – ganz offen. Keine Lügen. Denn diese Sache geht zu tief und es gibt vielleicht niemanden außer uns, der sie aufhalten kann. Nicht, wenn man deiner Agentur nicht trauen kann."

„Nicht meine Agentur", murmelte er.

„Wie dem auch sei. Bist du dabei oder nicht?"

Er schaute mir mit bohrendem Blick in die Augen. Ich funkelte zurück und weigerte mich, nachzugeben.

Normalerweise ging ich Ärger aus dem Weg. Aber ich ahnte, dass dieser Ärger so oder so kommen würde, also konnte ich genauso gut die Initiative ergreifen, solange es möglich war.

„Nun? Was sagst du?", fragte ich und wurde ungeduldig. „Es wird ein verdammt langer Weg zurück in die Stadt, wenn ich dich hier draußen stehen lasse, weißt du."

Er verzog das Gesicht. „Drohungen sind kein guter Weg, um Vertrauen zu gewinnen."

„Keine Drohung. Eine Warnung. Wenn ich dir vertraue, musst du mir auch vertrauen."

Sein Gesichtsausdruck machte deutlich, welch eine Hürde das sein würde. Eine Hürde, für deren Überwindung mehr als nur Worte nötig waren. Für ihn *und* für mich.

Er dachte noch eine lange, stille Minute darüber nach, dann nickte er leicht. „Okay. Ich bin dabei. Erzähl mir, was du weißt – angefangen mit deinem Grundstück. Warum ist Harlon so interessiert daran?"

Kapitel 13

NASH

Junge, diese Frau war eine harte Verhandlungspartnerin.

So hart wie mein Schwanz nach der BDSM-Bemerkung, die sie fallengelassen hatte. Nicht, dass ich auf Fesselspiele stand. Aber verdammt. Wenn Erin es täte, könnte ich versuchen, aufgeschlossen zu sein.

Nur wenn wir sie fesseln dürfen, brummte mein Drache.

Ich hätte fast geschnaubt. Ja, als würde sie das jemals zulassen.

Was auch immer sie mag, es wäre perfekt, fügte mein Drache hinzu.

Ich tat mein Bestes, um mich zu konzentrieren. Aber mein Verstand – und mein Herz – waren ein Durcheinander von Gefühlen und hässlichen Erinnerungen.

Angelina. Die Agentur. Die niederschmetternde Erkenntnis, dass mich das Schicksal vielleicht verarschen wollte. Denn, wie Erin gesagt hatte, war ich bei ihrem Job aufgetaucht – und auch in der Bar am Abend zuvor, als ihr Vater zu Besuch gekommen war.

Womit du so wunderbar umgegangen bist, murmelte mein Drache.

Ich biss die Zähne zusammen. Woher hatte ich wissen sollen, dass er ihr gottverdammter Vater war?

Und außerdem ging es hier nicht um ihn. Es ging um Harlon. Wie passte er ins Bild?

In meiner Kehle loderten die ersten Anzeichen von Feuer. Das Schicksal hatte mir schon einmal übel mitgespielt und würde es wahrscheinlich wieder tun. Aber ich würde verdammt sein, wenn es seine hässlichen Spielchen mit Erin trieb.

Nicht, während ich hier das Sagen habe, verdammt, schwor mein Drache. *Nicht mit mir.*

Technisch gesehen hatte ich hier nicht das Sagen. Ich gehörte nicht mehr der Agentur an und ich war auch nicht damit beauftragt worden, Erin zu überwachen – oder zu beschützen. Und doch war ich hier und fühlte mich so verpflichtet wie seit Jahren nicht mehr.

„Warum ist Harlon an meinem Grundstück interessiert?", wiederholte Erin mürrisch. „Ich wünschte, ich wüsste es."

„Madden schien sich damit auszukennen – vor allem mit diesem Wirbel."

Sie warf mir einen bissigen Blick zu. „Madden *denkt,* dass er sich damit auskennt, aber das tut er nicht. Und er versteht es ganz sicher auch nicht."

„Was gibt es an einem Wirbel zu verstehen?"

Sie gackerte. „Wo soll ich anfangen?"

Ich biss mir auf die Zunge. Wenn ich sie drängte, würde ich nur Klugscheißerantworten bekommen, und Erin hatte bereits bewiesen, dass sie ein schneller Denker war.

Sie wäre ein großartiger Drache, brummte mein inneres Tier fröhlich.

Eine lange schweigende Minute starrte Erin in das mondbeschienene Tal. Irgendwo dort unten gab es dem schwachen Rinnsal des Wassers und einer krummen Reihe von Pappeln nach zu urteilen, einen Bach.

„Verschiedene Leute sagen verschiedene Dinge über die Wirbel", flüsterte sie schließlich. „Wahrscheinlich, weil sie verschiedene Dinge spüren. Und die meisten Leute spüren nichts."

Ich wartete. Wenn ich eines über Erin gelernt hatte, dann, dass sie nicht zu den *meisten Leuten* gehörte.

„Als ich das erste Mal zum Cathedral Rock hinaufstieg, wartete und wartete ich und versuchte, etwas zu spüren", fuhr sie fort. „Aber da war nichts. Nichts außer der Erhabenheit des Ortes selbst, meine ich. Keine Magie, keine mystischen Kräfte. Nur die schiere Schönheit der Natur." Sie deutete auf die mondbeschienene Landschaft vor uns. „Als ich das zweite und dritte

Mal dorthin kam, spürte ich immer noch nichts. Aber beim vierten Mal..." Ihr Kehlkopf wippte. „Meine Großtante nahm uns mit dorthin – uns alle drei – und sagte, der Wirbel sei offen. Und dieses Mal habe ich es gespürt."

Die Arbeit in der Agentur hatte mich viel über übernatürliche Phänomene gelehrt, aber das hielt mich nicht davon ab, eine Gänsehaut zu bekommen.

Erin wackelte mit dem Finger. „Eine Störung, als würde sich die Luft bewegen. Sich verschieben. Wirbelnd, wie ein kleiner Tornado. Ein anderes Mal, als wir dort waren, war es eher ein pulsierendes Gefühl, als suchte der Druck tief unter der Erde nach einem Ausgang. Meine Schwestern und ich durchkämmten die ganze Gegend, aber wir konnten es nicht zu einem bestimmten Punkt zurückverfolgen. Es war eher ein allgemeines Gefühl." Sie schaute nach links und über die Wand des Tals. „Am Flughafen Mesa war es ähnlich. Einmal habe ich es gespürt. Ein anderes Mal nicht." Dann holte sie tief Luft und flüsterte: „Aber der Wirbel auf unserer Ranch ist anders."

Ich wartete und wartete, bis ich schließlich nachfragte. „Inwiefern anders?"

Sie musterte mich, zögerte, und dann erklärte sie es mir. „Er hat einen kleineren Ausgang." Sie ballte eine ihrer Hände zu einer Faust und tippte auf die Spitze, wo sich ihr Daumen um ihre Finger schlang. „Etwa so. Und er ist viel mächtiger."

Ich zog eine Augenbraue hoch. „Inwiefern mächtiger?"

Sie biss sich auf die Lippe und bedeutete mir dann, meine Hand senkrecht auszustrecken, die Handfläche zu ihr gerichtet.

„Die anderen Wirbel sind so." Sie pustete sanft gegen meine Hand.

Es kitzelte und machte den Höhlenmenschen in meiner Seele ganz heiß und geil.

„Allerhöchstens spürt man das hier." Sie legte ihre Hand flach gegen meine und drückte sanft. So sanft, dass ich davon träumte, sie würde das Gleiche mit der anderen Hand tun. Oder besser noch, sie würde ihren ganzen Körper gegen mich drücken.

Ich hustete, bevor Erin das begeisterte Brummen meines Drachen hören konnte.

„Aber der Wirbel auf der Ranch ist so." Erin rammte meine Hand so abrupt zurück, dass sie fast gegen meine Schulter schlug.

Ich riss sie zur Seite und wehrte den Stich ab. „Okay, okay. Ich verstehe schon."

Sie runzelte die Stirn. „Ich glaube nicht, dass du das tust. Es ist beängstigend."

Ich hätte es als Übertreibung abgetan, denn Erin hatte vor nichts Angst – weder vor Harlon noch vor Angelina.

Aber das Brechen ihrer Stimme verriet mir: *Ich meine es ernst. Wirklich beängstigend.*

„Beängstigend, weil... ?", fragte ich schließlich.

„Weil ich nicht weiß, woher es kommt oder was es will. Weil es keinen Ausschalter gibt. Am besten hält man sich davon fern." Sie rieb sich die Mitte ihrer Hand. „Beängstigend, weil ich fürchte, was Harlon tun könnte, wenn er die Energie anzapft."

Ich runzelte die Stirn. „Könnte er das?"

„Sag du es mir."

Ich kratzte meinen Kopf. „Ich habe in meiner Ausbildung nichts über Wirbel gelernt."

Sie lachte trocken. „Wie schade."

Ich musterte sie genau. „Was sagt dein Vater dazu?" Als ihre Augen aufblitzten, hob ich die Hände. „Nur eine Frage, keine Anschuldigung."

Trotzdem warf sie mir diesen *bösen* Blick zu. „Er ist eher mit Luft als mit Erde verbunden."

Die Worte hätten genauso gut in Großbuchstaben und unterstrichen sein können, wie Schlüsselbegriffe in einem Hexenmeister-Lexikon. Wenn ich es mir recht überlegte, hatte der mürrische, alte Adlergestaltwandler, der an der Akademie *Einführung in Hexen und Hexenmeister* gelehrt hatte, sie tatsächlich großgeschrieben und unterstrichen.

Hexen und Hexenmeister haben oft eine Affinität zu einem der vier Kernelemente, hatte er gesagt und gegen die Tafel geklopft. *Erde, Luft, Feuer, Wasser. Es ist jedoch selten, dass eine Hexe oder ein Hexenmeister sie wirklich meistert. Diejenigen, die es schaffen, sind die Mächtigsten.*

Wie Harlon.

„Es spielt keine Rolle, was ich Harlon zutraue“, sagte Erin grimmig. „Was zählt, ist, dass *er* glaubt, er könne den Wirbel benutzen. Und das ist es, was mir Angst macht.“

Ich nickte langsam. Als Gestaltwandler war ich immun gegen jede Art von Magie, die ein Hexenmeister direkt gegen mich einsetzen könnte – wie zum Beispiel Gedankenzauber. Aber Hexenmeister konnten ihre Magie einsetzen, um Gegenstände – oder sogar Lebewesen – in Waffen zu verwandeln. Während meiner Zeit bei der Agentur wurde ich mit allem Möglichen bombardiert, von Autos bis hin zu Felsbrocken, und ich musste gegen Menschen, Tiere und sogar gegen Schwärme von Killerbienen kämpfen, die sich gegen mich gewandt hatten.

Aber, verdammt. Ein Hexenmeister mit Zugang zu einem Wirbel wäre wie ein gedopter Athlet. Unbesiegbar – zumindest für jeden, der sich an die Regeln hielt.

Wir müssen also auch schmutzig kämpfen, brummte mein Drache.

Etwas sagte mir, dass es nicht so einfach wäre.

„Was kannst du mit dem Wirbel machen?“, fragte ich Erin.

Sie schnaubte. „Ich kann mich verdammt noch mal fernhalten, das kann ich machen. Und andere fernhalten.“

„Indem du welche Kräfte nutzt?“

Sie schüttelte den Kopf. „Keine Kräfte. Zumindest keine nennenswerten.“

„Und doch ist dein Vater ein Hexenmeister.“

„Ich komme nicht nach diesem Teil der Familie.“

Diese Gelegenheit nutzte ich sofort. „Was ist mit deiner Mutter? Ist sie eine Hexe?“

Erins Gesicht wurde hart. „Was sie ist, spielt keine Rolle.“

„Vielleicht doch.“

„Nichts an ihr ist relevant.“ Erins feurige Antwort ließ mich praktisch zurückzucken. „Sie ist noch nicht mal eine richtige Mutter.“

Autsch. Eindeutig ein wunder Punkt.

Ich sprach sanfter weiter. „Ich versuche nur, zu verstehen, wie das alles zusammenhängt. Du hast es selbst gesagt – wenn wir Harlon aufhalten wollen, müssen wir unser Wissen teilen.“

Sie schüttelte entschieden den Kopf. „Wir teilen, was relevant ist. Und meine Mutter ist für diese Sache genauso wenig relevant wie die Farbe meiner Unterwäsche."

Und *wusch!* Schon war mein Drache mit seinen eigenen sinnlichen Fantasien unterwegs.

Elfenbeinfarben mit beigem Rand.

„Die Farbe deiner Unterwäsche, was?"

„Nur ein wahlloses Beispiel." Sie verschränkte die Arme und beendete das Thema damit. „Also. Ich habe geteilt, was ich weiß. Jetzt bist du dran."

Ich blinzelte und versuchte, meine Gedanken von ihrem Höschen abzulenken. „Ich?"

„Ja, du. Wer bist du? *Was* bist du?"

Ich kratzte mein Kinn, um Zeit zu gewinnen. Wie viel konnte ich mir erlauben, preiszugeben?

Sie schnaufte ungeduldig. „Okay, lass es mich für dich eingrenzen. Du bist kein Mensch. Kein Hexenmeister. Kein Vampir. Bleibt nur noch Gestaltwandler. Die Frage ist nur, welche Art?"

Ich blieb regungslos und hoffte halb, sie würde es erraten, und halb, mein Geheimnis zu wahren. Eines davon jedenfalls.

„Wie viel weißt du über Gestaltwandler?", fragte ich.

Sie biss die Zähne zusammen. „Genug."

Ein Bluff, und ich wusste es. Nun, ich konnte auch bluffen.

„Wenn ich *Wolf* sagen würde...", schlug ich vor und beobachtete sie aufmerksam.

Mein Drache grummelte. *Du machst wohl Witze.*

„Und Wölfe sind irgendwie immun gegen Hexenmeister?" Sie zog die Nase in Falten, als wollte sie meinen Geruch testen, und nickte dann, was mich zutiefst verletzte. Hielt sie mich wirklich für einen niederen Hund?

Ich bereute meine Worte sofort, denn ich ahnte, sie könnten mich in den Arsch beißen – im wahrsten Sinne des Wortes. Aber jetzt war es zu spät, also nickte ich. „Mit Training, ja."

„Was ist mit Vampiren?" Sie beugte sich näher zu mir. „Du weißt schon, wie-heißt-sie-gleich – Angelina. Bist du gegen sie auch immun?"

Und autsch. Wenn mich die Sache mit dem *Hund* schon schmerzte, so war die Erinnerung an Angelina wie ein Schlag ins Gesicht.

„Nein. Nicht immun" gab ich durch knirschende Zähne zu.

Erin ließ einen unbehaglichen Moment verstreichen. Wollte sie mir gnädigerweise Zeit geben, um mich zu sammeln, oder genoss sie den Anblick, wie ich mich in Selbstmitleid suhlte?

„Schade", murmelte sie schließlich. Es vergingen noch ein paar Sekunden, bevor sie weitersprach. „Woher kennst du Angelina?"

Nicht: *Kennst du sie*, sondern, *woher*. Gott, war es so offensichtlich?

Ich zögerte. In gewisser Weise kannte ich Angelina sehr gut. Wir hatten zwar keinen Sex gehabt, aber wir waren uns nahegekommen. Nah genug, dass sie meine Sinne mit ihrer vampirischen Anziehungskraft vernebeln konnte, und…

Ich schnappte förmlich nach Luft und verdrängte die verschwommenen Erinnerungen.

Der größte Fehler deines Lebens. Mein Drache machte mir wie immer klar, wer die Schuld daran trug.

Ich räusperte mich. „Die Agentur ist eine streng geheime Gruppe von Menschen und Übernatürlichen, die andere Übernatürliche, die als Bedrohung angesehen werden, im Auge behalten. Angelina hat den Teil des Trainingsprogrammes geleitet, in dem es darum geht, Vampire abzuwehren."

Den Teil, bei dem ich durchgefallen war – spektakulär. Nicht, dass ich vorhatte, auf dieses Detail einzugehen.

„Ich habe mich auf Hexenmeister spezialisiert", schloss ich und lenkte vom Thema ab.

Erin musterte mich lange und intensiv. Die meisten Leute erfuhren Dinge über einen durch die Worte, die man sagte. Aber Erin achtete genauso auf das, was ich *nicht* sagte, und ich hatte das ungute Gefühl, dass sie direkt in mich hineinschauen konnte.

Wenigstens hatte sie die Güte, mich einigermaßen sanft davonkommen zu lassen.

„Arbeitet Angelina immer noch bei der Agentur?"

Ich schüttelte den Kopf. „Soweit ich weiß, ist sie vor ein paar Monaten ausgestiegen."

„Und jetzt treibt sie sich mit Harlon herum?" Erin schüttelte den Kopf. „Vielleicht sollte jemand gegen *sie* ermitteln."

Ich schnaubte fast, als ich mir vorstellte, welche Leichen in Angelinas Keller darauf warteten, entdeckt zu werden – im wahrsten Sinne des Wortes. Aber sie war viel zu gerissen, um sich erwischen zu lassen.

Erin tippte mit den Fingern. „Hör mal, ich will wirklich nicht neugierig sein, aber wenn ihr beide eine Vorgeschichte habt und es damit zu tun haben könnte, dass sie jetzt hier auftaucht..."

Mein Gesicht wurde hart wie Stein. Das hatte ich mich auch schon gefragt. War es ein Zufall oder hatte Angelina mich hierher verfolgt? Andererseits hatte sie seit unserem katastrophalen Stelldichein im letzten Frühjahr keine Anstalten mehr gemacht, mir nachzujagen. Warum sollte sie es jetzt wollen?

„Dass sie jetzt hier auftaucht, hat nichts mit mir zu tun", sagte ich. „Dessen bin ich mir sicher."

„Sie schien sich auf Harlons Party sehr für dich zu interessieren. Und die Art und Weise, wie sie sich auf dich konzentriert hat, trotz all der anderen Leute dort..."

Galle stieg in meiner Kehle auf. Angelina konnte mich aus einer Menge von tausend Männern herausfiltern – es sei denn, sie hatte auch das Blut der anderen 999 gekostet.

„Es hat nichts mit mir zu tun", wiederholte ich in einem knappen, flachen Ton.

Erin hob die Hände. „Ich frage ja nur. Wir haben gesagt, wir teilen, was wir wissen."

„Wir teilen, was relevant ist", schnaufte ich. „Wie du gesagt hast."

„*Touché*", murmelte sie. „*Touché*."

Ich verfluchte mich selbst, denn jetzt waren wir wieder da, wo wir angefangen hatten – jeder in einer der gegenüberliegenden Ecken des Boxrings, der den anderen auf eine Schwachstelle musterte.

Schließlich blies ich die Backen auf und gab nach. „Es tut mir leid. Es ist ein heikles Thema. Nichts für ungut."

„Schon gut", sagte sie ganz ruhig und geschäftsmäßig.

Ja, wir waren wirklich wieder da, wo wir angefangen hatten, und Erin beäugte mich genau.

„Was?", fragte ich schließlich.

Sie zuckte mit den Schultern. „Vielleicht ist das, was zwischen dir und Angelina passiert ist, wirklich nicht relevant. Aber die Tatsache, dass sie mit Harlon zusammenarbeitet, schon. Und hier ist die Millionen-Dollar-Frage. Du denkst, du kannst es mit Harlon aufnehmen. Aber kannst du dich auch Angelina widersetzen?"

Ich öffnete den Mund, bereit, zu schwören, dass ich es konnte. Aber als mein Verstand mich einholte...

Eine lange, unangenehme Stille breitete sich aus, in der Erin mich mit bohrendem Blick ansah.

„Großartig", murmelte sie schließlich und richtete ihren Blick auf die Landschaft draußen.

Meine Wangen glühten und ich knirschte mit den Zähnen. Ich wünschte, ich könnte die Zeit zurückdrehen und all diese Fehler ungeschehen machen.

Eine Eule rief, als wollte sie sagen: *Keine Chance, Kumpel.*

„Hör mal", knirschte ich. „Wenn ich mich als Hindernis herausstelle, schwöre ich, dass ich es dir überlassen werde. Aber im Moment bin ich alles, was du hast."

„Ich habe meine Schwestern", schoss sie wütend zurück.

Ich riss die Hände hoch. „Das stimmt. Und ich bin sicher, die sind genauso knallhart wie du..."

Darauf kannst du wetten, sagte Erins Gesichtsausdruck.

„...aber wenn sie nicht darin geschult sind, Übernatürliche zu identifizieren und unter Kontrolle zu bringen, bin ich eure beste Anlaufstelle. Zumindest im Moment."

Erins mürrischer Blick sagte, dass sie nicht überzeugt war.

Ich schüttelte den Kopf und versuchte, das Gespräch wieder in die richtige Bahn zu lenken. „Hör mal, du und ich, wir sind keine Feinde. Harlon ist der Feind."

„Und Angelina", fügte Erin hinzu.

Ich seufzte. „Und Angelina."

In den nächsten Minuten zirpten die Grillen, während wir die Sterne betrachteten.

Schließlich seufzte Erin, als hätte sie sich mit ihrem Schicksal abgefunden – und mit mir, ihrem unzulänglichen Verbündeten.

„Also wie geht es jetzt weiter?", fragte sie.

Ein Teil von mir brüstete sich ein wenig, denn es bedeutete, dass sie mir vertraute – zumindest genug, um uns auf den Weg zu bringen. Ein anderer Teil ließ mein Herz schwer werden. Was, wenn ihr Vertrauen enttäuscht würde?

„Harlon wird die Stadt morgen verlassen, richtig?"

„Das können wir nur hoffen", murmelte Erin.

„Das gibt uns etwas Zeit für Nachforschungen. Ich könnte meine Fühler zu Leuten ausstrecken, die ich in der Agentur kenne – vertrauenswürdige Leute."

Sie nickte langsam. „Ich kann hier in der Stadt recherchieren. Zum Beispiel, was Harlon genau vorhat. Vielleicht kann ich den Architekten ausfindig machen, der die Pläne in seinem Büro entworfen hat."

Ich nickte, dann berührte ich ihren Arm. Und *zack!* Da war es wieder – dieses hoffnungsvolle Knistern der Energie, als wären wir bei einer ersten Verabredung und nicht auf dem Weg zu einem potenziell tödlichen Unterfangen.

„Wir müssen vorsichtig sein. *Du* musst vorsichtig sein", mahnte ich.

Ihre Augen blitzten und sie fletschte die Zähne. Ich war froh, dass sie auf meiner Seite stand. „Ich werde dafür sorgen, dass Harlon derjenige ist, der vorsichtig sein muss."

Mit diesen Worten starrte sie in die Nacht und fragte sich vielleicht, worauf sie sich gerade eingelassen hatte.

Kapitel 14

ERIN

Eine Woche verging. Ruhig genug, um ein Mädchen im Gefühl falscher Sicherheit zu wiegen, wenn sie nicht auf der Hut war.

Und Junge, ich war auf der Hut. Ich sprang bei jedem Schatten und prüfte jedes unbekannte Gesicht auf Anzeichen von Ärger. Ich beobachtete Nash wie ein Falke und hatte eine Schrotflinte neben meinem Bett liegen. Ich war sogar versucht, Silberkugeln zu recherchieren. Nichts, was ich beim örtlichen Munitionslieferanten kaufen konnte.

Ich hatte alles mit Pippa und Abby besprochen und auch sie waren in höchster Alarmbereitschaft. Sobald sie den Schock überwunden hatten. Abbys Kreischen klang immer noch in meinen Ohren nach.

„Du hast zwanzig Millionen Dollar abgelehnt?"

Tatsächlich einundzwanzig, aber ich hatte ein wenig abgerundet.

Zum Glück hatte sich Abby beruhigt, als ich ihr Harlons hinterhältiges Vorgehen erklärt hatte.

„Arroganter Mistkerl", hatte sie gemurmelt.

Abby war also an Bord. Und Pippa auch. Es half, dass sie gerade ihren Triumph bei Harlons Party gefeiert hatte.

„Du warst brillant", hatte ich zu ihr gesagt. „Ich wäre nie auf die Idee gekommen, einen Vampir mit Spare Ribs abzulenken."

Pippa hatte süffisant mit den Schultern gezuckt. „Ich wusste in dem Moment, als sie auf diesen tausend Dollar teuren Stilettos hereinkam, dass sie nichts Gutes im Schilde führte."

Die Stilettos waren es nicht, die mich abgeschreckt hatten. Vielmehr waren es die Vampirzähne, die Angelina versteckt hatte – und ihre Verbindung zu Nash.

Ich knirschte mit den Zähnen, wenn ich nur daran dachte. Sie waren definitiv zusammen gewesen. Was um alles in der Welt hatte er in ihr gesehen?

Mir wurde schlecht davon, obwohl ich nicht verstand, warum es mich interessierte, oder warum die Luft jedes Mal knisterte, wenn er und ich uns begegneten oder längeren Blickkontakt hatten. Andererseits war diese höhlenmenschliche, körperliche Anziehungskraft auch irgendwie zu erwarten. Nash war ein stattlicher Gestaltwandler in seinen besten Jahren. Ich war... nun ja, einfach ich, aber hey – vielleicht mochte er Frauen, die keine Zeit für perfektes Haar, Fingernägel oder Schminke hatten.

Wie auch immer, das Wichtigste war, unsere Ranch – und möglicherweise mein Leben – vor Typen wie Harlon zu retten.

Wir drei Schwestern hatten alle unsere Fühler in der Stadt ausgestreckt, wobei Pippas Netzwerk bei Weitem das größte war. Abby und ich blieben meist für uns, während Pippa mit so ziemlich jedem in Sedona befreundet war – von dem süßen Müllwagenfahrer über die Parkwächter bis hin zu der schnatternden, alten Wahrsagerin aus dem kleinen Laden in der Main Street.

„Wenn es irgendetwas über Harlon auszugraben gibt, werden wir es finden", versprach Pippa, als wir drei unseren wöchentlichen Ausritt über die Ranch machten.

Apache, ihr Schecke, schüttelte seine Mähne, als wollte er ihre Aussage bekräftigen.

„Harlon wird diese Ranch auf keinen Fall in die Finger bekommen", knurrte Abby. „Auf keinen Fall."

Sie ritt auf Lucky, einem süßen, gutmütigen Palomino – mit anderen Worten ihr genaues Gegenteil –, während ich auf Buckeye ritt, meinem Lieblingsrotschimmel.

Zwei der drei Pferde waren Überbleibsel aus der Zeit meiner Großtante; das andere und die vier weiteren Pferde, die auf der östlichen Koppel grasten, waren gerettete Tiere, genau wie ein paar struppige Miniaturponys und ein kränkelnder Esel. Sie alle hatten Abby ihr Leben zu verdanken. Nach außen hin war sie hart, aber innen drin hatte sie ein großes Herz – vor allem, wenn es um Waisen und Ausgestoßene ging.

Die Ranch erstreckte sich rund um uns herum über das Flachland hinein in die Canyons und umschloss die Tafelberge. Ich war in Albuquerque aufgewachsen, aber nirgendwo hatte ich mich je mehr zu Hause gefühlt als auf der Painted Rock Ranch.

Und kein Ort, der mir jemals etwas bedeutet hatte, war so bedroht gewesen. Ich stellte mir Resortgebäude anstelle unserer schönen Pappeln vor. Gepflegte Golfplätze anstelle von Kaktusfeigen und knorrigen Wacholderbäumen. Unsere überwucherte natürliche Quelle würde gebändigt und in einen Infinity-Pool verwandelt werden. Und die lila und grünen Libellen, die darüber schwebten, wären nur noch eine Erinnerung.

Nur über meine Leiche, schnaufte ich fast.

Die Frage war nur, wie man einen Hexenmeister und eine intrigante Vampirin überlisten konnte.

Abby und Pippa ritten voraus, während ich in die Richtung der Felszeichnungen starrte. Ich stellte mir die Spirale vor und krallte meine Finger um die Zügel.

Buckeye schnaubte und scharrte mit den Hufen über den Boden, weil er unbedingt weiterreiten wollte.

„Kommst du, Erin?", rief Pippa.

Ich schaute auf und trieb Buckeye an, damit er sich in Bewegung setzte.

„Ich komme", flüsterte ich.

∞∞∞∞

Nash hatte ebenfalls herumgeschnüffelt. Wo er jeden Morgen nach der Arbeit hinging, wusste ich nicht genau, aber wir hatten vereinbart, uns jeden Nachmittag um drei in der Stadt zu treffen.

„Gibt es etwas Neues?", fragte ich und nahm am Freitag neben ihm Platz.

Der Restaurantbereich im Stadtzentrum hatte eine riesige Terrasse und Nash saß in der hintersten Ecke, genoss die Win-

123

tersonne und schaute auf die spektakulären Farbbänder des Wilson Mountain.

Er nickte zur Begrüßung, zog den Stuhl neben sich heraus und schob einen Teller mit Nachos über den Tisch. Was tatsächlich ziemlich aufmerksam war. Sieh an.

Ich nahm einen Tortilla-Chip, tauchte ihn in die Guacamole und knabberte darauf herum.

Nash lehnte sich zu seinem Tagesbericht zu mir. „Ein Freund in der Agentur hat die Akten nach Harlon durchsucht, jedoch nichts gefunden."

Ich runzelte die Stirn. „Gar nichts? Nicht einmal eine Erwähnung?"

Nash schüttelte den Kopf. „Nicht einmal eine Erwähnung."

Nicht die Neuigkeiten, die ich mir erhofft hatte. „Wie umfassend sind die Aufzeichnungen der Agentur?"

„Nicht sehr. Es gibt überall Übernatürliche und sie halten sich gern bedeckt. Verdammt, eines der mächtigsten Wolfsrudel des Westens lebt nur ein paar Kilometer von hier entfernt und sie sind kaum verzeichnet." Als ich den Kopf neigte, winkte Nash kurz mit der Hand ab. „Das Twin Moon Rudel."

„Noch nie davon gehört."

„Genau so mögen sie es."

„So wie Harlon", murmelte ich und schob einen weiteren Tortilla-Chip in den Sauerrahm. „Ist dein Freund sicher? Harlon ist nicht einmal auf ihrem Radar?"

„Kein einziges Anzeichen, oder..." Er verstummte und dachte nach.

„Oder?", hakte ich nach.

Nash senkte die Stimme. „Oder er hat sich aus den Akten löschen lassen."

Ich dachte schweigend darüber nach, was dies bedeuten würde, bevor Nash sich seufzend zurücklehnte. „Wie dem auch sei, es ist eine Sackgasse. Was hast du herausgefunden?"

„Nicht viel. Aber die Hundestylistin von Pippas Friseurin kennt die Reinigungskraft im..."

Nash unterbrach mich. „*Wer?*"

„Die Hundestylistin von Pippas Friseurin. Sie kennt die Frau, die das Büro des Architekten reinigt – des Architekten, der das Modell in Harlons Büro entworfen hat." Ich zuckte bei seinem Gesichtsausdruck mit den Schultern. „Unterschätze niemals die Macht einer Reinigungskraft. Siehst du?" Ich zog mein Handy heraus und blätterte durch die Bilder, die Pippa weitergeleitet hatte. Ich hielt bei jedem inne, damit Nash sie sehen konnte. „Das Modell, das wir gesehen haben, entspricht diesen Plänen. Es sieht aus, als würde Harlon eine großzügige Anlage planen, aber nicht für kommerzielle Zwecke. Platz genug für allen Luxus für ihn und etwa zehn Gäste."

Die Pläne waren so detailliert, dass Nash sich nah heranbeugen musste, um sie zu sehen. Unsere Schultern berührten sich und ich bemerkte erst zu spät, dass ich sein Leder- und Lavendelrasierwasser einatmete.

Meine weiblichen Körperteile seufzten sehnsüchtig.

Ich befahl mir selbst, ihm das Handy zu reichen und Nash seinen Freiraum zu lassen. Aber irgendwie gelang es mir nicht und Nash blieb dicht an meiner Seite.

„Ich sehe keinen Tennisplatz." Nash tat so, als wäre er nicht beeindruckt. Als ich zum nächsten Bild blätterte, schnaubte er. „Oh, da ist er ja."

„Und dort ist mein Ballonschuppen...", scherzte ich und ging zum nächsten Bild.

Nash gluckste und mir wurde am ganzen Körper warm. „Was würde Henry dazu sagen?"

Ich seufzte. Henry war immer noch in Denver und sein Bruder erholte sich, Gott sei Dank. Aber ich hatte immer noch keine Gelegenheit gehabt, als Pilotin eines Ballons zu fliegen.

„Henry würde mir sagen, dass ich dem Geld folgen soll", sagte ich und steckte mein Handy ein. „Nicht, dass ich das tun würde, schon gar nicht in diesem Fall."

Nash stieß den Nachoteller an und ich nahm mir einen weiteren Tortilla-Chip. Ich hatte gehofft, dass unsere Ermittlungen mehr enthüllen würden, aber selbst wenn es der Fall gewesen wäre, was sollte ich mit den Informationen anfangen? Harlon zur Rede stellen? Die Agentur einschalten? Einen einheimischen Schamanen finden, der mir etwas über den Wirbel erzählen könnte?

Nash griff nach seiner leeren Mineralwasserflasche und stand auf. „Ich hole mir noch etwas zu trinken. Möchtest du auch etwas?"

Ich nickte.

„Gingerale?", fragte er.

Das musste ich dem Kerl lassen. Er erinnerte sich tatsächlich an meine Vorlieben. Aber vielleicht war das nur etwas, was er bei der Agentur gelernt hatte – sich Details zu merken, die für seinen Fall nützlich sein könnten.

Aber ich war nicht sein Fall. Harlon war es.

Und, ups. Technisch gesehen war auch Harlon nicht sein Fall, denn Nash hatte die Agentur verlassen.

Ich tat mein Bestes, um mich nicht zu fragen, was genau dazu geführt hatte... und versagte kläglich.

„Mit einer Zitronenscheibe?", fuhr er fort.

Gott, wir waren wie ein altes Ehepaar. Zu schade, dass wir viele glückliche, lustvolle Jahre des Umwerbens übersprungen hatten, um dorthin zu gelangen.

„Ja, bitte."

Am ersten Tag unserer unbehaglichen Allianz hatten einfache Fragen wie diese zu großen Diskussionen geführt. Wer würde was holen? Eine Rechnung oder zwei? Und so weiter und so fort. Inzwischen waren wir dazu übergegangen, uns treiben zu lassen. Und meine Güte, wie viel einfacher das war.

Als Nash ging, folgte ich seinem perfekten Hintern mit dem Blick.

Die Frau, die zwei Tische weiter saß, beobachtete ihn genauso aufmerksam und warf mir einen Blick zu, der sagte: *Du Glückliche.*

Ich wollte ihr sagen, dass es so nicht zwischen uns war – Gott, nein! Aber als mein Blick zurück zu Nash wanderte, waren meine Gedanken leer. Erst als er um die Ecke bog, konzentrierte ich mich auf den zweitschönsten Anblick in Sedona: die roten Felsen. Ich schloss den Reißverschluss meiner Jacke hoch, schmiegte mein Kinn in den Kragen und schob die Hände in die Taschen, als ich die Kälte plötzlich spürte. War es eben nicht noch wärmer gewesen?

Ich starrte in die Ferne und dachte nach. Als Schritte hinter mir ertönten, hätte ich fast die Hand nach meinem Getränk ausgestreckt. Aber dann stellten sich meine Nackenhaare warnend auf.

Das war nicht das vertraute Stapfen von Nashs Stiefeln. Es war eher das leichte Klackern der Stöckelschuhe einer Frau.

„So, so. Wen haben wir denn hier?", tönte eine hochmütige Stimme.

Ich wirbelte herum und erstarrte beim Anblick einer zu dünnen, zu blassen Frau mit seltsam dunklen Lippen, schwarzem Haar und einem Outfit, das besser nach Beverly Hills als nach Sedona passte.

Angelina.

Abgerundet wurde ihr Outfit durch einen Seidenschal und eine riesige Filmstar-Sonnenbrille, als wollte sie nicht zu viel Haut freilegen. Denn, ihr wisst schon. Vampire. Die Sonne verbrannte sie nicht sofort – das war nur eine Legende –, aber sie tat weh genug, dass sie es vorzogen, drinnen zu bleiben und nur nachts hinauszugehen.

„Wir?" Ich schaute hinter sie und suchte nach ihrem bösen Zwilling oder Verstärkung.

Gott, bitte, nein, betete ich im Stillen. *Kein Zwilling, keine Verstärkung. Diese Vampirfrau allein ist schon schlimm genug.*

Zum Glück meinte sie nur sich selbst. Also, ha. Nur eine Vampirin, mit der ich fertig werden musste, obwohl das immer noch eine zu viel war.

Ich schaute erneut auf. Der Tisch, die Stühle und mein Körper warfen alle Schatten. Aber Angelina nicht.

Angelinas Wange zuckte. „Sie sind die Ballonfahrerin, nicht wahr?"

Ich tat mein Bestes, um mein Unbehagen zu verbergen. Harlon hatte uns nicht vorgestellt, aber sie hatten sich offensichtlich unterhalten.

„Und Sie sind Harlons Freundin", sagte ich schlicht.

Sie lächelte ein Haifischgrinsen mit Zähnen und Zahnfleisch. „Geschäftspartnerin."

Ihr Blick schweifte über den Tisch und ihre Nasenlöcher bebten, als wollte sie jemanden ausfindig machen.

Scheiße. Sie war hinter Nash her, nicht wahr?

Als sie sich halb umdrehte, um in Richtung Eingang zu schauen, schnappte ich mir den einzigen Beweis für seine Anwesenheit – eine zerknitterte Serviette. Mann, ich hoffte, Nash würde sie rechtzeitig entdecken und sich fernhalten.

„Angela…“, begann ich.

Ihre Stimme wurde zu purem Eis. „Angelina. Angelina Saint James.“

Ich nannte meinen Namen nicht, weil ich dachte, Harlon hätte ihn ohnehin erwähnt.

Die Vorstellung, dass ein Hexenmeister und eine Vampirin über mich gesprochen hatten, war einfach nur unheimlich.

Angelina schaute sich noch einen Moment lang um, dann setzte sie sich mir gegenüber. „Nun, da ich Sie zufällig getroffen habe, können wir genauso gut über das Geschäft reden.“

Zufällig getroffen? Das bezweifele ich. Und was das Geschäft anging…

Alarmglocken schrillten in meinem Kopf.

„Geschäft?“

Sie legte ihre Handtasche auf den Platz neben sich, stützte die Ellbogen auf den Tisch und faltete die behandschuhten Hände. „Ja, das Geschäft. Anscheinend gehört Ihnen das Grundstück am Painted Rock.“

Meine Kehle wurde trocken, aber ich schaffte es, mit den Schultern zu zucken. „Eins der Grundstücke dort draußen.“

Angelinas Adleraugen sagten: *Das Einzige, das zählt.*

„Haben Sie über Harlons Angebot nachgedacht?“, tönte sie.

Ha. Ich hatte sehr wohl darüber nachgedacht, wenn auch nicht so, wie sie es meinte.

Ich schüttelte langsam den Kopf. „Nicht wirklich. Es steht nicht zum Verkauf.“

Mit fest gespitzten Lippen sah Angelina aus wie ein Fisch. Die wirklich blasse, gruselige Art, die in den tiefsten Teilen des Ozeans lebte.

„Nicht? Nun, Harlon hat mich gebeten, sie an sein Angebot zu erinnern. Fünfundzwanzig Millionen Dollar.“

Mir fielen fast die Augen aus dem Kopf und ich quietschte: „Fünfundzwanzig Millionen?“

Sie nickte amüsiert, so wie man es bei einem Kind tat, das mit einer Kleinigkeit wie einem Lolli oder einem Luftballon zufrieden war. „Fünfundzwanzig Millionen."

Mir schwirrte der Kopf. Die Ranch war nicht einmal annähernd so viel wert. Wollte Harlon dieses Geschäft unbedingt abschließen, bevor es jemand anderes tat? Oder spiegelte der Preis das wider, was er glaubte, durch die Nutzung der Kraft des Wirbels gewinnen zu können?

Ich schluckte und schaute auf die Restauranttür.

Angelina hob eine Augenbraue und folgte meinem Blick. „Erwarten Sie jemanden?"

Ich lachte, als wollte ich sagen, natürlich nicht. Schon gar nicht einen ehemaligen Agenten der BDSM –, ähm, der ABDKS.

„Ich wollte nur sehen, wie spät es ist", bluffte ich.

„Sie sollten sich mit den Miteigentümern des Grundstücks zusammensetzen. Ihre beiden Halbschwestern, meine ich."

Scheiße. Sie hatte ihre Hausaufgaben gemacht.

„Oh, und mit ihrer bezaubernden Nichte... ", fügte sie hinzu.

Mir wurde mulmig zumute. Sie wusste von Claire, Abbys achtjähriger Tochter?

Angelina beugte sich vor, als wären wir beste Freundinnen. „Ich mag Sie, Miss Sattler. Das tue ich wirklich."

Ha. Wohl eher: *Ich verachte Sie.* Das Gefühl beruhte auf Gegenseitigkeit.

„So sehr, dass es mich schmerzen würde, mit Ihnen zu streiten", fuhr sie fort.

Ihr Tonfall verriet mir, dass mich die Konsequenzen auch schmerzen würden.

Ich tat mein Bestes, um ruhig zu bleiben. „Ich streite weder mit Ihnen noch mit Harlon. Es ist nur so, dass ich nicht daran interessiert bin, zu verkaufen. Die Ranch geht weit in der Familie zurück und wir haben versprochen, dass es so bleibt."

Ihre Augen waren wir ein Sturm, der meinen Namen trug. „Sie sollten nichts versprechen, was Sie nicht halten können."

„Ist das eine Drohung?"

Sie lachte. „Endlich begreifen Sie es."

Ich war mir sicher, dass sie noch etwas hinzufügen würde, aber plötzlich hielt sie inne und drehte sich zur Tür. Innerhalb eines Herzschlags verwandelte sich ihr Gesichtsausdruck von rachsüchtig zu kokett.

„Da bist du ja, Nash", säuselte sie.

Und *wusch!* Die Welle der Wut, die durch mich spülte, wurde zu einem Tsunami, der in meinen Ohren rauschte. Denn das war Nash, der dort in der Tür stand, und die Getränke, die er in der Hand hielt, waren seins und meins.

Meins, verdammt. Nicht ihrs.

Aber Angelinas Gesichtsausdruck sagte: *Meins. Alles meins.*

Kapitel 15

NASH

Als ich Angelina ein paar Minuten zuvor im Restaurantbereich gesehen hatte, war ich wie erstarrt. Zum Glück war eine Kellnerin mit einem Teller saftiger Hamburger vorbeigekommen und hatte Angelina abgelenkt. Ich hatte mich hinter einem Getränkeautomaten geduckt und mich dann selbst verflucht. Versteckte ich mich etwa?

Ja, das tat ich. Denn jeden Moment würde mein Blut nach ihr rufen, egal wie sehr sich meine Seele dagegen wehrte. Ich, der mächtige Drache, der sein ganzes Leben lang unempfänglich für geringere Wesen gewesen war.

Also versteckte ich mich wie ein gottverdammter Feigling und hoffte, dass Angelina auf magische Weise verschwinden würde. Das tat sie nicht, aber die Kellnerin hatte mir eine Gnadenfrist gegeben, und das war meine Chance, zu fliehen.

Dann entdeckte ich Angelina, die auf die hintere Terrasse ging. Ein Wirbelsturm von Emotionen rauschte durch mich und ich konnte nur mit Mühe verhindern, dass ich auf den Beinen schwankte.

Halte dich von Erin fern, brüllte mein innerer Drache. *Halte dich fern oder ich werde dich töten.*

Ich hatte noch nie mit einer solchen Leidenschaft gehasst. Und noch nie war ich mir so kristallklar darüber gewesen, was ich zu verteidigen gelobte.

Erin. Ich würde mein Leben für sie geben.

Ähm – für die Gerechtigkeit. Ich würde mein Leben für die Gerechtigkeit geben.

Ich stürmte auf die Tür zu, bereit, die Vampirin vor den Augen aller Menschen hier in Stücke zu reißen, wenn es sein musste. Mit jedem Schritt, den ich tat, gefiel mir der Gedanke mehr.

Angelina töten. Mich von der Macht befreien, die sie über meine Seele hatte. Macht, die ich ihr gegeben hatte, ahnungsloser Narr, der ich gewesen war.

Natürlich bedeutete das Töten von Angelina meinen eigenen Tod, denn Vampire hatten sozusagen eine Sicherheitsklausel. Wenn sie von jemandem getötet wurden, den sie gebissen hatten, starb diese Person auch. Aber verdammt. Wenigstens wäre ich dann frei.

Töte Angelina! Mein Drache kreischte den Schlachtruf, als ich zur Tür stürmte.

Draußen schlug mir die kalte Luft entgegen, aber das war nichts im Vergleich zu der Wucht von Angelinas Blick. All mein Blut schoss in einem kranken Wettlauf nach vorn, um sich ihr zu opfern.

Ah, da bist du ja, Nash. Ihre Worte ließen meine Glieder erstarren. Es spielte keine Rolle, was mein Verstand versprach. Mein Körper war ihr zu Diensten und würde es immer sein.

Dann begegnete ich Erins Blick und ihre Augen waren wie die Strahlen eines Leuchtturms, die mich von gefährlichen Untiefen wegführten.

Ich habe es unter Kontrolle, verkündeten ihre Augen. *Jetzt bringe du dich auch unter Kontrolle.*

Ich holte tief Luft und dann noch einmal. Mit jedem Atemzug lockerte sich Angelinas Griff um meine Seele, eine Boa constrictor, die sich von meinem Inneren löste. Zunächst nur schwach, dann immer deutlicher.

Ich ging zu Erins Seite des Tisches hinüber und fletschte praktisch die Zähne.

„Angelina wollte gerade gehen", schnaufte Erin und verschränkte die Arme.

Angelina zog ihre geschwungene Augenbraue hoch. „Wollte ich das?"

Ich legte eine Hand auf Erins Schulter und knurrte: „Ja, wolltest du."

Angelina lachte und die Boa drückte zu. Aber als Erin die Hand hob und sie auf meine legte, erwachte eine wärmere, gütigere Kraft zum Leben und verjagte den Eindringling.

Hoffnung stieg in meinem Herzen auf – genug, um mich zum Nachdenken zu bringen. Vielleicht gab es einen anderen Weg, mich aus dem Bann dieser Vampirin zu befreien. Einen, den sie in der Agentur nicht lehrten.

Angelina fletschte die Zähne und fuhr ihre Eckzähne aus, für den Fall, dass wir den Wink nicht verstanden hatten.

„Oh, ich glaube nicht." Sie senkte ihren Blick zu meiner Brust und verharrte dann an meinem Hals.

Kälte sickerte in meine Haut.

Angelina grinste und wandte sich an Erin, ohne sich die Mühe zu machen, sie anzuschauen. „Lassen Sie uns einen Moment allein, ja?"

Ihre Worte waren ein bewusstes Echo dessen, was sie Monate zuvor in ihrem Büro in der Agentur an einem Freitagnachmittag gesagt hatte, als alle langsam nach Hause gingen. Ich hatte den dummen Ehrgeiz gehabt, der erste Agent zu werden, der die Ausbildung in Sachen Hexenmeister und Vampire meisterte, und Angelina war die Ausbilderin für Letzteres gewesen. Sie hatte mich unter einem Vorwand zu sich gerufen, an den ich mich nicht mehr erinnern konnte, und zu dem Agenten, der mich begleitete, gesagt:

Lassen Sie uns einen Moment allein, ja?

Ingo hatte mich mit seinem Blick gewarnt, aber es war zu spät.

Als Nächstes erinnerte ich mich daran, wie ich Stunden später auf einer roten Samtcouch an einem völlig anderen Ort zu mir kam. Mir war schwindlig und ich fühlte mich schwach. Die linke Seite meines Körpers war mit Blut verkrustet und als ich zum Waschbecken stolperte, um mich zu säubern, fand ich zwei Einstichstellen an meinem Handgelenk. Die, die meine Haut noch immer vernarbten.

Ich war zur Tür gestürmt und stieß auf dem Weg dorthin immer wieder gegen Möbel. Verschwommene Visionen quälten meinen Geist. Visionen von Angelina, die immer näher kam und verführerischer wurde. Visionen von mir selbst, weil ich wusste, dass ich ihr widerstehen musste, aber trotzdem auf sie hereinfiel. Visionen von ihren Reißzähnen, die sich in mein Fleisch bohrten und...

Ich verstärkte meinen Griff um Erins Schulter und schnaufte zurück. „Sie bleibt. Du bist diejenige, die geht."

Es war wirklich lächerlich – ein mächtiger Drachengestaltwandler, der sich verzweifelt an eine Frau klammerte, damit sie ihm half. Aber verdammt. Erin zu berühren, dämpfte Angelinas Macht, als würde man die Musik einer lauten Disco durch eine dicke Tür hören, anstatt direkt neben einem Lautsprecher zu stehen.

Angelina grinste. „Oh, das wird ein Spaß."

Vielleicht in deinem kranken Kopf, brummte mein Drache.

„Was genau ist Ihr Plan hier, Angelina?", forderte Erin. „Wollen Sie versuchen, Nash dazu zu bringen, Ihnen mein Eigentum zu verkaufen? Das kann er nicht, denn es ist nicht seins."

„Nein, sie will nur versuchen, mich dazu zu bringen, meine Seele an den Teufel zu verkaufen", knurrte ich.

Angelinas selbstgefälliges Lächeln sagte: *Das hast du bereits getan.*

Ich schüttelte den Kopf und weigerte mich, den Köder zu schlucken. Welche Macht Angelina auch immer über mich hatte, es beruhte auf ihrer List, nicht auf meinem Einverständnis. Und zum ersten Mal überhaupt war ich bereit, mich dagegen zu wehren.

Zu dumm, dass wir mitten am Tag in der Innenstadt von Sedona waren. Hier und jetzt war nicht der richtige Ort.

Irgendwann, irgendwie... schwor sich mein Drache.

Erin verspeiste den letzten Nacho und erklärte dann: „Nun, ich habe Ihnen nichts mehr zu sagen. Nash hat Ihnen auch nichts mehr zu sagen. Außerdem haben wir keine Nachos mehr. Es wird also Zeit, dass Sie weiterziehen, meinen Sie nicht auch?"

Angelina schüttelte den Kopf. „Nicht bevor ich bekommen habe, weswegen ich hergekommen bin."

Erin schnaubte. „Weswegen Harlon Sie hergeschickt hat, meinen Sie?"

Angelinas Nasenflügel bebten und ihre Stimme war eiskalt. „Harlon hat seine Geschäftsinteressen. Ich habe meine eigenen."

Ich versteifte mich, denn das Einzige, was schlimmer war als eine intrigante Übernatürliche, war ein zweiter Intrigant, der ihr den Rücken stärkte.

„Die zwanzig Millionen, die Sie für mein Land geboten haben, sind also Ihr Geld? Oder ist es Harlons?" Erin wartete einen Sekundenbruchteil, dann fuhr sie fort. „Oh, warten Sie. Fünfundzwanzig Millionen."

„Harlons Geld", schnaufte ich.

Das war eines der wenigen Geheimnisse, die ich über Angelina ausgegraben hatte. Sie stammte von altem Reichtum, aber ihre Familie hatte das meiste davon verprasst. Deshalb hatte sie sich so weit herablassen müssen, um für die Agentur zu arbeiten.

Angelinas Eckzähne verlängerten sich um einen halben Zentimeter, aber Erin sprach zuerst und unterbrach sie.

„In jedem Fall ist es nichtig. Mein Grundstück steht nicht zum Verkauf."

Vampire waren keine Hexen mit der Fähigkeit, mit den Gedanken der Menschen zu spielen. Der Blick eines Vampirs konnte jedoch selbst den stärksten Menschen vor Angst erzittern lassen. Aber, wow. Erin schaute Angelina hartnäckig in die Augen.

Sie ist nicht nur ein Relikt, flüsterte mein Drache.

Nein, Erin war mehr als das. Viel mehr, obwohl ich bezweifelte, dass sie es selbst wusste.

In diesem Moment wehte ein Windhauch über die Terrasse und wirbelte eine lose Serviette in die Luft. Erin und Angelina griffen gleichzeitig danach. Erin riss ihre Hand sofort wieder weg.

„Passen Sie auf!" Sie rieb sich den Kratzer auf ihrem Handrücken, der von einem von Angelinas drei Zentimeter langen Fingernägeln verursacht worden war.

Ein harmloser Unfall, aber bei Angelina konnte man nie wissen. Zunächst sah Angelina verärgert aus. Aber in dem Moment, als sie einen Tropfen von Erins Blut auf ihren Krallen entdeckte, leuchteten ihre Augen auf.

Nein! wollte ich schreien, als Angelina ihre Hand zum Mund führte.

Ein Geschmack von menschlichem Blut – selbst ein winziger Tropfen – ermöglichte es einem Vampir, die Quelle jederzeit und überall aufzuspüren. Bis in alle Ewigkeit.

Angelinas Lächeln wurde noch breiter, als sie ihre Hand zu ihren Lippen hob. Ich wollte sie aufhalten, aber der Tisch stand im Weg. Erin murmelte etwas, machte eine scheuchende Handbewegung und die Hölle brach los.

Plastikstühle wurden über die Terrasse geschleudert. Die Bespannung eines Sonnenschirms flatterte und weitere Servietten flogen vorbei, als ein Mikrosturm wie aus dem Nichts über die Terrasse fegte. Angelinas langes, offenes Haar peitschte um ihren Kopf und sie duckte sich vor dem Ansturm von Servietten, die der Wind aus einem Spender am Nebentisch riss.

„Was zum. . . ?", kreischte sie und riss die Hände in die Luft.

In den nächsten Sekunden konnte ich mich nur mit Mühe gegen die prasselnden Schläge der in der Luft befindlichen Gegenstände wehren. Servietten. . . Plastikbecher. . . Untersetzer. . .

„Verdammt. . . " Angelina kratzte sich ein Papierplatzdeckchen vom Gesicht.

Eine leere Dose rollte über die Terrasse und fiel mit einem lauten Klirren auf den Parkplatz hinunter. Der Wind folgte ihr und einen Moment später beruhigte sich die Terrasse. Mein Herzschlag tat es nicht. Nicht, als Angelina mit einem triumphierenden Blick das Blut von ihrem Finger leckte.

Einen Augenblick später runzelte sie die Stirn und leckte erneut. Dann starrte sie perplex auf ihre Hand.

Wow. Das Blut war von den durch den Wind fliegenden Servietten abgewischt worden.

„Also, wo waren wir?" Erin strich sich völlig unbeeindruckt das Haar zurück. „Ach ja. Ich habe gerade klar gesagt, dass mein Grundstück nicht zum Verkauf steht – und das wird es auch nie. Haben Sie das verstanden? Gut", schloss sie, bevor

Angelina auch nur einen Pieps von sich geben konnte. „Dann verschwenden wir jetzt nicht länger Ihre Zeit – und meine." Sie stand auf, griff nach meiner Hand und führte mich zur Tür. Dort drehte sie sich um und warf Angelina ein falsches Lächeln zu. „Oh, und noch eine Sache. Sie sollten auf dem Weg nach draußen Ihre Frisur prüfen."

Sie fügte das Wort *Schlampe* zwar nicht hinzu, aber ihr Tonfall ließ genug Raum, um diesen Teil auszufüllen.

Kapitel 16

ERIN

Ich stolzierte mit klopfendem Herzen von Angelina weg, obwohl ich mein Bestes tat, um es mir nicht anmerken zu lassen. Denn, wow. Ich hatte gerade einen Vampir zurechtgewiesen. Vielleicht nicht das Klügste, aber immerhin. So ein Miststück!

„Gute Arbeit", murmelte Nash, als wir durch das Restaurant auf die Straße hinausgingen.

Ich stand ein wenig aufrechter. Ein Agent der BDSM – ähm, der ABDKS – fand, dass ich gut mit einem Vampir umgegangen war. Bonuspunkte für mich.

Das Gefühl des Triumphs hielt allerdings nicht lange an, denn verdammt. Wie war ich nur mit einer Person wie Angelina in Berührung gekommen?

„Sollten Vampire nicht allergisch gegen Sonnenlicht sein?", murmelte ich.

Nash schüttelte den Kopf. „Populärer Mythos. Sie sind genau wie alle anderen."

Ich schnaubte. „Bis auf ein paar kleine Unterschiede wie das Trinken von Blut."

Er presste die Lippen zu einem schmalen Strich zusammen und endlich dämmerte es mir. Scheiße. Angelina hatte sein Blut getrunken, nicht wahr?

Mein Magen drehte sich vor Enttäuschung und Abscheu um. Nash hatte eine Affäre mit Angelina gehabt und hatte sie sein Blut trinken lassen? Hatte er wirklich einen so schlechten Frauengeschmack?

Vielleicht hat er sie gar nicht gelassen, argumentierte meine bessere Hälfte. *Vielleicht hat sie ihn gezwungen.*

Ich schnaubte. Einen starken, robusten Wolfsgestaltwandler wie ihn gezwungen? Unwahrscheinlich.

Dann kam mir ein wirklich ekelhafter Gedanke und ich nahm mir eine ganze Minute Zeit, um meine Frage vorsichtig zu formulieren.

„Wird das Opfer durch den Biss eines Vampirs nicht auch zum Vampir?"

Nash zuckte in einem vehementen Nein mit dem Kopf. „Nur wenn sie das Opfer bis auf den letzten Tropfen seines Blutes aussaugen und ihm dann gerade genug zurückgeben, um es zu verwandeln."

Die Nachos in meinem Magen drohten, wieder hochzukommen.

Ich stapfte die Straße zu meinem Auto hinunter und hielt dann inne. „Wo hast du geparkt?"

Nash schüttelte den Kopf. „Nicht so wichtig. Lass uns gehen."

Ausnahmsweise fügte ich mich gern. Wir stiegen in meinen Chevy. Als ich losfuhr, warf ich einen Blick in den Rückspiegel.

„Was denkst du, was sie als Nächstes vorhat?"

„Sie wird auf Harlon warten", sagte Nash.

„Und wenn sie es nicht tut?"

Er dachte darüber nach, bevor er antwortete. „Ich glaube, sie haben beide gemerkt, dass du kein leichtes Ziel bist."

Irgendwie fühlte ich mich dadurch nicht besser.

„Wenn ich an ihrer Stelle wäre", fuhr Nash fort, „würde ich mich zuerst ausschalten und mich dann um dich kümmern." Er streckte die Hände hoch, bevor ich protestieren konnte. „Das ist das, was *sie* tun würden, nicht, was ich denke."

Ich funkelte ihn trotzdem an. „Vielleicht werden sie versuchen, zwei Fliegen mit einer Klappe zu schlagen. Eine widerspenstige Grundbesitzerin und einen lästigen BDSM-Agenten."

„Ehemaligen Agenten", brummte er, ohne sich die Mühe zu machen, die Abkürzung zu korrigieren. Wir verwandelten uns definitiv in ein altes Paar. „Und überhaupt, nein. Einen nach dem anderen zu erledigen, ist immer besser."

Ich bog an der Gabelung nach rechts ab, Richtung Westen, und ärgerte mich immer noch. „Haben sie dir das in der Agentur beigebracht?"

„Nein, das war bei den Marines."

Ah. Stimmt. Ich schluckte und erinnerte mich daran, in welcher Liga ich hier spielte – mit ihm, Harlon und Angelina.

„Netter Wagen, übrigens", sagte er eine lange, stille Minute später. Um das Thema zu wechseln?

Gut. Meine Stimmung konnte es gebrauchen.

Ich tätschelte das Armaturenbrett. „1978 Chevy Silverado. Meine Tante hat ihn vor sehr langer Zeit neu gekauft."

Er grinste. „Sie hat einen guten Geschmack."

Ich kicherte und erinnerte mich daran, wie sie mit uns Kindern dicht gedrängt neben sich am Steuer saß, und mit mehreren Hunden auf der Pritsche, deren Ohren im Fahrtwind schlackerten, dahinsauste. „Ja, das hat sie."

Und dann, wow. Ein weiteres Bild kam mir in den Sinn – dieses Mal mit mir, einem untypisch unbekümmerten Nash und einem fröhlichen kleinen Jungen zwischen uns – Nashs Ebenbild – sowie Roscoe auf der Pritsche, dessen Ohren im Fahrtwind schlackerten. Roscoes Ohren natürlich. Nicht die von Nash oder die des kleinen Jungen...

Ich schluckte. Wo zum Teufel kam das denn her?

Inzwischen waren wir am Einkaufszentrum und dem Büro von Desert Skies vorbeigefahren, aber wir sprachen einen weiteren Kilometer beide nicht.

„Okay, nehmen wir einmal an, dass sie zuerst hinter dir her sind", räumte ich ein und kam wieder zur Sache. „Wahrscheinlich zu einer Zeit und an einem Ort, wenn du es am wenigsten erwartest, oder wo es die wenigsten Zeugen gibt." Dann erblasste ich. „Moment. Was ist, wenn sie dich zu deiner Hütte verfolgen, die du auf Henrys Grundstück gemietet hast? Wir können nicht zulassen, dass er in diese Sache hineingezogen wird."

Es gab Zeiten, in denen mich mein Chef in den Wahnsinn trieb, und ich wartete immer noch auf eine Gelegenheit, diese letzte Stunde als Pilotin zu bekommen. Aber Henry hatte mir eine Chance gegeben, als es sonst niemand getan hatte, und er war ein anständiger, gesetzestreuer Bürger.

Nash verzog das Gesicht. „Wo sonst könnte ich unterkommen, ohne dass Unschuldige in Gefahr gebracht werden?"

Ich umklammerte das Lenkrad fester und verkniff mir die erste Antwort, die mir in den Sinn kam. Aber als mir keine Alternative einfiel, ließ ich sie ganz leise heraus.

„Du könntest mit auf die Ranch kommen."

Und einfach so klopfte mein törichtes Herz höher.

Er schüttelte den Kopf. „Ich sagte, ein Ort, an dem keine unschuldigen Leute wohnen. Du hast doch Schwestern, oder?"

Ich ließ die Schultern sinken. Ja, hatte ich. Und eine Nichte – Abbys Tochter, Claire.

Nash schüttelte den Kopf. „Vergiss es."

Das konnte ich aber nicht, denn sie waren bereits involviert, weil wir alle das Grundstück teilten.

„Was ist, wenn Angelina oder Harlon zuerst zu mir kommen?", fragte ich. „Wie du schon sagtest, würden sie uns trennen wollen. Es wäre besser, wenn wir uns zusammenschließen, wenn du weißt, was ich meine."

Er biss die Zähne zusammen. „Das gefällt mir nicht."

Ich schnaufte. „Nichts an alledem gefällt mir."

Der einzige Aspekt, der mir einfiel, war die Aussicht darauf, Nash in meiner Nähe zu haben. Aber ich erwähnte es nicht.

Er sagte eine Zeit lang gar nichts. Aber als ich an der roten Ampel an der Abzweigung zu Henrys Grundstück innehielt, sah Nash mir in die Augen. Schließlich nickte er.

„Also gut. Zu dir."

∞∞∞∞

Fünfundzwanzig Minuten später waren wir wieder an dieser Kreuzung, nachdem wir ein paar Sachen aus Nashs Hütte geholt hatten. Von dort aus fuhr ich zwei weitere Kilometer den Highway hinunter und bog dann auf einen Feldweg ab. Mein Herz klopfte die ganze Zeit über, als würde ich Nash nur zum Spaß mit zu mir nach Hause nehmen und nicht aus völlig rationalen, praktischen und komplett platonischen Gründen.

Also nein. Überhaupt kein Grund für nervöses Zittern.

Das einzige Geräusch war das Rollen der Reifen über den Asphalt und dann über Schotter. Als ich abbremste und in die letzte Kurve zu unserem Haus einbog, benahm sich Nash so, als hätte er die Abzweigung nicht gesehen.

Interessant. Ich hatte mich schon gefragt, ob es ihm wie den meisten Leuten ergehen würde, die unsere Abzweigung nicht sehen konnten. Jetzt hatte ich meine Antwort. Meine Tante hatte stets behauptet, diese Stelle sei mit einem Zauber belegt, so dass sie vor den Augen der durchschnittlichen Passanten verschwamm – und offensichtlich funktionierte es auch bei Gestaltwandlern.

Ich spitzte die Lippen. Würde es Harlon und Angelina täuschen?

Wir ratterten über ein Viehgitter, fuhren im Slalom um ein paar Schlaglöcher und erreichten eine Anhöhe mit Blick auf die Ranch – das Haupthaus, die Scheune, den Stall und eine Handvoll anderer Gebäude, darunter auch meine Hütte ganz an der Seite. Staubige Pfade verbanden die Gebäude miteinander, doch auch sie wichen bald dem Gestrüpp und den Bäumen, die sich bis zu den Felsen hinauf erstreckten, die die Ranch umschlossen. Nash schaute hin und her und nahm alles in sich auf.

„Nett“, murmelte er. Sein Ton war aufrichtig und etwas in mir wurde warm.

„Das ist es“, stimmte ich zu und freute mich zum hundertsten Mal, dass meine Großtante die Ranch meinen Schwestern und mir anvertraut hatte. „Dieser Teil führt zu einem Canyon.“ Ich zeigte darauf. „Und dort drüben ist der Bach.“

Nash nickte stumm.

Er öffnete den Mund zu einer Frage, überlegte es sich dann aber anders.

„Was?“, fragte ich.

Er starrte in die Ferne. „Nichts.“

Ich konnte es mir denken – und Hut ab, dass er nicht nach dem Wirbel fragte. Trotzdem war ich ein wenig angespannt, als wir auf das Haupthaus zufuhren. Die tief stehende Wintersonne funkelte direkt vor mir, so dass ich die Augen zusammenkniff und Nash von der Seite ansah. Tat ich das Richtige, ihm zu vertrauen?

Roscoe erhob sich von der Veranda, sandte wie immer seine gemischte Botschaft aus Bellen und Schwanzwedeln. Ein kleines, rotblondes Mädchen schoss aus dem Haus und begrüßte mich mit einem Jubelschrei.

„Erin! Erin!"

Ich stieg aus dem Wagen, um meine Nichte zu begrüßen – eine Erinnerung an alles, was mir lieb und teuer war, und was ich riskierte.

„Claire!" Ich kniete mich zu einer Umarmung hin. Eine richtig große, richtig lange Umarmung, bei der ich die Augen schloss und tausend Versprechen gab.

Ich werde nicht zulassen, dass die Bösen diese Ranch übernehmen. Ich werde nicht zulassen, dass sie denen schaden, die ich liebe.

Roscoe sabberte auf uns beide und fügte seinen eigenen Schwur hinzu.

Claire riss sich los und lächelte Nash an. „Hallo. Wer bist du?"

Sein Schlucken deutete darauf hin, dass er nicht der vernarrte Onkel eines halben Dutzend Kinder war. Tatsächlich hatte er seine Familie überhaupt noch nicht erwähnt. Andererseits hatten wir außer über die Arbeit und Harlon auch nicht über vieles gesprochen.

Verdammt schade, sagte eine kleine Stimme in meinem Hinterkopf.

„Ich bin Nash. Es freut mich, dich kennenzulernen." Er streckte unbeholfen eine Hand aus.

Definitiv keinerlei Übung im Umgang mit Kindern. Aber für Claire war das kein Problem. Sie griff nach seiner Hand und schüttelte sie enthusiastisch. Dann ließ sie ihn die Pfote ihres Stofftiers, eines rosa Häschens, schütteln.

„Das ist Hopper. Willst du meine Pferde sehen?"

„Ähm..." Nash schaute mich an.

Als Nächstes kamen meine Schwestern heraus – Abby mit einem grimmigen *Was zum Teufel*-Blick und Pippa mit einem riesigen, schelmischen Grinsen.

„Hallo, hallo", rief Pippa. „Nash, nicht wahr?"

Er nickte und schob die Hände in seine Hosentaschen.

Ich beugte mich zu Claire hinunter. „Ich glaube, Nash würde gern deine Pferde sehen. Kannst du sie ihm zeigen?"

Freudig springend griff sie nach seiner Hand und zog ihn ins Haus. Nun, sie versuchte es, aber Abby blockierte die Tür und funkelte Nash böse an.

Ich seufzte und warf ihr einen Blick zu, der sagte: *Ich bin auch nicht glücklich darüber, aber wenn du mir eine Minute gibst, erkläre ich es dir.*

„Mom." Claire stupste sie an.

Schließlich lenkte Abby ein klein wenig ein. „Ich glaube, deine Pferde brauchen etwas Bewegung. Warum holst du sie nicht raus und zeigst sie Nash hier auf der Veranda?"

Ah, meine liebe Schwester. Sie vertraute keinem Mann weiter, als sie ihn mit ihrem Jiu-Jitsu werfen konnte.

„Ich bin gleich wieder da." Claire drückte Nash Hopper in die Hand, duckte sich unter Abbys Arm und sauste hinein. Sekunden später tauchte sie mit einem Arm voller Spielzeugpferde wieder auf. Wir Schwestern hatten sie als Kinder gesammelt und Claire hatte die ganze Herde geerbt.

„Hier." Sie drückte sie Nash in die Hand und eilte hinein, um noch mehr zu holen.

„In der Zwischenzeit machen wir einen kleinen Spaziergang", sagte ich und gab meinen Schwestern ein Zeichen, mir zu folgen.

Pippa sprang mir eifrig hinterher und Abby folgte zögernd. Wir waren kaum außer Hörweite, als sie zischte: „Was zum Teufel macht er hier?"

∞∞∞∞

Es brauchte dreißig Minuten des Erklärens, Argumentierens und guten Zuredens, aber schließlich hatte ich meine Schwestern über alles aufgeklärt, was sich zugetragen hatte. Sie schwankten zwischen Unmut, Wut und großer Besorgnis, stimmten jedoch zu, dass es das Beste sei, wenn Nash bei uns blieb, während wir überlegten, was wir tun würden.

Danach rettete ich Nash vor Claire und ihren Pferden, obwohl auch das einige Überzeugungsarbeit erforderte.

„Er hat Black Beauty noch nicht gesehen!“

„Nach dem Abendessen, Süße“, versprach ich. „Ich muss
ihn herumführen.“

Seltsamerweise hatte Nash es nicht eilig, Claires Vorführung
zu entkommen. Er sah so entspannt aus, wie ich ihn noch nie gesehen hatte, und ließ seine langen Beine über den Rand der Veranda hängen. Seine Hände waren damit beschäftigt, die Pferde
zum Galoppieren zu bringen.

Hatte er als Kind Cowboy gespielt? Hatte er eine so strenge
Mutter wie Abby – oder so liebevolle Tanten wie Pippa und
mich? War sein Vater so hingebungsvoll wie meiner oder war
der Mann so abwesend wie meine Mutter? Und was war mit
Nash selbst? Würde er ein so guter Vater sein, wie das Bild,
das ich mir von ihm gemacht hatte?

Ich rieb mir den Nasenrücken und verdrängte die aufstei-
genden Gefühle.

„Hey, Claire.“ Pippa lockte unsere Nichte weg. „Ich brauche
Hilfe beim Zubereiten des Abendessens – und des Nachttischs.
Können Black Beauty und du mir helfen?“

Claire kicherte. „Black Beauty hat Hufe, keine Hände.“

„Nun, sie kann auf uns aufpassen“, sagte Pippa und wackelte mit den Augenbrauen zu Nash und mir. „Viel Spaß, ihr
zwei.“

Spaß stand nicht auf dem Programm. Ich wollte Nash die
Umgebung zeigen, nur für den Fall, dass wir Hilfe beim Schutz
der Ranch brauchten. Aber Gott, ich hoffte, dass es so weit
nicht kommen würde.

„Deine Nichte, was?“, fragte er, als wir uns ein paar Schritte
entfernt hatten.

Ich nickte. „Abbys Tochter.“

Er musterte den Himmel mit Argusaugen. Erwartete er
feindliche Truppen im Hubschrauber? Oder schlimmer noch –
Drachen?

Langsam drehte er sich im Kreis, hielt dann inne und starrte
auf unseren drachenförmigen Windrichtungsanzeiger.

„Das war eines von Abbys ersten Projekten in der Schmiede", erklärte ich. „Er ist wirklich gut geworden, nicht wahr?"

Leider war er unserer Mutter nicht aufgefallen, aber Pippa und ich liebten ihn.

Nash nickte aufrichtig beeindruckt. „Sehr realistisch."

„Komm mit. Ich zeige dir alles."

Ich führte ihn kurz über die Ranch und haderte die ganze Zeit mit mir selbst. Sollte ich ihm den Wirbel zeigen?

Hätte er darauf gedrängt, ihn zu sehen, hätte ich wahrscheinlich abgelehnt. Aber da er es nicht getan hatte... Ich schaute mich um und entschied mich dann. Nash gehörte nicht zu den Bösen. Im Gegenteil, er hatte eine Menge Dinge, die für ihn sprachen – viel mehr, als ich ihm ursprünglich zugetraut hatte.

Er respektierte, dass ich der Boss bei der Arbeit war.

Er hasste Harlon genauso sehr wie ich.

Und er teilte seine Nachos.

Also, jede Menge bewundernswerte Eigenschaften.

„Also, der Wirbel...", sagte ich und zögerte dann.

„Willst du mir die Augen verbinden?", bot er mit einem kleinen Grinsen an.

Ich verkniff mir einen schlechten BDSM-Witz.

„Ich hoffe, das ist nicht nötig", sagte ich.

„Ich verspreche, das ist es nicht", sagte er todernst.

Ich nickte und führte ihn dann zum Fuß der Klippen am Ende der Schlucht.

Nash schaute zu den Zeichnungen auf, die von uralter Hand in den Stein geritzt worden waren. Die Art und Weise, wie er sich das Kinn rieb, überzeugte mich davon, dass er in seiner Agentur über solche Dinge gelernt haben musste. Die Luft wurde still und in meinen Ohren war ein schwaches Brummen zu hören. So wie ein Strom führender Draht, der vor Energie knisterte.

„Ähm... interessant", sagte Nash schließlich. „Aber was ist mit dem Wirbel?"

Ich blinzelte. Moment. Was?

Ich deutete mit der Hand an die Wand. „Du spürst es nicht?"

Er runzelte die Stirn. „Was spüren?"

Ich verschränkte die Arme. Wollte er mich verarschen?

„Den Wirbel." Ich schloss nicht mit, *du Idiot*, aber ich war fast versucht, es zu tun.

„Er ist hier?"

Ich deutete auf die Spirale und er streckte die Hand danach aus. Ich schrie warnend auf, aber...

Ich starrte ihn an, als er seine Hand erst über und dann um die Spirale bewegte. Die ganze Zeit über veränderte sich sein Gesichtsausdruck nicht.

Ich streckte die Hand aus und fragte mich, ob der Wirbel unterbrochen worden war.

„Oha", sagte Nash, als meine Hand zurückgestoßen wurde und fast seine Nase traf.

„Er schießt aus dem Felsen heraus", sagte ich. „Du spürst ihn nicht?"

Er versuchte es noch einmal – erst vorsichtig und dann weniger vorsichtig. Schließlich neigte er den Kopf. „Du verarschst mich nicht, oder?"

„Nein, ich verarsche dich nicht." Ich griff nach seiner Hand, hielt sie in die Richtung der Spirale und verschränkte meine Finger mit seinen.

Und *zack!* Ich schrie erneut auf, denn dieser Stoß war noch stärker – genug, um mich ins Stolpern zu bringen. Nash kippte fast um und ich landete an seiner Brust. Er stützte sich mit den Beinen ab und schlang seine Arme um meine Schultern, um uns beide abzufangen.

Der Bruchteil einer Sekunde der Verlegenheit folgte und dann ein leiser Ganzkörperseufzer. Man, das war ein gutes Gefühl. Beängstigend gut, als wären wir dafür gemacht, so zusammenzupassen.

Ich blieb viele, viele Sekunden länger dort, als ich es musste, und genoss das Gefühl. Nash schien es auch nicht eilig zu haben, sich zu bewegen, und die Zeit verlangsamte sich zu einem Schleichen. Mein Blickfeld verringerte sich und blendete die Klippen, die Brise und die sich vertiefende Abendröte aus. Ich spürte nur noch die Wärme seines Körpers und den sanften Hauch seines Atems an meiner Schulter.

Und verdammt. Wir wären vielleicht die ganze Nacht dortgeblieben, wäre Roscoe nicht gekommen und durch die Büsche gestürmt, um ein Kaninchen zu jagen.

Ich räusperte mich und trat von Nash und dem Wirbel weg.

„Du hast das wirklich nicht gespürt?", fragte ich. Dann wurde ich rot. Ich hatte den Wirbel gemeint, aber die Worte hätten sich genauso gut auf unsere Berührung beziehen können – und dieses Gefühl von *Du gehörst zu mir, an meine Seite.*

Er wandte sich der Felswand zu. Er musterte sie aus echtem Interesse. Oder wollte er meinem Blick ausweichen?

„Ich habe nichts gespürt."

Ich schwöre, meine Gefühle waren nicht verletzt.

Dann wurde es mir bewusst. Wenn er den Wirbel meinte. . .

Ich runzelte die Stirn. „Bin ich die Einzige, die ihn spürt, oder bilde ich es mir nur ein?"

„Was ist mit deinen Schwestern?", fragte er.

Ich dachte kurz nach und zuckte dann mit den Schultern. „Ehrlich gesagt, sprechen wir nie darüber. Wir wissen alle, dass er hier ist, weil meine Großtante uns hierhergebracht hat, um uns davor zu warnen, ihm nicht zu nahe zu kommen."

Nash betrachtete die Felszeichnungen noch einen Moment länger, dann richtete er seinen Blick auf mich. „Nun, es beweist eine Sache."

Ich hatte Angst, zu fragen, tat es aber trotzdem. „Was?"

„Du bist kein Relikt, Erin. Du bist viel mehr als das."

Jahrelang hatte ich angenommen, dass ich nur das war – der Nachkomme zweier Übernatürlicher ohne eigene Kräfte. Aber jetzt. . . nun ja, oh Gott. Was, wenn Nash recht hatte? Und zu was genau machte es mich?

Kapitel 17

NASH

Technisch gesehen, hatte ich Erins Schwestern bereits an jenem ersten Abend in der Bar kennengelernt – in gewisser Hinsicht. Das Abendessen auf ihrer Ranch begann genauso unbehaglich und jedes Wort, jede Geste und jeder Blick war so geladen wie zuvor. Zu meiner Überraschung taute die Stimmung jedoch schnell auf.

Pippa war die Lustige und ihre Kommentare waren alle fröhlich, scherzhaft oder verspielt. Abby war die Verschlossene und jeder Blick, den sie mir zuwarf, war wie ein Widerhaken. Erin befand sich irgendwo dazwischen.

Gott sei Dank, gab es die kleine Claire, die einzige Person am Tisch, die weder eine Meinung noch einen Plan hatte.

„Was glaubt ihr, wer schneller war, Seabiscuit oder Man o'War?", fragte sie uns.

Gut, dass ich beide Pferde aus ihrer Sammlung an diesem Tag schon kennengelernt hatte.

„Eindeutig Seabiscuit", antwortete Pippa.

„Er war klein, aber schnell", stimmte Abby zu.

Pippa schnaubte. „Wie man so schön sagt – nicht die Größe des Hundes ist im Kampf entscheidend, sondern die Größe des Kampfes im Hund."

„Mark Twain", murmelte Erin zu Claire.

„War der auch ein Pferd?"

Ich grinste und drehte die letzten Spaghetti um meine Gabel. So, ähm – ungewöhnlich? interessant? – diese Familie auch war, es war schön, diese Zeit mit ihnen zu verbringen. Es wäre sogar noch schöner, wenn Abby etwas von dem Eis um ihre Seele auftauen lassen würde.

Mein Drache schnaubte. *Das musst du gerade sagen.*

Ich blickte stirnrunzelnd in mein Wasserglas.

Auf jeden Fall hatte ich schon lange nicht mehr bei einem Familienessen gesessen, und das war schön. Im Kamin knisterten Holzscheite und auf dem Tisch flackerten sanft Kerzen. Aus dem Radio in der Küche tönte Country-Musik und Roscoes Schwanz klopfte unablässig auf den Teppich.

Sein Blick war auf Claire gerichtet, seine beste Hoffnung auf Snacks.

„Ich glaube, Seabiscuit und Man o'War würden gleich schnell laufen", entschied Claire und fragte als Nächstes nach den Zugpferden. „Wer kann mehr ziehen – ein Percheron oder ein Clydesdale?"

Pferde und Hunde standen bei diesem Mädchen ganz oben auf der Liste – und wahrscheinlich bei der ganzen Familie. Auf dem Weg hierher hatte ich ein halbes Dutzend Pferde gesehen – laut Erin größtenteils gerettete Tiere. Roscoe war der einzige Hund, der ins Haupthaus durfte, aber es gab noch ein paar andere, die Erin auf der Ranch begrüßt hatten – und mich anknurrten.

Pippa hatte wie immer am meisten zu Claires letzter Frage zu sagen. Während sie sich unterhielten, schaute ich mich um. Das Abendessen wurde auf bunten von Pippa handgefertigten Glastellern serviert – sie war offenbar eine Glaskünstlerin –, aber die Teller im Schrank an der Seite waren allesamt Antiquitäten. Ein abgetretener, geflochtener Teppich lag zu meinen Füßen. In einer Ecke am Fenster stand ein Schaukelstuhl, über dessen Rückenlehne ein sorgfältig gefaltetes Schultertuch lag. Gehörte es der Tante?

Alles an diesem Haus und diesen Menschen sprach von Liebe, mühsamer Arbeit und Fleiß. Ich ließ meinen Blick über all das schweifen und er landete auf Erin, während Claire weiterplauderte.

„Mommy sagt, Percherons sind so groß, dass man sie nicht ohne Sattel reiten kann, aber ich glaube, ich könnte…"

Verstehst du es jetzt? fragten Erins Augen. *Verstehst du, wie viel uns dieser Ort bedeutet und wie viel auf dem Spiel steht?*

Ich holte tief Luft. Ja. Ja, ich verstand es.

Eine Schrotflinte, die alt genug war, um meinem Großvater zu gehören, hing über dem Kamin. War sie geladen? Hatten sie das Zeug dazu, sie zu benutzen?

Ja, entschied ich. Jede dieser Frauen war so stark, so beschützend.

„Sind Percherons groß genug, dass ich, Roscoe und Mommy gleichzeitig ohne Sattel reiten können?", fuhr Clair fort.

Zum ersten Mal an diesem Abend ließ Abby ein Lächeln aufblitzen. „Du und ich, ganz sicher. Aber Roscoe würde es wahrscheinlich vorziehen, mit den Füßen auf dem Boden zu bleiben."

Ich stellte mir die niedliche Szene vor – Mutter und Tochter auf einem großen gutmütigen Pferd ohne Sattel mit Roscoe, der vornweg lief. Das Fehlen von Männern in diesem Bild fiel mir allerdings auf, und das auch nicht zum ersten Mal. Abgesehen von Roscoe war ich der einzige Mann auf dem Grundstück. War es Absicht oder Zufall?

Sogar Claire fiel es auf. „Du und Roscoe seid die einzigen Jungs auf der Ranch", kicherte sie.

„Vergiss die Rinder, Pferde und Schweine nicht. Aber die sind alle kastriert", bemerkte Abby trocken.

Die Kerzen auf dem Tisch flackerten und ich schlug meine Beine unter dem Tisch übereinander. Fest.

„Möchte jemand Nachtisch?", fragte Pippa und stand auf.

„Juhu! Brownies!", jubelte Claire und ging mit Pippa in die Küche. Erin lächelte und auch Abby gab einen Daumen hoch. Sie schien nicht sehr erfreut darüber zu sein, mit mir teilen zu müssen, aber hey – ich würde nicht lange bleiben, um sie zu behelligen.

Ich ließ meinen Blick zur Erin wandern und riss ihn dann weg, als sie aufschaute.

Was, wenn sie will, dass wir bleiben? flüsterte mein Drache. *Länger bleiben, meine ich?*

Ich faltete meine Serviette und faltete sie erneut, um ihrem Blick auszuweichen.

„Voilà. Brownies mit Schokoladen- und Toffeestückchen." Pippa stellte die Backform mit einer schwungvollen Bewegung auf den Tisch.

War es diese Bewegung, die die Kerze flackern ließ, oder war es etwas anderes. Das Feuer knisterte zur gleichen Zeit und teilte Pippas Freude. Und ich war mir sicher, dass die Kerzen ein wenig heller schienen, als Claire sich wieder auf ihren Platz setzte und sich über ihren Brownie hermachte.

Pippa tauchte ihren in Nutella und ignorierte die spitzen Blicke ihrer Schwestern.

„Es ist wirklich nicht so, dass ich hier ein supergesundes Dessert ruiniere", meinte sie.

Erin runzelte die Stirn. „Doch, tust du."

Abby hielt Claire die Hand vor die Augen. „Das ist eine der Sachen, die du nicht von Tante Pippa lernen solltest."

„Noch etwas?", protestierte Pippa. „Was steht sonst noch auf der Liste?"

„Wo soll ich anfangen?" Abby seufzte.

Claire kicherte, während Erin verzweifelt den Kopf schüttelte. Aber ihre Liebe zu ihrer Schwester war deutlich.

Jede Neckerei, jede Zurechtweisung und jedes Lachen, das sie teilten, wurde von einem fröhlichen Flackern des Kerzenlichts begleitet. Und jede Spannung, die sich in das Gespräch einschlich, wurde von einem unheilvollen Knistern im Kamin unterstrichen.

Ich schaute zu Roscoe und dann durch den Raum. Was hatte es mit dieser Familie auf sich? Oder lag es an diesem Ort?

„Möchte jemand Nachschlag?", bot Pippa an.

„Ich sollte wahrscheinlich keinen nehmen", seufzte Erin, obwohl sie ihren Teller hinhielt.

„Zerbrich ihn in kleinere Stücke. Dann sind es weniger Kalorien." Pippa zwinkerte und berief sich auf eines dieser speziellen Gesetze der Chemie, die in der Schule nicht gelehrt wurden.

„Köstlich", verkündete Abby, als sie ihre zweite Portion verspeist hatte.

„Du kannst dich bei mir, Claire und Betty Crocker bedanken." Pippa grinste.

„Roscoe hat auch geholfen", betonte Claire.

Ich schaute auf meinen Brownie. Gott, ich hoffte es nicht.

Mein Angebot, nach dem Essen den Abwasch zu übernehmen, wurde begeistert angenommen. Und ich war froh, helfen zu können – und ein unangenehmes Gespräch nach dem Essen zu vermeiden. Aber Unangenehmes war wohl unvermeidlich, beschloss ich, als sich alle für den Abend verabschiedeten. Abby und Claire wohnten im Haupthaus, Pippa in einer umgebauten Scheune und Erin in ihrer Hütte etwa fünfhundert Meter entfernt.

„Gute Nacht, alle zusammen", verkündete sie.

„Gute Nacht", erwiderte ich und ignorierte Pippas amüsierten Blick.

Ich war mir sicher, dass Erin ihren Schwestern gegenüber klar ausgedrückt hatte, dass es *so* nicht war, aber Pippa kannte keine Gnade.

„Gute Nacht", sagte sie in einem verführerischen Schnurren.

„Oh! Habt ihr eine Pyjamaparty?" Claire klatschte. „Kann ich mitkommen?"

Abbys finsterer Blick sagte: *Auf gar keinen Fall*, was Erin etwas diplomatischer ausdrückte.

„Diesmal nicht, Süße. Nash bekommt die Couch. Ich kriege das Bett." Diese Bemerkung war an Pippa und ihr Grinsen gerichtet. „Mein kleines Häuschen wird also ziemlich voll sein."

„Wenn ich zu Pyjamapartys gehe, liegen wir immer alle in einem Bett. Das ist lustig", sagte Claire.

Pippa gluckste. Ich behielt meinen Gesichtsausdruck völlig neutral.

Erin verbarg ein Lächeln. „Ich verspreche dir, dass du, Pippa und ich bald eine Pyjamaparty machen werden."

„Vielleicht können wir Grandpa und Grandpa einladen", sagte Claire.

Es gab also doch ein paar glückliche Männer, die auf der Ranch willkommen waren.

Erin winkte und ich folgte ihr hinaus, wo die kalte Nacht uns aus der Gemütlichkeit des Hauses riss. Aber es war schön –

all diese Sterne, all die Weite. Ein weiterer Grund, warum diese Ranch so besonders war. Die Lichter von Sedona leuchteten schwach in der Ferne, aber das einzige von Menschen verursachte Geräusch war das Knirschen unserer Stiefel auf dem frostigen Boden.

Zwei weitere Hunde stürmten herbei, um sich uns für einen Teil des Spaziergangs anzuschließen, und rannten dann zur Scheune, als Pippa nach ihnen rief. „Calvin! Hobbes!"

Ich schaute Erin an und sie zuckte mit den Schultern. „Claire ist ein Fan des Comics, wie wir alle."

Es war leicht, sich vorzustellen, wie sie, Pippa oder Abby Claire abends vorlasen, bevor sie sie ins Bett brachten. Die Familie war für diese Schwestern sehr wichtig, auch wenn ihre Struktur ein wenig einzigartig war.

„Ist diese Ranch schon lange in eurer Familie?", fragte ich leise.

Erin nickte. „Seit sieben Generationen. Sie gehörte meiner Tante. Nun ja, Großtante." Ein oder zwei Sekunden vergingen, bevor Erin leise hinzufügte: „Wir drei haben jeden Sommer hier verbracht. Wenn meine Tante nicht wäre, würde ich Pippa und Abby kaum kennen."

Ich fragte nicht nach, aber ich wunderte mich trotzdem. Wie konnten sich drei Schwestern nicht kennen?

Erin musste es mitbekommen haben, den sie erklärte: „Wir sind bei unseren Vätern aufgewachsen. Nun, Pippa und ich. Abby wurde von anderen Verwandten aufgezogen."

Abbys Verwandte waren nicht Erins Verwandte? Bedeutete das drei verschiedene Väter?

Wow. Und ich hatte gedacht, meine Familie wäre etwas verworren.

„Ich verstehe", sagte ich, obwohl ich es nicht tat.

Erin lachte nicht allzu humorvoll. „Nett von dir, dass du nicht nach meiner Mutter fragst."

Ich zuckte mit den Schultern. In Wahrheit hatte ich darauf gebrannt, sie zu fragen. „Du hast gesagt, es sei nicht relevant."

Fast hätte ich ihr Flüstern überhört: „Ich fange an, zu glauben, dass sie das vielleicht doch ist."

Ich hielt meine Lippen versiegelt und dachte an die Kerzen beim Abendessen… an den Wirbel… den Mikrosturm auf der Restaurantterrasse…

Erin führte mich um ein paar Kaktusfeigen und über die Koppel hinaus in die Richtung der schemenhaften Umrisse ihrer Hütte.

Wie aus dem Nichts stieß sie einen tiefen, zerrissenen Seufzer aus. „Meine Mutter ist eine Herumtreiberin. Eine Abtrünnige. Eine Herzensbrecherin.“

Ja, das musste sie wohl sein, wenn sie drei Töchter bei drei verschiedenen Vätern zurückgelassen hatte.

Andererseits taten manche Männer das Gleiche und wurden nicht halb so hart verurteilt.

„Meine Großtante sagte, es käme von der anderen Seite der Familie“, fügte Erin hinzu.

„Die Hexenseite?“, murmelte ich.

Erin schüttelte den Kopf. „Nein. Von der Drachengestaltwandlerseite.“

Ich starrte – und starrte und starrte –, während mein Drache innerlich fast zu tanzen begann.

Ich habe dir doch gesagt, dass wir füreinander bestimmt sind.

„Drachengestaltwandler?“, wiederholte ich dümmlich.

Erin nickte, dann deutete sie in die Luft. „Ich bezweifle allerdings, dass es eine Rolle spielt.“

Mir blieb der Mund offenstehen. Verdammt, ja. Es spielte eine Rolle. Jedenfalls für mich.

Drachengestaltwandler! jubelte mein inneres Biest. *Genau wie ich!*

„Vielleicht ist es die Hexenmeisterseite, die mich den Wirbel spüren lässt, wenn du es nicht kannst“, fuhr Erin fort. „Und das ist das Beängstigende – wenn ich ihn spüren kann, was ist dann mit Harlon?“

Meine Kehle wurde trocken. Kein gutes Szenario, und wir wussten es beide.

„Vielleicht kannst du den Wirbel spüren, weil er mit deiner Familie verbunden ist“, sagte ich.

Sie schüttelte den Kopf. „Die Felszeichnungen wurden vor Jahrhunderten von den Sinagua gemeißelt, lange bevor sich Außenstehende in dieser Gegend niederließen. Bevor sie vertrieben wurden, sollte ich sagen – vielleicht sogar von meinen eigenen Vorfahren." Sie schüttelte traurig den Kopf. „Sie sind also nicht mit meiner Familie verbunden."

„Ich weiß nicht. Magie ist Magie", murmelte ich.

Erin sah nicht überzeugt aus.

Inzwischen hatten wir die Treppe zu ihrer Veranda erreicht und jede Stufe knarrte unter unseren Füßen. Sie hielt inne, drehte sich um und schaute auf die Klippen auf der anderen Seite der Ranch. Ich las ein Dutzend unausgesprochene Fragen auf ihren Lippen.

Sie schaute erwartungsvoll zu mir hinüber und ich beruhigte sie sanft. „Das haben wir in der Agentur nicht behandelt." Dann versuchte ich, die Dinge ein wenig aufzulockern. „Aber wenn das hier alles vorbei ist, kannst du vielleicht eine ganz neue Einheit unterrichten."

Das entlockte ihr zumindest ein kleines Lachen. „Du und ich, meinst du. Ich wüsste nicht einmal, wo ich anfangen sollte."

Du und ich. Ich lächelte sie an und sie lächelte zurück. Lang genug, dass es mir warm ums Herz wurde – und das nicht nur, weil die Hütte die kalte Brise abblockte.

Erin wandte sich abrupt der Tür zu. „Wie dem auch sei… "

Ich schluckte schwer. Stimmt. Wir mussten uns auf Harlon und Angelina konzentrieren und nicht auf irgendwelche, ähm… Gefühle, die sich zwischen uns entwickeln könnten.

Drinnen richtete Erin die Couch für mich her, so wie sie sich auf eine Ballonfahrt vorbereitete – alles cool, schnell und effizient. Es war noch lächerlich früh, aber so war auch der Arbeitsbeginn am nächsten Tag. Erin war innerhalb von drei Minuten im Bad und wieder draußen. Dann kletterte sie über eine steile Leiter in den offenen Dachboden und schaltete das Licht aus. Ein paar Sekunden später hörte ich, wie sie etwas Leichtes auf den Boden fallen ließ – ihre Kleidung?

Meine Kehle wurde trocken und mein Drache spitzte die Ohren.

„Nur als Warnung – ich habe den Wecker auf Viertel vor vier gestellt", rief sie außer Sichtweite, aber immer noch viel zu nah. „Soll ich dich dann wecken?"

Ha. Als würde ich jemals schlafen.

„Von mir aus." Ich zog mich bis auf die Boxershorts aus, legte mich auf die Couch und kuschelte mich unter eine verschlissene Bettdecke.

Einen Moment später rief sie in einem gezwungenen, *Das ist alles ganz normal*-Tonfall: „Gute Nacht."

„Gute Nacht", erwiderte ich mit einer viel kratzigeren Stimme.

Die nächsten paar Sekunden vergingen in künstlicher Stille. Aber hey. Das wäre auf jeden Fall besser als die peinliche Stille eines Morgens danach voller Reue.

Wer sagt, dass wir es bereuen würden? brummte mein Drache und sandte mir schmutzige Bilder in den Kopf.

Ich drehte mich auf die Seite und befahl mir, zu schlafen.

Es war leicht, die Augen zu schließen, aber das funktionierte nicht mit den Ohren, und mein Drache lauschte auf das leiseste Geräusch vom Dachboden. Das Rascheln der Laken... das musste Erin sein, die ihre langen, durchtrainierten Beine ausstreckte. Der weiche, gleichmäßige Rhythmus ihres Atems. Zu schwach für menschliche Ohren, aber nicht für mich.

Sie schläft nicht, brummte das Biest ganz und gar nicht hilfreich.

Ja, nun, ich auch nicht.

Es ergibt doch keinen Sinn, beschwerte sich mein Drache. *Du liegst hier und wünschst dir, du könntest bei ihr sein, während sie dort oben dasselbe tut.*

Stimmte das? Und überhaupt, manche Dinge waren nicht so einfach.

Nein, du machst sie nur kompliziert, brummte mein inneres Biest. *Menschen ergeben keinen Sinn.*

Vielleicht nicht, aber Erin war äußerst vernünftig – und sich von mir fernzuhalten, war eine kluge Entscheidung. Für uns beide.

Ich tat mein Bestes, um die Gedanken abzuschütteln, und stellte mich auf eine lange, schlaflose Nacht ein.

Kapitel 18

NASH

Irgendwann wachte ich auf – ein Beweis dafür, dass ich tatsächlich eingeschlafen war –, allerdings nicht von Erins Weckerklingeln. Sondern von etwas anderem. Ich rollte mich auf die Seite und schaute mich um. Es war noch dunkel – vielleicht gegen Mitternacht, als sogar die Grillen schon schlafen gegangen waren. Erin hatte die Vorhänge an den vorderen Fenstern nicht zugezogen – das war an einem so abgelegenen Ort auch nicht nötig – und ich konnte ein paar helle Sterne ausmachen.

Ich schnupperte an der Luft, denn ich war von einem Geräusch geweckt worden. Was war es?

Ein hohes, jaulendes Heulen tönte in der Ferne. Dann noch eins und noch eins in einem schiefen Chor, der die Nacht durchdrang.

Kojoten. Ich ließ mich zurücksinken und lauschte. Worüber sangen Sie? Liebe, Leben und Sehnsucht oder von etwas weniger Tiefgründigem?

Was auch immer das Thema war, die auf und ab steigende Melodie lockte mich aus dem Bett und auf die Veranda. Auf dem Weg dorthin zog ich meine Jeans an und schlang mir die Decke um die Schultern. Dann stand ich still da und grub nach dem Frieden in der Nacht so wie ein Bergmann nach Edelsteinen aus festem Gestein graben würde. Dies war eine neue Angewohnheit von mir, seit...

Ich runzelte die Stirn. Seit Angelina.

Jeder Atemzug, den ich ausstieß, kristallisierte sich in der kalten Nachtluft. Ich hob die Arme und war versucht, mich zu verwandeln, zu fliegen und die perfekte Nacht zu genießen. Ich schloss die Augen und stellte mir vor, wie ich über die Tafelberge schwebte, zwischen den Felsformationen hindurchglitt und über den Bach segelte. Erin könnte mit mir fliegen und...

Die Tür knarrte hinter mir und ich wirbelte herum. Ich ließ die Arme sinken.

„Hi", murmelte Erin und blinzelte wie eine verschlafene Katze.

Freude und dann unerklärliche Traurigkeit überkamen mich, als sich meine Fantasie verflüchtigte. Erin konnte nicht fliegen. Zumindest nicht als Drache und nicht in Nächten wie diesen. Sie würde nie den Nervenkitzel einer Drehung in der Luft oder das Kitzeln des Windes unter ihren Flügeln erleben. Sie würde nie an meiner Seite dahingleiten...

Ich schluckte und verdrängte den Kummer. „Schöne Nacht."

Sie war barfuß und hatte ihren Körper in einen Flanellbademantel gehüllt. Gemeinsam ließen wir unsere Blicke über die Landschaft schweifen, ohne ein Wort zu sagen.

Nach einer Weile zeigte sie auf die Klippen. „Selbst ohne Magie würde es sich hier draußen magisch anfühlen."

Ich wusste, was sie meinte. Vom Wirbel und Harlon einmal abgesehen, gab es hunderte Gründe, diesen Ort nicht zu verkaufen.

„Oh", rief sie. „Wolltest du, ähm... laufen gehen?"

Nein, ich hatte ans Fliegen gedacht. Aber verdammt. Erin dachte, ich wäre ein Wolfsgestaltwandler. Warum zum Teufel hatte ich sie das glauben lassen?

Lass es mich ihr zeigen, bettelte mein Drache. *Genau hier und jetzt. Sie würde mich mögen. Sie fliegt doch gern, oder?*

Ja, aber sie würde mich hassen, weil ich gelogen habe.

Du hast nicht gelogen. Du hast sie nur nicht korrigiert, als sie ihre Vermutung aussprach.

Irgendetwas sagte mir, dass Erin es nicht so sehen würde.

„Ich habe mir nur die Sterne angesehen", bluffte ich.

Erin gluckste. „Als wir noch klein waren, dachten wir, die Sterne wären hier näher als irgendwo sonst auf der Welt."

Ich stellte mir vor, wie sie, Pippa und Abby in Decken gehüllt auf der Veranda des Haupthauses Sterne betrachteten. Aber sie hatte nur von den Sommern auf der Ranch gesprochen, nicht wahr?

„Wir haben Weihnachten ein paarmal hier verbracht und es war genauso wie jetzt", sagte sie.

Ich hielt den Atem an. War das Zufall oder waren meine Gedanken in ihren Geist gedrungen?

Die meisten übernatürlichen Wesen konnten sich verständigen, ohne zu sprechen. Aber dazu bedurfte es normalerweise einer gezielten Anstrengung – oder einer Dringlichkeit, wie bei Harlons Party. Aber die Gedanken des anderen so beiläufig aufzuschnappen, als wären sie laut gesprochen worden...

Kein Zufall, knurrte mein Drache. *Es ist Schicksal.*

Wenn es das war, war ich noch nicht bereit, es zuzugeben. Ich näherte mich jedoch etwas an.

„Orion... Großer Hund... Zwilling..." Erin zeigte auf die Sternbilder wie auf alte Freunde. Als sie sich in Richtung Stier umdrehte, stießen wir aneinander, aber ausnahmsweise zuckten wir nicht voneinander zurück.

„Stier", murmelte sie und drehte sich langsam um, um der Milchstraße zu folgen – ganz herum, bis wir nur noch Zentimeter voneinander entfernt waren und uns gegenüberstanden. Sie blinzelte und richtete ihren Blick auf mich. Ich konnte den genauen Moment erkennen, denn ihre Lippen bebten.

„Deine Augen..."

Glühten sie? Ich wandte mich ab, aber sie umschloss mein Gesicht und drehte mich sanft zurück.

„Wow."

Ich war mir nicht sicher, was das bedeutete, aber ich wandte den Blick nicht ab. Ich *konnte* nicht wegsehen.

Der Raum zwischen uns erwärmte sich und ihre Lippen bebten erneut.

Ich holte scharf Luft und sie neigte den Kopf. „Was?"

„Tu das nicht", murmelte ich.

Mach weiter damit, konterte mein Drache. *Bitte hör nicht auf.*

„Was soll ich nicht tun?"

Ich schluckte. „Diese... diese Sache mit deinen Lippen. Deine Augen..."

Ich hätte auch *dein Körper* hinzufügen können, denn sie beugte sich vor und kam mir ganz nah.

„Was ist mit meinen Augen?", flüsterte sie.

Ich rang nach Worten, denn in ihren Augen lag ein ganzes Universum mit hellen Sprenkeln aus Smaragd und Gold. Diese Akzente waren schon immer da gewesen, aber heute Nacht flammten sie in leuchtenden Ausbrüchen von Energie auf.

Ich strich ihr eine Haarsträhne hinters Ohr und ließ meine Finger ein wenig zu lange durch die seidige Schönheit gleiten.

„Es ist, als hätte sich die Milchstraße in sie hineingeschlichen", sagte ich.

Sie lachte. „Nun, deine Augen sind wie ein Lagerfeuer. Zwei Lagerfeuer."

Die Mitternachtsbrise umwehte uns und zerzauste ihr Haar. Ich schnupperte, nahm ihren Duft wahr – und so viele andere Details. In den letzten Monaten waren meine Sinne seltsam abgestumpft gewesen. Jetzt waren sie alle geschärft. Ich spürte die seidige Beschaffenheit ihres Haares... atmete ihren Wildblumenduft... nahm ihre Körperwärme wahr.

Ich wandte mich ab. Je länger ich in Erins Nähe stand, desto mehr verlor ich die Kontrolle über mich. Auch sie verlor den Halt.

Auf eine gute Art und Weise, wie mein Drache behauptete.

War es das? Ich hatte nur noch vage Erinnerungen an meine Begegnung mit Angelina – der einzige Silberstreif in dieser höllischen Gewitterwolke –, aber ich war mir ziemlich sicher, dass es so angefangen hatte.

Etwas ganz anderes, schnaufte mein Drache.

Aber genau das war ja die Sache – den Unterschied zwischen Täuschung und echtem Verlangen zu erkennen.

Erin umschloss mein Gesicht und sah mir tief in die Augen.

Das ist keine Täuschung, beharrte mein Drache.

Fast hätte ich bei der Berührung gestöhnt. Moment, nein, ich stöhnte tatsächlich. Die Jeans, die ich mir angezogen hatte, passte normalerweise bequem, aber sie wurde schnell eng.

Ich hob meine Hände zu ihren Handgelenken und zog sie sanft weg.

„Du weißt ja, was man darüber sagt, mit dem Feuer zu spielen...", raunte ich.

Sie grinste verschmitzt. „Oh, ich weiß alles über Feuer."

Wusch! Mein innerer Ofen sprang um weitere zehn Grad nach oben.

„Und was ist damit, Geschäft und Vergnügen nicht zu vermischen?", versuchte ich es.

Sie zog eine Augenbraue hoch. „Seit wann tust du, was andere Leute sagen? Ich tue es nicht."

Ich hatte keine Zeit zu antworten, denn Erin streifte mit ihren Lippen über meine. Es war nur eine winzige Berührung, aber in meinem Körper brachen Flammen aus.

Die Milchstraße in ihren Augen verwandelte sich zu Kometen und sie tat es erneut und wieder und wieder. Dann, gerade als meine Augen glasig wurden und ich meine Hände an ihre Taille schob, zog sie sich ein wenig zurück und schaute mir direkt in die Augen. Meine Füße standen fest auf dem Boden, aber innerlich schwankte ich. Oder vielleicht hatte die Erde begonnen, sich schneller zu drehen, herum und herum, wie eines dieser Karussells, die Kinder ganz kribblig und aufgeregt werden ließen.

Ja, so fühlte ich mich auch. Schwindelerregend kribblig. Aufgeregt.

Erin strich mit ihrem Daumen langsam über mein Kinn, dann über meine Lippen.

„Jedes Mal, wenn ich in deine Nähe komme, passiert das", murmelte sie.

Das war diese Anziehungskraft, das Bedürfnis, sich zu nähern. Zu berühren. Zu küssen.

„Nicht meine Schuld", erwiderte ich.

Schicksal, flüsterte mein Drache.

Erin gluckste. „Doch, ist es."

In meinem Kopf drehte sich alles. Doch, es war meine Schuld oder ja, es war Schicksal?

Mein Herz raste. Jeden Moment würden sich Erins Wangen rosa färben, sie würde eine hastige Entschuldigung flüstern und im Haus verschwinden. Wir würden leise, getrennt voneinander und noch einsamer als zuvor zurück ins Bett schlüpfen. Dann würden wir am Morgen aufstehen und so tun, als wäre nichts passiert.

Ich will nicht so tun, knurrte mein Drache. *Ich will nicht...*

Erin beendete seine Proteste mit einem weiteren Hauch ihrer Lippen über meine. Dann schlang sie ihre Arme um meinen Hals und küsste mich heftig. So heftig, dass ich mir ein Stöhnen verkneifen musste. Es war so gut.

Sie hielt inne und als sie mir in die Augen sah, staunte sie. „Noch mal, wow."

Ich schluckte. „Was machen sie jetzt?"

Sie starrte noch eine Minute länger, dann schüttelte sie den Kopf und näherte sich zu einem weiteren Kuss. „Schwer zu erklären. Aber es gefällt mir."

Was die Chemie zwischen uns so ziemlich auf den Punkt brachte. Schwer zu erklären, aber Junge, wie es mir gefiel.

Die ersten Küsse waren von der Art, die das Territorium auskundschafteten. Die nächsten gingen tiefer und wurden länger.

„Ich versuche immer wieder, mich dagegen zu wehren, aber ich kann nicht", flüsterte Erin zwischen zittrigen Atemzügen. „Ich will es nicht."

Das war auch gut so, denn ich hatte sie gerade mit dem Rücken gegen eine Säule auf der Veranda gedrückt und mich an sie gepresst. Die Decke war inzwischen um uns beide geschlungen und ich schob meine Hände am Rand ihrer Rippen hinauf. Höher und höher...

Erin warf den Kopf zurück und machte mir den Weg frei, um ihren Hals zu küssen. Zu knabbern. Ihre Hände schlang sie um meinen Hals und zog mich näher heran.

Berauscht von ihrem Duft, schob ich meine Hände höher und schmiegte sie um die Unterseite ihrer Brüste. Sie trug keinen BH, weil sie nur ein T-Shirt und eine Boxershorts angehabt hatte. Ein großes Plus, denn das weiche Fleisch glitt direkt in meine Hände. Ihre Brustwarzen wurden hart und als ich mit dem Daumen darüberstrich, bäumte sie sich auf, kämpfte um ihre Kontrolle... und verlor sie.

Genau wie ich.

Kapitel 19

ERIN

Nash glitt mit seinen Zähnen an meinem Hals entlang und ließ mich erschaudern. Bis zu diesem Zeitpunkt hatte ich meine Hände um seinen Hals geschlungen, aber jetzt schob ich eine zu seinem Hintern und drückte ihn an mich.

Mein Herz klopfte und innerlich schrie ich: *Ja, ja, ja!*

Dieser instinktive Trieb, dieses unstillbare Verlangen... Das musste doch eine Gestaltwandlersache sein, oder? Hexenmeister waren für ihre Verführungskünste bekannt, aber Gestaltwandler für ihre schiere, körperliche Anziehungskraft. Im Gegensatz zu Hexenmeistern war keine List im Spiel, denn Wandler waren im Spiel der Liebe genauso machtlos wie die Objekte ihrer Begierde.

„Mmm", murmelte ich in einen weiteren Kuss.

Die Brise, die meinen Körper hätte kühlen sollen, feuerte mein Verlangen nur noch mehr an, und die schmutzige Seite meiner Fantasie spielte verrückt. Wenn Nash mich ein wenig höherheben würde, könnte ich meine Beine um seine Taille schlingen und...

Jede Zelle in meinem Körper stürzte sich auf diese Idee. Unsere Kleidung, die Kälte und die Tatsache, dass wir aufrecht standen, spielten keine Rolle. Wir könnten das tun. Wir konnten alles tun. Alles, was wir wollten, brauchten oder uns ersehnten.

Nash presste sich näher an mich und war eindeutig mit diesem Plan einverstanden. Veranda-Sex im Stehen um Mitternacht? Ja. Warum zum Teufel nicht?

Das Heulen der Kojoten wurde immer lauter und wieder leiser, ein Hintergrundgeräusch zum Rauschen in meinen Ohren. Dann verstummten sie alle im gleichen Moment.

Nash erstarrte und lauschte. Ich verspannte mich und drehte mich um, um nachzusehen.

Tick. Tick. Tick. Die nächsten paar Sekunden vergingen in beunruhigender Stille.

Dann, *Aruuu...* Die Kojoten begannen wieder zu heulen. Falscher Alarm. Die Welt konnte weitergehen.

Aber sie hatten genau zum falschen – oder richtigen – Zeitpunkt auf die Pausentaste gedrückt. Nash und ich schauten uns an und atmeten schwer.

Seine Augen glühten. Würden wir das Kluge tun und aufhören, solange wir noch konnten? Oder würden wir alle Vorsicht in den Wind schlagen und uns wieder aufeinander stürzen?

Einen Sekundenbruchteil später stürzte sich Nash in einen leidenschaftlichen, tiefen Kuss und wir flogen beide über den Abgrund.

Ich zerrte an seiner Jeans. Er zog an meiner Kleidung. Die Decke rutschte ihm halb von den Schultern.

So, wollte ich Nash befehlen. *Das. Jetzt.* Aber meine Gedanken waren völlig wirr und ich konnte ihn nur ins Haus ziehen. Er drückte die Tür hinter sich zu, aber sie blieb an der Decke hängen.

„Verdammt", murmelte er und versuchte es erneut.

Ich lachte, obwohl es eher wie ein Jaulen klang.

„Hier rüber", befahl ich und zerrte an ihm.

Er drückte ein zweites Mal gegen die Tür und kam mit glühenden Augen auf mich zu.

Die nächsten Sekunden waren verschwommen, aber anhand der Spuren, die wir hinterließen, würde es später leicht sein, die Ereignisse zu rekonstruieren. Mein Bademantel... seine Jeans... mein Oberteil... seine Boxershorts...

Jede verlorene Schicht war ein gewonnener Hektar harter, angespannter Muskeln und glatter, warmer Haut. Harte Kanten an seinem Körper, weiche Kurven an meinem. Ich entdeckte eine Narbe auf seiner Brust und eine weitere an seiner Seite, aber ich war zu sehr auf ein anderes Ziel fixiert, um mich zu lange dort aufzuhalten.

Ich schlang meine Finger um seinen harten Schwanz, was Nash zum Zischen brachte.

Ich dachte kurz über den Dachboden nach, aber Betten waren für zivilisierten Sex gedacht. Und die Triebe, die uns jetzt anheizten, waren nicht zahm.

„Hier", keuchte ich und zog ihn auf den Boden.

Der Flickenteppich war dick genug und – ein kleines Wunder – ich hatte vor Kurzem gesaugt. Andererseits wäre es mir auch nicht aufgefallen, wenn wir uns auf Heuballen ausgestreckt hätten.

Der Kamin war dunkel und leer, aber ich hätte schwören können, dass darin ein Feuer loderte. Draußen wurde die Brise stärker und ließ das Gestrüpp um die Hütte herum schwanken.

Nash drückte feurige Küsse auf meine Brustwarzen und *wusch!* Die Glut wirbelte durch meinen Geist. Als er sich nach Süden vorarbeitete und seine Zunge zum Einsatz brachte, knisterte und tanzte diese Glut.

Ja, ja, ja! jubelte der tiefste, animalische Teil meiner Seele. „Nash…"
Ich zog ihn zu einem leidenschaftlichen, nassen Kuss nach oben und schlang meine Beine um seine Taille, um meine sehnsüchtige Mitte an ihm auszurichten.

Nash stützte sich auf seine Ellbogen und senkte seine Hüfte hinab.

Hätte er mich nur geneckt, hätte ich geschrien. Aber er wurde von diesem Inferno genauso verzehrt wie ich und einen Herzschlag später…

Er stieß tief zu. Ich keuchte und warf meinen Kopf zurück. Dann zog ich meine Beine ein wenig höher und wir gaben uns einander hin.

Heutzutage gab es auf der Ranch nur noch eine Handvoll Pferde, aber meine Großtante hatte früher eine ganze Herde gehalten. Irgendetwas hatte sie einmal zu einer Massenpanik aufgeschreckt, und es war ähnlich wie jetzt. Die Erde bebte. Donner tönte in meinen Ohren. Der unbändige Aufruhr. Die schiere, hämmernde Kraft.

„Ja…" Ich streckte meine Hände nach oben, fand den Rand der Couch und hielt mich fest.

Als Nash innehielt, hätte ich fast geschrien. Er wollte doch jetzt sicher nicht aufhören? Wir hatten uns nicht um Verhütung gekümmert, aber er war ein Gestaltwandler und ich hatte genug Magie in meinen Genen, um mich zu schützen. Und was das Schwangerwerden anging… Abby hätte mich vielleicht warnend angeschrien, weil sie diese Lektion auf die harte Tour gelernt hatte, aber ich war mir ziemlich sicher, dass es nicht diese Zeit des Monats war. Reichte das?

Mein verschwommener Geist nickte sofort. Nicht sehr klug, aber ich konnte auch nicht allzu klar denken.

„Moment", murmelte Nash und zog mich nah genug heran, um meine Knie über seine Schulter zu legen.

Oh ja. Das würde definitiv gut werden.

Er stieß wieder zu und sank tief hinein.

Ich wusste nicht, wie oft ich aufschrie oder was ich sagte. Ich wusste nicht, wie oft wir uns gegeneinander stemmten oder wie tief unsere Körper in den Teppich sanken. Ich wusste nur, dass ich mit den Mustangs dahinstürmte und mich wild, ungestüm und frei füllte. Durch die offene Wüste, im schwindelerregenden Tempo die Tafelberge hinauf und über sie hinweg, gejagt von einem peitschenden Wind.

Dann stieß mich Nash mit einem letzten Ruck über den Abgrund und die Mustangs spannten ihre Flügel auf und ließen mich durch die Luft fliegen.

Ich spürte, wie Nash mit den Zähnen knirschte und seine Erlösung fand. Ich fühlte, wie ich um ihn herum erschauderte, innerlich und äußerlich zitternd. Aber vor allem schwebte ich. Zuerst auf unfassbar leichten Pegasusflügeln. Doch diese verwandelten sich allmählich, bis ich mit breiten, ledernen Drachenflügeln dahinglitt.

Draußen knarrten die Fensterläden unter einem immer stärker wehenden Wind.

„Oh!", quietschte ich und umklammerte Nash in einem Nachbeben der Ekstase.

Er hielt mich fest, dann entspannte er sich langsam über mir und keuchte schwer.

Ich schlang meine Arme um seine Schultern und drückte ihn fest an mich. Es gab keinen Grund für Worte und was hätte ich überhaupt gesagt?

Fantastisch beschrieb nicht einmal annähernd, was ich gerade erlebt hatte. Und ups. Als Wolfsgestaltwandler wäre Nash vielleicht nicht allzu erfreut, wenn er wüsste, dass meine Fantasie mich mit Drachen anstatt einem vierfüßigen Liebhaber davonfliegen ließ. Ein Detail, das ich wohl für mich behalten sollte.

Allmählich beruhigte sich mein Atem ebenso wie seiner und genau wie der Wind, der aus dem Nichts über der Ranch getobt hatte.

Nash streichelte mein Haar und presste sein Gesicht eine lange Zeit an meine Schulter. Ich war auch noch nicht ganz bereit, ihm ins Gesicht zu sehen. Verdammt, ich war nicht bereit, mir selbst gegenüberzutreten. Sex löste immer ein gewisses Maß an Seelensuche aus. Sex mit dem nervigen Typ von der Arbeit noch mehr. Und dann war da noch diese ganze autoritäre Geheimagentensache. . .

Nur das Nash nicht nervig war. Nicht mehr – oder vielleicht war er es auch nie gewesen. Und autoritär und geheimnisvoll. . . nun, irgendwie schon, aber er hatte auch eine Menge verraten. Und hey. Er stand doch auf meiner Seite, nicht wahr?

Langsam drehte er sich um und ich hielt den Atem an. War er enttäuscht? Spürte er Reue? War ich es? Oder wäre das alles irgendwie in Ordnung?

Dann begegneten sich unsere Blicke und ich atmete aus. Das Licht in seinen Augen war klar, hell und glücklich. Eine verspielte Brise peitschte um die Hütte und mein imaginäres Feuer knisterte fröhlich.

Ich schaute genauer hin. Wow. Nashs Augen waren *wirklich* klar und *wirklich* hell, ohne diesen gequälten Ausdruck, den sie manchmal hatten.

Ohne ein Wort oder ein Zeichen sanken wir in einen langen, sanften Kuss. Nash tastete blindlings herum und zog die mexikanische Decke, die meine verschlissene Couch bedeckte, hinunter und über seine Schultern, um uns beide zuzudecken.

Ha. Als wäre mir kalt. Aber es war ein gemütliches Nest. So gemütlich, dass ich nie wieder weg wollte.

„Schön", flüsterte ich und wagte ein Wort.

Er verzog die Lippen zu einem Lächeln. „Schön."

Wir lagen still da. Ich lauschte seinem Herzklopfen und er streichelte sanft meine Haut. Minuten später heulte ein Kojote in der Ferne und ich gluckste. „Bist du sicher, dass du nicht versucht bist, hinauszulaufen und dich zu ihnen zu gesellen?"

Ich hatte noch nie zugesehen, wie ein Gestaltwandler sich verwandelte – jedenfalls nicht direkt. Ich hatte immer nur flüchtige Blicke auf die Gestaltwandlerfreunde meines Vaters erhascht – oder auf meine Mutter, wenn sie mein Leben mit einem ihrer seltenen unangekündigten Besuche auf den Kopf gestellt hatte.

Nashs Augen trübten sich. „Nicht in Versuchung, nein."

Ich rieb meine Wange an seiner, dann seufzte ich. „Pippa wird begeistert sein."

Er zuckte mit den Schultern. „Lass sie doch."

„Ha. Du hast ja keine Ahnung, wie nervig meine Schwester sein kann."

Natürlich würde Pippa mich genauso gnadenlos aufziehen, wenn zwischen Nash und mir nichts passiert wäre. Auf diese Weise war ich wenigstens im Vorteil.

Nash hielt mich still im Arm und ich schloss die Augen. Morgen früh würde ich mich dem stellen müssen, was wir gerade getan hatten. Aber im Moment...

Ich überlegte einen Augenblick, dann küsste ich ihn. Einmal. Zweimal.

Mmm. Mein Körper wärmte sich bereits für eine zweite Runde auf.

„Ich denke über einen neuen Ort für diese Pyjamaparty nach", verkündete ich.

Nash zog seine Augenbrauen mit einem sündhaft heißen Blick nach oben. „Ach ja?"

Ich deutete auf den Dachboden. „Wie Claire es gesagt hat. Alle zusammen in einem Bett. Solange *alle* nur wir beide sind", fügte ich schnell hinzu.

Er lachte und rollte sich auf die Seite, dann stand er auf.

Die Decke fiel ab und oh, wie herrlich. So viel Herrlichkeit. Sehr große Herrlichkeit...

Ich riss meinen Blick zurück zu seinem Gesicht. „Es ist nicht viel Platz unter dem Dach, also muss ich wohl oben sein... "

Er lächelte und zog mich auf die Beine. Wir drückten unsere Körper behaglich aneinander, als wären wir schon seit vielen glücklichen Jahren zusammen.

Ich verdrängte den Gedanken. Dies war nur eine Nacht, kein ganzes Leben.

„Geh voran, Boss", murmelte er und folgte mir auf den Dachboden. „Geh voran."

Kapitel 20

NASH

Mein ganzes Erwachsenenleben war ich völlig in meiner Arbeit versunken – zuerst beim Militär, dann bei der Agentur. In beiden Fällen gab es viele Regeln und meistens waren diese Regeln für mich in Ordnung.

Irgendwie ironisch also, dass ich in letzter Zeit so viele von ihnen brach. Besonders heute Abend.

Ich folgte Erin auf den Dachboden und ließ mich in die tiefe Matratze sinken.

Mmm, seufzte mein Drache verträumt, als sie sich an mich drückte.

Ein Kuss führte zum nächsten, während unsere Körper heißer wurden.

Kontrolliere deine Emotionen. Das war eine der Regeln, die sowohl die Marines als auch die Agentur stets nachdrücklich betont hatten. Aber mit Erin, die vom ersten Tag an alle möglichen Gefühle in mir geweckt hatte, war das unmöglich. Manchmal zu jeder Stunde ein anderes, von Frustration über Faszination bis hin zu Ehrfurcht.

Und jetzt, da wir zusammen im Bett lagen...

Glückseligkeit. Vorfreude. Vertrauen.

Das Letzte war das Beste – mein Vertrauen in sie, ihr Vertrauen in mich.

Erin verlagerte ihr Gewicht und spreizte die Beine über mir. Mich immer noch küssend zog sie ihren Körper erst ein Stück nach oben, dann nach unten. Fleisch rieb über Fleisch, weich an manchen Stellen und hart an anderen.

Ich stöhnte auf. Glückseligkeit. Verlangen. Frieden. Es war sehr lange her, dass ich eines diese Dinge gespürt hatte.

Eine schöne Abwechslung, krächzte mein Drache.

Als Erin sich aufrichtete, kitzelte ihr Haar meine Haut und glitt um ihre Schultern. Sie behielt ihre Hände auf meiner Brust und reizte mich mit langen, trägen Bewegungen ihres Körpers. Bald wurden ihre Atemzüge genau wie die meinen schneller. Dann sank sie nach unten und nahm mich Zentimeter für Zentimeter in sich auf.

„Oh", murmelte sie und neigte den Kopf zurück.

Hätte ich in meiner feurigen Lust nicht die Zähne zusammengebissen, hätte ich das Wort wiederholt.

Meine Sicht trübte sich ein wenig, als sie anfing, auf mir zu tanzen. Ihre straffen Brüste schauten unter dem Vorhang ihres Haares hervor und sie bewegte die Lippen in leisem Stöhnen. Ich griff nach ihrer Hüfte, erst sanft, dann fester und stieß nach oben, wenn sie nach unten rutschte.

Lass dich nicht mit einer Person von Interesse ein.

Eine weitere Regel, die ich brach, und nicht nur durch Sex. Sich einzulassen, bedeutete auch, nach dem Essen mit ihrer Familie das Geschirr abzuwaschen. Mit ihrer Nichte mit Pferden zu spielen. Ich brannte darauf, dass Erin ihre Chance als Pilotin bekam, denn sie hatte es verdient.

„Oh... ", stöhnte sie und bewegte sich immer fester.

Draußen frischte der Wind wieder auf und summte über das Dach.

Die Matratze lag auf einer stabilen Plattform – und das war auch gut so. Eine weitere gute Sache war die Entfernung zum Haupthaus... Nun, Privatsphäre.

Was mich zur dritten Regel brachte, die ich brach – *Vertraulichkeit.* Es gab Dinge, die man einfach nicht mit anderen teilen sollte. Zum Beispiel deine Seele, dein Herz, oder was dich bewegt. Außerdem sollte niemand wissen, dass es die Agentur gab. Ich musste Erin immer noch beichten, welche Art Gestaltwandler ich war, aber ansonsten wusste sie mehr über mich als die Männer, mit denen ich jahrelang zusammengearbeitet hatte. Wenn ich nicht aufpasste, würde ich ihr als Nächstes meine Kindheitsgeheimnisse verraten.

Aber heute Nacht gab es keine Regeln. Keine Grenzen.

Wir bewegten uns härter, schneller, tiefer. Erregend in diesem Winkel, dann probierten wir einen anderen aus. Erin lehnte sich nach rechts... links... zurück. So weit zurück, dass ihr Haar in Kaskaden nach hinten fiel und den Blick auf die Unterseite ihres Kinns freigab.

Mein Drache brüllte. *Wenn wir uns jetzt drehen und auf sie rollen...*

Ich fixierte die glatte Haut ihres Halses mit meinem Blick und Bilder tanzten durch meinen Kopf. Wie sich meine Zähne verlängerten. Wie sie über die samtige Oberfläche kratzten und tief in einem Biss versanken. Ein Biss, der uns für immer verbinden würde.

So, so verlockend.

Aber auch so falsch. Das kam dem, was Angelina mir angetan hatte, viel zu nah – nicht nur das Beißen, sondern auch der *Mich für immer an sie zu binden*-Aspekt. Wenn beide Beteiligten einwilligten und genau wussten, worauf sie sich einließen, könnte dies ein Geschenk sein. Aber ohne diese Dinge... war es eher ein Verbrechen.

Mein Drache knurrte und ich fletschte die Zähne, als ich der Wut verfiel.

„Nash...“ Erin hielt inne.

Ich riss die Augen auf und strich mit den Daumen über ihre Hüfte.

Verdammt noch mal. Ich konnte nicht *für immer* mit Erin zusammen sein, denn das würde sie zur Zielscheibe für die Vampirin machen, die ich verabscheute. Aber wir hatten heute Nacht und ich wollte es auf keinen Fall ruinieren.

„Entschuldige.“ Ich zog sanft an ihrer Hüfte und wollte unbedingt, dass sie weitermacht. Sie schaute mir einen Moment lang suchend in die Augen und ich flehte sie fast an.

Bitte, bitte hör nicht auf. Lass nicht zu, dass ich – oder diese Schlampe Angelina – das hier ruinieren.

Zum Glück war Erin Erin und machte keine halben Sachen. Nach fünf langen Sekunden des Innehaltens – und einem Blick, der fragte: *Okay?* – stürzte sie sich in einen tiefen, hungrigen Kuss. Ein paar Herzschläge später keuchten wir... rieben uns... verloren den Verstand. Erin beugte sich weiter und weiter zurück und vertraute ihr Gleichgewicht meinem Griff an.

In der Ferne raschelten Tausende von Pappelblättern im Wind.

Und dann, *bumm!* Ich explodierte und Erin schrie in ihrem eigenen Orgasmus auf.

Es dauerte an und an und wir ritten auf einer Welle der Lust in eine Welt heißer, sehnsüchtiger Glückseligkeit. Als wir uns schließlich keuchend voneinander lösten, sackte Erin auf mir zusammen. Ich schlang meine Arme um sie, schloss die Augen und aalte mich in den Überresten unseres Rausches.

All die gebrochenen Regeln und doch hatte ich mich noch nie so ehrlich gefühlt. All die überschrittenen Grenzen, aber ich hatte mich noch nie so frei gefühlt.

Nun, vielleicht nicht zu hundert Prozent, aber mindestens zu neunzig.

Ich runzelte die Stirn. Frei wovon?

Angelina, brummte mein Drache.

Und in dem Moment wurde es mir endlich klar. Seit sie mein Blut gekostet hatte, verfolgte mich ihre Anwesenheit wie ein Schatten. Jetzt war der Schatten eher wie eine Wolke – immer noch da, aber weiter weg. Auch dünner und mit Sonnenlicht, das hindurchstrahlte.

Zögerlich warf ich einen Blick auf mein Handgelenk. Die Bissstellen waren immer noch da, aber sie schienen schwächer zu sein. Oder war das nur Wunschdenken?

Erin seufzte und schmiegte sich in meine Arme, so perfekt wie Yin und Yang.

Ich rieb mein Kinn an ihrer Schulter und berührte dann die Narben an meinem Handgelenk. Kein Stechen. Kein warnendes Brennen. Nichts als ein schwaches, unheilvolles Pulsieren.

Nun. *Einmal gebissen, für immer in Ketten,* war eine dieser feststehenden Vampirregeln.

Ich starrte noch ein wenig länger darauf. War dies eine weitere Regel, die gebrochen werden konnte?

„Mmm..." Erin kuschelte sich an mich wie ein Koala.

Ich strich ihr Haar zurück und küsste sie, wobei ich jeden anderen Gedanken verdrängte.

∞∞∞

Wir blieben eine lange Zeit ineinander verschlungen liegen und schliefen schließlich ein. Das war angesichts des frühen Weckrufs auch verdammt gut so. Aber der Ruf der Natur weckte mich zuerst und ich hatte keine andere Wahl, als mich kurze Zeit später an der Leiter hinunterzutasten.

Als ich fertig war, machte ich mich auf den Weg zurück zur Leiter, aber irgendetwas zwang mich, zum zweiten Mal in dieser Nacht einen Umweg über die Veranda zu machen. Ich öffnete die Tür leise und atmete die Luft tief ein. So kalt es auch war, die Sterne waren fantastisch und der Wind nur noch ein Flüstern.

Ich verbrachte eine Minute lang dort und schaute alle paar Sekunden zurück. Ich hoffte, dass Erin aufwachen und sich zu mir gesellen würde. Aber ihre Atemzüge blieben sanft und gleichmäßig im Schlummer.

Ich trat an den Rand der Veranda und schaute mich um. Links erstreckten sich die Klippen im Zickzack vom Haus weg wie in einer langen Linie, die bis zu den Sternen reichte. Vor uns verlief der Bach und wurde von einer Reihe von Bäumen gesäumt. Das Haupthaus stand zusammen mit der Pferdekoppel und der Scheune ganz rechts.

Ich schnupperte und war plötzlich versucht, mich zu verwandeln und zu fliegen, wenn auch nur für eine kurze Zeit. Es war schon eine Weile her und die frische Winterluft versprach einen wunderschönen Flug. Außerdem war ich bereits nackt, also brauchte ich mich nicht um Kleidung zu sorgen.

Ich warf einen Blick zurück zum Dachboden. Vielleicht nur einen kurzen Flug...

Ich zögerte noch eine Minute, dann fasste ich den Entschluss. Ich hob in einer Art Showverwandlung, zu der ich schon lange nicht mehr inspiriert gewesen war, direkt von der Veranda ab. Das bedeutete, dass ich in menschlicher Gestalt mit ausgebreiteten Armen lossprang. Die Winterluft prickelte wie eisige Nadelstiche auf meiner Haut, aber einen Herzschlag später wurde ich von einer dicken Drachenhaut geschützt und meine Arme verwandelten sich in riesige kräftige Flügel. Meine Ohren und Nase dehnten sich zu ihrer stromlinienförmigen Drachenform und Fleisch und Knochen ächzten. Es tat weh, aber es war auch aufregend. Ein bisschen wie Sex, nahm ich an.

Mein Drache grinste. *Beides fühlt sich so, so gut an.*

Die Veranda befand sich nicht einmal einen Meter über dem Boden, so dass mein Bauch für die ersten paar Körperlängen des Fluges fast über das Gebüsch kratzte. Aber die Hinterkante meiner Flügel zu krümmen, verschaffte mir Auftrieb, und schon bald schwebte ich über dem Dach... über die Pappeln... über den Tafelberg am Westrand der Ranch.

In rasendem Tempo kreiste ich bis zur anderen Seite des Tafelbergs. Dann drehte ich mich zur Seite und glitt in einem dieser Hotdog-Manöver, die ich als Kind so geliebt hatte, über die Klippe– ein Flügel zeigte gerade nach unten und der andere nach oben.

Ha, ich habe mein Gespür noch nicht verloren, brüstete sich mein Drache.

Ich grinste. Gott, war es schön, sich gut zu fühlen.

Als ich zur Ranch zurückkehrte, schaute ich auf Erins Hütte hinunter. Ich musste ihr für diese verspielte Energie danken. Ich hatte ihr so vieles zu verdanken.

Mein Herz zog sich zusammen und ich schaute nach unten und sehnte mich nach ihrer Gesellschaft. Nicht nur dort unten, sondern auch hier oben, um mit mir zu fliegen.

Vielleicht kann sie es eines Tages, flüsterte mein Drache. *Sie könnte es, wenn sie unsere Gefährtin wäre.*

Die Mehrheit der Männer – und es waren hauptsächlich Männer – bei den Marines und in der Agentur waren Single, aber hin und wieder packte einen das Liebesfieber und verwandelte einen völlig rationalen Soldaten in ein albernes, liebeskrankes Chaos. Alle machten sich lustig, verdrehten die Augen und schworen sich, dass ihnen das nie passieren würde – bis sie selbst an der Reihe waren.

Anderen Männern gegenüber hatten wir alle geschworen, dass uns das niemals passieren würde. Wir durften es nicht zulassen, denn wer wollte schon ein so verstricktes, kompliziertes Leben?

Aber plötzlich sehnte ich mich nach *verstrickt* und *kompliziert.*

So lange es mit Erin ist, fügte mein Drache schnell hinzu.

Das Gefühl kam mit einem Rausch der Freude und fast hätte ich vor Vergnügen gebrüllt. Ich flog weiter und stellte mir alle möglichen glücklichen Szenarien vor, während ich an den örtlichen Sehenswürdigkeiten vorbeizog. Der Bear Mountain befand sich gleich um die Ecke von der Painted Rock Ranch. Ebenso der Deer Mountain – obwohl das eher ein Tafelberg als ein richtiger Spitzberg war. Dann kamen die tiefen Einschnitte des Boynton und des Fay Canyons gefolgt vom Hochplateau des Soldiers Pass. Am Mescal Mountain drehte ich meinen Schwanz nach links und steuerte mit meinem Körper in die entgegengesetzte Richtung. Ich spähte hinunter und suchte nach dem nächsten Orientierungspunkt.

Dort! verkündete mein Drache und schoss auf einen Riss in der Landschaft zu.

Ich stellte mir vor, wie Erin neben mir herflog, und wie ich rief: *Wow! Warte mal!*

Die meiste Zeit über war ich eher verantwortungsbewusst als leichtsinnig. Aber in diesem Moment war ich ein Teenager, der seine Begleitung bei der ersten Verabredung unbedingt beeindrucken wollte.

Ich legte die Ohren an und schrie in meiner Fantasie: *Schau dir das an!*

Die Devils Bridge befand sich dort unten und wenn ich es richtig timte...

Zisch! Ich sauste unter dem natürlichen Felsbogen hindurch, drehte mich dann in einer unmöglich engen Kurve, um wieder herauszukommen, bevor ich gegen die Felswand prallte.

Ich schaffte es – gerade so – und raste weiter, während ich zurückblickte. Heilige Scheiße, das war knapp gewesen.

Trotzdem brach ich in ein breites Grinsen aus. Knapp, aber es hatte Spaß gemacht.

Ich schaute mich um und erwartete halb, Erin zu sehen. Aber da war niemand, nur die raue Wüste und einsame, zerklüftete Berge. Als ich meinen Kopf nach Osten drehte, entdeckte ich die Lichter der Stadt – eine Erinnerung an die reale

Welt und all die Probleme, die sie mit sich brachte. Probleme, die alle mit Angelina begannen – und endeten.

Meine Stimmung stürzte ab. Diese rachsüchtige, bösartige Vampirin konnte mich überall und jederzeit aufspüren. Sich mit Erin einzulassen, bedeutete, sie und die Ranch in Gefahr zu bringen. Auch ihre Schwestern und ihre Nichte.

Ich grollte und stieß einen riesigen Feuerstoß aus.

Soll Angelina es doch versuchen, zischte mein Drache. *Ich werde sie vernichten. Und wenn das alles vorbei ist. . .*

Grimmig flog ich weiter. Der einzige Weg, dies zu beenden, war, Angelina zu töten, und das würde auch mein Ende bedeuten.

Mein Drache schnaubte, widersprach aber nicht.

Wenigstens würden wir frei sterben, dachte ich mir.

Das war kein großer Trost. Nicht jetzt, wo ich erfahren hatte, wie schön das Leben sein konnte.

Von all der schwindelerregenden Energie erschöpft, flog ich zurück zur Ranch und verfluchte den leichten Gegenwind. Ich landete auf dem Feldweg und setzte sanft auf, dann ging ich zu Erins Hütte zurück und nahm dabei meine menschliche Gestalt wieder an.

Auf der Veranda hielt ich inne und atmete tief durch. Heute Nacht war meine Ewigkeit, also konnte ich es mir nicht leisten, sie mit negativer Energie zu ruinieren.

Der Gedanke ließ mich ein wenig glucksen. Färbten die New-Age-Typen in Sedona schon auf mich ab?

Eine Minute später kroch ich zurück ins Bett. Erin tastete in ihrem Schlaf herum, fand meinen Arm und zog mich an sich.

Das entlockte mir zumindest ein echtes Lächeln.

Ich küsste ihren Scheitel und starrte in die Dunkelheit, während ich mich fragte, wohin uns das Schicksal als Nächstes führen würde.

Kapitel 21

ERIN

Irgendwie gelang es mir, den Rest der Nacht die Finger von Nash zu lassen. Andererseits war ich auch ziemlich fertig – in guter und in schlechter Hinsicht. *Gut* war die selige Erschöpfung, die vom besten Sex meines Lebens herrührte. *Schlecht* war meine ständige Sorge um Harlon. Mit Nash zusammen zu sein, hatte dazu beigetragen, dies für eine Weile aus meinem Kopf zu vertreiben, aber in dem Moment, als mein Wecker klingelte...

Ich zuckte zusammen und stellte mir das Schlimmste vor.

Ich schaltete den Wecker aus und sank zurück in die Kissen. Kein Harlon. *Uff.* Jetzt musste ich mich nur der Arbeit stellen.

Nash schlief immer noch, aber seine Arme waren noch um mich geschlungen. Er roch so gut wie immer – nach Kiefern und einer frischen Brise. Ich streichelte seinen Arm, starrte eine Weile in die Dunkelheit und dachte nach. Würde dies die Dinge zwischen uns ändern? Wollte ich das?

Die Ziffern auf meiner Digitaluhr klickten und zeigten jetzt drei Uhr sechsundvierzig. Ich gab mir bis drei Uhr fünfzig Zeit, dann schlüpfte ich leise aus dem Bett und schaute Nash an.

Seine Arme schützten die Stelle, die ich gerade freigemacht hatte und er sah untypisch unbeschwert aus. Ein wenig jünger, ein wenig glücklicher. Und viel ruhiger.

Ein schöner Anblick vor allem, wenn der Hintergrund mein Bett war.

Mein Herz klopfte. Ich hätte wirklich nichts dagegen, wenn es so bliebe.

Ich tastete mich an der Leiter hinunter, fand meinen Bademantel und kochte im Dunkeln Kaffee für zwei. Dann kletterte ich auf die oberste Sprosse und stupste Nashs Bein an.

„Nash. Zeit, aufzustehen.“

Er zog sein Bein weg und schlang seine Arme um die Leere an seiner Seite.

Mir wurde warm ums Herz und ich wünschte, ich könnte ihn schlafen lassen. Aber es war wirklich an der Zeit, aufzustehen.

„Nash…“

Als er seine Arme wieder um das Nichts schloss, regte er sich und schoss mit geballten Fäusten in die Höhe.

Ich winkte ihm zu, um ihm zu sagen: *Ich bin hier und alles ist in Ordnung* und *ja, wir hatten letzte Nacht wirklich wilden Sex. Den ich übrigens geliebt habe.*

Nun, ein kleines Winken gab vielleicht nicht all das wieder, aber er verstand die Botschaft. Sein Körper entspannte sich und seine Augen funkelten mich an. Dann rieb er sich das Gesicht immer noch schläfrig.

„Ich komme.“

Unsere Kleidung lag auf dem Boden verstreut, was bedeutete, dass jeden Moment einen Meter neunzig nacktes, wohlgeformtes Männerfleisch zum Vorschein kommen würde. Ich leckte mir über die Lippen, als ich es mir vorstellte. Dann errötete ich, denn ich brauchte es mir nicht vorzustellen. Nicht jetzt, da ich so ziemlich jeden Zentimeter von ihm gesehen – *und* geküsst *und* berührt – hatte.

Trotzdem tanzte mein Herz einen kleinen Cha-Cha, als er herunterkam.

Hitze schoss mir in die Wangen und nach fünf gebannten Sekunden, in denen ich ihm in die Augen starrte, überwand ich die unvermeidliche Unbehaglichkeit eines Morgens danach, indem ich ihm ein Küsschen gab – und dann ins Badezimmer eilte.

„Ich dusche nur schnell…“

Ich nahm meinen Kaffee mit und kippte ihn mir zur Hälfte hinunter, bevor ich die Tasse auf dem Waschbeckenrand im Bad abstellte. Die Dusche lief, wie immer, schmerzlich lange kalt, bevor sie lauwarm wurde. Aber verdammt. Vielleicht war eine kalte Dusche genau das, was ich brauchte, um mich auf den bevorstehenden Tag zu konzentrieren.

Die Tür knarrte und der Duschvorhang wölbte sich nach außen. Er war lichtdurchlässig, aber mit genügend Sternbildern bedruckt, um das Auge abzulenken. Nun, meistens jedenfalls. Jetzt wanderte mein Blick direkt zu Nashs... ähm, Hauptattraktion.

Er stellte seine Tasse neben meine. „Was dagegen, wenn ich mich zu dir geselle? Da die Zeit knapp ist, meine ich."

Eine billige Ausrede, aber eine willkommene.

„Sicher, komm rein", sagte ich und wandte mich ab.

Ich sah vielleicht lässig aus und klang auch so, aber mein Herzschlag hatte sich verdreifacht.

Die Ringe des Vorhangs ratterten über die Stange und es wurde sofort heiß in der Dusche. Nicht das Wasser. Nur die Stimmung.

Ich reichte ihm die Seife über meine Schulter und schamponierte mir dann das Haar.

Nash trat näher heran, so dass das Wasser zwischen meinem und seinem Körper niederprasselte. Ich hielt den Atem an. Was würde er tun? Sagen? Berühren?

Ohne ein Wort drückte er einen Kuss auf meine Schulter. Dann strich er mit der Seife über meinen Rücken und verteilte den Seifenschaum sanft mit beiden Händen.

Ich schloss die Augen. Gott, das fühlte sich gut an. Ganz und gar nicht unbehaglich, wie ich befürchtet hatte, aber auch nicht so lässig, wie ich es vorgetäuscht hatte, zu sein. *Natürlich* wäre ein besseres Wort, als wären wir genau da, wo wir hingehörten.

Nash schrubbte seine Vorderseite, nachdem er mit meinem Rücken fertig war, dann reichte er mir die Seife und drehte sich abwartend um. Ich holte tief Luft, bevor ich seinen Rücken wusch, entschlossen, meine Hände von den Gefahrenzonen fernzuhalten. Was bei all diesen verlockenden Konturen verdammt schwer war.

Ich glitt mit den Händen über seine Schultern und dann über seine Rippen. Schade, dass er seine Vorderseite schon eingeseift hatte. Aber eine zweite Spülung schadete nie...

Ich fing an, meine Hände nach vorn zu schieben, dann zog ich sie zurück und murmelte: „Ich verdiene einen verdammten Orden."

„Für...?"

Ich stieß die Seife an eine Stelle direkt über seinem wohlgeformten Hintern. „Dafür, der Versuchung zu widerstehen."

Er gluckste. „Kluge Entscheidung. Aber ich würde es gern ein anderes Mal nachholen."

Ich tätschelte seinen Hintern. Oder besser gesagt, klopfte ich mit der Hand über diese Rundungen aus Stahl. Ich prallte ab.

„Können wir machen", versprach ich. „Wir holen die Dusche mit mehr Zeit für... äh... schmutzige Gedanken nach."

„Versprochen?"

„Darauf kannst du deinen Arsch verwetten." Ich tätschelte die betreffende Stelle erneut.

Nash lachte. „Darauf freue ich mich schon."

Eilig massierte ich die Spülung in mein Haar und stieg dann tropfend nass aus der Dusche. Nash folgte eine Minute später und von da an gelang es uns, der Versuchung zu widerstehen. Eine Schande, aber die Pflicht rief. Nach einem schnellen, kameradschaftlichen Frühstück machten wir uns auf den Weg zur Arbeit und fuhren in meinem Pritschenwagen die unbefestigte Straße hinunter.

An diese Art von Morgen könnte ich mich gewöhnen.

Ohne nachzudenken, griff ich nach Nashs Hand und drückte sie. Dann ertappte ich mich dabei und fragte mich, wie er wohl reagieren würde.

Nash hob meine Hand an seine Lippen, küsste sie und ließ sie mit einem kleinen Drücken los.

Mein Herz zog sich zusammen. Daran könnte ich mich *definitiv* gewöhnen.

Die Straßen waren leer, die Stadt schlief, während wir Frühaufsteher unserer üblichen Routine nachgingen – den Kleinbus der Firma abholen, den Anhänger ankoppeln, Chico und John treffen und zum Startplatz fahren. Dort trafen wir Madden und die Gäste, die gähnend um einen zweiten Transporter herumstanden, mit dem sie angekommen waren.

Ich zählte die Leute kurz – dann hielt ich inne und zählte noch einmal. Sechs Gäste. Nur sechs.

Mir stockte der Atem. Könnte das meine Gelegenheit sein?

Ich eilte zu Madden hinüber und riss ihm praktisch das Klemmbrett aus der Hand. „Wie viele Gäste heute?"

Er gähnte verdrießlich und kratzte sich den Bauch.

„Ähm... sieben?"

Ich zählte noch einmal und rief sie dann herüber. Ein Junggesellenabschied, so wie es aussah – alles große Footballspielertypen in ihren späten Zwanzigern.

„Guten Morgen allerseits. Nur eine kurze Zählung bitte." Ich tippte mit einem Stift auf die Liste, während ich die Namen aufrief. „Switalski... Naylor... Richard Smith... Nate Smith... "

Einer nach dem anderen antworteten sie.

„Ja."

„Das bin ich."

„Hier drüben."

Aber beim fünften Namen schüttelten sie den Kopf.

„Joe liegt noch im Bett", sagte Richard.

„Er hat letzte Nacht zu heftig gefeiert", gluckste Nate.

Mein Herz machte einen Sprung. „Oh, eine Absage? Wie schade."

Nash grinste. John und Chico zeigten mir zwei Daumen nach oben.

Ich ging den Rest der Liste durch, weil ich mir Sorgen machte, sie könnten einen Nachzügler mitgebracht haben – zum Beispiel eine Cheerleaderin namens Mindy, die einer von ihnen am Vorabend in einer Bar aufgegabelt hatte. Hoffentlich nicht der Bräutigam.

Aber nein. Keine Mindy. Überhaupt keine späten Zugänge. Nur eine aufblasbare Sexpuppe mit riesigen Lippen, die für einen Blowjob geformt waren – ohne das Blasen nahm ich an, es sei denn, die Puppe hatte eine Luftpumpe zwischen ihren massigen Titten.

„Kann Lola mitkommen?" Switalski klopfte der Puppe auf den Hintern.

Ich reichte Madden das Klemmbrett zurück. „Auf keinen Fall."

Dann eilte ich hinüber, um den Ballon fertig vorzubereiten. Je eher er fertig war, desto eher konnte ich in die Luft gehen – als Co-Pilotin, um die letzte Stunde zu kriegen, die ich brauchte. Idealerweise, bevor ihr Kumpel Joe beschloss, doch noch aufzutauchen.

„Kannst du den Transporter heute fahren?", fragte ich Nash.

Er grinste und klopfte mir auf den Rücken. „Auf jeden Fall."

Fast hätte ich einen Freudentanz hingelegt. Seit Monaten hatte ich von diesem Tag geträumt. Hurra!

Aber jetzt, wo er gekommen war, wurde meine Freude von tausend Bedenken unterbrochen. „Bist du sicher?"

Er nickte. „Wir schaffen das."

Chico und John nickten ebenfalls. „Das ist deine Gelegenheit, Boss!"

Das war es und ich konnte es nicht glauben. Trotzdem zögerte ich. Was, wenn sie sich verirrten? Was, wenn sie sich bei der Landung verschätzten und der Korb beschädigt wurde? Was, wenn...

„Geh", befahl Chico mit einem breiten Grinsen.

Ich eilte zurück zu Madden. „Ein Gast weniger bedeutet, dass du Platz für einen Co-Piloten hast."

„Großartig." Er grinste und rief zu Nash hinüber: „Deine Chance zu fliegen, Kumpel." Dann wandte er sich mit einem wissenden Grinsen an die Gäste. „Nash ist bei den Marines Hubschrauber geflogen, wisst ihr."

Er schaffte es, es so klingen zu lassen, als wäre er mit Nash an der Front gewesen.

Die Gäste schauten angemessen beeindruckt, aber Nash sah so aus, als wollte er Madden umbringen... es sei denn, ich bekäme die Ratte zuvor in die Finger.

„Ich fliege", zischte ich. „Nicht er. Verstanden?"

Madden ignorierte mich. „Ach komm schon, Nash."

Die Gäste riefen ihm ebenfalls zu. „Ja, Mann. Wir würden gern deine Geschichten hören."

Nashs Augen blitzten auf, aber er ging gut damit um. „Mittelohrentzündung. Ich bleibe für zwei Wochen am Boden."

Totaler Blödsinn – und wir würden nicht hoch genug aufsteigen, als dass es eine Rolle spielen würde, selbst wenn es so wäre. Madden hätte es besser wissen müssen, aber er zuckte nur mit den Schultern.

„Egal."

Madden zu schlagen, würde nicht helfen, aber ich war schwer in Versuchung. Dass mein Traum wahr wurde, war nicht *egal*. Es bedeutete mir alles.

Ich prüfte jeden Zentimeter des Ballons, dann beriet ich mich mit Nash, Chico und John. Nach einem kurzen Schnuppern am Wind zeichnete ich eine Karte in den Sand.

„Denkt daran, die Forststraße sieht so aus, als würde sie nach der Brücke in einer Sackgasse enden, aber ihr könnt durchkommen, wenn ihr es langsam angehen lasst. Aber falls wir am Chute Canyon Aussichtspunkt landen, parkt den Transporter nicht zu nah am Rand. Es ist dort bröckliger, als es aussieht. Und falls wir in Haunted Hollow landen... "

Nash unterbrach mich. „Wir schaffen das schon. Und jetzt geh." Er gab mir einen sanften Schubs.

Ich hielt inne und war versucht, ihn zu umarmen. Ihn auch zu küssen und mit ihm herumzutanzen. Ich begnügte mich mit einem breiten, glücklichen Lächeln, das Nash erwiderte. Dann lief ich zu Madden hinüber, der gerade die Sicherheitsanweisungen gab.

Während er in seinem langsamen, trägen Tonfall sprach, schaute ich mir den Himmel an. Die Farben der Morgendämmerung beleuchteten den Horizont und alles sah gut aus. Aber die Nackenhaare standen mir zu Berge, also schnupperte ich noch einmal an der Luft – und runzelte die Stirn.

War diese Wolkenbank vorhin schon da gewesen?

Es war nicht viel – nur ein dunkler Fleck im Gelb der Morgendämmerung. Aber Minuten zuvor war sie noch nicht da gewesen.

„Kein Grund zur Sorge", sagte Madden, als ich ihn darauf hinwies. „Außerdem schau dir die Vorhersage an." Er tippte auf eine zweite Seite auf dem Klemmbrett. „Alles klar. Siehst du?"

Zum zweiten Mal an diesem Morgen griff ich nach dem Klemmbrett. Die Vorhersage prophezeite leichte, stabile Winde aus Nordost mit fünf bis sieben Meilen pro Stunde. Perfekt – auf dem Papier.

John folgte meinem Blick zum Horizont. „Ach, das ist doch gar nichts."

Meine Augen stimmten ihm zu, aber mein Bauchgefühl wollte sich nicht beruhigen.

Ich prüfte die Verbindungen und testete dann den Ventilabzug. *Wusch!* Flammen schossen in den Ballon und hoben ihn vom Boden ab. Mein Herz hob sich mit ihm. Jeden Moment würde ich so fliegen, wie ich es in meinen Träumen tat. Aber das ungute Gefühl blieb.

Ich füllte den Ballon weiter mit schnellen Stößen, unterbrochen von besorgten Blicken an den Himmel.

Immer noch nichts. Jedenfalls nichts, was ich genau bestimmen konnte.

Nash tauchte neben mir auf und schaute in die gleiche Richtung.

„Was?"

„Ich schaue nur", bluffte ich.

Nash musterte mich so genau, dass ich hätte schwören können, er konnte meine Gedanken lesen.

Ich griff nach meinem Handy und prüfte den aktuellen Flughafenwetterbericht, den ich auf der Fahrt heruntergeladen hatte. Die Tatsache, dass das sich nähernde Unwetter darin nicht erwähnt wurde, trug wenig dazu bei, mich zu beruhigen.

Nash half Chico, das Gebläse wegzubringen und kam dann an meine Seite.

„Du weißt, was darüber gesagt wird, seinen Instinkten zu vertrauen...", murmelte er.

Das tat ich. Nun, normalerweise. Aber angesichts des völligen Mangels an Beweisen...

„Vor allem *deinen* Instinkten", fügte er todernst hinzu.

Ich stand ein wenig gerader und stolzer. Aber dieses nagende *Etwas* weigerte sich, klein beizugeben.

„In Ordnung, Leute", rief Madden. „Ihr könnt eure Sachen im Transporter lassen. Wir heben gleich ab."

Die Gäste schlugen miteinander ein – außer Nate, der ins Gebüsch pinkelte.

Ich betrachtete den Himmel noch ein paar Sekunden, dann zupfte ich an Maddens Ärmel und zeigte wieder darauf. „Schau dir das an."

Er spottete: „Die Vorhersage sagt... "

„Vorhersagen können sich irren", zischte ich, ohne meine Stimme zu erheben.

Madden schnaubte. „Hast du Angst?"

Fast wäre ich mit dem Fuß aufgestampft. Und wenn er auf seinem gelandet wäre, umso besser.

„Nein. Ich denke nur an die Sicherheit. Ich weiß, dass die Wolke klein ist, aber wenn sie nicht in der Vorhersage steht, könnte sich die Vorhersage auch in anderen Dingen irren."

„Es gibt Sicherheit und dann gibt es Paranoia", sagte Madden.

„Nein, es gibt Sicherheit und noch mehr Sicherheit", betonte Nash. „Ernsthaft. Mir gefällt der Anblick dieser Wolke nicht."

Dann schaute Madden schließlich auf, aber er zuckte wieder nur mit den Schultern. „Wir werden sie im Auge behalten."

„Sie im Auge behalten oder darin *gefangen* sein?", bellte ich.

Madden schnaufte. „In was gefangen? Die ist winzig?"

Das war sie. Aber wie Pippa zu sagen pflegte: *Im Kampf ist nicht die Größe des Hundes entscheidend...*

Dann beugte Madden sich vor und ich rümpfte die Nase über seinen abgestandenen Atem.

„Wenn wir nicht fliegen, müssen wir allen das Geld zurückgeben", erinnerte er mich. „Was würde Henry dazu sagen?"

„Henry würde immer auf Nummer sicher gehen. Wir haben eine perfekte Bilanz... "

„*Ich* habe eine perfekte Bilanz", betonte Madden und unterbrach mich.

Nash legte eine Hand auf meinen Arm, bevor ich dem Mann eine Ohrfeige verpassen konnte.

„Ich habe gesehen, wie die Marines alle Einheiten wegen einer winzigen Windveränderung am Boden gehalten haben", warnte Nash.

Ich schätzte seine Hilfe, aber ich war sauer darüber, dass ich sie brauchte. Warum würde Madden auf Nash hören und nicht auf mich?

Okay, einfache Antwort. Weil Nash ein Mann und Madden ein frauenfeindliches Arschloch war.

Madden schwankte für ein paar Sekunden und ich wusste nicht, ob ich hoffen sollte oder nicht. Am Boden zu bleiben, ruinierte meine Chancen, meine eigenen Flüge zu steuern, aber in die Luft zu gehen, könnte sich als unverantwortlich herausstellen.

Schließlich schüttelte Madden den Kopf. „Der Wind könnte sich genauso gut zu unseren Gunsten drehen." Er schob mir das Klemmbrett erneut zu und kletterte in den Korb. „Es wird schon passen." Dann erhob er seine Stimme. „In Ordnung, Leute. Steigt einer nach dem anderen ein, von verschiedenen Seiten."

Meine Nackenhaare meldeten *Gefahr. Gefahr. Geh nicht.*

„Spürst du etwas?", fragte ich Nash. „Eine Wetterveränderung, meine ich?"

„Nein, aber wenn du es tust... "

Sein Vertrauen wärmte mein Herz. Aber verdammt. Ich hatte mich in der Vergangenheit geirrt. Was, wenn ich mich wieder irren würde?

Nash schüttelte den Kopf. „Vergiss es. Flieg nicht."

Ich wog meine Möglichkeiten ab. Madden würde fliegen, egal, was ich tat. Und wenn sich dieses Wettersystem als unbedeutend herausstellte, hätte ich meine Chance, zu fliegen, umsonst verspielt.

Ich knirschte mit den Zähnen und schaute zwischen dem Ballon und den Wolken hin und her.

Nashs Flüstern wurde ganz düster. „Was ist, wenn das Harlon ist?"

Ich starrte an den Himmel und dachte an die unerwarteten Windstöße während Harlons Flug mit Madden. Aber sie waren geringfügig und Harlon war gerade nicht in der Stadt, also...

Ich ging auf den Korb zu, schließlich entschlossen. „Im schlimmsten Fall machen wir es kurz. Wir könnten notfalls auch in der Nähe von Deer Mountain landen."

Ein kurzer Flug hoch-und-wieder-runter, dachte ich und versuchte, mich selbst zu überzeugen.

Nash runzelte die Stirn. „Das gefällt mir nicht."

Mir auch nicht. Aber jetzt, da ich mir eingeredet hatte, dass es gut gehen würde...

„Erin", warnte Nash, als ich nach dem Rand des Korbes griff.

Nach einem letzten Blick zurück kletterte ich hinein und hoffte, er würde es verstehen.

Madden öffnete das Brennerventil, wodurch sich der Ballon vom Boden abhob. „Also gut, Leute. Macht euch bereit für den Flug eures Lebens!"

Kapitel 22

ERIN

Der Ballon stieg schnell auf, aber das mulmige Gefühl in meinem Bauch rührte daher, wie ich Nash in der Ferne unter uns schrumpfen sah. Was, wenn er recht hatte? Und verdammt. Er sah verärgert aus. Nicht gerade das, was ich mir für den Tag nach einer so herrlichen Nacht erhofft hatte.

„Desert Skies One, Funkcheck." Ich sprach ins Funkgerät, etwas, das wir vor dem Start vergessen hatten, zu prüfen.

Kein gutes Omen. Was könnte ich sonst noch vergessen haben?

Das Funkgerät knisterte. „Desert Skies Support, ich höre dich laut und deutlich." Nashs Stimme klang angespannt und schroff.

Ich verfluchte mich erneut, aber jetzt konnte ich nichts mehr tun.

„Zwei-achtzig bei drei Komma eins", meldete ich, dann steckte ich das Funkgerät in die Halterung zurück und schaltete es auf Sendebetrieb.

Siehst du? sagte Maddens selbstgefälliger Blick. *Alles in Ordnung.*

Ja, wir bewegten uns in einem ruhigen, gemächlichen Tempo, aber ich wurde das Gefühl, dass etwas nicht stimmte, trotzdem nicht los. Ich prüfte den östlichen Himmel. Wurden die Wolken dichter oder war das nur ein Trick des Morgenlichts?

Die Gäste wussten nicht genug, um es zu bemerken, und Madden war zu sehr damit beschäftigt, mit seinem Wissen über die Landschaft anzugeben – und Märchen zu erzählen –, als auf das Wetter zu achten.

„Man sagt, dass es dort unten auf der Phantom Ranch Geister gibt. Und seht ihr die Klippe dort drüben? Ein Mountainbiker hat eine Kurve verpasst und ist direkt über den Rand geflogen. Sie mussten seine Leiche mit dem Hubschrauber herausholen.“

Zwei der Gäste schossen beeindruckt Fotos.

Gott sei Dank hatte es keinen solchen Unfall gegeben, obwohl sich die Geschichte von ein paar Radfahrern herumgesprochen hatte, die es nur knapp geschafft hatten.

„Hey, schaut mal, dort unten ist der Quadverleih“, sagte einer der Jungs.

In den nächsten zwanzig Minuten versuchten sie die Wege zu finden, die sie am Vortag erkundet hatten, was mir sehr gelegen kam. Ich konnte mich darauf konzentrieren, Maddens Flug *und* das Wetter zu beobachten.

Der Wind drehte langsam auf Südost und unsere Geschwindigkeit nahm zu. Die Wolkenbank wurde größer. Dessen war ich mir jetzt sicher.

„Zwei-zweiundsiebzig bei vier Komma fünf“, meldete ich und stellte mir vor, wie Nash besorgt mit den Fingern auf das Lenkrad trommelte.

In den nächsten Minuten erhöhte sich unsere Geschwindigkeit auf sechs Meilen pro Stunde und auch Madden hörte lange genug auf zu schnattern, um einen Blick auf den Sturm zu werfen.

„Juhu! Endlich geht's los!“, jubelte einer der Gäste. „Könnt ihr das Ding noch schneller fliegen lassen?“

„Wir bewegen uns mit der Geschwindigkeit des Windes.“ Ich schaute Madden in die Augen, um ihm den zweiten unausgesprochenen Teil zu vermitteln. *Und der Wind wird immer schneller.*

Madden prüfte die Instrumente, dann schaute er wieder zu den Wolken. Schließlich kratzte er sich am Kopf. „Woher kam das denn jetzt?“

Ich verzichtete darauf, auf das Offensichtliche hinzuweisen. *Die Wolken waren da, bevor wir gestartet sind, und ich habe es dir gesagt.*

Andererseits konnte ich auch nicht gerade schadenfroh sein, denn ich war mit ihm in der Luft.

Der Wind nahm zu und trieb die Wolken vor sich her. Sie wogten wie eine Welle und rollten immer näher und näher heran.

Madden griff wieder nach dem Klemmbrett. „Aber die Vorhersage besagte... "

Fast hätte ich es ihm aus der Hand geschlagen. „Es gibt Vorhersagen und dann gibt es das echte Leben. Schau doch nur!"

Nach einer eisigen Denkpause biss Madden die Zähne zusammen und studierte den Boden.

„Wenn wir jetzt absteigen, könnten wir es zur Heart Rock Landestelle schaffen", murmelte ich.

„Absteigen?", sagte einer der Gäste. „Jetzt schon?"

„Auf gar keinen Fall, Mann", brummte ein anderer.

„Wir haben viel Geld dafür bezahlt!"

Madden zögerte so lange, dass ich beinahe selbst an der Leine gezogen hätte, die die heiße Luft aus dem Ballon abließ. Wir mussten landen, und zwar schnell.

„Eure Sicherheit hat für uns oberste Priorität", sagte ich mit meiner entschlossensten *Du wirst mir nicht widersprechen*-Stimme. „Was das Geld angeht, so erstattet Desert Skies anteilig für jede Fahrt unter einer Stunde zurück."

Fünf der Gäste beschwerten sich, aber der sechste – Nate? – starrte auf die schwarzen Wolken, die auf uns zu rollten. „Vielleicht ist es besser, da nicht reinzugeraten."

„Nee, das wäre cool", erklärte ein anderer und schoss Fotos. „Können wir näher heranfliegen?"

Wie er sich das ohne Motor vorstellte, war mir ein Rätsel. Und *warum* er es wollte, war noch schwerer zu begreifen.

Ich gab Madden ein Zeichen, der anfing, Luft abzulassen. Uff.

„Wir steuern Heart Rock an", informierte ich die Bodencrew über Funk. Dann fluchte ich, denn es war bereits zu spät. Der Wind trieb uns schneller und schneller voran. „Korrektur... " Ich schaute mich um.

„Nolan Point", warf Madden ein.

Gut zu wissen, dass er seine eine Gehirnzelle eingeschaltet hatte. „Nolan Point", wiederholte ich, um sicherzugehen, dass die Bodencrew es hörte.

Die Frage war nur, ob sie diese selten benutzte Lichtung finden würden. Ich hielt Ausschau nach dem staubigen, weißen Transporter und hätte fast gejubelt, als ich sah, dass er bereits gewendet hatte und in die richtige Richtung fuhr.

Junge, dieser Nash konnte den Wind fast genauso gut lesen wie ich. Nicht schlecht für einen Wolfsgestaltwandler. Ich nahm an, er hatte es in seinen Jahren als Pilot gelernt.

Die Wolken verdichteten sich und wurden noch dunkler. Sie waren nicht nur grau, sondern anthrazit und bläulich violett und breiteten sich zu einer wütenden Masse aus, die die Landschaft verschlang.

„Wow. Habt ihr so etwas schon einmal gesehen?", fragte einer der Gäste.

„Es erinnert mich an den Sandsturm, der vor einiger Zeit über Phoenix zog", antwortete ein anderer. „Wie haben sie es genannt? Einen Haboob?"

Drei der Jungs lachten, ich schluckte. Wenn sie nur wüssten.

Aber das Gesicht, das ich mir an den Zügeln dieses Sturms vorstellte, war das von Harlon und nicht das meines Vaters. War Harlon zurück in Sedona? War er überhaupt in der Lage, einen Sturm von solcher Macht heraufzubeschwören?

Nun, das würde ich später herausfinden müssen. Im Moment musste ich einen Ballon landen – je eher desto besser.

Nachdem Madden es endlich kapiert hatte, ließ er weiterhin stoßweise heiße Luft ab, um uns auf eine niedrigere Höhe zu bringen.

„Ähm, wo ist dieser Nolan Point?", fragte der einzige Gast, der es mitgehört hatte.

Ich zeigte grimmig darauf. Er lag direkt unter uns, aber der Wind trieb uns weiter.

„Das ist kein Problem", versicherte ich ihm. „Wir können überall landen – auf einer Straße oder sogar einem Privatgrundstück. Wir brauchen nur eine ebene Fläche, die frei von Hindernissen ist."

Er nickte langsam und ich sah, wie er einen der Griffe des Korbs umklammerte. Ein kluger Mann, denn wenn wir landeten, würde es nicht sanft sein.

Wusch! Der Wind beschleunigte sich zu einer Geschwindigkeit, die sich wie Mach 1 anfühlte, und fegte immer schneller über die Landschaft.

„Oha.“ Einer der Gäste beobachtete, wie das Gebüsch unter uns vorbeiflog. „Sind wir nicht ein bisschen schnell?“

„Kein Problem“, bluffte Madden. „Die westliche Abzweigung der Red Canyon Road wird perfekt sein.“

Perfekt wäre nicht meine Wortwahl gewesen, aber es ergab durchaus Sinn. Wir mussten uns nur vergewissern, dass wir vor dem letzten Rest des Abstiegs genügend Abstand zu den Stromleitungen hielten.

Ich wandte mich an die Passagiere. „In Ordnung, Leute. Lasst uns das Landeverfahren durchgehen. Die Bodencrew wird uns empfangen, aber wir müssen mit einer harten Landung rechnen.“

„Wie hart?“, fragten sie beunruhigt.

„Hart. Aber wir werden hier im Korb sicher sein. Er wird wahrscheinlich eine Weile über den Boden schleifen und das könnte holprig werden, also müsst ihr euch alle im Inneren ducken, bis ich das Okay gebe. Das ist keine Zeit für Fotos, Leute. Es ist eine ernste Situation, aber alles wird gut werden.“

Ich achtete darauf, dass meine Stimme Ruhe und Gewissheit vermittelte. Madden andererseits...

„Scheiße!“, fluchte er und stieß mehr heiße Luft in den Ballon.

Ich wirbelte herum. Was zum Teufel machte er denn?

„Zaun“, brummte er.

„Stromleitungen“, zischte ich und zeigte darauf.

Madden fing wieder an, Luft abzulassen. „Wir haben jede Menge Platz vor ihnen.“

Meine Kinnlade klappte auf und mir gingen hässliche Statistiken durch den Kopf. Ballonunfälle waren selten, aber wenn sie passierten, waren oft Stromleitungen beteiligt. Der Ballon konnte sich darin verheddern oder die Stromleitungen konnten ein Feuer an Bord entfachen – der Albtraum eines jeden Piloten.

„Hinter den Stromleitungen. Wir müssen *hinter* den Stromleitungen landen", bellte ich. „Sonst riskieren wir, dass der Wind uns in sie hineintreibt."

„Dort hinten gibt es keine Straße, auf der wir landen könnten", konterte er. „Wir würden den Korb beschädigen."

Wir würden viel mehr als den Korb beschädigen, wenn wir die Stromleitungen trafen – eine Tatsache, die ich mit einem bösen Blick und einem leisen „zu riskant" deutlich machte.

Madden deutete auf den Sturm, der jetzt fast über uns war. „Wir müssen landen, bevor der uns trifft."

Dann drehte er sich um und stemmte mir einen Ellbogen entgegen, um mich vom Brenner fernzuhalten. „In Ordnung, Leute. Sobald wir landen, steigt ihr sofort aus und entfernt euch vom Korb."

Ich war wütend – und beunruhigt, denn er setzte unser aller Leben aufs Spiel. Aber wenn ich mich nicht mit ihm anlegen und selbst das Steuer übernehmen wollte, konnte ich nichts anderes tun, als dafür zu sorgen, dass alle vorbereitet waren.

Mein einziger Trost war die Tatsache, dass der Transporter auf unsere Position zuraste und eine Staubwolke aufwirbelte. Ich vertraute Nash, Chico und sogar John mehr als Madden – und wir würden all ihre Kraft brauchen, um den Ballon aufrecht zu landen. Sie fuhren voraus, sprangen aus dem Fahrzeug und schwärmten aus.

Nash machte eine dringende Nein-Bewegung, um Madden zu sagen, dass er es nicht riskieren sollte. Ausnahmsweise hätte es mir nichts ausgemacht, wenn Madden auf Nash gehört hätte und nicht auf mich. Leider tat er es nicht und setzte das riskante Manöver fort.

Zugegebenermaßen gelang es Madden, den Ballon zwei oder drei Meter über dem Boden auf eine niedrige, gleichmäßige Linie zu bringen. Aber wir waren so schnell unterwegs, dass es schwierig sein würde, zu landen, ohne zu kippen und die Passagiere herauszuschleudern.

„Scheiße", murmelte einer der Gäste und duckte sich in den Schutz des Korbs. Die anderen taten es ihm gleich. Endlich hatten sie den Ernst der Lage begriffen.

„Ich habe euch doch gesagt, wir hätten Lola mitnehmen sollen“, murmelte einer von ihnen.

Ja, eine aufblasbare Puppe wäre ein praktisches Kissen für eine Bruchlandung. Aber ich würde lieber sterben, als mich so weit herabzulassen.

„Jetzt, Madden. Jetzt!“, brüllte ich.

Trotzdem flogen wir weiter. Nash, Chico und John kamen auf uns zu, aber wir waren immer noch zu hoch.

„Madden!“, schrie ich. „Luft ablassen!“

„Beeilung!“, brüllte Nash.

Aber Madden starrte nur auf die Stromleitungen und verzog das Gesicht in Panik.

„Verdammt...“ Ich griff nach dem Seil und ließ die heiße Luft ab. „Runter mit euch allen. Haltet euch fest!“

Alle taten es – auch Madden, der sich duckte und mich dieser Sache allein überließ.

Der Ballon schrammte über den Boden und schleuderte alle zur Seite.

Nash, Chico und John packten den Korb, aber ihr gemeinsames Gewicht reichte nicht aus, um ihn zu Boden zu bringen. Wir schwankten und hüpften weiter, vom Wind getrieben.

„Okay, los!“, brüllte ich. „Alle raus. Sofort!“

Ich meinte damit die Gäste, aber Madden war der Erste, der hinaussprang. Zwei Gäste sprangen hinter ihm her, während die anderen ungeschickterweise über den Rand des Korbes kletterten. Es war nicht ihre Schuld, dass der Korb ins Schleudern geriet und gegen Felsen und Büsche prallte. Meine Hüfte wurde gegen den Propantank gestoßen und mein Knie in das steife Geflecht des Korbs gerammt.

„Uff.“ John stolperte und die Seite des Korbs rockte nach oben.

Die Bewegung schleuderte die beiden Jungs an der unteren Seite des Korbs zu Boden, während die anderen beiden wieder hineinkippten.

„Alle raus!“, schrie ich und tat mein Bestes, um den Ballon ruhig zu halten. „Diese Seite.“

Nachdem der Ballon mehrere hundert Pfund menschlichen Ballastes verloren hatte, hob er wieder vom Boden ab. Das machte die Bewegung sanfter – abgesehen vom Aufprall und Krachen gegen die Büsche. Es bedeutete aber auch, dass die letzten beiden Gäste fast zwei Meter zu Boden springen mussten. Furchterregend, aber nicht tödlich.

„Los! Jetzt!", schrie ich.

Schließlich ließen sie sich fallen, landeten hart und rannten dann davon.

„Erin!", brüllte Nash.

Ich warf einen Blick über den Rand des Korbs. Der Ballon war wieder in die Höhe gestiegen und hob Nash und Chico bei ihren Bemühungen, ihn zu kontrollieren, vom Boden ab.

„Aussteigen!", brüllte Nash, als Chico zu Boden fiel.

Der Ballon stieg noch höher. Und scheiße. Der Ballon raste weiter auf die Stromleitungen zu und ich hatte die Veränderung des Ballastes nicht bedacht. Jetzt war ich bereits über drei Meter vom Boden entfernt.

Fünf... sechs...

Mein Kopf dröhnte mit ganz neuen Berechnungen. Meine erste Priorität war es, die Gäste in Sicherheit zu bringen, und das hatten wir geschafft – abgesehen von ein paar blauen Flecken. Meine zweite Priorität war der Ballon. Wenn ich jetzt abspringen und ihn gegen die Stromleitungen prallen lassen würde, wäre es ein Totalschaden. Schlimmer noch, das Elektrizitätswerk könnte uns auf Schadensersatz verklagen. Selbst wenn das nicht der Fall wäre, wäre die schlechte Publicity ein Schlag für die gesamte Branche.

Natürlich musste ich auch für meine eigene Sicherheit sorgen. Aber wenn ich das alles abwog...

Ich traf eine blitzschnelle Entscheidung und zog kräftig am Abzug des Brennerventils.

Flammen loderten auf und der Ballon stieg in die Höhe.

So schrecklich es auch war, etwas Ursprüngliches jubelte in mir. Ein verrückter, ungenutzter Teil meiner Seele, der sich schon immer danach gesehen hatte, frei zu fliegen.

„Erin!", schrie Nash.

„Lass los!", brüllte ich. Es war zu spät, um vor den Stromleitungen zu landen. Meine einzige Möglichkeit bestand darin, hoch genug zu steigen, um sie zu umgehen.

Das Standardverfahren, um einen Ballon steigen zu lassen, bestand darin, die Luft in kurzen Stößen zu erhitzen. Aber da dies nicht gerade nach Standard verlief... zog ich am Ventilabzug und hielt ihn so fest, dass der Ballon nach oben schoss. Es gab zwar das Risiko, den Stoff des Ballons zu verbrennen, aber das schien mir das kleinere Übel zu sein.

„Erin!", brüllte Nash erneut.

Hmm. Warum klang er so nah?

Ein Blick zurück zeigte Chico, John und ein paar der Gäste, die rannten, auf uns zeigten und etwas schrien. Als hätte ich die Stromleitungen nicht bemerkt. Ich schnaufte. Männer!

Ich wandte mich wieder den Stromleitungen zu, denn das war das Einzige, was zählte. Mein Herz klopfte mir bis zum Hals, denn es würde knapp werden. Sehr knapp.

Unbewusst stellte ich mich auf die Zehenspitzen und hob mein Kinn, als würde das dem Ballon irgendwie helfen, darüber zu steigen.

Und puh. Der Luftdruck veränderte sich und wir stiegen ein oder zwei Meter höher – hoch genug für den Ballon, um die Stromleitungen zu passieren, aber nicht für den Korb.

Ich gönnte dem Brenner eine kurze Pause, dann zog ich den Abzug erneut und betete um ein paar Zentimeter Spielraum.

Sekunden später verschwanden die Stromleitungen unter einer Seite des Ballons. Ich hielt mich fest und wartete auf die Katastrophe.

Die Stromleitungen tauchten auf der anderen Seite wieder auf und mein Puls überschlug sich. Hatte ich es geschafft? Aber warum rannten und schrien die Jungs am Boden immer noch?

Als Nash erneut brüllte, erstarrte ich. Wo war er?

Ich ließ den Ventilabzug lange genug los, um mich über die Seite zu lehnen.

„Nash!", keuchte ich.

Er hing an den ledernen Griffen am unteren Rand des Korbs – eines Korbs, der mindestens fünfunddreißig Meter über dem Boden schwebte.

„Bist du verrückt?", schrie ich und griff nach ihm.

Aber er war zu weit weg und der Weidenkorb hatte keine Haltegriffe, an denen er hätte hochklettern können.

„Du bist die Verrückte. Warum bist du nicht rausgesprungen, als du es konntest?", brüllte er.

„Weil ich die Chance hatte, den Ballon zu retten!"

Dann hielt ich inne. Ups. Nicht der richtige Zeitpunkt zum Streiten.

„Lande das Ding einfach endlich", brummte Nash.

Oh. Mein. Gott. Er war wirklich verrückt, wenn er vorhatte, lange genug an dem Ballon zu hängen, damit ich ihn landen konnte.

Schlimmer noch, der Wind blies mit neuer Heftigkeit und Regen fing an, niederzuprasseln.

Ich ließ meinen Blick über das Gelände schweifen und war überwältigt von so vielen Aufgaben. Nash zu retten. Den Ballon zu landen. Den Ballon zu retten, wenn möglich – ganz zu schweigen von mir selbst.

Ich holte ein paarmal tief Luft und entschied mich dann für meine erste Priorität – Nash. Ich verließ das Steuerpult, knotete mehrere große Schlaufen in eine Ersatzleine und ließ sie über die Seite hinunter.

„Gib mir noch eine Sekunde, um sie zu sichern", sagte ich und duckte mich zurück in den Korb.

Als der Korb einen Ruck machte, schrie ich auf, weil ich dachte, Nash sei abgestürzt. Ich schaute über den Rand, weil ich Angst hatte, ihn in den Tod stürzen zu sehen.

Aber, uff. Nash war immer noch da und hielt sich mit einer Hand fest. Die andere umklammerte einen Ledergriff, den er gerade herausgerissen hatte.

„Ähm... beeil dich", murmelte er.

Mein Herz schlug heftig, als ich das Seil am Rahmen des Korbs befestigte. Dann lehnte ich mich hinaus und schwang es näher zu Nash heran.

Das Leder des verbliebenen Griffs knarrte bedrohlich. Seine Beine strampelten eine Ewigkeit. Schließlich konnte er einen Fuß in eine der Schlaufen schieben und griff mit der freien

Hand nach einer anderen. Ich griff nach unten und packte sein Hemd von hinten.

„Das hilft nicht", stöhnte er, während er über den Weidenkorb schrammte.

Ich hörte auf, zu ziehen, aber ich lockerte meinen Griff nicht. Ein Ausrutscher und er würde zu Boden stürzen.

Der Moment, in dem er mit dem Gesicht über den oberen Rand des Korbs reichte, würde sich für immer in mein Gedächtnis einbrennen. Dann schob er seinen Fuß in eine weitere Schlaufe und ich zog, so dass er auf mich in den Korb stürzte. Einige Augenblicke lang lagen wir so da und hielten einander fest.

„Geht es dir gut?", fragte ich.

„Perfekt."

Ich wusste nicht, ob ich ihn ohrfeigen oder küssen sollte.

„Perfekt, Junge, Junge...", murmelte ich. Ich stand auf und griff nach der Steuerung. Als Nash neben mir auf die Beine kam, drehte ich durch.

„Bist du verrückt geworden? Warum hast du den Korb nicht losgelassen, als er anfing, aufzusteigen?"

„Weil du darin warst."

Und in diesem Moment schmolz mein Herz.

Ich umarmte ihn halb mit einer Hand um seine Schulter und behielt die andere am Abzug des Ventils.

„Mach mir nie wieder solche Angst", murmelte ich in sein Hemd.

Er schloss seine Arme um mich. „Ich verspreche es, wenn du es auch versprichst."

Ich hätte fast gelacht, doch *zisch!* – der nächste Windstoß – unterbrach mich.

Wir lösten uns voneinander, denn es war noch nicht vorbei. Wir befanden uns immer noch hundert Meter in der Luft – und der Sturm tobte weiter.

Kapitel 23

NASH

In den letzten Tagen hatte ich oft davon geträumt, mit Erin zu fliegen. Aber nicht auf diese Weise.

Ich wollte die Faust in die Luft reißen und dem Schicksal ins Gesicht schreien: *So nicht, verdammt!*

Nicht in einem Sturm in einem Korb, der an fadenscheinigen Materialien hing, anstatt mit starken, ledrigen Flügeln. Verdammt, selbst in Drachengestalt würde ich einem solchen Sturm nicht trotzen wollen.

Warte nur, bis wir Harlon in die Klauen bekommen, knurrte meine innere Bestie.

Das war Punkt zwei auf meiner Liste. Nummer eins war, Erin lebend aus dieser Sache herauszuholen.

„Also, wie lautet der Plan, Captain?"

„Landen", schnaufte sie und musterte den Sturm.

So viel war klar. Warum senkte sie den Ballon dann nicht hinunter? Wir hatten die Stromleitungen fast zwei Kilometer hinter uns gelassen.

„Warum nicht dort?" Ich zeigte auf eine Lichtung.

Sie schüttelte den Kopf. „Zu ungeschützt."

Ich ließ meinen Blick über die weite Landschaft gleiten. „Die ganze verdammte Gegend ist ungeschützt – abgesehen von den Canyons." Ich verstummte und starrte. „Moment. Du willst doch nicht etwa versuchen, in einen hineinzumanövrieren?"

Sie blickte nach Norden und murmelte: „Interessante Idee."

Ich riss die Augen weit auf. Nein, das war es nicht. Wohl eher Selbstmord.

Aber das hielt Erin nicht auf. Sie studierte die verwinkelten, zerklüfteten Hügel. „Der Wind wirbelt um die Mündung des Boynton Canyon. Vielleicht wird er das hier auch tun…" Einen Moment später schüttelte sie den Kopf. „Vielleicht aber auch nicht. Ich werde mich an Plan A halten."

Mein Puls beruhigte sich nur leicht. „Was ist Plan A?"

Sie deutete auf eine niedrigere, felsige Anhöhe und senkte ihre Stimme. „Hinter diesen Felsen befindet sich eine Mulde. Sie ist nicht groß genug, um darin zu landen…"

Mein Herzschlag beschleunigte sich. Der Reiz daran war also… was genau?

„…aber sie ist groß genug, um sich hineinfallen zu lassen und dort auszuharren, wenn ich es richtig time", schloss sie.

So sehr ich auch an Erin glaubte, das klang alles wie ein riesiges *Wenn*. Außerdem, bedeutete, *hineinfallen*, etwa *abstürzen*?

Ich deutete auf die Lichtung. „Wäre es dort drüben nicht besser?" Für mich sah es hundertmal besser aus – aber ich war ein Drache, kein Ballonpilot. Ich konnte sofort anhalten, meine Flügel einziehen und Schutz suchen. Ein Ballon war während seiner gesamten schleppenden Landung dem Wind ausgeliefert.

„Nein. Wir würden mitgeschleppt werden. Praktisch zerfleischt." Sie machte eine rollende Bewegung mit den Händen, um zu veranschaulichen, was der Korb – mit uns darin – tun würde, wenn sie versuchte, dort zu landen. „Der Ballon wäre zerstört und wir könnten von Glück reden, wenn wir lebend herauskämen."

Zu diesem Zeitpunkt verfolgten uns die dunklen, rollenden Wolken nicht mehr. Sie umgaben uns wie ein Rudel hungriger Löwen. Die dunklen, wirbelnden Massen waren so dicht, dass sie alles hinter uns auslöschten.

„Desert Skies One, Desert Skies One…" Johns Stimme tönte über das Funkgerät.

Erin bedeutete mir mit einem Nicken, es zu greifen.

„Desert Skies One, over", antwortete ich.

„Heilige Scheiße!", platzte John heraus. So viel zur Einhaltung der Funketikette. „Ihr seid verrückt. Alle beide."

Mein Drache grinste. *Damit sind wir perfekt füreinander.*

„Frag ihn, ob es den Gästen gut geht?", sagte Erin, die sich immer noch auf die Wolken konzentrierte.

Wäre Madden noch im Korb gewesen, wäre er ein heulendes Wrack. Aber Erin war cool und ruhig. Professionell, mit einem Wort. Falls wir das überlebten–

Wenn wir das hier überleben, korrigierte mein Drache.

– würde ich verdammt sicherstellen, dass Henry wusste, dass es Erin war, die gerettet hatte, was sie konnte.

„Ein paar Prellungen, aber okay", bestätigte Jordan. „In welche Richtung fliegt ihr?"

„Zum Holl... "

Erin unterbrach mich und schnappte sich das Funkgerät. „Zu den Feuchtgebieten. Wir haben jetzt keine Zeit zum Reden. Desert Skies One, Ende." Und damit schaltete sie das Funkgerät aus.

„Ähm... ", begann ich verwirrt.

Sie kroch näher und flüsterte. „Wir müssen unser Vorhaben nicht laut kundtun. Nur für den Fall, dass die Wände Ohren haben."

Ich schaute mich im Korb um. Glaubte sie, Harlon hätte ihn verwanzt?

Erin schüttelte den Kopf und deutete auf die Wolken. „Mein Vater sagt, der Wind trägt Geräusche zu ihm. Also, nur für den Fall... "

Ich nickte, unruhiger denn je. Der durchschnittliche Hexenmeister konnte Dinge wie Wind und Wetter nicht beeinflussen – jedenfalls nicht in diesem Ausmaß. Aber nichts an Harlon war durchschnittlich.

Ich schaute Erin an und dachte an ihren Vater – und an ihre eigene, subtile Kraft.

Ich bemerkte, dass sie den Sinkflug begonnen hatte. Allerdings nicht, indem sie in großen Stößen Luft abließ. Stattdessen hatte sie die Zufuhr der heißen Luft gestoppt und den Ballon allmählich sinken lassen. Hoffte sie, der Wind würde es nicht bemerken?

Die zerklüftete Linie der Felsen kam schnell näher, obwohl unser Kurs im Zickzack verlief. Dunkle Wolken umspielten den

Ballon von beiden Seiten und spielten mit uns wie eine Katze mit ihrer Beute.

„Verdammt...", murmelte Erin und wedelte mit einer Hand, um ein Insekt zu verscheuchen... oder um den Wind in eine günstigere Richtung zu lenken?

Ich versuchte, sie nicht anzustarren, denn ich bezweifelte, dass sie sich dessen überhaupt bewusst war. Aber je mehr ich sie beobachtete, desto sicherer war ich mir, dass sie etwas von den Kräften ihres Vaters geerbt hatte. Nicht genug, um die Windstöße, die uns aus allen Richtungen angriffen, auszulöschen, aber genug, um ihnen einen Schubs zu geben. Der Zickzackkurs des Ballons wurde weniger abrupt, als wir uns der Anhöhe stetig näherten.

„In dem Moment, wenn wir landen, springst du", flüsterte sie.

Ich tippte ihr auf die Schulter, so dass sie mich ansah. „Nur wenn du es auch tust." Ich wollte nicht noch einmal versuchen, mich an den Ballon zu hängen, und ich würde ganz sicher nicht zulassen, dass Erins Heldentaten sie noch einmal mitrissen.

Und wow. Ihre Augen funkelten. War das Entschlossenheit oder eine Spur von Magie?

Sie nickte entschlossen. „Glaube mir, dieses Mal steige ich aus." Dann sprach sie laut und deutlich und bluffte, falls Harlon zuhörte. „Noch zwei Kilometer und wir erreichen den Landepunkt in der Nähe der Feuchtgebiete. Ich halte mich tief, um den schlimmsten Wind zu meiden."

Wusch! Der Ballon sauste noch schneller dahin.

Ich schluckte und schaute mich um. Vielleicht konnte Harlon uns wirklich hören.

Wir flogen so niedrig, dass der Korb über die Büsche schrammte. So niedrig, dass ich befürchtete, wir würden es nicht über den Felsvorsprung schaffen, der sich vor uns erhob und alles verbarg, was dahinter lag.

Erin signalisierte mir, mich auf den Aufprall vorzubereiten.

Wenige Meter später fiel die Anhöhe in eine tiefe, kraterähnliche Senke ab, die ich nie hätte kommen sehen. Erin riss an der Ablassleine und schrie dann auf, als der Wind über die Klappe peitschte und sie platt drückte. Ich hielt sie mit ihr fest und wir kämpften darum, die Klappe offenzuhalten.

„Komm schon...", murmelte Erin.

Der Korb fiel weit genug in die Senke, dass wir zu beiden Seiten Wände sehen konnten. Aber der Ballon schwebte hoch oben und war immer noch dem Wind ausgesetzt. Wenn wir die heiße Luft nicht schnell genug ablassen konnten, würden wir gegen die andere Seite des Kraters prallen.

Krach! Jeder Knochen in meinem Körper spürte den Aufprall, als wir auf dem Boden aufschlugen. Aber die Druckwelle wurde auf den Ballon übertragen, der schwankte und dann zur Seite kippte.

Der Raum um uns war gespenstisch ruhig, obwohl der Wind über uns heulte. Erin war ein gottverdammtes Genie. Aber wir mussten den Ballon trotzdem noch herunterholen.

„Beeile dich! Greife ihn!", schrie sie.

In einer schnellen Sequenz drehte sie das Propangasventil ab, sprang aus dem Korb und fing an, sich an der Seite des Kraters hinaufzukämpfen, wo der Ballon noch schwebte. Er fing an, sich in sich selbst zusammenzufalten, aber es war noch genug Stoff übrig, um als Segel zu dienen.

Erin packte eine Handvoll Stoff und zog daran.

„Was machst du?", brüllte ich.

„Wir können den Ballon vielleicht retten, wenn wir ihn jetzt runterziehen", stöhnte sie und griff nach einer weiteren Handvoll.

Ducken und in Deckung gehen, schien der sicherere Plan zu sein, aber hey. Erin war eine Frau auf einer Mission.

Die nächste Minute lang stolperte, fluchte und zerrte ich herum, um den Ballon halb zu stopfen und halb in die Senke zu rollen. Die ganze Zeit über wehte der Wind, der unser Ausweichmanöver noch nicht mitbekommen hatte. Dann wirbelten die Wolken mit einem wütenden Zischen auf, um nach uns zu suchen.

„Beeile dich. Hole ein paar Steine, um ihn am Boden zu halten", rief Erin.

Normalerweise war sie eine Verfechterin des sauberen, ordentlichen Aufrollens und bestand darauf, dass wir vom Bodenpersonal die Aufgabe wiederholten, wenn sie nicht perfekt war. Jetzt begnügte sie sich mit einem unordentlichen Haufen – Gott sei Dank.

Ich bewegte mich, so schnell wie möglich, und war mir dabei des wirbelnden Windes bewusst. Jeden Augenblick würde er uns finden und ich wollte mir nicht ausmalen, welche Verwüstung dabei entstehen würde. Schließlich griff ich nach Erins Hand und zog sie weg.

„Ein bisschen mehr", protestierte sie und griff nach einem weiteren Stein.

„Nicht den…", begann ich.

Zu spät. Dieser Stein hatte mehrere andere zurückgehalten und seine Bewegung löste einen Steinschlag aus.

„Scheiße." Erin starrte mit offenem Mund, als ein riesiger Felsbrocken auf uns zukam.

Wir erstarrten beide. Der Felsbrocken hatte die Größe eines dieser Aufsitzmäher und genau das würde er Erin und mir auch antun: uns *niedermähen.*

Ich überlegte, ob es in meiner Ausbildung der Marines oder der Agentur eine Lösung für diese Art von Problemen gab, denn mit roher Gewalt ließ sich eine solche Wucht nicht aufhalten.

Und verdammt. Mir fiel nur eine Möglichkeit ein. Eine, die von einem grummeligen, alten, verrückten Dachsgestaltwandler in der Agentur unterrichtet worden war. Der Kerl war ein Meister mehrerer Kampfkünste – die Art von Typ, die drei Ziegelsteine mit seinem kleinen Finger zerbrechen konnte –, der es liebte, uns darüber zu belehren, wie man die Energie des Gegners umlenkte, anstatt Kraft mit Kraft zu bekämpfen. Ich hatte auch gesehen, wie es funktionierte – einmal hatte er einen Bärengestaltwandler, der doppelt so groß war wie er, nach diesen Prinzipien durch den Raum geschleudert.

Einmal. Und das war seine Demonstration gewesen. Der Rest von uns hatte es versucht, hatte jedoch kläglich versagt.

All das schoss mir in einer Nanosekunde durch den Kopf. Keine Zeit für eine bessere Idee. Nur für Action.

Ich hob meine Arme. Stemmte meine Beine in den Boden, holte tief Luft. Der rollende Felsbrocken verdunkelte den Himmel über mir, während die vor ihm herabstürzenden Kieselsteine an meinen Beinen und meiner Brust abprallten.

Au, au, au und *uff!*

Ich streckte die Hand aus und schlug erst mit einer und dann der anderen Hand gegen den Felsbrocken.

Absorbiere die Energie. Die Stimme des Dachses hallte in meinem Kopf wider. *Leite sie um.*

Ich war mir sicher, dass der Felsbrocken *mich* umleiten würde, aber verdammt. Ich versuchte es trotzdem.

Nicht versuchen, knirschte mein Drache. *Du musst es schaffen.*

Ich dachte an Erin, dann an Angelina und Harlon und bündelte all diese gemischten Gefühle – Liebe, Hass, Verbitterung – in meine Arme und stieß mit allem, was ich hatte.

Korrektur – *ich lenkte ihn um.*

Und wow. Hätte eine Kamera diesen Moment festgehalten, hätte sie mich als Atlas eingefangen, der die Weltkugel hochhält. Zumindest fühlte es sich so an. Genauso schwer und genauso erdrückend.

Aber im nächsten Bild bewegte sich der Felsbrocken seitwärts und im nächsten noch weiter. Und weiter und weiter, bis ich den Himmel über mir erblickte. Der Himmel war immer noch stürmisch, aber das war mir lieber, als direkt auf einen Felsbrocken zu starren. Ein letzter Stoß meiner linken Körperhälfte ließ den Felsbrocken auf den Boden des Kraters stürzen. Die Wucht ließ mich fast umkippen, aber Erin hielt mich am Arm fest und ich fiel neben sie.

Regen prasselte auf uns nieder, während wir auf den Felsen hinunterstarrten.

„Nun, das sollte den Ballon unten halten", scherzte Erin, obwohl ihre Hände zitterten.

Ich schluckte, dann griff ich nach ihrer Hand. „Lass uns von hier verschwinden."

Wir krochen einen kiesigen Abhang hinauf. Der Boden gab unter uns nach und warf uns für jeden zweiten Schritt in die richtige Richtung einen Schritt zurück. Schließlich erreichten wir den Gipfel und kauerten uns in den Windschatten der Felsen, die den Krater versteckt hatten. Ich fürchtete, was als Nächstes kommen könnte. Ein verdammter Tornado?

„Hier lang." Erin zog mich an der natürlichen Felswand entlang.

Wir rannten leicht gehockt, so wie ich es schon ein paarmal in Kriegsgebieten getan hatte. Der Wind heulte und Steppenläufer flogen vorbei. Aber mit jedem Schritt entfernten wir uns weiter vom Epizentrum des Sturms.

Der Donner dröhnte in einer wütenden Explosion. Wir ließen uns fallen, aber es folgte kein Blitz – das oder die Wolken waren so dicht, dass nicht einmal ein Blitz sie durchdringen konnte. Einen Moment später rasten wir wieder los.

„Großartig", murmelte Erin, als der Regen noch heftiger wurde.

In Sekundenschnelle ging es von Nieselregen zu einem regelrechten Wolkenbruch über. Jeder Tropfen war ein schmerzhaftes Geschoss. Ich riss meine Arme hoch, um mein Gesicht zu schützen, und blinzelte, um Erin zu folgen. Der Sturm, der uns nicht finden konnte, schien uns stattdessen ertränken zu wollen.

„Jetzt ist es nicht mehr weit!", brüllte Erin über Wind und Regen hinweg.

Jeder meiner Schritte verursachte ein kaltes Spritzen und als wir in eine Schlucht bogen und bergauf gingen, wurde der rote Boden glitschig und schlammig. Trotzdem rannte Erin weiter und kletterte einen steilen, felsigen Abhang hinauf.

„Wir sind fast da." Schwer atmend deutete sie auf einen schmalen Felsvorsprung der die Klippe überspannte.

„Bist du verrückt?" Sie wollte auf einem so tückischen Pfad zurück ins Freie gehen?

Ja. Das wollte sie.

Sie ging weiter und presste sich an die Klippe, während sie sich an der Kante entlanghangelte. Fluchend folgte ich ihr. Die Klippe wurde steiler, höher und noch ungeschützter. Der Regen prasselte auf meinen Rücken und der Wind peitschte um mein durchnässtes Hemd.

Nach gut zwanzig Metern war ich kurz davor, aufzugeben. Doch der Felsvorsprung verbreiterte sich allmählich, bog um eine Kurve und...

Ich stolperte in eine riesige Höhle und wäre beinahe mit ihr zusammengestoßen.

„Hier drüben." Sie zog mich an die andere Wand, wo wir stehen blieben und auf den Sturm hinausstarrten, der draußen tobte. Wasser tropfte von unseren Körpern auf den Boden der Höhle und sammelte sich um unsere Füße.

„Was ist das für ein Ort?", flüsterte ich und schaute mich um.

„Robber's Roost."

Ob der Name – Räubernest – nun Tatsache oder nur Volksglaube war, er passte. Die Höhle war eine riesige Einkerbung in den Felsen, die groß genug wäre, um eine ganze Drachenfamilie zu beherbergen. An der hinteren Wand befanden sich die Überreste einer alten Behausung. Die Vorderseite öffnete sich zu einem riesigen, natürlichen Fenster hoch über der Wüste, vor dem der heulende Wind den Regen in Strömen peitschte.

Erin deutete auf den komplett grauen Himmel, um mir bei der Orientierung zu helfen. „An einem klaren Tag kann man Sedona sehen. Der Highway ist dort drüben."

Ich nahm sie beim Wort, aber wir hätten genauso gut auf einem fernen Planeten sein können. An einem Ort wie dem Mars, wo Stürme ständig über die unwirkliche Landschaft peitschten.

Wir starrten eine Weile hinaus, kamen wieder zu Atem und versicherten einander, dass wir endlich in Sicherheit waren. Dann kauerten wir uns hinter den Ruinen zusammen und warteten.

„Heilige Scheiße", murmelte Erin ein paar Minuten später und schlang die Arme um sich selbst.

Ich konnte ihr nicht mehr zustimmen. „Geht es dir gut?", murmelte sie.

Ich nickte.

Sie tätschelte meinen Arm. „Das mit dem Felsbrocken hast du gut gemacht."

Stolz ließ meine Brust schwellen.

„Du bist gut gelandet. Und wie du den Weg hierher gefunden hast. Und Harlon so zu überlisten..."

Ich hätte noch eine Weile so weitermachen können. Die Frau war unglaublich.

Ich drängte mich an sie und legte einen Arm um ihre Schulter. Wir waren völlig durchnässt und spürten die kühle Luft schneidend. Nach kürzester Zeit zitterte Erin.

Wir kuschelten uns, so gut es ging, zusammen und teilten unsere Körperwärme. Aber selbst dann war es immer noch eiskalt, vor allem mit unserem Haar, das an unseren Schädeln klebte, und den nassen Kleidungsstücken auf der Haut.

„Ich wünschte, ich hätte ein paar Streichhölzer." Erin deutete mit einem zittrigen Finger auf eine Feuerstelle an der hinteren Wand – ein Ring aus Steinen, den die Camper zurückgelassen hatten. Und die gute Nachricht: Darin befanden sich ein paar Stücke Feuerholz.

Ich stand auf, schichtete das Holz um und hockte mich so davor, dass ich Erin die Sicht, so gut es ging, versperrte. Dann räusperte ich mich, atmete ein und lockte etwas Feuer heraus.

Mehr, beharrte mein Drache, gierig darauf, anzugeben.

Ich unterbrach den Flammenstrahl, sobald das Feuer knisterte, und verbrannte mir dabei die Lippen.

Erins Zähne klapperten, als sie sprach. „Moment. Wie hast du das gemacht?"

Ich schluckte gegen den Schwefelgeschmack in meiner Kehle an. In Drachengestalt war es viel einfacher, Feuer zu speien, verdammt.

„Ähm... " Ich kauerte mich hinter sie, zum Teil, um ihrem Blick zu entgehen, und zum Teil wegen der Wärme. Dann tat ich, was jeder Mann machte, wenn er mit einem unangenehmen Thema konfrontiert wurde. Ich wechselte es.

„Warum zum Teufel bist du nicht aus dem Ballon gesprungen, als du es konntest?"

„Weil ich die Chance hatte, die Ausrüstung zu retten", sagte sie noch immer zitternd.

Ich drückte sie fester an mich. „Du hast verrückte Prioritäten, weißt du das?"

Sie verschränkte ihre Finger mit meinen. „Du bist doch derjenige, der sich an den Korb gehängt hat, als er abhob. Was, wenn du abgestürzt wärst?"

Die gleiche Frage hatte ich mir während des halsbrecherischen Fluges auch gestellt. Natürlich hätte ich meine Flügel öffnen können. Aber bei diesem Wind und in so geringer Höhe wäre ich wahrscheinlich auf den Boden geknallt.

Also warum hatte ich es getan?

Ich schloss die Augen und atmete Erins Duft ein.

Du weißt, warum, brummte mein Drache.

Okay, vielleicht wusste ich es. Aber wie sollte ich es Erin erklären? Ich konnte ja nicht einfach sagen: *Ich bin ein Drachengestaltwandler, kein Wolf, und ich vermute, dass das Schicksal denkt, dass wir Gefährten sind.*

Mein Drache schnaufte. *Wen interessiert, was das Schicksal denkt? Ich weiß, dass wir Gefährten sind.*

Draußen tobte ein besonders starker Windstoß und das Feuer flackerte. Erin verspannte sich. „Das ist Harlons Werk, nicht wahr?"

Ich nickte langsam. „Das wäre eine sichere Vermutung."

Der Sturm löste sich jedoch auf oder zumindest zog er weiter. Immerhin etwas – und die Wärme des Feuers sickerte langsam in unsere Knochen.

„Vernunftfrage", sagte Erin schließlich. „Sollte ich Harlon einen Vertrauensvorschuss gewähren?"

Ich warf ihr einen Blick zu und sie seufzte.

„Okay, vielleicht nicht. Aber trotzdem… Was, wenn Harlon hinter einem der Passagiere her war?"

„Er hat es auf dich abgesehen", sagte ich so sanft wie möglich. „Oder auf uns."

„Vielleicht will er nur dafür sorgen, dass die Ballonfirma pleitegeht… ", warf sie ein und ließ bei meinem harten Blick die Schultern sinken. „Okay, wahrscheinlich nicht. Aber meine Güte. Will er uns umbringen oder uns warnen?"

Ich würde auf *Umbringen* tippen, aber ich hielt den Mund.

„Und ist er so skrupellos, dass er bereit ist, gleichzeitig ein halbes Dutzend Gäste auszuschalten?", fuhr Erin fort. „Und was nützt es ihm, wenn er mich tötet? Mir gehört nur ein Drittel der Ranch. Würde er uns eine nach der anderen beseitigen?" Dann erstarrte sie und umklammerte meinen Arm. „Ach du meine Güte. Was ist, wenn er sich als Nächstes Pippa und Abby vornimmt? Was, wenn er es auf Claire abgesehen hat?“

Einen Sekundenbruchteil später sprang Erin auf. Das Feuer machte es ihr nach und knisterte mit wütenden Funken.

Ich starrte darauf. Was hatte es mit Erin und Feuer auf sich?

Ich packte sie am Arm, bevor sie nach draußen stürmen und Harlon die Meinung geigen konnte.

„Warte. Komm schon, Erin.“ Ich zog sie zurück zum Feuer. „Harlon hätte diesen Sturm genauso gut auf die Ranch richten und euch alle gleichzeitig angreifen können. Vielleicht war es also nur eine Warnung.“

Erin schnaufte. „Nur?“

Ich drückte ihre Hand. „Schlechte Wortwahl. Entschuldige.“

Es dauerte eine Ewigkeit, bis ich sie wieder ans Feuer locken konnte. Schließlich brachte ich sie dazu, sich zu setzen, und ließ mich in einer lockeren Umarmung hinter ihr nieder.

„Zunächst müssen wir uns aufwärmen. Und dann, wenn sich der Sturm gelegt hat, gehen wir zurück in die Stadt.“ Erin warf mir einen zweifelnden Blick zu, aber ich beharrte darauf. „Harlon kann nicht ewig so weitermachen. Wir brauchen also einen Plan für das, was als Nächstes kommt.“

„Oh, ich sage dir, was als Nächstes kommt. Meine Schwestern und ich marschieren in seine überteuerte Villa und treten ihm in den Arsch“, knurrte Erin.

Ich gluckste. „So sehr mir die Idee auch gefällt...“

Sie seufzte. „Okay, vielleicht mache ich das zu meiner zweiten Priorität. Aber ich schwöre dir, ich werde diesem Mann die Meinung sagen.“

Ich grinste und stellte mir ihre Schwestern neben ihr vor, Pippa mit einer Mistgabel und Abby mit einem Schlagstock. Ich würde mich auch einreihen, bereit, diesen Hexenmeister zu rösten, bis nur noch Asche übrig blieb.

Mit einem tiefen Atemzug stützte ich mein Kinn auf Erins Schulter. Es war nicht so einfach und das wusste ich selbst.

„Kann er das denn tun?“ Erins Stimme zitterte vor Kälte *und* Wut. „Ich meine, kann er einfach einen Sturm heraufbeschwören?“

„Sag du es mir", murmelte ich und achtete darauf, dass mein Tonfall gleichmäßig blieb.

Sie verspannte sich. „Wenn du meinen Vater meinst, nein. Er zieht nicht durch die Gegend, um Städte mit Stürmen zu verwüsten..." Sie unterbrach sich und verzog das Gesicht. „Okay, okay, es gab diesen Sandsturm, der vor ein paar Jahren Phoenix getroffen hat. Aber das war ein Versehen." Sie sträubte sich. „Und es geht hier um Harlon und nicht meinen Vater."

Ich überlegte kurz und schüttelte dann den Kopf. „Selbst der mächtigste Hexenmeister kann nicht aus dem Nichts einen Blitz oder einen Sturm herbeizaubern. Er kann nur Kräfte verstärken und umlenken, die bereits in Bewegung sind."

„Er hat sie ziemlich gut verstärkt", murmelte sie bitter.

Ich antwortete nicht. Ich hielt sie einfach nur fest, während der Sturm draußen weiter tobte. Das Feuer knisterte eine Zeit lang wütend, dann beruhigte es sich langsam. Erins Atem spiegelte es wider – oder war es umgekehrt?

Ich schob meine Hände sanft über ihren Rücken, um sie und auch mich selbst zu beruhigen. Als Nächstes küsste ich ihre Schulter, denn auch das war tröstlich.

Und, hoppla. Vielleicht *tröstete* ich mich ein wenig zu sehr, denn die Küsse wurden immer mehr und ich ließ mich darauf ein. Sie wanderten immer näher zu ihrem Hals, dann zu ihren Lippen...

Erin drehte sich in meinen Armen um, begegnete meinem Mund und unser behelfsmäßiges Feuer knisterte auf eine ganz andere Weise. Es dauerte nicht lange und wir wurden von einer anderen Art Sturm mitgerissen. Einem ebenso unaufhaltsamen – und möglicherweise ebenso gefährlichen –, aber nichts würde uns jetzt noch aufhalten.

Kapitel 24

ERIN

Ich war mir der Magie schon mein ganzes Leben lang bewusst, aber irgendwie brauchte es Nash – einen Gestaltwandler, keinen Zauberer –, damit ich sie *spürte*. Sie erlebte. Sie auslebte. Wirbelnde, donnernde, alles verzehrende Magie, die in meine Seele sickerte und mich mitriss.

Jeder Kuss, den wir teilten, sprühte nur so vor Energie. Jede Berührung sandte feenhafte Funken durch meinen Geist. Jeder verzweifelte Atemzug schürte ein inneres Feuer.

Magie hat ihre Vorzüge, erinnerte ich mich an die Worte meines Vaters, aber sie birgt auch Gefahren. Der Trick ist es, sich nicht von ihr – oder sich selbst – überwältigen zu lassen.

In diesem Fall war ich bereits mitten dabei, zu versagen.

„Nash...", murmelte ich und schlang ein Bein um seine Seite, um ihm ins Gesicht zu sehen.

Im Handumdrehen saß ich mit gespreizten Beinen auf ihm und vertraute darauf, dass er das Gleichgewicht auf dem Felsen hielt, der uns als Sitz diente. Hinter mir knisterte das Feuer und spornte mich an.

„Da das hier nass ist..." Er schlug meine Jacke zurück und knöpfte mein Hemd auf.

Ich verfluchte jeden Zentimeter des widerspenstigen, durchnässten Stoffes. Er klebte an meiner Haut und verlangsamte das, was sich wie eine Mission auf Leben und Tod anfühlte. Ich brauchte diesen Mann und ich brauchte ihn jetzt, verdammt!

Als er mein Hemd schließlich zur Seite warf, knisterte und zischte das Feuer. Nash beugte sich vor, um Küsse auf meine Brust zu hauchen, und als er eine Brustwarze erreichte...

Wusch! Ein Ast knackte und das ganze Tipi aus Holzscheiten stürzte ein paar Zentimeter ein.

Ich klammerte mich an Nashs Schultern und warf, gierig nach mehr, meinen Kopf zurück. Aber selbst das war nicht genug und schon bald tanzte ich auf seinem Schoß.

„Verdammt noch mal." Nash brach den Kontakt mit einem frustrierten Knurren ab und sprang praktisch auf die Füße, wobei er mich mit nach oben zog.

Meine nasse Jeans und mein Höschen ließen sich noch schwerer ausziehen und wir fluchten derweil ununterbrochen. Mit Nashs Hose machten wir uns nicht die Mühe und öffneten nur den armen, überdehnten Reißverschluss. Dann stieß ich ihn praktisch zurück auf die Felsen.

„Also, wo waren wir...", murmelte ich und spreizte die Beine über ihm.

Meine Stimme brach, als ich hinuntersank und ihn tief in mir aufnahm. Er glitt mit den Händen über meinen Hintern zu meiner Hüfte und dann zu meinen Knien, um mich enger an sich zu ziehen. Ich schrie bei der perfekten, durchdringenden Hitze auf.

„Ich hab dich", raunte er und hielt mich fest. „Ich hab dich."

Ohne nachzudenken, und einfach vertrauensvoll, lehnte ich mich zurück und schrie erneut auf.

Er stöhnte meinen Namen und stieß noch tiefer zu. Und tiefer...

Draußen zuckten Blitze und der Wind heulte auf. Aber der Sturm draußen wurde von dem Sturm hier drinnen an den Rand meiner Sinne gedrängt.

Ha. Nimm das, Harlon. Ich stellte mir vor, wie sich mein innerer Blitz mit seinem kreuzte und ihn in einem Funkenregen überwältigte. Ich stellte mir vor, wie meine eigenen orkanartigen Winde seine erbärmlichen kleinen Böen vertrieben. All seine Kräfte zogen sich zurück, zumindest in meiner Vorstellung. Ich hatte mich noch nie so mächtig und besessen gefühlt.

Ich ritt Nash härter und schneller und keuchte seinen Namen. Es war weder schön noch poetisch, aber verdammt, war es gut. Unsere Bewegungen wurden ruckartiger und meine Sicht verschwamm, bis die Flammen unseres Feuers mit der Farbe der Höhlenwände verschmolzen.

„Ja... ", keuchte ich kurz vor meinem Höhepunkt.

Nashs Beine, Brust, Arme – jeder Kontaktpunkt war steinhart und glühend heiß. Er knirschte mit den Zähnen und lehnte sich zurück, um unseren Winkel noch einmal zu verändern. Als er zuckte, stockte mir der Atem, um dann in einem langen, befriedigten Stöhnen zu entweichen.

Wir verharrten eine lange Zeit so in unserem sinnlichen Dunst. Dann zog mich Nash näher an sich und ich sackte in einer engen Umarmung über ihm zusammen.

Ich wagte nicht, zu sprechen, denn ich wusste nicht, was ich sagen sollte. Ich hielt ihn einfach nur fest, atmete seinen Duft und genoss seine Wärme. Noch vor Kurzem hatten wir an der Schwelle des Todes gestanden. Jetzt standen wir am Himmelstor und ich hatte es nicht eilig, wieder zu gehen.

Kapitel 25

ERIN

Unsere – ähm, Aktivitäten – verursachten etwas, nun, Sauerei. Wir säuberten uns, so gut es ging, und kuschelten uns dann aneinander, während wir darauf warteten, dass der Sturm nachließ. In der nächsten Stunde fragte ich mich, ob er es jemals tun würde. Aber nach einem langwierigen Ringen brach die Sonne endlich durch die Wolken und das Licht fiel in langen, hellen Strahlen auf uns herab. Die felsige, rote Landschaft war noch nie so spektakulär gewesen – nicht, dass wir die Zeit gehabt hätten, sie zu bewundern. Sobald es sicher schien, hinauszugehen, machten wir uns auf den Weg zurück zum Ballon und meldeten uns über Funk.

„Desert Skies One! Ich bin so froh, von euch zu hören!", rief Chico, der einen Sekundenbruchteil nach unserer Kontaktaufnahme antwortete. Der Mann war wirklich ein Juwel.

Er hatte Madden und die Gäste im Büro abgesetzt und war dann wieder in den Sturm hinausgefahren, um uns zu suchen, während er die ganze Zeit das Funkgerät eingeschaltet behielt. Nachdem wir Kontakt aufgenommen hatten, manövrierte er den Transporter über unwegsames Gelände, um uns zu erreichen. Ich war dafür, den Ballon sofort aus der Senke zu holen, aber Chico und Nash bestanden darauf, dass er warten konnte, und wir fuhren stattdessen direkt zurück in die Stadt.

Der Sturm hatte auch dort für Chaos gesorgt, aber das hielt eine Gruppe von Polizisten nicht davon ab, nach einem Notruf über einen außer Kontrolle geratenen Heißluftballon bei uns im Büro aufzutauchen. Die Presse war ihnen dicht auf den Fersen und wir absolvierten auf dem Weg ins Büro einen wahren Spießrutenlauf durch Kameras und Mikrofone.

Ich machte mich auf das Schlimmste gefasst. *Was zum Teufel haben Sie sich dabei gedacht, an einem Tag wie heute in die Luft zu gehen? Oder wie fühlen Sie sich, wenn Sie sich von Ihrer Lizenz verabschieden müssen?*

Aber ihr Ton war ein ganz anderer und ich blinzelte überrascht.

„Miss Sattler, Miss Sattler! Wie fühlen Sie sich, nachdem Sie heute so viele Leben gerettet haben?"

„Hatten Sie Angst, zu sterben, Miss Sattler, oder sind Sie so mutig, wie alle sagen?"

Ich starrte sie an. Was?

Offenbar hatte Madden versucht, sich als Held darzustellen, aber Chico, John und die Gäste hatten die Sache klargestellt. Anstatt sich in der Aufmerksamkeit zu sonnen, saß er zusammengesunken auf einem Stuhl im Hinterzimmer, umgeben von Beamten, die sich ausgiebig Notizen machten.

Die Polizei trennte Nash und mich zum Verhör. Aber da Chico, John und die Gäste bereits ausgesagt hatten, waren die Polizisten geduldig – sogar freundlich – zu mir und der ranghöchste Beamte beendete die Befragung mit einem Lächeln.

„Fliegen ist nicht mein Ding, aber wenn ich es doch jemals versuche, werde ich sicherstellen, dass Sie meine Pilotin sind", sagte er.

Also, uff. Vielleicht musste ich doch nicht befürchten, meine Lizenz zu verlieren.

Gott sei Dank waren die Gäste nicht der Typ für soziale Medien. Bis sie endlich auf die Idee gekommen waren, ihre Handys zu zücken, um die Action zu filmen, war der Ballon bereits weit weggeblasen worden. Das war auch gut so, denn ich wollte wirklich nicht als die Pilotin bekannt werden, die leichtsinnig in einen Sturm flog – oder die das Besatzungsmitglied, das an einem Seil unter ihr baumelte, nicht bemerkt hatte.

Die Polizei lud mich sogar zu Kaffee und Donuts ein, als sie mit ihrem Verhör fertig waren.

„Süß von ihnen, was?" John grinste.

Zu hungrig, um über das Wortspiel zu schnaufen, stopfte ich mir den Mund mit Leckereien voll.

Endlich durften wir gehen – doch damit waren wir der draußen versammelten Presse ausgeliefert.

„Miss Sattler! Miss Sattler!", riefen sie alle und buhlten um meine Aufmerksamkeit.

Ich schaute nach oben und ignorierte sie. Die Sonne schien und der Himmel war blau, als wäre nichts geschehen.

Dann stellten sich meine Nackenhaare auf und ich musterte die Menge. Dutzende von Menschen hatten sich inzwischen versammelt – nicht nur die Presse, sondern auch Gaffer, die von dem Aufruhr angezogen wurden. Eine ältere Dame mit ihren Einkäufen... ein verschwitzter Typ aus dem nahe gelegenen Fitnessstudio... ein paar Touristen mit Sonnenbrand...

Ich erstarrte. Harlon stand völlig lässig ganz hinten in der Menge.

Gott, was für eine Frechheit. Ich stemmte die Hände an die Hüfte und funkelte ihn an.

Nash musste meinem Blick gefolgt sein, denn auch er verspannte sich.

„Die Meteorologen sagen, der Sturm kam völlig unerwartet", sagte einer der Reporter. „Hat er Sie unvorbereitet erwischt?"

Ich hielt meinen Blick fest auf Harlon gerichtet. „Jeder gute Pilot weiß, dass man stets mit dem Unerwarteten rechnen muss."

Die Mundwinkel des Hexenmeisters zuckten.

„In den zwei Stunden ohne Kontakt haben viele angenommen, Sie seien tot", bemerkte ein anderer Reporter.

Ich schnaubte in Harlons Richtung. „Nun, ich schätze, ich bin nicht so leicht zu töten."

Angelina stand neben ihm und ihr finsterer Blick vertiefte sich.

„Nach allem, was wir gehört haben, hätten Sie sich mit einem Sprung aus dem Ballon in Sicherheit bringen können. Warum haben Sie es nicht getan?"

Darüber dachte ich nach. „Mein Vater hat mir beigebracht, nicht aufzugeben und für die Dinge zu kämpfen, die mir etwas bedeuten."

Der Hexenmeister grinste offen und hob seine Hände zu einem stummen Applaus.

Mein Blick blieb starr. *Nicht witzig, Arschloch.*

Angelina beugte sich in Kussdistanz zu Harlon und flüsterte etwas.

Jemand drängelte sich durch die Menge und versperrte mir die Sicht auf die beiden. Einen Moment später waren sie verschwunden.

Gut, dass wir die los sind, entschied ich, obwohl ich wusste, dass es nur vorübergehend war.

∞∞∞∞

Es dauerte eine Weile, aber schließlich entkamen Nash und ich der Menge und fuhren nach Hause. Es war auf jeden Fall Zeit für eine Besprechung. Ich hatte meinen Schwestern bereits eine SMS geschickt und Nashs Kontaktmann aus der Agentur rief gerade zurück.

„Hey, Mann. Was hast du herausgefunden?", fragte Nash.

Ich hörte mit, wobei ich nur Nashs Seite des Gesprächs mitbekam. Sein Gesichtsausdruck füllte die unheilvollen Pausen und verriet mir, dass die Nachrichten nicht gut waren.

„Sie hat was getan?", brüllte er.

Ich berührte seinen Arm. *Sie* – Angelina? Und verdammt. Was hatte sie getan?

Nash starrte auf die Straße und hörte immer noch seinem Freund zu. Dann seufzte er. „Wie kann es noch schlimmer werden?"

Ich zuckte zusammen. Wir hatten an einem halben Tag so viel Schlimmes erlebt, dass es für ein ganzes Jahr ausreichte. Was denn jetzt noch?

Nash zog seine Stirn tiefer in Falten. Ich hatte ihn noch nie so fassungslos gesehen.

Dann schüttelte er sich ein wenig und sagte: „Ja, ich bin noch dran."

Ich hielt langsam an und das nicht nur, weil wir kurz davor waren, das Handysignal zu verlieren.

Nash fuhr sich mit der Hand durch die Haare und mir fiel auf, wie abrupt er wieder diesen hohlen, erschöpften Blick angenommen hatte, der seit seiner Ankunft in der Stadt in seinen Augen geschienen hatte. In den letzten Tagen war er langsam... nun ja, *aufgeweckter* geworden. Aufgeweckt passte nicht ganz, aber es war nah dran. Als wäre er ein wenig verloren nach Sedona gekommen, hätte jedoch allmählich das gefunden, wonach er gesucht hatte.

Er begegnete meinem Blick und wow. Ich bekam eine Wiederholung dieses herrlichen Moments, in dem die Sonne durch die Wolken brach und das alles im Universum seiner Augen. Das dunkle, unergründliche *Etwas* wich und winzige Lichtpunkte tanzten. Sie tanzten den ganzen Weg zu mir hinüber und bewegten meine Seele.

Schicksal, flüsterte eine Stimme in meinem Hinterkopf.

Natürlich hatte ich die Geschichten gehört. Dass das Schicksal nicht nur ein Konzept war, sondern eine Kraft. Eine, die die Macht hatte, Leute zusammenzubringen – oder sie auseinanderzureißen. Und wenn sich das Schicksal erst einmal für eine dieser beiden Möglichkeiten entschieden hatte, war es sinnlos, sich dagegen zu wehren.

Altweibergeschichten? Vielleicht nicht, denn mein ganzer Körper wurde warm. Langsam und dümmlich überschlugen sich meine Gedanken.

Nash... Ich... Schicksal?

Schicksal, das Glühen in seinen Augen bestätigte es.

Das Handy knisterte mit einer fernen Stimme, so dass Nash blinzelte. Ich auch, als wir beide aus dem kurzen Bann erwachten. Dann räusperte er sich und sprach in den Hörer. „Ich stelle dich auf Lautsprecher. Wiederhole, was du gerade gesagt hast."

„Ähm, Nash...", sagte sein Freund zögerlich und jetzt laut und deutlich.

„Du kannst ihr vertrauen", versicherte Nash ihm.

Die Größe meines Herzens verdoppelte sich, aber sein Freund klang nicht so überzeugt.

„Okay, aber nenn mich Frank", beharrte sein Freund.

Ha. Ein Codename. Aber ich konnte es ihm nicht verübeln.

Nash rollte mit den Augen. „Okay, *Frank*. Wiederhole, was du gerade gesagt hast."

Doch „Frank" zögerte.

„Es ist in Ordnung", versicherte Nash ihm. „Sie und ich stecken gemeinsam da drin."

Mein Herz klopfte wie wild. Ja, das taten wir. In jeder möglichen Hinsicht, im Guten wie im Schlechten.

Frank schnaubte. „Ha. Und was ist mit *Drachengestaltwandler arbeiten allein* passiert?"

Ich starrte Nash an. Drachengestaltwandler?

Er rutschte auf seinem Sitz herum.

Hitze stieg in meinen Wangen auf. Gerade als ich dachte, ich könnte ihm vertrauen...

„Du hast Wolf gesagt", zischte ich.

Nash streckte die Hände hoch. „Du hast Wolf *angenommen*."

Beinahe hätte ich es abgestritten, aber als ich das Gespräch im Kopf noch einmal durchging, stellte ich fest, dass er recht hatte.

„Es ist dir nicht in den Sinn gekommen, mich zu korrigieren?", zischte ich.

Nash zuckte zusammen.

„Wenn ihr beide zu beschäftigt seid, um jetzt zu reden... ", schaltete sich Frank ein.

Nash runzelte die Stirn und griff zu seinem Lieblingstrick – das Thema zu wechseln.

„Entschuldige. Wiederhole noch einmal, was du mir gerade über Angelina erzählt hast."

Ich warf ihm einen bösen Blick zu. Musste ich wirklich noch mehr von seiner Ex, der Vampirin, hören?

Er musste *wirklich* etwas Taktgefühl lernen.

„Schieß los", beharrte Nash, als sein Freund zögerte. „Wir haben nicht viel Zeit."

Nein, hatten wir nicht, denn ich musste ihm in den bedauernswerten Arsch treten, ihn am Bordstein absetzen und wegfahren.

Frank zögerte, stoppte und sprach schließlich. „Angelina ist nicht mehr bei der Agentur, aber sie hat mit der obersten Leitung Kontakt aufgenommen. Um sie zu warnen – vor dir, Nash. Sie sagt, du seist durchgedreht. Du seist eine Gefahr für die Gesellschaft und für die Agentur. Sie sagt, dass du unschuldige Leute belästigst und übernatürliche Wesen provozierst, darunter auch den Klasse-vier-Hexenmeister dort oben."

Meine Kinnlade blieb offenstehen. Was?

Nash mochte der taktloseste, nervigste Wolfs – ähm, Drachen – Gestaltwandler der Welt sein, aber Harlon war derjenige, der provoziert hatte.

Nash schnaufte. „Unschuldige Leute wie Angelina?"

Frank stieß einen ebenso frustrierten Laut aus. „Du und ich, wir wissen beide, dass sie toxisch ist, aber wenn ihr Wort gegen deins steht... " Nach einer bedrohlich langen Pause fuhr er fort. „Sie ließ dich so durchgeknallt klingen, dass sie ein Team zusammenstellen, um dich zu jagen."

Ich starrte ihn an. Diese unheimliche, geheimnisvolle Agentur schickte ein Team nach Sedona – um Nash zu schnappen?

„Das ist doch lächerlich!", bellte ich.

In der Leitung wurde es still. Ups. Frank war vielleicht bereit, seinen Job zu riskieren, um Nash zu helfen, aber Insiderinformationen mit mir zu teilen, brachte ihn offensichtlich an seine Grenzen.

Nash seufzte, dann winkte er zum Telefon. „Frank, das ist Erin."

„Erin, was?" Und wieder zögerte er. Warum? Einen Moment später fuhr er fort. „Ähm... schön, dich kennenzulernen?"

Ich lachte, obwohl nicht viel Belustigung darin steckte. „Schön, dich kennenzulernen – wenn du einer der Guten bist."

Frank holte tief Luft. „Das würde ich gern glauben, aber manchmal zweifle ich daran."

Mir gefiel, wie er klang. Dinge infrage zu stellen, war immer ein gutes Zeichen.

Nash hingegen hatte verdammt viel zu erklären.

Ein paar Sekunden verstrichen schweigend. Dann fluchte Frank über irgendein Geräusch an seinem Ende der Leitung.

„Ich muss los. Ich werde tun, was ich kann, aber das wird möglicherweise nicht viel sein. Wenn ein so schwerer Zug wie dieser erst einmal in Bewegung ist… “

Nash blies die Wangen auf und fügte den Rest hinzu: „… kann man ihn nicht mehr stoppen. Ich verstehe schon. Danke. “

„Pass auf dich auf, Mann“, mahnte Frank.

Nash nickte langsam. „Ja. Du auch. “

Kapitel 26

NASH

In dem Moment, als ich auflegte, kreischte Erin.

„Drachengestaltwandler? Du bist ein gottverdammter Drachengestaltwandler?“

Ich fuhr mir mit der Hand durch die Haare. Gerade als ich dachte, es könnte nicht noch schlimmer kommen...

„Ja. Es tut mir leid. Es ist nur...“ Ich gab auf und zeigte auf die Straße. „Können wir einfach weiterfahren?“

Erin funkelte mich an. „Du lenkst vom Thema ab.“

Ich versuchte es, ja. Obwohl ich es lieber anders ausdrücken würde. „Ich konzentriere mich auf das, was relevant ist.“

„Drachengestaltwandler zu sein, ist nicht relevant? Wir haben miteinander geschlafen, verdammt noch mal!“

Gut, dass „Frank“ – alias Ingo – nicht mehr am Telefon war.

Ich zeigte auf die Straße. „Fahr einfach los. Wir können unterwegs darüber reden.“

Sie schaute mich mit zusammengekniffenen Augen an. „Oder auch nicht. Was, wenn ich beschließe, dich hier zurückzulassen?“

Würde es helfen, darauf hinzuweisen, dass ich wegfliegen könnte? Wahrscheinlich nicht. Ich spitzte die Lippen und wartete, während Erin mich böse anfunkelte. Ja, sie hatte jedes Recht wütend zu sein. Und ja, ich hatte es verdient. Aber wir hatten es mit einem Hexenmeister und einer Vampirin zu tun...

Erin schnaufte und raste die Straße hinunter, wobei der Kies nur so flog.

Schon witzig, wie ein Auto manchmal für seinen Besitzer sprechen konnte.

„Meine Mutter ist eine Drachengestaltwandlerin", murmelte sie, als würde das irgendetwas erklären.

„Und?", fragte ich so sanft, wie ich konnte.

Ihr trockenes Lachen erschreckte mich. „Sie hat mich fünf Wochen nach meiner Geburt mit meinem Vater zurückgelassen. Fünf Wochen! Nicht, dass mein Vater nicht großartig wäre – das ist er", beeilte sie sich, hinzuzufügen. „Aber im Ernst, welche Frau lässt ihr eigenes Kind einfach so im Stich? Mit meinen Schwestern hat sie es auch gemacht." Sie verzog das Gesicht. „Abby war die Glückliche – oder die Unglückliche. Angeblich hat Mom fast zwei Monate für sie durchgehalten. Nicht, dass es am Ende viel geholfen hätte", fügte sie bedauernd hinzu.

„Meine Mutter ist eine Drachengestaltwandlerin und sie ist dageblieben", betonte ich. „Verdammt, sie ruft immer noch an, um sich zu vergewissern, dass ich mein Gemüse esse."

Erin schnaubte. „Du Glückspilz."

„Ich sage ja nur, dass deine Erfahrung nicht auf alle Drachengestaltwandler zutrifft."

„Das weiß ich", schnauzte sie. „Ich spreche von Lügnern. Sie hat meinen Dad angelogen, dass sie nur eben spazieren geht, aber sie ist nie zurückgekommen." Erin funkelte mich an. „Sie hat gelogen. *Du* hast gelogen."

Ich riss meine Hände hoch. „Das sind zwei völlig verschiedene Dinge."

Erin schnaufte. „Für dich vielleicht."

Wir ratterten so heftig über ein Stück Schotterstraße, dass ich mich festhalten musste – eine Hand auf dem Armaturenbrett, eine am Dach.

„Welche Geheimnisse hast du sonst noch?", forderte Erin, als wir auf eine ebenere Straße fuhren.

„Keine Geheimnisse. Nur ein schlechtes Urteilsvermögen. Es tut mir leid."

Sie schnaufte, dann schlug sie gegen das Lenkrad. „Und was zum Teufel ist ein Klasse-vier-Hexenmeister?"

Jetzt war sie diejenige, die das Thema wechselte. Mann-o-Mann. Was für ein detailorientierter Verstand. Ein Verstand, den ich liebte, wie den Rest von ihr.

Du gibst es also endlich zu, gluckste mein Drache. *Du liebst sie.*

Nein, ich war noch nicht bereit, das zuzugeben – jedenfalls nicht laut –, aber ich war auf dem besten Weg dahin.

„Die Agentur teilt Hexen und Hexenmeister in fünf Klassen ein", erklärte ich. „Klasse eins ist die mächtigste."

Sie riss den Kopf herum. „Es gibt Hexenmeister, die mächtiger sind als Harlon?"

„Vielleicht eine Handvoll, aber ich bin noch keinem begegnet. Harlon ist mindestens eine Zwei."

„Warum haben sie ihn dann eine Vier genannt?"

„Um ihn harmlos erscheinen zu lassen, besonders gegen einen Drachen auf Raubzug."

Sie schnaufte. „Du warst nicht auf Raubzug."

Wenigstens gestand sie mir das zu.

Ich seufzte und versuchte, zu verstehen, wie ich in diesen Schlamassel geraten war. Ich war nach Sedona gekommen, um einen klaren Kopf zu kriegen, nicht um mich zu streiten – und schon gar nicht mit Erin.

Und Mann. Was für eine Ironie. Gerade als ich das Gefühl hatte, ins Leben zurückgekehrt zu sein, drohte mir der Tod durch Harlon, Angelina oder das Killerkommando der Agentur.

Ich schluckte. Was mit mir geschah, spielte keine Rolle. Nichts zählte, außer Erin aus diesem Schlamassel herauszuholen.

Wir fuhren schweigend weiter, jeder in seine eigenen Gedanken versunken. Dann ratterten wir über ein Viehgitter und ich schaute auf. Wir waren fast an der Ranch.

„Ich schätze, du wirfst mich nicht raus?", wagte ich es.

„Noch nicht", schnaufte Erin und bog um die letzte Kurve.

∞∞∞∞

Eine kurze Zeit später kauerte Erin mit ihren Schwestern auf der Veranda des Haupthauses. Claire war in Sichtweite, konnte aber nichts hören, und bürstete eines der Pferde, das mit dem Schweif schnippte. Erin hatte mich nicht hereingebeten, aber sie hatte mich auch nicht verbannt, also blieb ich im Niemandsland der Treppe.

„Also was jetzt?", fragte Pippa, nachdem Erin sie beide aufgeklärt hatte.

„Ich wusste, dass er Ärger bedeutet", schnaufte Abby und schaute mich an. Mich!

Erin schüttelte den Kopf. „Das ist nicht Nashs Schuld."

Sie sagte es zähneknirschend, als müsste ich mich ihr gegenüber immer noch beweisen. Und, verdammt. Vielleicht musste ich es.

„Er hat Harlon nicht hierhergebracht", schloss Erin. „Harlon ist von ganz allein gekommen."

Ich schaute auf meine Füße. Das stimmte, aber was war mit Angelina? War es reiner Zufall, ihr hier draußen zu begegnen?

Kein Zufall. Es ist Schicksal, brummte mein Drache und das nicht auf eine gute Art.

Ich konnte mir keinen Reim darauf machen. Warum sollte das Schicksal dafür sorgen, dass sich so viele verschiedene Leben hier kreuzten? Wer war dazu verdammt, zu scheitern, und wer würde sich durchsetzen?

Abby warf einen grimmigen *Mamabär*-Blick in die Richtung der kleinen Claire. „Verdammter Harlon. Ich habe ihn noch nicht einmal kennengelernt und hasse ihn jetzt schon."

Abby schien alle Männer zu hassen, das hieß also nicht viel. Aber in diesem Fall stimmte ich ihr zu.

„Glaubst du, sie können uns hier tatsächlich finden?", fragte Pippa.

Erin zuckte mit den Schultern und schaute mich an.

Ich rieb mir das Kinn. Der Zugang zur Ranch war durch einen Zauber verschwommen. Ein sehr alter, mächtiger Zauber, der wahrscheinlich Generationen zurückreichte. Ich hatte mit allen Sinnen auf dem Weg hierher darauf geachtet, die visuellen Hinweise aber trotzdem übersehen.

„Harlon entdeckt den Eingang vielleicht nicht auf Anhieb, aber ich bezweifle, dass der Trick ihn lange täuschen kann."

„Wie hat er von dem Wirbel erfahren?", fragte Pippa.

Erin zuckte mit den Schultern. „Madden hat ihn aus der Luft auf die Ranch hingewiesen, aber ich hatte das Gefühl, dass Harlon bereits vom Wirbel wusste."

„Woher?", forderte Abby.

Eine ausgezeichnete Frage. Schade, dass unsere Nachforschungen nichts darüber ergeben hatten.

„Ich habe keine Ahnung", sagte Erin. „Aber im Moment müssen wir uns einen Plan ausdenken. Was werden Harlon und Angelina wohl als Nächstes tun und wie können wir uns dagegen wehren?"

Die drei Schwestern waren ratlos und ehrlich gesagt, war ich es auch.

Schließlich seufzte Pippa. „Vielleicht ist es an der Zeit, deinen Vater einzuschalten."

Erins Gesichtsausdruck machte deutlich, dass sie die Idee hasste. „Vielleicht ist es an der Zeit, eure Väter einzuschalten."

Abbys Miene verfinsterte sich, aber sie sagte kein Wort.

Pippa öffnete den Mund, schloss ihn dann aber wieder und zögerte.

„Was?", fragten die beiden anderen.

„Was ist mit Mom?", versuchte Pippa es schließlich.

„Nein!", riefen Erin und Abby gleichzeitig.

Pippa streckte ihre Hände hoch. „Ihr habt recht. Vergesst es. Wir könnten sie wahrscheinlich sowieso nicht ausfindig machen."

Alle drei verstummten und mein Herz zerriss noch ein wenig mehr. Ich hatte meine Familie nie als besonders eng angesehen, aber verdammt. Ich hatte meine Eltern noch nie so sehr geschätzt wie in diesem Moment.

„Vielleicht sollten wir niemanden herbeirufen", entschied Erin. „Einen Drachen oder ein paar Hexenmeister zu holen, könnte die Sache nur eskalieren lassen."

Stimmt, aber ich gehörte eher der *Holt euch so viel Hilfe, wie ihr könnt*-Fraktion an. Ich war nicht in der Lage, Harlon und Angelina allein aufzuhalten, und ich bezweifelte, dass die Schwestern es könnten – egal, wie entschlossen sie waren.

Wieder herrschte Schweigen, das schließlich durch Claires Lachen unterbrochen wurde, als sie Roscoe und dem Pferd einen Witz erzählte.

Einen Moment lang lächelten wir alle. Dann wurden wir wieder ernst, einer nach dem anderen.

„Was ist mit dieser Agentur, die eine Einheit hierhergeschickt hat – die BDSM?", fragte Abby.

ABDKS, brummte mein Drache innerlich.

„Nun, vielleicht ist es eine gute Sache", sagte Pippa. „Ich meine, wenn ein ganzes übernatürliches SWAT-Team hier auftaucht, könnte uns das mit Harlon helfen. Und wir könnten erklären, dass es nicht Nashs Schuld war."

Wenn es nur so einfach wäre.

„Die werden vor morgen früh nicht hier sein", sagte Erin. „Harlon könnte seinen nächsten Zug bis dahin gemacht haben."

„Warum sollte er?", fragte Abby.

Erin runzelte die Stirn. „Wenn du ein Hexenmeister wärst, wie erpicht wärst du dann darauf, auf eine Agentur zu stoßen, die dich im Auge behalten soll?"

„Ein weiterer Grund, meinen Vater nicht einzuschalten – oder deinen", entschied Pippa.

Erin schnaubte. „Sie sind nicht zwielichtig. Harlon schon."

Mit diesen Worten blickte sie über die Ranch und alle wurden still. Es war später Nachmittag und ging auf den Abend und einen weiteren feurigen Sonnenuntergang zu. Schatten krochen bedrohlich über die karge Landschaft und die Luft wurde kälter.

„Ich habe eine andere Idee, aber ich bin mir nicht sicher, ob sie mir gefällt", sagte Pippa schließlich. „Der Wirbel. Könnten wir seine Kraft nutzen, um uns zu schützen?"

Erin schlang die Arme um ihre Mitte und schaute zur Klippe. „Das Einzige, was mir mehr Angst macht als die Vorstellung, dass Harlon ihn benutzen könnte, ist der Versuch, ihn selbst zu benutzen. Und hat Tante Emma uns nicht gewarnt, niemals in seine Nähe zu gehen?"

Pippa und Abby schauten sich an und dann auf den Boden. Ja, diese beiden waren definitiv schon einmal in seine Nähe gegangen.

„Vielleicht war es nur eine dieser Warnungen, die Erwachsene für Kinder aussprechen." Pippa machte Gänsefüßchen in der Luft. „Wie zum Beispiel: *Rauche nicht* oder *Habe keinen Sex.*"

Erin brach in Gelächter aus und auch Abby warf ihr einen verschmitzten Blick zu – nur um einen Augenblick später die Stirn zu runzeln.

„Sex habe ich ziemlich einfach allein auf die Reihe gekriegt", sagte Erin. „Ich bin mir nicht sicher, ob das mit dem Wirbel genauso funktioniert."

Sie schauten sich ausdruckslos an, dann mich, aber ich hatte auch keine Idee.

„Lass mich raten", seufzte Erin. „Das hat die Ausbildung bei der Agentur nicht abgedeckt."

Nein, tatsächlich nicht. So viel ich auch über Hexenmeister gelernt hatte, so wenig hatte es mich auf verführerische Vampire wie Angelina vorbereitet oder darauf, dass ich der Anziehungskraft von Erin erliegen würde. Was einfach nur bewies, dass man manche Dinge auf die harte Tour lernen musste.

Mit Erin würde ich es immer wieder tun, flüsterte mein Drache. *Wieder und wieder, tausendmal.*

So schlimm die Situation auch war, ein Lächeln huschte über meine Lippen.

Ein Pferd wieherte und ein Vogel flog vorbei und glitt über die rot gefärbte Landschaft.

„Was ist mit euren eigenen Kräften?", fragte ich leise.

Pippa lachte. „Welche Kräfte?"

Ich deutete auf sie und dann auf Erin. „Eure Mutter ist ein Drache und eure Väter sind Hexenmeister, nicht wahr?" Als sie beide nickten, wandte ich mich an Abby. „Ist dein Vater auch ein Hexenmeister?"

„Er ist ein selbstverliebter Spinner. Das ist es, was er ist."

Ich riss die Hände hoch und kam schnell zur Sache. „Nun, ich nehme an, er hat auch Magie. Seht her."

Die Schwestern tauschten genervte Blicke aus, als ich eine Schachtel Streichhölzer nahm und eines anzündete. Als ich es in Erins Nähe hielt, neigte sich die Flamme zu ihr, aber sie lachte nur.

„Das ist der Wind."

„Nicht der Wind", beharrte ich. Konnte sie nicht sehen, was ich meinte?

Ich entdeckte ein Windlicht, zündete es an und hielt es hoch. Wieder neigte sich die Flamme in Richtung Erin.

Ich stieß gegen das Glas des Windlichts. „Es ist nicht der Wind. Es liegt an dir."

Das brachte mir einen weiteren *Du bist unerträglich dumm*-Blick ein. „Das Windlicht ist wahrscheinlich schief oder so."

Aber auch wenn ich es drehte, neigte sich die Flamme zu Erin.

„Und wenn ich das hier mache..." Ich schwenkte das Windlicht langsam zwischen Erin und Pippa. Irgendwo in der Mitte schwankte die Flamme ein wenig, unentschlossen, dann zuckte sie zu der Schwester hinüber, die näher war.

Schließlich holte ich tief Luft und streckte sie Abby entgegen. „Erzähl mir von deinem Vater."

„Das geht dich nichts an, verdammt noch mal!", bellte sie.

Wusch! Die kleine Flamme im Windlicht explodierte in wütendem Knistern. Die Funken prallten an den Glasscheiben ab, loderten oben heraus und stürzten auf mich zu. Ich sprang zurück und hielt das Windlicht auf Armeslänge.

„Seht ihr?"

Abby verschränkte die Arme. „Das hast du mit Absicht gemacht."

„Ja." Ich gestikulierte mit dem Windlicht herum. „Versteht ihr es jetzt. Ihr habt Kräfte. Ihr alle. Es ist nur so, dass euch niemand beigebracht hat, wie man sie benutzt."

Erin schüttelte den Kopf. „Nur weil Feuer auf uns reagiert, heißt das nicht, dass wir es kontrollieren können – oder dass wir irgendeine andere Art von Macht haben. Selbst wenn wir sie hätten, ist dies nicht der richtige Zeitpunkt, um damit zu experimentieren."

Ich holte tief Luft und betete, dass die Umstände – oder Harlon – sie nicht dazu zwingen würden.

„Es ist nicht nur Feuer. Du kannst auch den Wind lesen", betonte ich.

Erin verschränkte die Arme. „Wie jeder gute Pilot oder Seemann."

Ich schüttelte den Kopf. Sie tat es auf einem ganz anderen Level.

„Eher wie eine Windflüsterin", murmelte ich. „Jemand, der den Wind kontrollieren kann."

Erin schnaubte. „Ha. Ich könnte höchstens ein paar Vorschläge machen und beten, dass der Wind Lust hat, darauf zu hören."

Ich schüttelte den Kopf. Verdammt, warum hatte ihr Vater ihr nichts über Magie beigebracht?

Mein Drache schnaubte. *Sie ist davon überzeugt, dass sie keine Magie besitzt. Und wenn Erin einmal von etwas überzeugt ist...*

Ich wusste nicht, ob ich lachen oder seufzen sollte.

Ein verärgerter Windstoß fegte über die Wüste und ließ uns alle umdrehen. Erin schlang ihre Arme um ihre Mitte und Pippa schnupperte an der Luft. Ich tat es ebenfalls und war plötzlich in Alarmbereitschaft.

Einen Moment später entspannten wir uns alle. Keine Spur von Harlon, nur der Wind, der durch Salbei und Grasbüschel wehte. Das hielt Abby jedoch nicht davon ab, sich zu Claire zu begeben.

„Komm mit, Schatz. Es wird Zeit, dass Misty zurück in die Scheune geht."

Wir schauten ihnen nach und blickten dabei halb in den Himmel. Gleichzeitig musterte ich die Schwestern. War ihnen überhaupt klar, dass sie den Wind testeten, so wie ich es tat? Wahrscheinlich nicht, aber ich war mir sicher, dass sich darin ihr Drachengestaltwandlerblut zeigte.

Wenn diese Schwestern ihre Kraft nutzen würden, anstatt sie zu verleugnen... überlegte mein Drache.

Nimm dich in Acht, Harlon, stimmte ich zu. Doch das war ein großes *Wenn*.

„Und wenn wir bluffen und Harlon sagen, dass wir verkaufen?", fragte Pippa. „Das würde uns Zeit verschaffen."

Erin dachte darüber nach und schüttelte dann den Kopf. „Es würde die Agentur nicht davon abhalten, morgen herzukommen."

„Und?" Dann warf Pippa mir einen entschuldigenden Blick zu. „Oh. Du würdest trotzdem Ärger bekommen." Sie überlegte kurz, dann strahlte sie. „Aber nicht, wenn du verschwindest, bevor sie hier ankommen."

Ich schluckte. Wie könnte ich Erin in so einem Moment allein lassen? Wie könnte ich irgendeine von ihnen allein lassen?

Zu meiner Überraschung sprach Erin, bevor ich es tat. Sie bellte regelrecht.

„Nash bleibt hier." Die Röte in ihren Wangen verstärkte sich und sie räusperte sich. „Ich meine, für den Fall, dass wir seine Hilfe brauchen. Ich meine, wenn er bereit ist, zu bleiben. Ich meine... "

Sie will nicht, dass wir gehen, jubelte mein Drache leise.

Weil ihre Familie in Gefahr schwebt, erklärte ich ihm.

Und aus anderen Gründen, brummte mein Drache.

Unsere Blicke begegneten sich und das Leuchten in ihren Augen bestätigte diese *anderen Gründe*. Meine Brust schwoll an und für die nächsten paar Herzschlagschläge fühlte ich nur Frieden und Hoffnung.

Eine ziemlich gute Definition für Liebe, dachte ich und riskierte ein kleines Grinsen.

Auch Erins Lippen zuckten. Also, puh. Es ging nicht nur mir so.

Aber es ging ja auch nicht nur um uns beide. Pippa war ebenfalls da und musterte uns mit verschmitztem Blick.

Ich riss meinen Blick von Erin los und murmelte in meinem grimmigsten *Geheimagenten*-Ton: „Ich bleibe gern und helfe."

„Gut. Großartig. Danke", sagte Erin immer noch aufgewühlt.

Pippa grinste unverhohlen. „Also gut. Wir brauchen aber trotzdem einen Plan. Hat jemand eine Idee?"

Kapitel 27

NASH

Ich verbrachte die Nacht in Drachengestalt auf einer Klippe, um über die Ranch zu wachen. Meine Lederhaut war das Äquivalent einer Bomberjacke, aber mir war trotzdem kalt. Ich bewegte mich von einem Fuß auf den anderen – ähm, von einer Klaue zur anderen – und wünschte mir halb, ich wäre ein einfältiger Bärengestaltwandler anstelle eines Drachen. Alle fünfzehn Minuten oder so hob ich in den Himmel ab und behielt die Dinge von dort aus im Auge. Die Bewegung hielt mich... nun, nicht gerade warm, aber wärmer und vor allem wachsam.

Ein Teil von mir sehnte sich danach, wieder in die Wärme von Erins Dachboden zu kriechen – und in ihre Arme. Es wäre schon ein guter Anfang, wenn ich wieder einen Punkt erreichen würde, an dem sie nicht mehr wütend war.

Ich spitzte meine langen, dreieckigen Ohren nach vorn und schnupperte mit der Nase an der Luft. Ein Dutzend Sternbilder hielten mit mir Ausschau und ich flog in langen Kreisen, um jeden Zentimeter des Bodens zu studieren. Die Wüste war ein hügliger Teppich, der sich immer weiter ausdehnte und hier und da von Tafelbergen unterbrochen wurde, die groß genug waren, um ein Einkaufszentrum darin unterzubringen – obwohl das noch niemand versucht hatte... noch nicht. Die blendenden Lichter von Sedona waren mehr als genug Bebauung, wenn man mich fragte.

Ich bog in eine Kurve und konzentrierte mich auf die Ranch... auf den geschwungenen, von riesigen Pappeln gesäumten Bach… die lange, staubige Straße…

Ab und zu ging im Haupthaus ein Licht an und wieder aus und erinnerte mich daran, warum ich hier war.

Erin, brummte mein Drache.

Mein Herz schlug höher – so sehr, dass ich mich mit einem tiefen Atemzug beruhigen musste.

Erin war der Unterschied zu den Dutzenden von Nachtwachen, die ich in meiner Zeit bei der Agentur und bei den Marines gehalten hatte. Erin – und ihre Schwestern und ihre Nichte – machten dies zu so viel mehr als einem x-beliebigen Job.

Schicksal, flüsterte mein Drache.

Ja. Ja, das war es – eine Reihe von Ereignissen, die von einer geheimnisvollen, schelmischen Kraft zusammengefügt wurden. Erst locker, dann immer fester, bis die Stränge eine Schlinge bildeten, die bedrohlich vor mir baumelte.

Rauchschwaden stiegen aus meinen Nasenlöchern und meine Kehle brannte mit Feuer. Feuer, das ich gern auf einen Feind gerichtet hätte, wenn nur einer erscheinen würde.

Aber es gab keine Anzeichen für Harlons leise, schleichende Magie oder die geruchlose Leere, die Angelinas Platz in der Welt markierte. Nur eine friedliche Welt und eine schlummernde Ranch – vorerst.

Nach drei langen, ausladenden Runden glitt ich zurück zur Klippe, streckte die Krallen aus und setzte mit einem dumpfen Aufprall zur Landung an. Dann faltete ich meine Flügel fest zusammen und schlug mit jeder Sekunde mit dem Schwanz. Ironischerweise hatten wir am nächsten Morgen frei, aber keiner von uns würde ausschlafen.

Eine Stunde verging, dann noch eine und noch eine, bis die Sterne im ersten Licht der Morgendämmerung untergingen. Die Berge im Osten waren eine dunkle Wand, aber dahinter färbte sich der Himmel langsam golden. Dann erstarrte ich bei einer Bewegung unter mir.

Einen Augenblick später entspannte ich mich wieder. Es war Erin, die schweigend vom Haupthaus, wo sie und ihre Schwestern sich für die Nacht verschanzt hatten, zu ihrer Hütte ging. Auf halbem Weg durch das Gestrüpp blieb sie stehen, drehte sich um und musterte die Klippen.

Mein Herz klopfte. War sie auf der Suche nach Gefahr oder auf der Suche nach mir?

Guten Morgen, meine Gefährtin, murmelte mein Drache wehmütig.

Mein Puls beschleunigte sich, als sie mich entdeckte und innehielt. Die kühle Brise, die meinen Rücken frösteln ließ, wurde warm. Und ich hätte schwören können, dass alle Vögel in Arizona zu singen begannen.

Doch dann verdüsterte sich ihre Miene und meine Stimmung sank.

Meine Mutter hat gelogen. Du hast gelogen, hatte sie gesagt.

Erin drehte sich zügig um, ging weiter und verschwand in ihrem Haus.

Ich ließ die Flügel sinken und fand mich mit meinem einsamen Schicksal ab. Was nicht schwer sein sollte, wenn man bedachte, wie oft ich in den letzten Monaten resigniert hatte.

Ein bitterer Geschmack füllte meinen Mund, denn mein altes Ich hätte nicht so leicht aufgegeben.

Und einfach so zerplatzte etwas in mir. Ich erhob mich in die Luft, als eine innere Stimme brüllte:

Genug des Aufgebens. Genug des Nachgebens. Genug davon, ein Schatten dessen zu sein, was du einmal warst.

Ich flog mit halsbrecherischer Geschwindigkeit und versuchte, die dumpfe Wolke, die stets über mir hing, abzuschütteln. Dann legte ich meine Ohren flach an den Kopf und stürzte los. Ich benutzte den Fußweg als Landebahn und landete mit ein paar lauten Schlägen, bereit zu brüllen. Gegen Angelina. Gegen das Schicksal. Gegen alles, was Erin von mir fernhielt.

Sie öffnete das Fliegengitter mit einem Knarren und ich erstarrte. Zuerst zögerlich, dann etwas mutiger, schritt Erin über die Veranda und auf die oberste Stufe. Den Blick hatte sie auf mich gerichtet.

Schwaden meines Atems stiegen aus meinen Nasenlöchern auf und ich schluckte.

Du hast mich angelogen, stellte ich mir vor, würde sie schreien. *Du hast mich in dem Glauben gelassen, dass du ein Wolfs-*

gestaltwandler bist. Und jetzt stehst du schnaufend und keuchend vor meiner Hütte. Wie kannst du es wagen?

Ich hielt den Atem an und bereitete mich auf ihre verbale Attacke vor.

Sie öffnete den Mund, schloss ihn dann wieder und stieß schließlich einen müden Seufzer aus.

„Guten Morgen."

Ich streckte langsam den Hals und machte eine kleine Verbeugung als Antwort. Eine bessere Alternative, als mit meiner Drachenstimme *Guten Morgen* zu brüllen.

Sie neigte den Kopf zur Seite. „Warst du die ganze Nacht wach?"

Ich zuckte in einem Drachenschulterzucken mit den Flügeln. *Ja, war ich.*

Was ist mit dir? wollte ich fragen. *Warst du auch die ganze Zeit Nacht wach?*

Sie musste das Wesentliche verstanden haben, denn sie gähnte. „Außer Roscoe und Claire bin ich mir nicht sicher, ob irgendjemand letzte Nacht viel Schlaf bekommen hat."

Wir standen für eine weitere lange, stille Minute da und starrten einander an. Dann bewegte sie sich. Oder – ups. Ich war derjenige, der sich bewegte, indem ich unbewusst meinen Hals zu ihr ausstreckte.

Sie machte große Augen, blieb aber standhaft.

Ein heißer Lufthauch entwich meiner Nase und ich zuckte zusammen, weil ich Angst hatte, sie zu erschrecken.

Es tut mir leid, flehte ich sie an, zu verstehen. *Es tut mir leid, dass ich es dir nicht früher gesagt habe. Mir tun so viele Dinge leid.*

Ich verfluchte mich selbst, denn warum sollte sie mir verzeihen? Nicht nur wegen der Drachensache, sondern wegen so vielem mehr. Weil ich mich verschlossen hatte. Für meine Vergangenheit. Und am schlimmsten war, dass ich mich mit Angelina eingelassen hatte.

Ich ließ die Flügel sinken.

Aber anstatt mich zurückzuweisen, hob Erin langsam ihre Hand mit der Handfläche nach oben und streckte sie aus, als wollte sie einen Hund begrüßen.

Nicht das beste Bild für mein Ego, aber ich wollte nicht pingelig sein. Ich streckte mich noch ein wenig mehr und fluchte dann. Ich hatte mich verschätzt und war ein paar Zentimeter zu weit von der Veranda entfernt stehen geblieben. Wenn ich mir nicht gerade einen Wirbel ausrenkte, würde ich ihre Hand auf keinen Fall erreichen. Ich rückte ein kleines Stück näher und fluchte leise. Drachen waren dafür gemacht, anmutig durch die Luft zu gleiten, nicht über den Boden zu watscheln. Ganz sicher *nicht* der Look, den ich anstrebte.

Aber auch Erin kam näher und einen Moment später berührte meine Schnauze ihre Hand.

„Oh", rief sie bei meinem warmen Atem aus. Langsam umschloss sie mein Kinn mit beiden Händen und murmelte. „Ein Drache, was?"

Ich schluckte. Ja. Ja, das war ich. Und es tat mir wirklich, wirklich leid.

Nicht, dass ich auch nur ein einziges Wort herausbekommen hätte.

Erin rieb mit ihrem Daumen über meine zähe, bronzene Haut und murmelte dann: „Wow."

Ich hielt die Luft an. Bedeutete das, dass sie mich nicht hasste?

Mein inneres Biest seufzte verträumt. Drachen wurden nicht oft geknuddelt. Normalerweise wollten wir es auch nicht. Aber jetzt... Ich senkte die Augenlider halb und mein Herzschlag verlangsamte sich ein wenig. Als Erin über die harten Platten meiner Wangen strich und dann meine Stirn kraulte, hätte ich fast geschnurrt.

Oder vielleicht schnurrte ich auch. Es war schwer, zu sagen, während der Chor der Engel in meinem Kopf fröhlich sang.

Meine Gedanken wurden zu Fantasien. Erin, die meinen Drachenhals umarmte. Oder besser noch, der Drache Erin, der seinen Hals um meinen schlang. Noch besser wäre es, wenn sie ihre Flügel in einer intimen Drachenbewegung über meine stülpen würde...

„Wow", murmelte sie erneut.

Also, uff. Ich war nicht der Einzige, der sich gerade im Paradies befand.

So erfreut ich auch war, so traurig machte es mich. Ihre Mutter war ein Drache. Hatte sie noch nie einen von uns aus der Nähe gesehen? Meine Flügel zuckten in dem Impuls, sie sanft umarmen zu wollen.

Aber ein paar Fledermäuse flogen über mich hinweg und Erin duckte sich. Ich fletschte die Zähne in der Versuchung, sie zu rösten. Aber das wäre *definitiv* kein guter Anblick, also schluckte ich mein Feuer hinunter und verbrannte mir die Kehle. Autsch.

Die Unruhe ließ Erin zurückweichen und schon war unser ruhiger Moment vorbei.

„Ich... ähm... “, fing Erin unbeholfen an und machte dann eine zuckende Bewegung mit der Hand. „Ich setze Kaffee auf.“

Sie verschwand hinein und ließ mich allein zurück.

Mein Drache trauerte über eine weitere verpasste Gelegenheit. Aber zumindest war Erin nicht mehr wütend.

Ich schloss die Augen, streckte den Hals und wackelte mit den Flügelspitzen. Meine gekrümmten Krallen wurden kalt, als sie sich auf dem eisigen Boden in nackte Füße verwandelten. Meine Ohren bogen sich in ihre rundere menschliche Form. Mit einem tiefen Atemzug öffnete ich die Augen und sah nun das eingeschränktere, hellere Blickfeld eines Menschen.

Ich hielt inne, um meine Schultern zu locken. Dann zog ich die Kleider an, die ich zuvor auf der Veranda gelassen hatte, und ging ins Haus.

„Danke“, murmelte ich und nahm eine dampfende Tasse von Erin entgegen. „Und es tut mir leid. Für alles.“

Erin umschloss ihre Tasse mit beiden Händen und trank einen Schluck. Dann leckte sie sich über die Lippen und flüsterte: „Nein, ich danke *dir*. Du hättest gestern Abend verschwinden können, aber du bist geblieben. Selbst mit der Agentur, die hierherkommt, bist du geblieben.“

Natürlich war ich geblieben. Ich würde meine Gefährtin niemals verlassen. Egal, welchen Preis ich dafür zahlen musste.

Ich wagte nicht, es auszusprechen, obwohl ich mich fragte, ob ich es tun sollte. Würde ich es bereuen, auch dieses Detail ausgelassen zu haben?

Als ich einen Schluck Kaffee trank, seufzte mein innerer Drache. Wie schön wäre es, jeden Tag auf diese Weise zu beginnen. Ich, Erin und eine Tasse Kaffee. Oder verdammt. Nur sie und ich. Ein ruhiges Leben an einem ruhigen Ort. So wie hier mit wiehernden Pferden und leise muhenden Kühen in der Ferne.

Dann sprach Erin und erinnerte mich daran, wie weit dies von der Realität entfernt war.

„Kein Zeichen von Harlon. Jedenfalls noch nicht." Sie warf einen Blick aus dem Fenster. „Also, was jetzt?"

Ich hatte die Nacht damit verbracht, jedes logische Szenario für Harlons nächsten Schritt zu erwägen – oder für unseren. Aber vielleicht war *Logik* ein Fehler, wurde mir klar, als das Telefon klingelte.

Und klingelte und klingelte.

Wir starrten es an, dann uns gegenseitig.

„Nicht deine Schwestern?" Ich war angespannt.

Erin schaute auf das Display, dann runzelte sie die Stirn. „Das muss doch ein Scherz sein."

Als ich mich zu ihr beugte, drehte sie das Handy um und zeigte mir die Anruferkennung.

Während der nächsten beiden Klingeltöne bewegte sich keiner von uns. Dann drückte Erin auf die Lautsprechertasse und hielt den Hörer zwischen uns.

„Harlon. Was für eine Überraschung", sagte sie trocken.

Ein amüsiertes Glucksen schwebte durch die Leitung. „Meine liebe Miss Sattler. Ich hoffe, ich rufe nicht zu früh an."

Sie ließ sich davon nicht beirren. „Ich bin Ballonpilotin. Morgengrauen heißt für mich ausschlafen."

Er stieß ein weiteres herablassendes, *Wie lustig sie doch sind*-Glucksen aus. „Das freut mich, zu hören. Ich hatte gehofft, Sie zum Frühstück zu treffen."

Erin lachte unverhohlen. „Schade, ich habe andere Pläne."

Irgendwo in der Ferne wieherte ein Pferd und die kleine Rinderherde muhte.

Er kommt, brummte mein Drache. *Sie können es spüren.*

Erin runzelte die Stirn und trat leise auf die Veranda, wo sie sich umschaute. Ich folgte ihr und lauschte.

„Gehen Sie Ballonfahren?", hatte Harlon die Frechheit, zu fragen.

Erin knirschte mit den Zähnen. „Nein, ich lege jetzt auf. Auf Wiederhören."

Er unterbrach sie schnell. „Wir müssen wirklich reden."

„Müssen wir das? Ich glaube nicht."

Mein Blick fiel auf die Wäsche, die auf einer Leine neben dem Haupthaupthaus hing. Eben hing sie noch schlaff herunter. Jetzt flatterte sie sanft in der Brise.

Mein Drache brummte unruhig. Wie nah war Harlon?

Auf der Koppel wurden die Pferde immer unruhiger, warfen ihre Mähnen zurück und stampften mit den Hufen auf. Die Luft knisterte von der aufgestauten Energie eines herannahenden Sturms.

Meine Ohren zuckten, als ich auf die Hintergrundgeräusche auf Harlons Seite des Anrufs aufmerksam wurde. Ein Auto, das über eine holprige Straße ratterte?

Ich drehte mich um und schaute zu der Stelle, an der die Zufahrt zur Ranch eine Anhöhe erklomm.

„Ich bitte doch nur um einen Moment Ihrer Zeit", sagte Harlon, während der Motor im Hintergrund lauter wurde.

Zwei Lichtstrahlen erschienen auf der Anhöhe und einen Moment später glitzerte die Sonne auf Metall.

Harlon, hätte ich fast geschnauft, als ich die eckigen Scheinwerfer seines Geländewagens erkannte.

Aber das Telefon war auf Lautsprecher gestellt und ich wollte ihm nicht die Genugtuung geben, mich fluchen zu hören. Die Rinder brüllten und machten sich auf den Weg zur Schlucht am anderen Ende ihres Geheges.

„Bitten Sie mich oder fördern Sie meine Zeit?", schnauzte Erin und beobachtete die Straße ebenso aufmerksam wie ich.

Das Fahrzeug hielt an und die Motorengeräusche an Harlons Ende der Leitung verstummten.

„Ich bitte natürlich. Ich würde es nicht wagen, mich aufzudrängen."

Erin schnaubte. „Nicht? Ich nehme an, Sie haben die *Betreten verboten*-Schilder übersehen?" Sie zeigte eindringlich auf das Haupthaus und ahmte ein zweites Telefon nach. Ich riss mein Handy heraus und hielt es ihr hin, während sie die Nummer ihrer Schwester wählte. Dann ging ich hinein und wartete atemlos darauf, dass Pippa abnahm.

„Pippa, hier ist...“, begann ich.

Sie unterbrach mich. „Ich sehe das Auto. Ist er das?“

„Ja.“

„Was ist mit wie-heißt-sie-gleich – die Vampirin?“

„Angelina ist bei ihm“, bestätigte ich. Ich konnte sie nicht sehen, riechen oder hören, aber ich konnte Angelina so deutlich spüren, wie sie mich spürte.

Pippa fluchte. „Okay. Ich hole Abby.“

Als ich zu Erin auf die Veranda zurückkehrte, starrte ich den Hügel hinauf – und auf die dunklen Wolken, die dahinter aufzogen. In der Ferne zuckte ein Blitz über den Himmel.

„Ich habe Ihnen doch gesagt, dass diese Ranch nicht zum Verkauf steht“, bellte Erin in ihr Handy.

Harlon seufzte. „Es ist eher schwierig, am Telefon ein zivilisiertes Gespräch zu führen, finden Sie nicht auch?“

„Ich habe meinen Standpunkt klar und deutlich ausgedrückt.“

Harlon gab einen missbilligenden Laut von sich. „Das haben Sie, aber es ist wichtig, eine Entscheidung in Kenntnis der Sachlage zu treffen, wissen Sie.“

Erin öffnete den Mund, um etwas zu erwidern, und erstarrte, als eine riesige geflügelte Gestalt über dem Kamm erschien.

Ich stürzte davon, bereit, mich zu verwandeln und zu kämpfen. Aber Erin hielt meinen Arm fest und schüttelte den Kopf.

Mein innerer Drache brüllte, als der Eindringling die Ranch umkreiste und dann auf einem Felsvorsprung im Nordosten landete. Es war ein anderer Drache – ein großer, brauner Drache, der mit dem Schwanz peitschte und seine riesigen Flügel ausbreitete.

Angeber, schnaufte ich, während mein Drache innerlich wütete.

Erin zuckte zusammen, als ein zweiter Drache auftauchte und sich auf einer Klippe unweit der ersten niederließ. Offensichtlich hatte Harlon ein paar angeheuerte Muskelprotze mitgebracht.

Der Instinkt, diese Rivalen herauszufordern, ließ mich einen Schritt nach vorn machen. Aber Erins Berührung sagte mehr als: *Warte.* Sie zog mich an sich und signalisierte mir: *Geh nicht. Bitte.*

Ihr Blick war so entschlossen wie immer, aber ihre Hand zitterte auf meiner. Ich holte tief Luft und nickte. Was auch immer als Nächstes kam, wir würden es gemeinsam durchstehen.

Erin stieß einen zittrigen Atemzug aus, schaute zu ihrem Auto und dann wieder zu mir. Ich zögerte und neigte dann den Kopf zu einem Nicken. Einen Moment später, beendete sie den Anruf und marschierte zu ihrem Wagen.

Kapitel 28

ERIN

Meine Hände zitterten auf dem Lenkrad, als ich die Anhöhe hinauffuhr. In meinem Inneren brodelte es in einer Mischung aus Angst und Wut. Ich hatte wirklich, *wirklich* genug von Harlons Schikanen.

Brumm! Ich raste direkt auf den Kühlergrill von Harlons schickem Range Rover zu. Angelina saß auf dem Beifahrersitz und oh, welch süße Genugtuung, zuzusehen, wie sie blass wurde und schrie und sich mit den Armen gegen das Armaturenbrett stemmte, um den Aufprall abzufangen.

Okay, okay, sie war immer blass. Aber ich schwöre, sie wurde noch blasser.

Harlon blieb ganz ruhig, was mich nur noch mehr verärgerte. Dachte er, ich würde es nicht wagen?

Ich stieß gegen seine Stoßstange. Mein Chevy war ohnehin ziemlich ramponiert und er musste wissen, dass ich es ernst meinte.

Ich ließ das Fahrzeug dort stehen, Stoßstange an Stoßstange, und stieg cool aus.

„Ups", sagte ich, ohne auch nur einen Blick zur Seite zu werfen.

Nash gesellte sich zu mir und starrte mich, genau wie Harlon, mit großen Augen an. Gut zu wissen, dass ich sie beide beeindruckt hatte.

Angelina schlüpfte gestikulierend aus dem Range Rover. „Sind Sie verrückt geworden?"

Ich schüttelte den Kopf. „Nein. Ich habe nur die Nase voll von Ihren Spielchen."

„Es sind keine Spielchen, das versichere ich Ihnen", knurrte Harlon so bedrohlich wie die Wolken, die hinter ihm wirbelten.

„Ach nein? Dann hören Sie auf, den mächtigen Hexenmeister zu markieren", forderte ich. „Das macht mir keine Angst."

„Das sollte es aber", grummelte er, was Nash ein Knurren entlockte.

Ein Schatten raste über uns hinweg und ließ mich aufschauen. Ein dritter Drache rauschte heran, gefolgt von einem vierten. Sie flogen über die Ranch und versetzten die Pferde in Panik.

Mir wurde mulmig zumute, denn meine Schwestern und meine Nichte waren ebenfalls unten auf der Ranch. Das war einer der Gründe, warum ich Harlon entgegengefahren war – um Abby Zeit zu verschaffen, Claire in Sicherheit zu bringen, während Pippa gemäß dem groben Plan, auf den wir uns am Vorabend geeinigt hatten, in Position eilte.

Die Drachen kreisten in entgegengesetzte Richtungen, überkreuzten sich und landeten dann, wobei sich jeder von ihnen neben einem der beiden ursprünglichen Drachen niederließ. Ich erwartete, dass sie brüllen und Feuer speien würden, aber sie taten etwas viel Beängstigenderes.

Nichts. Absolut nichts. Sie saßen einfach ganz still da wie die Vögel von Alfred Hitchcock. Ich suchte den Horizont ab und fragte mich, wie viele noch in Reserve warteten.

„Interessanter Zauber, den Sie hier haben." Harlon winkte mit der Hand durch die Luft. „Kinderleicht zu knacken, aber trotzdem interessant."

Hatte er den Sichtbarkeitszauber ganz gebrochen oder einfach einen Weg gefunden, ihn zu umgehen? Wie dem auch sei, ich war wütend.

„Sie haben vielleicht Nerven... "

„Nein, ich habe ein letztes Angebot", warf Harlon ein. Er wechselte die Taktik und setzte ein gewinnendes Lächeln auf. „Ich mag Sie, Miss Sattler. Das tue ich wirklich... "

Das tat er, stellte ich fest und mir wurde schlecht.

„Und ich würde es vorziehen, dies auf eine Weise zu tun, die das bestmögliche Ergebnis für Sie mit sich bringt."

„Sie meinen, ich behalte die Ranch, Sie verschwinden und kommen nie wieder zurück? Perfekt."

Er schüttelte den Kopf. „Leider gibt es auf diesem Land etwas, das ich brauche."

„Tja. Das ist wirklich schade für Sie."

„Ah, aber dieses Grundstück gehört nicht nur Ihnen", verwies Harlon. „Die Namen Ihrer Schwestern stehen auch auf der Urkunde."

„Sie sind meiner Meinung."

„Das sollten sie nicht sein", schnaufte er.

„Weil. . . ?"

„Weil ich nicht möchte, dass jemand verletzt wird."

Ich schnaubte. „Dann verletzen Sie niemanden."

Harlon neigte den Kopf. „Das würde mir im Traum nicht einfallen. Aber wenn sich ein unglückseliger Unfall ereignen würde oder gar eine Naturkatastrophe. . . "

Mein Herz setzte einen Schlag aus, als ich an die Klippen über der Ranch dachte. Wenn Harlon sie mit einem riesigen Erdrutsch zum Einsturz brachte, würden die Trümmer dann das Haupthaus erreichen?

Trotzdem behielt ich mein tapferes Gesicht bei. Zumindest hoffte ich es.

„Und niemand wird die Wahrscheinlichkeit einer weiteren "Natur„-Katastrophe nach dem gestrigen Sturm infrage stellen?", fragte ich herausfordernd.

Harlon zuckte mit den Schultern. „Klimawandel. Vielleicht werden die Menschen endlich etwas unternehmen, um den Schlamassel zu bereinigen, den sie auf der Erde angerichtet haben."

„Sagt der Mann, der in Privatjets reist und seine eigenen Sturzfluten verursacht", murmelte ich.

Angelina schnaufte. „Genug geredet. Wir sollten loslegen."

„Bevor die Agentur ankommt und Sie auf frischer Tat ertappt?", schoss ich zurück.

Angelina ließ ein böses Lächeln aufblitzen. Wirklich böse, bei dem sich ihre Eckzähne zu scharfen Reißzähnen verlängerten.

„Die Agentur ist kein Problem. Zumindest nicht für mich." Sie warf Nash einen wissenden Blick zu.

„Was ist mit Harlon?" Ich wandte mich dem Hexenmeister zu. „Bis jetzt ist es Ihnen gelungen, nicht auf dem Radar der Agentur zu erscheinen. Wie würde es Ihnen gefallen, jetzt in ihren Akten aufzutauchen?"

Und, Bingo. Ein kleiner finsterer Ausdruck umspielte seine Mundwinkel. Dann erklärte er mit einem Blick auf Angelina: „Die Agentur wird kein Problem sein."

Hmm. Verließ er sich darauf, dass Angelina die Dinge für ihn regeln würde? Schlechte Idee.

Mit einem Blick, der mir das Blut in den Adern gefrieren ließ, fuhr er fort: „Kein Problem, genau wie Ihr Freund." Mit einem bösen Funkeln zu Nash deutete er auf Angelina.

Sie schenkte ihm ein Krokodilslächeln und wandte ihre Aufmerksamkeit Nash zu. Im nächsten Augenblick verwandelten sich ihre viel zu roten Lippen von angespannt zu verführerisch sinnlich. Sie schwang ihre Hüfte, um ihre Kurven zu betonen, und schaltete voll in Verführungsmodus.

„Du brauchst dich hier nicht einzumischen, Nash", sagte sie in einem Singsangton. „Tatsächlich musst du gehen, denn die Agentur ist hinter dir her."

Ha. Glaubte sie, sie könnte Nash bezirzen? Er war ein Drachengestaltwandler, kein unwissender Mensch.

Aber scheiße. Sein Blick wurde leer, sein Körper regungslos.

„Du hattest nie wirklich Interesse an Sedona", fuhr Angelina fort und streichelte ihn praktisch mit ihren Worten.

Etwas blitzte hinter ihr. Ein Blitz, der in den dunklen Wolken halb verborgen lag. Offensichtlich gefiel es Harlon nicht, dass Angelina einen anderen Mann *so* ansah.

Mir gefiel es auch nicht, zumindest wenn es um *meinen* Mann ging. Aber mir wurde auch schlecht. Bedeutete ich Nash denn gar nichts? War er so leicht zu beeinflussen?

„Warum gehst du nicht zurück nach Kalifornien?", schlug Angelina vor und berührte seine Schulter. „Das Leben ist dort so viel besser."

Nash drehte sich wie in einem Traum nach Westen.

„So ist es gut", säuselte Angelina. „Zurück nach Kalifornien. Erinnerst du dich an das kleine Haus am Meer, in dem wir untergekommen sind? Du könntest dort hingehen. Ich könnte dich dort treffen."

Sie senkte ihre Stimme, als meinte sie es ernst, und verdammt. Vielleicht tat sie das auch.

Ich stellte mir Nashs Arme um mich geschlungen vor, nachdem wir miteinander geschlafen hatten. Dann stellte ich mir vor, wie er Angelina umarmte, und Galle stieg in meinem Hals auf. Wie hatte er sich nur auf sie einlassen können – damals oder jetzt?

„So ist es gut", überredete sie ihn zu einem weiteren Schritt.

Die Drachen in der Nähe schwenkten ihre Köpfe nach vorn und ihre Augen funkelten.

Nein, nein, nein! Ich wollte schreien. Diese Drachen würden noch nicht einmal gegen Nash kämpfen müssen. Solange er in diesem Zustand war, könnten sie ihn einfach töten. Dann wäre ich allein und gezwungen, zu verhandeln. Und wenn ich es nicht tat. . .

Gewitterwolken zogen auf und deuteten die Zerstörung an, die Harlon anrichten würde.

Unten auf der Ranch bellten die Hunde wie wild. Die Scheune war etwa vierhundert Meter entfernt, aber ich konnte hören, wie die Pferde darin trippelten und scheuten. Wir behielten nur die ältesten von ihnen dort drin und jetzt wieherte eines, während ein anderes gegen die Boxentür austrat.

Harlons Augen leuchteten und sagten: *Sie haben so viel zu verlieren. Stellen Sie meine Geduld nicht länger auf die Probe, Sie schwaches, kleines Ding.*

Alle Selbstzweifel, die ich je gehegt hatte, krochen aus ihren Verstecken in meinen Kopf. Ich hatte mächtige Eltern, aber keine eigenen Kräfte. Ich konnte mich nicht in eine andere Gestalt verwandeln oder einen einzigen Zauberspruch beschwören. Ich konnte so viel versuchen, wie ich wollte, um es zu schaffen, aber es würde mir nie gelingen...

Ich unterbrach diese Gedanken und ballte meine Hände zu Fäusten.

Ich war nicht schwach. Ich war nicht unbedeutend. Und ich würde mich nicht einschüchtern und Harlon die Oberhand über mich gewinnen lassen.

Er seufzte. „Meine Geduld hat ihre Grenzen, Miss Sattler."

Der Wind wirbelte herum und rüttelte an den Fensterläden des Haupthauses.

Angelina konzentrierte sich unterdessen weiter auf Nash. „Geh einfach. Es gibt keinen Grund für dich, dich hier einzumischen."

Ich hasste sie dafür, dass sie mit Nash spielte, und ich hasste ihn dafür, dass er sich in sie verliebt hatte. Aber vielleicht war Nash gar nicht so sehr auf Angelina hereingefallen, sondern vielmehr auf ihre Tricks. Sie hatte ihren vampirischen Charme eingesetzt, um ihn anzulocken, und ihn zu ihrer Marionette gemacht.

Wut wirbelte durch meine Adern. Wie konnte Angelina es wagen? Wie konnte Harlon es wagen? Ich fletschte die Zähne und wünschte, *ich* könnte Feuer speien.

Das konnte ich nicht, aber autsch. Meine Kehle brannte, wie sie es noch nie zuvor getan hatte.

„Letzte Gelegenheit", warnte Harlon.

„Oder Sie werden was tun?"

Seine Nasenlöcher bebten. „Das wollen Sie nicht wissen, Miss Sattler. Das wollen Sie wirklich nicht wissen."

Es juckte mich, ihn zu ohrfeigen, aber ich tat es nicht. Warum, verdammt? Warum? Männer wie Harlon konnten Arschlöcher sein, aber Frauen mussten höflich bleiben?

Meine Hand zitterte vor Wut. Ich hatte diesen inneren Kampf schon unzählige Male in meinem Leben geführt, aber ich hatte diese unausgesprochene Regel noch nie gebrochen.

Bis jetzt. Ich spannte mich an, formte eine feste Faust und ließ einen Schlag fliegen.

Und *knack!* Meine Fingerknöchel schrien vor Schmerz, aber es gab nichts befriedigenderes als den Anblick von Harlons Kopf, der zurückschnappte.

Langsam blinzelte er und rieb sich den Kiefer. Als er mich ansah, glitzerte das Böse in seinen Augen. „Oh, das werden Sie bereuen."

Angelina fuhr fort, Nash anzusäuseln. „Du kannst alles vergessen, was hier jemals passiert ist. Du kannst frei von alledem sein."

Die Drachen um uns herum öffneten ihre Schwingen, bereit sich auf ihre Beute zu stürzen.

„Ich will frei sein." Nash entfernte sich verträumt. Als er sich umdrehte und Angelina ansah, war ich sicher, ihn für immer verloren zu haben.

Aber seine Augen fokussierten sich und seine Stimme klang laut und deutlich.

„Ich will frei von *dir* sein."

Er fügte das Wort *Schlampe* nicht hinzu, aber er verwandelte sich und spie einen riesigen Feuerstrahl aus.

Ich war keine Expertin, aber wow. Ich hatte noch nie gesehen, dass ein Gestaltwandler so schnell seine Form wechselte.

Die Flamme war riesig und ihre Hitze versengend. Ich sprang zur Seite. Angelina schrie und riss ihre Hände hoch. Das Feuer knisterte und wirbelte um sie herum und hüllte sie in einen feurigen Tornado. Währenddessen sprang Harlon in Sicherheit und zeigte, wo seine Prioritäten lagen.

Es passierte alles so schnell, dass ich erstarrte. Dann unterbrach Nash – der riesige, wütende Drache Nash – seine Flamme und schaute mich an.

Als Drache konnte er nicht brüllen, *Lauf!* aber sein furchterregender Gesichtsausdruck voller Zähne und Funken machte es mehr als deutlich.

Ich rannte los.

Nashs Brüllen erschütterte die Erde. Dann sprang er in die Luft und schlug so heftig mit den Flügeln, dass ich mich ducken musste.

Harlon zischte Angelina an. „Beherrsche ihn!"

„Ich versuche es ja! Aber es funktioniert nicht!"

Ich spähte durch mein herumpeitschendes Haar und prüfte die Lage. Nash musste es mit vier Drachen aufnehmen. So blieben Angelina und Harlon für mich zurück.

Verdammt.

Zum Glück waren sie abgelenkt – vorerst. Angelina kauerte keuchend, während Harlon sich über sie beugte und nach Verletzungen suchte, sobald Nashs Feuer erloschen war. Ich sprang in meinen Pritschenwagen und ließ den Motor aufheulen.

Harlon und Angelina schauten mit großen Augen auf.

Das würden Sie nicht wagen, sagte Angelinas Gesichtsausdruck.

Ich fuhr drei Meter rückwärts, gab dann Gas und raste direkt auf sie zu.

Oh, ich würde es wagen, ganz sicher.

Harlon streckte seine Hände aus und sprach einen Zauberspruch. Aber entweder funktionierte sein Zauber für Motoren nicht oder er war zu langsam, denn einen Moment später sprang er aus dem Weg. Angelina wich ebenfalls aus, also riss ich das Lenkrad herum und rammte stattdessen die Seite des Range Rovers.

Durch den Aufprall wurde ich fast mit dem Gesicht gegen das Lenkrad geknallt, aber verdammt. Der Adrenalinstoß war es wert.

Ich schrie wie am Spieß und raste noch einmal auf Angelina zu, dann machte ich eine Kehrtwende und sauste zurück in Richtung Ranch. Harlon hob seine Hände zu einem weiteren Zauberspruch und irgendetwas sagte mir, dass ich so weit wie möglich fahren sollte.

Wütende, brodelnde Wolken stiegen im Rückspiegel auf, quollen über den Rand und reflektierten auf der Innenseite der Windschutzscheibe. Ich hatte noch nicht einmal die Hälfte des Hügels geschafft, als der Regen – nein, der Hagel – anfing niederzuprasseln und auf das Dach meines Wagens schlug. Orkanartige Winde heulten auf und rüttelten am Fahrzeug, während sie die holprige Straße aufwühlten. Steppenläufer flogen vorbei, schneller als mein armer, alter Chevy, und...

Peng! Die Heckscheibe explodierte und der Schall zerriss meine Ohren, wenn es das Glas nicht tat. Ich schrie auf und duckte mich, wodurch der Wagen ins Schleudern geriet.

Ein zweiter Blitz schlug im Boden ein, noch näher als der letzte. Harlon war sichtlich wütend. Und ich war es auch. Erst recht, als der Motor verstummte und sich weigerte, wieder anzuspringen.

Ich schaute mich um. Ich konnte nicht hilflos hier herumsitzen, während Harlon sein ganzes Wetterarsenal auf das Auto schleuderte – Blitze, Donner, vielleicht noch einen Erdrutsch...

Ich stieß die Tür zur Fahrerseite auf und sagte mir: *Auf drei. Eins... Zwei...*

Ein Blitz schoss herab und stieß mich zurück.

Nach einem tiefen Atemzug stürzte ich mich durch die Beifahrertür hinaus. Blitze folgten mir wie Maschinengewehrfeuer. Ich sprintete auf die Klippen zu und rannte dabei in scharfen Kurven wie ein Skifahrer.

Bumm! Ein Blitz verkohlte den Feigenkaktus zu meiner Linken. Der nächste entzündete einen Wacholderbaum zu meiner Rechten. Er brutzelte trotz des Regens, der mein Haar und meine Kleidung an meiner Haut kleben ließ.

Ich rannte weiter und hatte nur ein Ziel vor Augen. Den Wirbel.

Was genau ich tun würde, wenn ich dort ankam, wusste ich nicht. Aber meine Instinkte schrien mir zu, dass ich dorthin gelangen musste, und zwar schnell.

So schnell, dass ich gegen die Felswand geknallt wäre, hätte ich meine Hände nicht rechtzeitig hochgerissen. Meine linke Hand schlug einen Zentimeter neben dem Spiralsymbol auf und ich riss sie weg. Als ich spürte, dass eine weitere Explosion bevorstand, zuckte ich zusammen und schloss meine Augen.

Blitze zuckten hinter meinen Augenlidern und jedes Härchen auf meinem Körper stellte sich auf. Ich wirbelte herum und starrte.

Harlon stand auf der Anhöhe, gestikuliere wie wild und schleuderte mir alles entgegen, was er konnte. Hagelkörner prasselten nur Zentimeter von meinen Füßen entfernt zu Boden und die entstehende Brise peitschte durch meine durchnässte Kleidung. Aber was auch immer Harlon versuchte, er konnte diesen geschützten Ort nicht durchdringen.

Währenddessen tobte jenseits des kompakten Sturms eine Schlacht in der Luft. Fünf Drachen wirbelten herum, spien Feuer und erzeugten ihren eigenen feurigen Sturm. Einer schrie auf und stürzte in einem Wirbel aus Flammen, Flügeln und einem verzweifelt zuckenden Schwanz zu Boden.

Und dann, *bumm!* Knochen und Sehnen krachten hinunter und ließen den Boden erbeben.

Das Herz schlug mir bis zum Hals. War das Nash?

Ich atmete aus. Nein, Nash war immer noch dort oben, ein entschlossener bronzefarbener Blitz, der gegen seine drei verbliebenen Feinde kämpfte.

Tatsächlich gegen *meine* Feinde. Ich drehte mich wieder zu Harlon um, bereit, dem Ganzen ein Ende zu setzen. Aber wie?

Ich kauerte mich an die Felswand und schaute zu, wie Harlon gestikulierte und um sich schlug. Drachengebrüll drang durch den Lärm des Sturms und ich schaute auf. Ein weiterer Drache war gerade angekommen und umkreiste die beiden Kämpfenden.

Das Üble war jetzt offiziell zum Schlimmsten übergegangen. Und wo war Pippa? Wir hatten vereinbart, uns am Wirbel zu treffen, während Abby Claire in Sicherheit brachte, aber sie war nirgends zu sehen.

Wenigstens waren die Pferde ausgebrochen und hatten sich verstreut. Ich betete, dass sie sich dabei nicht verletzt hatten. Neben Harlon gestikulierte Angelina so wütend herum, dass ich mir ihre schrillen Befehle vorstellen konnte.

Schnapp sie! Schnapp ihn!

Harlon warf ihr einen sauren Blick zu. Seine Lippen bewegten sich und er grunzte etwas von der Art: *Du hast gesagt, du kümmerst dich um den Drachen.*

Ich warf Nash einen dankbaren Blick zu. Ich hatte keine Ahnung, wie er sich aus Angelinas Bann befreit hatte, aber er hatte es geschafft. Und Junge war er wütend.

Und er war nicht der Einzige.

Langsam bewegte ich meine rechte Hand auf das Spiralsymbol zu und sandte eine stumme Bitte.

In Ordnung, Wirbel. Zeig, was du kannst. Bitte.

Als ich meine Hand näher heranführte, wurde ich von einem Energiestoß weggeschleudert. Ich schüttelte den Kopf und flüsterte: „Ich will nicht gegen dich ankämpfen. Ich will dich nicht ausnutzen. Eigentlich möchte ich dich am liebsten gar nicht stören. Aber ich brauche dich. Wir alle brauchen dich."

Der Wirbel stieß meine Hand weg und weigerte sich, zu kooperieren.

Meine Stimme wurde angespannter und verzweifelter: „Wenn du mir nicht hilfst, bekommst du es als Nächstes mit Harlon zu tun."

Wieder stieß der Wirbel meine Hand weg und wollte offensichtlich nichts mit diesem Chaos zu tun haben. Und verdammt. Ich konnte es nachvollziehen. Aber manche Probleme lösten sich nicht von selbst. Manchmal musste man sich kopfüber in eine Schlacht stürzen und kämpfen, bis man gewann – oder verlor.

Und ich hatte ganz sicher nicht vor, zu verlieren, nicht wenn alles, was mir lieb und teuer war, auf dem Spiel stand.

Ich stemmte mich gegen die Spirale und kämpfte dieses Mal gegen die Kraft an. Schließlich gelang es mir, meine Hand gegen den Felsen zu drücken, auch wenn es mich meine gesamte Kraft kostete.

Verdammt, wo war Pippa?

„Ich brauche deine Hilfe. Bitte, nur dieses eine Mal. Hilf meiner Familie", flehte ich.

Doch der Wirbel schlug zurück. Er drängte mir auch Bilder in den Kopf – eine verschwommene Erinnerung an all die Menschen, die in dieser stillen, staubigen Ecke Arizonas gelebt hatten, von der Zeit meiner Großtante bis zu ihrer Tante und ihren Vorfahren davor – bis zurück in die Pionierzeit und darüber hinaus. Ich sah, wie die vertrauten Umrisse der Ranch in einem verwirrenden Zeitraffer schrumpften, sich ausdehnten und wieder schrumpften. Die davor geparkten Fahrzeuge wandelten sich von dem Chevy, den ich geerbt hatte, zu einem runderen Modell der Vierzigerjahre und dann zu einem Planwagen. Meine Hütte verblasste ebenso wie die Scheune, während das Haupthaus seine gewohnte Form veränderte und ein Anbau nach dem anderen abgehackt wurde, bis es nur noch ein Schuppen war, dann gar nichts mehr.

Einen Moment lang sah ich nur noch wogendes Gras und stille Felsen. Dann tauchten Menschen auf – kleiner in ihrer Statur, aber nicht in ihrem Stolz und von der Sonne tief gebräunt. Menschen, die pflanzten, sangen und Symbole in Stein ritzten. Ich sah auch harte Winter, strahlenden Frühling und hochaufragende Reihen von Maispflanzen, die von Bohnenranken überwuchert wurden. Dann verschwanden auch diese Menschen und ich erhaschte einen kurzen Blick auf einen anderen, wandernden Clan, bevor die Natur regierte, und zwar allein.

Ich zog die Hand von der Spirale. Ja, ich hatte die Botschaft verstanden. Ich war nur die jüngste in einer langen Kette von Bewohnern. Nicht die erste und auch nicht die letzte. Wenn meine Zeit abgelaufen war, war sie abgelaufen und das war es dann.

Ich schlug meine Hand wieder auf die Spirale und richtete die andere gegen den Sturm. „Harlon ist nicht nur hinter diesem Land her. Er ist hinter dir her. Wegen deiner Macht."

Die Energie wogte, als wollte sie sagen: *Soll er es versuchen.*

„Das wird er", zischte ich. „Er wird es immer wieder und wieder versuchen und dieses Land wird nie wieder Frieden finden. Er wird andere anlocken, die ebenfalls von deiner Kraft zehren wollen. Gierige Seelen, die dich für jeden Vorteil ausbeuten werden, den sie finden können."

Harlon gestikulierte erneut und der Sturm verstärkte sich.

„Bitte", flüsterte ich. „Hilf mir, diesen Ort vor ihm zu schützen. Nicht nur für mich, sondern auch für dich."

Meine zerbrechlichen Hoffnungen wurden enttäuscht, als die Energie unter meiner Hand verebbte. Hatte sich der Wirbel ganz abgeschaltet?

Doch dann brach er auf eine völlig neue Art und Weise wieder heraus. Anstatt meine Hand beiseitezuschieben, floss die Energie in mich hinein und kribbelte in meinem Arm hinauf.

Tu es, murmelte die erdige Stimme in meiner Vorstellung. *Werde ihn los und zwar schnell, bevor ich meine Meinung ändere.*

Ich starrte in einem dieser Furcht einflößenden Momente, die darauf folgten, wenn man bekam, was man wollte, auf meine Hand. Denn verdammt. Die Kraft, die mich durchströmte, war intensiv. Fast invasiv, und ich fürchtete die Nebenwirkungen, wenn ich sie heraufbeschwor.

Aber verdammt. Ich hatte keine große Wahl.

Mit meiner rechten Hand auf der Spirale, rutschte ich von der Klippe weg und streckte meinen linken Fuß und Arm zurück in den Sturm.

Angelina rief Harlon eine Warnung zu.

Er hob die Arme und riss sie nach vorn. Wie aus dem Nichts formte sich ein Blitz, der direkt auf mich zuflog. Ich hielt den Atem an – verharrte – und betete, dass mein Wagnis aufgehen würde.

Kapitel 29

ERIN

Blitze am Himmel waren faszinierend. Blitze, die direkt auf einen zukamen hingegen...

Ich erschauderte, weil ich sicher war, dass ich sterben würde. Ein schmerzhafter Schlag und alles wäre vorbei.

Und, *peng!* Der Blitz schlug ein. Er schleuderte meinen Körper nach hinten und jedes Härchen auf meinem Körper stellte sich auf. Aber die Energie prallte ab und sandte den Blitz zu Harlon zurück.

Er riss die Augen weit auf und sprang zur Seite. Angelina, die sich an seine Schulter geklammert hatte, stürzte ebenfalls – direkt in den Weg des Blitzstrahls.

Sie schrie und drei entsetzliche Sekunden lang glühte ihr Körper. Das Glühen wurde zu einem Feuer, das ihre Haut und Kleidung verzehrte. Ihr Schrei wurde lauter, dann brach er abrupt ab. Ihr Körper sackte in sich zusammen.

Ich starrte ebenso wie Harlon hinüber, der sich vorsichtig dem Häufchen aus Asche und verbrannter Kleidung näherte. War sie wirklich tot?

Hoch oben am Himmel brüllte Nash: *Ja! Sie ist endlich erledigt.*

Ich winkte abweisend mit einer Hand. *Gut, dass wir die los sind.*

Und wow. Ein Windhauch wirbelte Angelinas Asche zu einem winzigen Tornado auf und verstreute sie dann.

Ich starrte auf meine Hand und dann auf den Wirbel. War das mein Werk?

Harlon verzog das Gesicht, als er der Asche hinterher sah. Nicht aus Trauer oder Bedauern. Nur mit der Verärgerung eines Mannes, dessen sorgfältig ausgeheckte Pläne durchkreuzt wurden.

Als er sich wieder zu mir umdrehte, glühten seine Augen teuflisch und er krümmte die Finger in Vorbereitung zu seinem nächsten Schlag.

Wusch! Ein weiterer Blitz schoss heraus. Er prallte von meiner Hand ab, aber meine Zähne klapperten unter der Wucht und ich wurde fast wieder gegen die Klippe geschleudert.

Donner grollte und spiegelte die Frustration des Hexenmeisters wider. Er holte zu einem weiteren Angriff aus, hielt dann jedoch inne und dachte nach.

Ich hatte die Hand noch immer erhoben, bereit, einen weiteren Angriff abzuwehren. Aber je länger Harlon nachdachte, desto mehr zitterte ich. Was nun?

Mit einem furchterregenden Grinsen wandte er sich in Richtung Haupthaus.

Meine Kinnlade klappte auf. Nein, Gott, nein. Bitte.

Harlons Mundwinkel zuckten und er zischte so etwas wie: *Ja. Jetzt werden Sie dafür bezahlen.*

Er riss die Arme nach vorn und sandte zwei Blitze durch den Himmel. Einer traf die Scheune mit einem ohrenbetäubenden Knall, während der andere in die alte Windmühle neben dem Haupthaus einschlug.

Vor langer Zeit hatte meine Tante uns Kinder begeistert, als sie die gesamte rostige Struktur mit Weihnachtsbeleuchtung umhüllte. Aber das war nicht einmal ansatzweise mit der Wattstärke vergleichbar, mit der die Windmühle jetzt strahlte.

Aus dem Inneren des Hauses ertönte ein erschrockener Schrei. Roscoe?

Meine Knie schwankten. Ich liebte diesen Hund, aber meine Schwestern und meine Nichte liebte ich sogar noch mehr. Wo waren sie? Ich schwankte zwischen Flüchen, dass sie mich nicht am Wirbel getroffen hatten, und der Hoffnung, dass sie in Sicherheit waren.

Ich war mir sicher, dass Harlons nächster Schlag das Haus in Brand setzen würde, aber er zielte stattdessen in den Himmel.

Die Drachen zerstreuten sich und ich schrie.

„Nash!"

Mein Herz blieb stehen, als einer der Drachen zu Boden stürzte – einer mit stumpfem braunen Leder und nicht Nashs bronzefarbener Körper. Also, uff. Nash war in Sicherheit. Er brüllte die letzten beiden Drachen an und löste damit die nächste Phase des Kampfes aus.

Inmitten des ganzen Chaos tauchten drei geduckte Gestalten hinter dem Haus auf. Zwei von ihnen sprangen von Busch zu Bush und verschwanden dann in den Bäumen entlang des Baches.

Ich hätte jubeln können, denn das waren Abby und Claire.

Die dritte – Pippa – wandte sich scharf nach Norden auf den Tafelberg zu.

Fast hätte ich ihr hinterhergeschrien. *Nein, nicht dort lang! Der Wirbel ist hier drüben!*

Gott sei Dank hatte Harlon sie nicht entdeckt. Aber einer der Drachen hatte es wohl, denn er raste im Sturzflug auf Abby und Claire zu.

Nash brüllte und stürzte sich auf ihn. Er legte dabei seine Ohren und Beine zu einer stromlinienförmigen Haltung an. Sobald er nah genug dran war, spie er Feuer. Aber sein Feind drehte sich weg und schlug mit seinem eigenen Flammenstrahl zurück.

Das Herz schlug mir bis zum Hals. Dank Nash hatten Abby und Claire Zeit zu entkommen. Aber würde seine Heldentat den höchsten Preis fordern?

Nach einer Furcht einflößenden Minute der Luftakrobatik zog der Drache zu einer Verschnaufpause ab und Nash tat es ihm gleich.

Knurrend schleuderte Harlon einen Blitz auf das Haus. Ich konnte nur hilflos zusehen, wie er in den Windanzeiger einschlug und in Funken explodierte.

Nicht so hilflos, sagte eine innere Stimme leise, aber heftig.

Ich wackelte mit den Fingern und versuchte, mich zu konzentrieren. Als ein Kampfschrei ertönte, blickte ich auf und befürchtete einen Angriff des neuesten Drachen auf der Bildfläche.

Aber dieser Schrei war keinem Drachen entsprungen. Ich war es, die wütend war. Auf Harlon. Auf den Sturm. Auf alles, was ich nie hatte sein oder tun können. Wütend genug, um meine Seele beiseitezuschieben und ein größeres, kühneres, mutigeres Ich zum Vorschein zu bringen.

Als Harlon das nächste Mal einen Blitz schleuderte, griff ich danach – nicht nur mit der Hand, sondern auch mit meinem Geist.

Blitze abzufangen, sollte unmöglich sein, aber das war es nicht. Zumindest nicht in dem Bild, das ich im Kopf hatte. Einen Sekundenbruchteil später...

Ich keuchte erschüttert von Tausenden von Watt der Energie. Nicht direkt, aber in der Ausdehnung meines Körpers und Geistes, wo ich von der blendenden, weißen Hitze getroffen wurde. Und nicht nur getroffen, sondern von ihr *verzehrt*.

Als Kinder hatten Abby und ich Jedi-Ritter gespielt, während Pippa Prinzessin Leia imitierte, in ihrer wahrhaft knallharten Variante. Wir waren Profis darin, das Geräusch von Lichtschwertern zu imitieren – genau das Geräusch, das mich jetzt betäubte, als das gleißende, weiße Licht aufblitzte.

Ich starrte durch zusammengekniffene Augen. Der Blitz flackerte immer noch, aber er hing in der Luft. Schwebend, aber nicht eingefroren – er knisterte, zuckte und funkelte weiter wie etwas aus dem Labor eines verrückten Wissenschaftlers.

Es funktionierte! Ich hielt den Blitz zurück! Oder besser gesagt, der Wirbel tat es. Jetzt musste ich ihn nur noch umlenken.

Ich schluckte.

Mein hämmerndes Herz sandte Adrenalin durch meine Adern. Adrenalin und noch etwas anderes.

Nashs Worte hallten in meinem Kopf wider. *Versteht ihr es jetzt? Ihr habt Kräfte. Ihr alle.*

Okay, vielleicht hatten wir die wirklich. Aber wie Nash schon gesagt hatte, hatte uns niemand beigebracht, wie man sie einsetzte.

In Gedanken schrie ich meinen Vater an. *Warum hast du es mir nicht gezeigt?*

Aber mir wurde klar, dass er es versucht hatte. Ich war diejenige, die sich dagegen gewehrt hatte und darauf bestand, dass ich keine Kräfte besaß.

Aber das tat ich. Jede Menge davon.

Und verdammt. Vielleicht hatte Pippa recht. Vielleicht war es mit Magie so natürlich wie beim Sex, wenn die Situation es erforderte.

Und Junge, diese Situation verlangte danach.

Mein Haar peitschte im Wind und eine Strähne blieb in meinem Mund hängen. Die Blitze zuckten und spiegelten Harlons Überraschung wider. Dann funkelte er finster und riss seine Arme erneut nach vorn, wodurch sich die Kraft des Blitzes verdoppelte.

Ich taumelte von der Wucht und konnte nur mit Mühe standhalten.

Du wolltest meine Hilfe, spürte ich den Wirbel grummeln. *Jetzt zeig mir, dass du bereit bist, deinen Teil beizutragen, oder ich höre auf.*

Das tat ich. Ganz ehrlich. Aber ich war ein Anfänger, was Magie anging. Verdiente ich deshalb nicht ein wenig Nachsicht?

Offenbar nicht. Kein bisschen.

Schweißperlen standen mir auf der Stirn, als ich beide Arme ausstreckte – einen gegen den Felsen, den anderen in die Luft, um die Kraft des Wirbels zu lenken. Der Blitz knisterte und zuckte weiter und versengte jedes Stück Erde, über dem er schwebte. Aber Zentimeter für Zentimeter rückte er vor und drängte mit bedrohlicher Kraft in Richtung Haupthaus.

Harlon war dabei, zu gewinnen. Ich war dabei, zu verlieren. Es war unausweichlich.

Sie hätten mein Angebot annehmen sollen, sagte Harlons triumphierender Blick.

Plötzlich entlud sich der Blitz in einem Funkenregen und er stolperte zurück. Ich zuckte zusammen, als sein Widerstand abbrach und wurde zurückgestoßen, als er wieder zu sich kam. Das Geräusch von Lichtschwertern im Duell wurde lauter. Und was jetzt?

Pippas Stimme, vor Anstrengung gedämpft, klang in meinem Kopf. *Steh nicht einfach nur rum. Hilf mir.*

Ich konnte sie nicht sehen, aber ich konnte die Verstärkung des Widerstands spüren. Es war, als wäre meine Schwester neben mich gesprungen, hätte eine Hand auf den Wirbel gelegt und sich Harlon mit mir entgegengestellt.

Nur dass sie nicht neben mir stand. Ich starrte durch den Wirbelsturm. Wo war Pippa?

Dann konzentrierte ich mich darauf, Harlons Blitze abzuwehren. Das *Wie* war jetzt egal, wichtig war nur, dass es uns gelang, ihn aufzuhalten... irgendwie.

In meinen Gedanken lehnte ich mich gegen eine Steinmauer und drückte. Fester... fester...

Es funktioniert! keuchte Pippa in meinem Geist. *Mach weiter!*

Der Blitz zischte und sprühte wütender als je zuvor. Aber er versengte jetzt einen neuen Fleck Erde ein paar Zentimeter näher an Harlon.

Es funktionierte! Wir drängten Harlon zurück!

Sein Gesicht verzerrte sich vor Wut und Anstrengung und wir konnten nicht weiter vorankommen.

Wenn Abby doch nur auch mitmachen könnte. Wir drei Schwestern waren schon immer ein hervorragendes Team gewesen. Als Trio konnten wir Harlon doch sicher überwältigen.

Aber Abby musste für Claires Sicherheit sorgen, also war das keine Option.

Drachengebrüll drang durch die Wolken und brachte mich zur Verzweiflung.

Verdammt... Pippa fluchte, als Harlon einen Teil unseres hart erarbeiteten Fortschritts zurückeroberte.

Irgendwo über uns schrie ein Drache und ein anderer grollte triumphierend. War Nash der Gewinner oder Verlierer?

Meine Arme brannten vor Anstrengung. Mein ganzer Körper schmerzte. Aber jetzt aufzugeben würde bedeuten, alles zu verlieren. Alles.

Nun, heute nicht, knurrte jemand in meinem Geist.

Fast hätte ich gejubelt. Abby?

So einen Kampf würde ich mir nicht entgehen lassen, bellte sie. *Jetzt sag mir, wie zum Teufel das hier funktioniert, und ich bin dabei.*

Das war der schwierige Teil, denn ich hatte keine Ahnung.

Du musst zum Wirbel gehen, sagte Pippa, die sich immer noch Harlon entgegenstemmte.

Ich bin am Wirbel, beharrte Abby.

Nein, ich bin am Wirbel, erwiderte Pippa.

Nein, ich bin es, hätte ich fast gesagt. *Und ihr beide seid nirgendwo in Sicht.*

Plötzlich wurde mir etwas klar. Meine Tante hatte uns alle vor dem Wirbel gewarnt, aber sie war nie mit uns dreien zur gleichen Zeit dorthin gegangen. Gab es mehr als einen Wirbel – oder mehr als einen Ort, an dem man die Kraft anzapfen konnte?

Berühre ihn, bellte ich. *Eine Hand auf den Wirbel, richte deine andere Hand auf den...*

Der Blitz zuckte, bevor ich meinen Satz beenden konnte. Diese Abby. Sie lernte immer schnell.

Heiliger Strohsack, murmelte sie.

Ja, das brachte es auf den Punkt. Eine Kaktusfeige ging in Flammen auf, als unsere vereinte Kraft Harlons Blitz zurückdrängte. Der Boden verkohlte. Ein Hase sprang auf und rannte in erneute Deckung.

Macht weiter! drängte Pippa, während wir unsere gemeinsamen Anstrengungen fortsetzten.

Okay, Arschloch, spürte ich Abby zischen, als der Blitz schwankte. *Wir sind dabei, zu gewinnen. Du verlierst. Und jetzt verschwinde verdammt noch mal von unserem Grundstück!*

Völlig ungläubig wich Harlon zurück. Als er gegen die Vorderseite seines Wagens stieß, fluchte er, und Donner dröhnte über der Ranch. Einen Moment später drehte er sich um und wollte fliehen.

Am liebsten hätte ich ihn mit seinem eigenen Blitz verfolgt, aber in dem Moment, in dem er seine Arme sinken ließ, verpuffte er und ich stolperte nach vorn.

Ich rannte den Hügel hinauf, um ihn zu verfolgen. Was ich tun würde, wenn ich Harlon erreichte, wusste ich nicht. Ihn zu erdrosseln stand allerdings ganz oben auf meiner Liste.

Ich ziehe es vor, ihm in die Eier zu treten und ihm dann beim Wimmern zuzusehen, murmelte Pippa.

Auch sie keuchte und rannte auf Harlon zu.

Leider hatte der Hexenmeister genug Vorsprung, um in seinen Wagen zu springen und loszufahren. Doch als ich den Hügel erklomm, sah ich ihn in die Ferne starren.

Mehrere große, dunkle Geländewagen rasten den Schotterweg hinauf und wirbelten dabei riesige Staubwolken auf. Sekunden später schwärmten die Fahrzeuge aus und kamen quietschend vor Harlon zum Stehen.

„Wow", murmelte Pippa und stieß fast von hinten mit mir zusammen.

Die Türen flogen auf und ein Dutzend riesige Männer – einige in geheimdienstähnlichen Anzügen, andere in Kampfmontur – sprangen heraus. Sie schwangen Waffen und Dienstmarken.

„Hier ist die ABDKS!", brüllte einer von ihnen. „Keine Bewegung."

Die Gewitterwolken rissen auf und ein Drache schwebte brüllend vorbei.

„Nash!", rief ich halb aus Erleichterung, halb als Warnung.

Ein Dutzend Waffen folgten ihm und ich schrie: „Halt! Nicht schießen!"

„Nicht!", rief Pippa und stärkte mir den Rücken. „Er gehört zu uns! Harlon ist das Problem!"

Die Männer der Agentur schauten zwischen uns und ihrem Anführer hin und her.

Meine Hoffnungen stiegen... bis Harlon mit seinem hypnotischen Schnurren zu sprechen begann.

„Meine Herren, gut, dass Sie hier sind. Ich kann Ihnen alles erklären."

Kapitel 30

ERIN

In dem Moment, als Harlon zu sprechen begann, wurde mein Herz schwer. Jeden Augenblick würde er die Männer der Agentur davon überzeugen, Nash zu töten, mich zu verhaften und ihm die Ranch zu überlassen.

„Dieser Drache ist eine Bedrohung für die Gesellschaft." Harlon deutete auf Nash, der über uns kreiste und schnaufte – so wütend, dass aus seinen Nasenlöchern zornige Rauchschwaden drangen.

„Ein außer Kontrolle geratener, kaltblütiger Mörder", fuhr Harlon fort und deutete auf den Aschehaufen. „Er hat Angelina Saint James umgebracht." Er nickte traurig auf die schockierten Blicke der Männer hin. „Gerade als sie versuchte, ihn zur Vernunft zu bringen."

„Sie wurde von dem Blitz getroffen, den Sie geschleudert haben!", protestierte ich.

Tatsächlich war ich diejenige, die den Blitz in seine Richtung zurückgeschleudert hatte, aber diesen Teil verkniff ich mir.

Harlon tadelte: „Leider ist es ihm gelungen, in die Köpfe dieser armen, wehrlosen Frauen einzudringen. Sie stehen unter seinem Bann."

Pippa stürmte vor und riss eine Faust hoch. „Ich zeige dir, wie arm und wehrlos wir sind, Arschloch..."

Ich hielt sie zurück, als ein Dutzend Gewehre in unsere Richtung geschwenkt wurde. Was ging hier vor sich?

Pippa kochte innerlich und trat in Angelinas Asche. „Das hier ist unser Grundstück! Er hat es unbefugt betreten. Sie alle sind unbefugt hier!"

Der leitende Beamte ließ seine Dienstmarke aufblitzen. „Captain Edwards von der ABDKS. Wir sind nur hier, um zu helfen, Ma'am."

Ich schnaubte. Sie waren hier, um Nash die Schuld in die Schuhe zu schieben, und ich wusste es.

„Dann schaffen Sie diesen Eindringling von unserem Grundstück." Pippa zeigte mit dem Finger auf Harlon.

Der schüttelte den Kopf. „Sie haben letzte Woche einen Kaufvertrag unterschrieben. Ich habe Ihn in meinem Büro. Das ist jetzt mein Eigentum, aber sie weigern sich, es zu räumen."

„Wir weigern uns, *was* zu tun?", schrien Pippa und ich.

Harlon log nach Strich und Faden, aber er tat es so ruhig und selbstbewusst, dass ich Angst hatte, die Agenten würden es ihm abkaufen.

Aber, uff. Captain Edwards hob die Hand und unterbrach Harlon. „Wir werden Ihre Aussage zu gegebener Zeit aufnehmen. Legen Sie jetzt die Hände auf den Kopf und wenden Sie sich Ihrem Fahrzeug zu."

„Natürlich. Ich tue alles, um mit dem Gesetz zu kooperieren", brummte Harlon zuckersüß, obwohl er keine Anstalten machte, zu gehorchen. „Und alles, um diesen abtrünnigen Drachen zu schnappen. Sie müssen ihn sofort unter Kontrolle bringen."

Meine Hoffnungen sanken. Er tat es schon wieder, verdammt – er spielte mit dem Verstand der Leute.

Aber Edwards bellte und wollte nichts davon wissen: „Sparen Sie sich Ihre Gedankenmanipulation für die Menschen und legen Sie Ihre Hände auf das Fahrzeug. Sofort."

Fast hätte ich gejubelt. Welch eine Erleichterung, zu wissen, dass die Agenten immun gegen Harlons Magie waren.

Andererseits war ich selbst noch nicht aus dem Schneider.

Edward war ein fitter Mittsechziger mit markantem Kinn und einem gepflegten grau melierten Bart. Ein Mann, der wahrscheinlich überall, wo er hinkam, Frauenköpfe verdrehte – und nicht nur die über fünfzig. Ein wenig wie Harlon selbst tatsächlich, nur dass Edwards auf der richtigen Seite des Gesetzes stand.

Zumindest hoffte ich das.

„Sie und Sie", bellte er Pippa und mich an. „Bleiben Sie genau da, wo Sie sind. Und dieser Drache – ich will ihn hier unten haben, Pronto."

Ich schaute zu Nash, der immer noch seine Kreise zog. Warum war er nicht geflohen, als er die Gelegenheit dazu gehabt hatte?

Intensive, bronzene Augen starrten mich an und schworen mir, niemals zu gehen, solange ich ihn brauchte.

Mein Herz flatterte und ich schenkte ihm ein breites Lächeln.

„Dort drüben ist noch ein Drache, Sir." Einer der Agenten zeigte darauf.

Edwards nickte knapp. „Der auch." Er streckte sein Kinn vor und brüllte den beiden zu: „Du und du. Ihr habt eine Minute Zeit, um zu landen. Dort und dort." Er zeigte auf zwei Stellen am Boden.

Der Kerl hatte eine höllische Stimme – und eine höllische Präsenz. Außerdem schien ihn weder die Anwesenheit eines Hexenmeisters noch die eines Drachen zu stören. Aber ich nahm an, das war eine Voraussetzung, wenn man für eine Agentur arbeitete, die auf übernatürliche Aktivitäten spezialisiert war. War er auch ein Drachengestaltwandler? Ein Wolf? Ein Hexenmeister?

Auf sein Signal hin traten vier Agenten hinter ein Fahrzeug. Eine Minute später überragten sie es in Drachengestalt. Ohne ein Wort – oder ein Knurren – pirschten sie sich zur Seite und bildete eine furchterregende Reihe hinter den anderen Agenten.

Pippa klappte die Kinnlade auf. „Wow. Drachen."

Ich schluckte. Ja, vier davon. Genau das, was wir brauchten, um diesem Schlamassel die Krone aufzusetzen.

„Wie soll Nash dort landen, wenn Sie ihn so bedrängen?", protestierte ich.

Edwards blinzelte nicht. „Er kennt die Prozedur."

Er wusste also, dass es Nash war. Kannten sie sich persönlich? Und verdammt. War das gut oder war es schlecht?

Nash kreiste langsam, dann glitt er heran und landete neben mir anstatt der angegebenen Stelle. Er blieb mit gefletschten Zähnen, ausgebreiteten Flügeln und peitschendem Schwanz dort stehen.

„Junge, bin ich froh, dass er auf unserer Seite ist", murmelte Pippa.

Ich auch. Er hatte im Alleingang – Alleinflug? – vier Drachen abgewehrt, um meine Ranch und meine Familie zu retten. Er hätte fliehen können, um seine eigene Haut zu retten, aber er hatte es nicht getan. Er war geblieben, um zu kämpfen – für uns.

Für mich.

Ich drehte mich zu ihm und versuchte, seinem Blick zu begegnen. Was nicht leicht war, denn er starrte Edwards und Harlon auf eine Weise an, die sagte: *Wenn ihr dieser Frau auch nur ein Haar krümmt, werdet ihr sterben.*

Wie hatte ich je an ihm gezweifelt?

Ich rückte näher und versuchte, ihn zu beruhigen. „Es ist okay."

Mein Puls stieg mit jedem Schritt, den ich machte. Sich einem ruhigen, freundlichen Drachen zu nähern, wie ich es letzte Nacht getan hatte, war eine Sache. In die Nähe eines wütenden, Rauch paffenden Drachen zu treten, war eine ganz andere.

Ich biss mir auf die Lippe und ging weiter, während ich sanft auf die lederartigen Platten seiner Brust klopfte. Wow. Sie waren so hart. Konnte Nash das überhaupt spüren?

Offensichtlich, denn er streckte den Hals und schaute nach unten. Direkt nach unten, weil ich so nah war.

Mein Herz schlug schneller, als ich nach oben sah – und weiter nach oben. Das war verdammt viel Drache über mir. Genug, um meine Knie schlackern zu lassen. Gott sei Dank wusste ich, dass Nash da drinsteckte.

„Alles wird gut. Irgendwie", fügte ich ein wenig lahm hinzu.

Sein Stirnrunzeln sagte: *Wie?* aber er senkte die Flügel leicht.

Ich tätschelte ihm erneut die Brust.

Edwards zeigte auf den zweiten, geheimnisvollen Drachen, der auf einer Klippe hockte – der, der die ganze Zeit teilnahmslos zugesehen hatte.

„Du da! Du musst sofort hier landen."

Die Agenturdrachen brummten und bekräftigten den Befehl.

Der Drache blinzelte sie völlig unbeeindruckt an. Eine lange Minute später streckte er gelangweilt die Flügel aus und setzte elegant zu einem sanften Gleitflug an.

Meine Kinnlade klappte auf. Bis dahin hatte ich den Drachen nicht richtig sehen können. Jetzt, da ich ihn sah…

Pippa schaute zweimal hin und flüsterte: „Du machst Witze."

Das Leder des Drachen schimmerte in einem Koboldgold und als er seine Füße zur Landung ausstreckte, waren die Krallen glänzend und gepflegt.

Ich holte tief Luft und machte mich bereit. Mein Haar peitschte herum, als der Drache landete, aber das war die geringste meiner Sorgen.

„Mom", flüsterte Pippa, die genauso schockiert war wie ich.

Der Drache schaute uns kurz an und wandte sich dann den Agenten zu. Alle verstummten, als sie einen nach dem anderen musterte.

Klick, klick, klick machten ihre Krallen und klopften ungeduldig auf den felsigen Boden.

Dann meldete sich Captain Edwards zu Wort und alles wurde noch merkwürdiger.

Bis dahin war er das Ebenbild eines coolen, gefassten FBI-Typen gewesen. Jetzt sank seine Stimme zu einem heiseren Flüstern.

„Virginia?"

Ich starrte ihn an. Er kannte meine Mutter?

Sie würdigte ihn kaum eines Blickes, sondern behielt ihre königliche Haltung mit einer deutlichen Aura der Erwartung bei.

„Oh. Stimmt. Einen Moment." Edwards gestikulierte einem anderen Agenten zu, der zum hinteren Teil des Geländewagens eilte und mit zwei Bündeln zurückkam. Er warf das erste grob vor Nashs Füße. Das zweite legte er ehrfürchtig vor meine Mutter und verbeugte sich praktisch, als er sich wieder zurückzog.

„Hm-hmm." Edwards räusperte sich und alle Männer schauten weg, damit meine Mutter sich in Ruhe verwandeln konnte.

Jede normale Frau – oder Gestaltwandlerin – würde sich in einer solchen Situation schnell anziehen.

Meine Mutter nicht.

Sie verwandelte sich langsam, fast gemächlich – ein Vorgang, den ich noch nie miterlebt hatte. Noch nicht einmal jetzt, denn Nash verwandelte sich zur gleichen Zeit und zog meine ganze Aufmerksamkeit auf sich. In seiner Drachengestalt war er so anders und doch sofort wieder erkennbar. Dieselben feurigen Augen, dieselben starken Schultern. Dieselbe Aura von Verletzlichkeit gemischt mit Unbesiegbarkeit.

„Nash", flüsterte ich und nahm seine Hand.

Er hielt meine fest umklammert, und als er sprach, war seine Stimme tief und heiser. „Geht es dir gut?"

Ich nickte. Ja. Bis jetzt.

Er nickte grimmig, dann nickte er Edwards zu. Offensichtlich jemand, den er kannte – so wie der dunkelhaarige Mann auf der linken Seite, mit dem Nash kurz Blickkontakt aufnahm.

„Ingo", flüsterte Pippa dem dunkelhaarigen Mann ungläubig zu.

Ich starrte sie an. Was?

Dann die Erleuchtung. *Der* Ingo? Pippas Ex?

Ingo starrte sie mit großen Augen an und drückte dann die Schultern durch. Weder er noch Nash würdigten einander, was mich stutzig machte. Wo lag Ingos Loyalität – bei seinem Freund oder bei der Agentur? Und was dachte er darüber, meine Schwester zu sehen?

Jede Menge Fragen. Keine Zeit für Antworten.

Als ich zu meiner Mutter zurückschaute, war sie in Menschengestalt, nackt und in keiner Weise in Eile. Tatsächlich hielt sie den schlichten, grauen Overall hoch und betrachtete ihn mit Verachtung. Schließlich seufzte sie und zog ihn an, wobei sie den vorderen Reißverschluss tief genug offenließ, um trotz der Winterkälte ihr Dekolleté zu zeigen. Dann schnürte sie den Gürtel fest zu, um ihre Kurven zu betonen.

Sie räusperte sich und signalisierte: *Ihr könnt euch jetzt wieder umdrehen* zu den anderen, als wären sie ihre Untertanen.

„Hallo Mädels", murmelte sie und schenkte uns kaum einen zweiten Blick. „Schön, euch zu sehen." Dann runzelte sie die Stirn. „Großer Gott, Erin. Bring dein Haar in Ordnung, ja?"

Meine Kinnlade klappte auf. Als ich den Mund aufmachte, um zu antworten, hatte sie ihre Aufmerksamkeit – sofern man es als solche bezeichnen konnte – bereits auf Captain Edwards gerichtet.

„Virginia", hauchte er erneut.

Pippa und ich tauschten leidvolle Blicke aus. Oh, sie kannten sich definitiv. Und wie *intim...* das wollte ich wirklich, wirklich nicht wissen.

Ich seufzte und tat mein Bestes, um mein sturmgepeitschtes Haar zu entwirren.

Mom würdigte Edwards erst eines Blickes, nachdem sie ihre Fingernägel geprüft hatte. „Schön, dich wiederzusehen..." Sie hielt inne und dachte nach. Schließlich fügte sie hinzu: „Tim."

Sein Gesicht verfinsterte sich. „Tom."

Meine Mutter sagte nicht laut, *wie dem auch sei*, aber ihre Geste tat es. Dann schaute sie Nash an, der einen identischen Overall trug. An ihm sah er aus wie eine knallharte *Top Gun*-Uniform, während meine Mutter aussah, als wäre sie für den Laufsteg bereit. Und sie hatte noch nicht einmal Zeit gehabt, sich mit Accessoires auszustatten.

Sie warf Nash einen abschätzenden Blick zu. Die Art von Blick, die sie wahrscheinlich einst Tom – ähm, Captain Edwards – zugeworfen hatte, kurz bevor sie mit ihm ins Bett sprang, um dann am nächsten Morgen ohne ein Wort zu verschwinden.

Normalerweise hätte ich geseufzt. Aber da es Nash war, den sie musterte, knirschte ich mit den Zähnen.

Nash warf ihr einen Blick zu, dann legte er einen Arm um meine Schultern und nickte Edwards zu. „Captain."

Der Mann nickte unwirsch. „Nash."

Meine Mutter wippte vor und zurück, verärgert darüber, dass sie nicht im Mittelpunkt der Aufmerksamkeit stand.

„Was machst du hier?", fragte Pippa.

Unsere Mutter antwortete in einem leidgeprüften, *Ist das der Dank für alles, was ich für euch geopfert habe?*-Tonfall, zu dem sie kein Recht hatte.

„Dein Vater hat mich angerufen." Dann runzelte sie die Stirn und drehte sich zu mir um. „Oder war es dein Vater? Vielleicht Abbys Vater?" Sie zuckte mit den Schultern. „Es war spät. Ich konnte kaum klar denken." Dann gähnte sie. „Gott. Es ist immer noch spät. Oder früh. Ich brauche einen Kaffee." Sie schaute sich um und obwohl sie nicht direkt die Hand ausstreckte, damit ihr jemand eine dampfende Arabica-Mischung in die Hand drückte, war ihre Erwartungshaltung klar.

Und tatsächlich stolperten zwei Agenten praktisch übereinander, um den hinteren Teil des Geländewagens zu erreichen. Der Gewinner kam einen Moment später mit einer Thermoskanne und einem Pappbecher zurück.

Und ich hatte gedacht, die BDSM würde ihre Kofferräume mit Waffen, Funkgeräten und magischen Fesseln vollstopfen. Bis jetzt hatten sie allerdings nur Overalls und Kaffee herausgeholt. Hatten sie auch Donuts dabei?

Wie dem auch sei, Mom hatte ihren Charme offensichtlich nicht verloren.

Sie betrachtete den Pappbecher lange, vielleicht in der Erwartung, dass der Typ eine Porzellantasse bringen würde. Als keine erschien, nahm sie ihn widerwillig an. Sie nippte an dem Kaffee, warf dem Agenten einen beleidigten Blick zu... und nippte erneut.

Ja, gemischte Botschaften waren die Spezialität meiner Mutter.

„Warum sollte Dad – oder Erins Dad – dich anrufen?", fragte Pippa. „Und Moment. Er hat deine Nummer?"

Meine Mutter zuckte mit den Schultern, als wollte sie sagen: *Es ist ja nicht meine Schuld, dass meine Ex-Liebhaber mir immer noch nachstellen.* „Er hatte das Gefühl, dass etwas nicht stimmt. Er hat erst Greg angerufen – oh siehst du. Es war Erins Vater, der mich anrief, nicht Pippas –, aber sie waren beide nicht in der Nähe, um schnell hierherzukommen. Also haben sie mich gerufen."

Ein tiefer Seufzer machte deutlich, was für ein lästiger Umstand dies für sie gewesen war.

„Ich weiß nicht, warum du dir die Mühe gemacht hast", konnte ich mir nicht verkneifen. „Du hast nicht einmal geholfen. Warum?"

Sie trank einen weiteren Schluck Kaffee. „Ihr drei schient alles unter Kontrolle zu haben. Und euer Drachenfreund auch." Sie warf Nash einen anerkennenden Blick zu.

Nicht anerkennend für seine Hilfe. Anerkennend für sein Äußeres.

Ich schlang meine Hand fester um seine.

„Wir hätten sterben können, Mom", protestierte Pippa.

„Aber, aber. Sei nicht so dramatisch." Trotzdem schaute sie Harlon mit zusammengekniffenen Augen an. „Andererseits hat dieser Hexenmeister meine Töchter mit Blitzen beschossen und man muss sich schon fragen, warum."

Ihr Tonfall wurde leiser und ihre Augen eisig.

Seltsamerweise erwärmte das mein Herz. Vielleicht liebte Mom uns wirklich. Vielleicht waren wir ihr auf ihre unnahbare, distanzierte Art doch wichtig.

Edwards drehte sich zu Harlon um und sah dabei verdammt gefährlich aus.

Harlon riss die Hände hoch. „Ich musste mich verteidigen. Sie haben mich angegriffen."

Pippa und ich schnauften, während Nash knurrend einen Schritt nach vorn trat.

Meine Mutter schnaubte. „Sie haben Sie angegriffen, ja?" Sie deutete mit ihrem Kaffeebecher auf seinen Wagen. „Haben sie Sie auch hierhergelockt?"

Die Agenten beugten sich vor und warteten.

Harlon öffnete den Mund, um zu sprechen, und schloss ihn dann wieder. Es war kurz nach Sonnenaufgang an einem Sonntag. Selbst ein Hexenmeister konnte das nicht wegdiskutieren.

„Und dieser Sturm, der aus dem Nichts kam", fuhr meine Mutter fort. „Haben sie den auch auf Sie losgelassen?"

Ich verschränkte die Arme. „Er ist mindestens ein Klasse-zwei-Hexenmeister, nicht wahr, Nash?"

Er nickte. „Mindestens."

Edwards schaute Harlon stirnrunzelnd an, dann einen anderen Agenten, der ein Klemmbrett hielt. Hatten die Papiere dort Harlon als harmlosen Klasse-vier-Hexenmeister eingestuft?

„Aha. Hände auf das Fahrzeug, Sir", befahl er.

Harlon schnaubte. „Wissen Sie, wer ich bin?"

„Nein, aber ich kann es kaum erwarten, alles über Sie herauszufinden." Edwards kam näher, flankiert von zwei großen Männern. „Und ich meine alles. Finanzen. Geschäftslizenzen. Unerlaubter Gebrauch von Magie..."

Ich schreckte zurück, als ich sah, wie Harlons Finger zuckten.

„Machen Sie nur", sagte Edwards kühl. „Wir hätten liebend gern mehr Beweise dafür, wozu Sie fähig sind."

Harlon biss die Zähne zusammen und warf mir einen finsteren Blick zu. Der Blick, den er Nash entgegenschleuderte, war noch mörderischer. „Was ist mit ihm?"

Tim – ähm, Tom – folgte seinem Blick zu Nash. „Oh, er wird auch mit uns reden. Genau wie die anderen." Er schaute Pippa und mich an, wenn auch bei Weitem nicht so bedrohlich. „Aber ich rate Ihnen, sich um Ihre eigenen Angelegenheiten zu kümmern."

Auf ein Zeichen von Edwards eskortierten zwei Agenten Harlon in eins der Fahrzeuge. Sie stiegen hinter ihm ein und fuhren los, gefolgt von zwei weiteren Geländewagen – und zwei der vier Drachen hoch in der Luft, wo weitere Flecken blauen Himmels erschienen. Die beiden anderen Drachen nahmen ihre menschliche Gestalt wieder an und fuhren in Harlons Range Rover davon.

Damit blieben zwei Fahrzeuge, sechs Agenten und Captain Edwards übrig, die uns alle anstarrten.

Nun, drei Agenten starrten uns an. Edwards hatte Mühe, seinen Blick von meiner Mutter abzuwenden. Ich konnte die funkelnden Herzen in seinen Augen praktisch zählen.

Schließlich räusperte er sich und bellte seinen Männern Befehle zu. Zwei von ihnen holten eine Art forensische Ausrüstung heraus und machten sich an Angelinas Asche zu schaffen, während die anderen vier sich damit beschäftigten, die Brandspuren auf dem Boden zu vermessen.

Ich warf einen verstohlenen Blick auf die Felszeichnungen und schaute dann wieder zu Boden. Wie zum Teufel sollten wir den Wirbel erklären?

Vielleicht können wir die Details beschönigen, hörte ich Pippas Stimme in meinem Kopf.

Ich schenkte ihr ein klitzekleines Nicken.

„Also, ich brauche jetzt von jedem eine Aussage... ", fing Captain Edwards an.

„Ja, ja", sagte meine Mutter ungeduldig. „Aber das müssen wir sicher nicht hier draußen machen. Oder in deinem zugigen Büro."

Pippa und ich warfen uns Blicke zu. Mom war in seinem Büro gewesen?

Pippa schaute in Moms Richtung und seufzte dann. *Ich will fragen, aber gleichzeitig will ich es auch nicht wissen.*

Mom zeigte Edwards ihren leeren Kaffeebecher – das dringendste Anliegen auf ihrer Liste – und gestikulierte in Richtung Haupthaus. „Können wir das nicht auf eine zivilisierte Art und Weise machen? Ich bin sicher, dass es nicht lange dauern wird, bis wir alles geklärt haben."

Edwards musterte sie, sichtlich zwischen Protokoll und dem Charme meiner Mutter hin und her gerissen.

Ha, der Mann mochte gegen die Magie eines Klasse-zwei-Hexenmeisters immun sein, aber nicht gegen meine Mutter.

Pippa mischte sich als Nächste ein. „Gute Idee. Wir könnten Kaffee aufsetzen – richtigen Kaffee. Und hat Claire nicht Muffins gebacken?" Dann täuschte sie Überraschung vor. „Oh! Mom, wenn du jetzt rüberkommst, kannst du deine Enkelin sehen. Ich weiß, wie sehr du sie vermisst hast."

Nash hob eine Augenbraue. Ich sagte kein Wort.

„Es wäre so schade, wenn du jetzt so schnell wegmüsstest. Zum Heulen schade", betonte Pippa und versuchte, ihr die Sache schmackhaft zu machen.

„Oh ja", stimmte meine Mutter ohne jegliche Emotion zu. „Ich habe sie so sehr vermisst."

Ha. Ihren Kaffee vermisste sie mehr, aber wir hatten gelernt, zu nehmen, was wir kriegen konnten.

„Ich schätze, wir könnten drinnen anfangen", murmelte Edwards.

Und schon gingen wir den Hügel hinunter zum Haupthaus.

„Also, der Wirbel. . . ", flüsterte Pippa.

Ich brachte sie mit einem scharfen Blick auf Edwards zum Schweigen und korrigierte sie dann. „*Die* Wirbel."

„Tante Emma hat mir immer nur den am oberen Ende des Canyons gezeigt", flüsterte Pippa.

„Mir hat sie nur den an der Klippe gezeigt", fügte ich hinzu.

Pippa rieb sich das Kinn. „Und Abby war irgendwo drüben am Tafelberg."

Wir dachten einen Moment darüber nach.

„Ein Wirbel mit drei Ausgängen oder drei getrennte Wirbel?", fragte sich Pippa laut.

Ich wusste es nicht und war mir nicht sicher, ob ich es wissen wollte. Wie dem auch sei, meine Schwester sollte über dieses Thema nachdenken. Ich legte einen Arm um Nash und ging hinter ihr her.

„Steckst du immer noch in Schwierigkeiten?", flüsterte ich.

Er dachte darüber nach, bevor er zurückflüsterte: „Das weiß ich nicht. Aber ich denke, ich werde deine Mutter die Dinge für eine Weile regeln lassen."

Ich verkniff mir ein Lachen. „Ich bin mir nicht sicher, ob das eine gute Idee ist." Er gluckste, dann hielt er inne und nahm meine beiden Hände. „Ich bin mir über viele Dinge nicht sicher, außer über eine Sache."

Mein Herz überschlug sich und mein Atem stockte.

Er strich mit seinen Daumen über meine Handrücken. „Ich weiß, dass ich mich noch nie so lebendig gefühlt habe wie in deiner Nähe. Ich weiß, dass ich dazu bestimmt war, hierher zu kommen. Und ich weiß, dass ich nie wieder gehen will."

Ich biss mir auf die Lippe, damit sie nicht zitterte. Als ich schließlich sprach, fiel mir nur ein nervöser Scherz ein.

„Tatsächlich sind das drei Dinge."

Er ließ ein Lächeln aufblitzen. „Nenn mich gierig."

Tausend Emotionen erstickten mich. Aber keine davon half mir, eine intelligente Antwort zu finden. Das Beste, was mir einfiel, war: „Nun, Sedona ist ein schöner Ort..."

Nash schüttelte den Kopf. „Es liegt nicht am Ort. Es liegt daran, dass du hier bist."

Ich räusperte mich und versuchte, ruhig zu bleiben. Am Ende schlang ich meine Arme um ihn und drückte ihn fest an mich. So fest, dass es meinen Brustkorb zerquetschte und ich kaum noch atmen konnte. Aber ein wenig locker zu lassen, änderte daran nichts, also drückte ich ihn wieder so verzweifelt an mich wie zuvor. Nur für den Fall, dass ein weiterer Hexenmeister, Vampir oder Gestaltwandler auftauchte, um ihn mir wegzunehmen.

„Ich möchte auch, dass du bleibst", flüsterte ich. „Nein – ich würde es lieben."

Er grinste. Ich konnte es nicht sehen, aber ich spürte es. Genauso deutlich, wie ich so viele andere Dinge spürte. Freude. Hoffnung. Energie. Verlangen.

Und vor allem, Ungeduld. Ich wollte die Zeit vorspulen, zu einem Punkt nach Kaffee und Muffins, nach den Verhören und allem anderen, was wir nicht umgehen konnten. Ich wollte an dem Punkt wieder auftauchen, an dem all das erledigt war und ich mit Nash allein sein konnte. Um zu reden. Um uns zu lieben. Um Dinge zu klären.

Nash küsste meinen Hals, dann meine Wange und schließlich meine Lippen in einem Versprechen, dass wir all das tun würden. Bald.

Kapitel 31

NASH

Es war eine höllische Nacht gewesen und so, wie es sich abzeichnete, würde es ein höllischer Morgen werden. Wir hatten die Bedrohung durch Harlon und Angelina zurückgeschlagen, aber jetzt mussten wir uns mit Captain Edwards und Erins Mutter auseinandersetzen. Schlimmer noch, ich wurde immer schwächer.

„Geht es dir gut?", fragte Erin und half mir die Verandastufen hinauf.

Ich versuchte zu antworten, aber alles, was ich herausbrachte, war ein Gemurmel, und meine Sicht verschwamm.

„Nash!" Sie packte meinen Arm und konnte gerade noch so verhindern, dass ich mit dem Gesicht auf der obersten Stufe landete.

„Posteleftherischer Entzug", brummte Edwards, obwohl er meilenweit entfernt klang.

„Post-*was*?", kreischte Erin.

Ich bewegte meine Lippen und versuchte, ihr zu erklären, was die Agentur mich gelehrt hatte.

In dem seltenen Fall, dass das Opfer eines Vampirs dessen Ableben überlebte, versuchte der Körper einen neuen Zustand der Homöostase herzustellen, indem er sich von den verbleibenden chemischen Rückständen befreite.

Mit anderen Worten: Es ist wie der Entzug bei einem Drogensüchtigen, nur dass das alles irgendwie undeutlich herauskam.

Dieser lebensbedrohliche Zustand stört oft die Gehirnchemie und führt zum Tod...

Gott, ich hoffte es nicht. Nicht jetzt, wo es endlich aufwärtsging.

Oder abwärts, dachte ich, als ich auf das Verandasofa kippte.

„Nash!", rief Erin.

Edwards klang allerdings nicht besorgt. „Geben Sie ihm einfach ein paar Stunden Zeit. Er wird schon wieder."

Erin kaufte es ihm nicht ab und ich auch nicht. Aber da war die Welt schon dunkler... dunkler... weg.

∞∞∞∞

Wie lange ich bewusstlos war, wusste ich nicht. Eine Zeit lang war ich komplett ohnmächtig. Irgendwann wurde ich mir vage bewusst, dass ich im Fieberwahn murmelte und mit Decken überhäuft wurde. Dann kam eine albtraumhafte Phase, in der ich meine tiefsten, dunkelsten Erinnerungen noch einmal erlebte – die meisten davon hatten mit Angelina zu tun. Sie hielten sich hartnäckig in meinem Gedächtnis, aber schließlich verblassten sie und wurden von der strahlenden Sonne weggewaschen. Erst dann schlief ich für eine Weile.

Als ich aufwachte, stand die Sonne hoch und der Himmel war klar und hell.

Ich blinzelte. Wow. *Wirklich* hell. *Sonnenbrillenhell*, obwohl die unförmigen Gegenstände, die auf meiner Brust gestapelt waren, ein paar wenige Schatten warfen. Ich tastete herum und hob ein... Häschen vor meine Augen.

Ja, ein Häschen. Ein flauschiges, rosa Stoffhäschen.

Hopper, sagte mein Drache trocken.

Als Nächstes fand ich einen Teddybären – Fred, wenn ich mich recht erinnerte – und ein regenbogenfarbenes Einhorn, dessen Name mir nicht mehr einfiel.

Ich legte sie beiseite, rollte mich herum und setzte mich langsam auf. Mein Fuß fand eine freie Stelle, aber nur eine kleine, denn ein ganzer Stall von Pferdefiguren war dort aufgereiht und wachte über mich.

Ich schaute sie mir an und erkannte ein paar von ihnen. Seabiscuit... Man o'War... Black Beauty...

Ich beugte mich vor und rieb mir die Augen. Verdammt, war das hell. Nicht so hell wie bei einem Verhör, einfach nur schön, fröhlich, *ich kann jetzt klar sehen, weil der Regen weg ist*-hell.

Und wow. Mein ganzer Körper fühlte sich... Nun, vielleicht nicht *hell*, aber leicht an.

Ich stand auf, ging ein paar wacklige Schritte von der Veranda weg und lehnte den Kopf zurück. Wow. Der Himmel war intensiv blau und die Felsen roter als je zuvor. Jeder Atemzug in meiner Kehle war ein frischer, sauberer Genuss. Ich hatte eine Verbrennung an meiner Schulter und mein linkes Bein tat weh, aber diese Wunden heilten schnell.

Insgesamt fühlte ich mich gut. Wirklich gut, so wie schon lange nicht mehr.

„Oh. Es geht dir besser", sagte die freundliche Stimme eines kleinen Mädchens.

Ich drehte mich um und sah Claire mit einem weiteren Arm voller Stofftiere.

„Allerdings. Hopper hat geholfen." Ich winkte ein wenig – und, hoppla. Der Hase war immer noch in meiner Hand und strahlte rosarote Freude aus, genau wie Claire. „Und Seabiscuit auch", fügte ich hinzu, denn es musste lange gedauert haben, all diese Pferde dort aufzustellen. „Vielen Dank."

Claires Lächeln brachte ihre Grübchen zum Vorschein. Dann drehte sie sich zu Abby um, die gerade aus dem Haus gekommen war. „Siehst du, Mommy? Es hat funktioniert."

„Das hat es. Danke", sagte ich und machte mich auf Abbys finsteren Blick gefasst.

Der kam aber nicht. Sie zerzauste Claire nur das Haar, nickte und flüsterte: „Nein. Danke *dir*."

Sie schaute mir zwei Sekunden lang in die Augen, bevor sie ihren Blick zur Anhöhe hinter mir schweifen ließ. Dann wirbelte sie herum und verschwand wieder im Haus, während sie etwas von Mittagessen murmelte.

Ich drehte mich um und schaute auf den Schotterweg. Die Geländewagen waren verschwunden, aber eine schwache Staubwolke hing noch immer in der Luft.

Im Haus rief Abby: „Hey, Erin. Er ist wach."

Die Tür knallte auf und Erin stürzte heraus.

Ihr Blick fiel direkt auf die Couch und sie zog die Stirn in Falten. Dann entdeckte sie mich und strahlte.

Und ich meine, sie strahlte so richtig. Jeder Hauch der Sorge wurde durch Freude und Erleichterung ersetzt.

Mein Herz verdoppelte seine Größe. Wie oft wurde ein Mann mit einem solchen Blick bedacht?

Erin sprang direkt auf den Boden, übersprang die Treppe und rannte auf mich zu. Dann wurde sie plötzlich verlegen langsamer.

„Oh. Schön, dich zu sehen", flüsterte sie.

Ich lachte. „Dich auch."

„Meine Tiere haben ihn geheilt", berichtete Claire.

Ich winkte mit Hopper. „Allerdings."

Erins Lächeln war etwas Wunderschönes. Wirklich schön, so wie der Rest von ihr. Ich ertappte mich dabei, wie ich sie anstarrte, denn so wie der Himmel, die Luft und die Felsen war auch Erin anders als zuvor. Nun, so wie vorher, aber irgendwie intensiver. Mehr *da*.

Dann kam mir der Gedanke, dass Erin sich vielleicht gar nicht verändert hatte. Vielleicht war ich es. Intensiver. Mehr da. Lebendiger.

Frei, flüsterte mein Drache fröhlich. *Wir sind endlich frei.*

Das war ich. Der Schleier, den Angelina über meine Seele gelegt hatte, war verschwunden – und zwar für immer.

Ich kehrte dem Berghang, auf dem die Vampirin ihr Ende gefunden hatte, den Rücken zu. All das lag jetzt hinter uns. Vor uns lag... Was genau?

Mein Herz schlug höher, als Erin sich näherte.

„Geht es dir wirklich gut?", fragte Erin.

Ich nickte. „Nur etwas angeschlagen."

Ihr Brustkorb hob sich, als sie mich ansah, und sie nickte knapp. „Gut."

„Gut", flüsterte ich zurück.

Einen Moment lang standen wir ganz still. Dann überkam mich etwas und ich schlang meine Arme um sie.

Denn verdammt. Wir hatten einen Ballonabsturz, einen Hexenmeister, eine Vampirin und einen Angriff aus der Luft überlebt. Wir hatten einen Gewittersturm und die Einmischung des Schicksals überstanden. Warum sollten wir uns in einem solchen Moment zurückhalten?

Erin sank in meine Arme und verbarg ihr Gesicht an meiner Schulter. Ihr Lieblingsplatz, wie es schien.

Meiner auch.

Ich drückte sie fest an mich, schloss meine Arme hinter ihr übereinander und schmiegte meine Wange in ihr Haar. Ich hielt Hopper immer noch in der Hand, aber das war in Ordnung. Er passte auch dazu, obwohl sein Schlappohr meine Haut kitzelte.

Irgendwann löste sich Erin gerade so weit, dass sie mir in die Augen schauen konnte. Ihre Augen tanzten und in meiner Seele dröhnte ein animalischer Paukenschlag.

„Oh-oh", raunte Claire ihren Tieren zu. „Ich glaube, sie werden sich küssen."

Erins Mundwinkel zuckten und ihre Haut färbte sich rosa. „Tut mir leid, Süße. Ich muss es einfach tun."

„Etwa so?" Claire knutschte laut ihren Teddybären.

Ich lachte und drückte Erin noch enger an mich. So nah, dass sich unsere Zehen berührten und ihre Brust an meine drückte. Ich schloss meine Augen und lauschte ihrem Herzschlag.

„Das ist eine Umarmung", erklärte Claire.

Erins Lachen ließ sie in meinen Armen wackeln. Glückseligkeit. Dann glitt sie mit der Nase an meinem Kiefer entlang, schaute mir in die Augen und gab mir endlich einen Kuss.

Doppelte Glückseligkeit.

„*Das* ist ein Kuss", kicherte Pippa und gesellte sich zu Claire auf die Veranda.

Ja, das war es. Nicht unser erster, aber der erste, bei dem meine Sinne wieder funktionierten. Nun ja, fast alle. Mein Gleichgewichtssinn war immer noch aus dem Lot und fast wäre ich umgekippt. Aber vielleicht war mein Gleichgewicht auch in Ordnung und der Kuss war nur so gut.

So gut, brummte meine Drachenseite.

Leider unterbrach die Bewegung unseren Kuss. Es gab mir allerdings eine weitere Gelegenheit, in ihre unglaublichen Augen zu schauen – ein grünes und ein blaues.

„Ist alles in Ordnung?", fragte ich.

Erin nickte. „Ja, Gott sei Dank. Die Pferde sind auch wieder zurückgekommen. Und die wirklich gute Nachricht ist, dass meine Mutter Captain Edwards überredet hat, seine Befragung kurzzuhalten – zumindest für heute. Wir müssen uns morgen früh um neun mit ihm im Büro des Bezirkssheriffs treffen."

Wow. Edwards war ein Verfechter des Protokolls und ich hatte noch nie erlebt, dass er Ausnahmen machte.

„Deine Mutter ist unglaublich."

Erin seufzte. „So kann man es auch ausdrücken."

„Bist du sicher, dass sie keine Hexe ist?"

Erin schüttelte den Kopf. „Keine Zaubersprüche, Gott sei Dank. Nur guter altmodischer weiblicher Charme. Oder Drachencharme, nehme ich an."

Ich schaute mich um und suchte nach Erins Mutter.

„Grandma musste weg", sagte Claire traurig. „Wirklich schade."

„Ja, schade", wiederholte Erin, obwohl es nicht besonders aufrichtig klang. Dann griff sie nach meiner Hand. „Aber so haben wir Zeit zum Reden."

Claire schaute uns verwirrt an. „Worüber wollt ihr denn reden?"

Erin schaute mir in die Augen und biss sich auf die Lippe.

Klopf, klopf, klopf, machte mein Herz.

„Ähm... über morgen", sagte Erin, als Claire unruhig wurde. „Meinst du, es wird Konsequenzen von der Agentur geben?"

Ich schüttelte den Kopf. „Wenn Edwards vorhätte, mich zu verhaften, hätte er mich schon mitgenommen. Bis morgen zu warten, klingt eher nach einer Routinebefragung für seinen Bericht."

Sie atmete tief durch. „Gott sei Dank."

„Hey, Claire." Pippa winkte in Richtung Küche. „Willst du mir helfen, Brownies zu backen?"

Ich hätte sie küssen können – Pippa, meine ich. Nun, nicht wirklich – aber ich war dankbar. Claire huschte hinein und ließ Erin und mich allein.

Ich hob eine Augenbraue. „Willst du keine Brownies backen?"

Erin lächelte breit, dann wurde sie ganz ernst. „Im Moment nicht. Wir müssen wirklich reden." Dann schluckte sie. „Über morgen, meine ich."

„Vielleicht über länger als nur morgen", wagte ich mich vor und drückte ihre Hand.

Ihre Augen strahlten und sie nickte, was mein Herz höherschlagen ließ. Also, uff. Ich war nicht der Einzige, der langfristig dachte.

„Das auch", flüsterte Erin und führte mich zu ihrem Haus.

Kapitel 32

NASH

So ungeduldig ich auch war, zu reden – und mehr zu tun, als zu reden –, hielt ich auf dem Weg zu Erins Hütte inne.

„Es ist so schön hier", murmelte ich und nahm alles in mich auf. Die Ranch. Die Felsen. Die Ruhe...

Erin lachte. „Merkst du das jetzt erst?"

„Nein. Nun ja, schon. Ich meine, jetzt sieht alles viel klarer aus. Als wäre ein schmutziges Fenster geputzt worden."

Das Gleiche galt für mein Gehör, meine Nase... Jeder einzelne Sinn war gereinigt worden.

Erin zog mich an der Hand und wir gingen weiter den Weg hinunter. Außer dem Knirschen unserer Schuhe auf dem Boden war die Welt komplett still.

Dann *redeten* wir, obwohl wir eine Zeit lang um die großen Themen herumtanzten. Wir besprachen das Treffen mit Edwards am nächsten Tag, dann die Arbeit. Offenbar hatte Henry alle Flüge für die nächsten paar Tage abgesagt. Desert Skies musste den beschädigten Ballon reparieren und sich nach dem ganzen Medienrummel erst neu sammeln, also hatten Erin und ich mehr Freizeit als sonst.

Und Junge, ich hatte vor, sie gut zu nutzen.

„Und danach?", wagte ich zu fragen.

Erin blieb auf der untersten Stufe ihrer Veranda stehen und schaute mich an. Ihre Augen strahlten voller Hoffnung.

„Ich schätze, das kommt darauf an. Darauf, wie lange du vorhast, hierzubleiben, meine ich."

Für immer, sagte mein Drache sofort. *Sag ihr, für immer.*

Ich zuckte mit den Schultern und versuchte, wie immer, cool zu wirken. „Ich habe es nicht eilig, zu gehen. Vor allem, da sich neue Jobperspektiven auftun." Als sie den Kopf neigte, fuhr ich fort. „Henry wird einen neuen Leiter für das Bodenpersonal brauchen, da du jetzt mehr fliegen wirst."

Ich konnte ihre Aufregung sehen, aber sie hielt sich bedeckt.

„Ist der Job nicht zu langweilig für dich?", fragte sie und ging eine weitere Stufe hoch. „Ich meine, nachdem du ein Agent warst und so..."

Ich schüttelte den Kopf. „Nein, ich mag es ruhig. Obwohl ich einen Nebenjob brauchen werde. Vielleicht irgendwo auf einer Ranch... Hättest du eine Idee, wo ich anfangen könnte?"

Ihre Augen funkelten. „Oh, ich habe definitiv Ideen."

Ich auch, aber nur für den Fall...

„Wie zum Beispiel...?", fragte ich und wartete atemlos. In etwa so wie Roscoe am Esstisch, der hoffnungsvoll mit dem Schwanz wedelte.

„Nun, wir könnten hier Hilfe gebrauchen." Ihr Kehlkopf wippte. „Wir können es uns nicht leisten, dich zu bezahlen, aber wir können Kost und Logis anbieten."

Ich deutete auf die Scheune. „Auf dem Dachboden ist doch noch Platz, oder?"

Sie gestikulierte in die Richtung ihrer Hütte. „Ich hatte an einen anderen Dachboden gedacht."

Ich rutschte etwas näher und meine Stimme wurde ganz heiser. „Hast du da genug Platz für zwei? Für mehr als eine Nacht, meine ich?"

Sie zuckte mit den Schultern, aber ihre Augen funkelten. „Ich bin sicher, du würdest perfekt passen."

Und *wusch!* Die Anspielung ließ Hitze durch meine Adern schießen.

Ich trat näher heran. Tatsächlich direkt in ihre Arme. Oder vielleicht trat sie in meine.

„Ups." Ich hielt inne, als wir Hopper zerquetschen. „Wir haben immer noch das Häschen."

Erin nahm ihn mir aus den Händen und setzte ihn auf einen Verandastuhl. „Er kann hier draußen Wache halten."

Und damit schlang sie ihre Arme um meinen Hals.

„Gute Idee", murmelte ich und lehnte mich zu einem Kuss vor.

Erin schob ihre Hände in meine Gesäßtaschen und presste mich enger an sich, was meinen Drachen zum Stöhnen brachte.

So gut...

„Warte mal." Sie unterbrach uns lange genug, um die Hüttentür zu öffnen und mich hineinzuziehen.

Sekunden später waren wir am Fuß der steilen Treppe mit Kleidung überall auf dem Boden verstreut. Hauptsächlich Erins Kleidung, aber sie hatte mir den Overall bis zur Taille hinuntergezogen. Die baumelnden Ärmel würden auf den Stufen zum Dachboden wahrscheinlich eine Behinderung sein, aber verdammt. Wir hatten schon größere Gefahren zusammen durchgestanden.

Erin hatte sich ihrer Jacke, Weste und Stiefel entledigt und dann die Knöpfe ihres übergroßen Flanellhemdes geöffnet, das sie als Pullover trug. Ich hatte versucht, mich nützlich zu machen, indem ich mich von unten hinaufarbeitete, aber ich war von ihren Brüsten abgelenkt worden. Ein Umstand, der uns beiden gefiel, auch wenn es den Fortschritt mit den Knöpfen verlangsamte.

„Ach, scheiß drauf", murmelte sie und zog sich das Flanellhemd über den Kopf aus.

Das Hemd darunter wurde gleich mitgerissen und die Bewegung ließ ihre Haare in Kaskaden um ihre Schultern fallen.

Ich beugte mich vor, begierig darauf, zu schmecken, was ich berührt hatte. Der Winkel stimmte nicht ganz, aber Erin machte es wieder wett, indem sie auf die erste Stufe kletterte.

Perfekt, brummte mein Drache.

Mit einer schnellen Bewegung öffnete Erin ihren BH und warf ihn zur Seite. Er flatterte an meinem Kopf vorbei, obwohl ich meine Augen auf einen anderen Preis gerichtet hatte.

„Oh!", rief sie, als ich meine Lippen um ihre harte Brustwarze schloss.

Sie warf den Kopf zurück und schaukelte gegen mich, dann klopfte sie auf meine Schultern. „Hoch, hoch." Einsilbige Befehle, denen mein benebelter Verstand leicht folgen konnte.

„Pass auf den...", begann sie.

Ich stieß meinen Kopf an einem Dachbalken. Autsch. Das war allerdings eine billige Ausrede, um mich aufs Bett fallen zu lassen.

„Armes Baby", murmelte Erin und kroch über meinen Körper, um mich zu küssen.

Es hätte also schlimmer kommen können.

„Geht es dir gut?", fragte sie einen Moment später.

Ich nickte und schaute zu ihr auf. Und oh, was für ein Anblick, wenn sie in nichts als einem Höschen mit gespreizten Beinen auf mir saß.

„Ich muss vielleicht noch ein wenig länger liegen bleiben. Nur für alle Fälle."

Sie küsste mich wieder und murmelte noch ein paar Mal: „Armes Baby".

Zu diesem Zeitpunkt war es nicht mehr mein Kopf, der schmerzte. Eher meine Leistengegend. Umso mehr, als Erin an meinem Körper hinunterglitt und Küsse über meine Brust verteilte. Als sie an der Taille des Overalls ankam, hatte sich darunter bereits eine Beule gebildet.

„Armes Baby", säuselte sie in einem ganz anderen Ton.

Ich hob meine Hüfte und erlaubte ihr, den Overall hinunterzuziehen. Sie schaffte es bis zu meinen Knien und ließ ihn dort hängen.

„Du willst mich also gefangen halten? Läuft das so?", neckte ich sie.

„Auf die bestmögliche Art und Weise. Und jetzt sei still", befahl sie und beugte sich hinunter. Ich schloss die Augen, kurz bevor ihre Lippen mich berührten, und betete, dass das nicht alles nur ein Traum war. Dann glitt sie hinunter und saugte mich hinein.

In den letzten Wochen hatten Gedanken und Sorgen meinen Geist beherrscht. Jetzt war er leer, bis auf das Gefühl ihrer Lippen und ihrer Zunge an mir.

Der beste Traum aller Zeiten. Vor allem, weil er real war.

„Warte", keuchte Erin einen Moment später und drängte mich in Richtung Bettmitte. „Hier ist mehr Kopffreiraum." Dann lachte sie. „Kopf-*frei*-Raum, verstehst du?"

Ich stöhnte über das Wortspiel und zischte, als sie dort weitermachte, wo sie aufgehört hatte. Ihre Lippen waren fest, aber ihre Hände so sanft. Ihr Höschen rieb an meinem Oberschenkel, als sie einen Rhythmus fand, der mich wild machte. Ich griff mit den Händen ins Bettlaken und befahl mir, nicht zu explodieren – noch nicht. Ein Blick hinunter machte meinen Drachen nur noch wilder, also schloss ich die Augen und prägte mir ihren Anblick genau ein.

Jedes Mal, wenn Erin nach Luft schnappte, keuchte sie noch heftiger. Jedes Mal, wenn sie wieder abtauchte, stöhnte sie in Ekstase auf. Aber geteilte Freude war doppelte Freude, also…

Ich tippte ihre Schulter an und sie hob den Kopf.

„Hast du genug?" Ihr Haar war ein Durcheinander und ihre Augen leuchteten.

„Ich werde nie genug von dir bekommen. Aber im Moment… "

Mit einem breiten Lächeln kroch sie wieder an meinem Körper hoch und setzte sich auf meine Hüfte. „Im Moment denkst du eher an so etwas, nicht wahr?"

„Nicht genau", gab ich zu und zuckte mit der Hüfte. „Aber es ist ein guter Anfang. "

Sie schnaufte. „Ich zeige dir, was ein guter Anfang ist, Kumpel… "

Sie drückte sich auf mich und bewegte ihre Hüfte in langsamen, sinnlichen Kreisen. Ihr Höschen war durchnässt und der weiche Stoff bot gerade genug Reibung, um mich noch mehr zu erregen. Nicht, dass ich in dieser Hinsicht noch viel mehr Anregung gebraucht hätte.

Sie neckte mich noch eine Weile, dann löste sie sich von mir, um ihr Höschen auszuziehen.

„Verdammt", brummte sie, als es sich zusammenrollte und hängen blieb. „Hilfst du mir überhaupt?"

„Entschuldige", sagte ich und strampelte den Overall ab. „Ich brauche nur eine Sekunde… "

Sie stieß verärgerte Laute aus, bis wir beide nackt waren. „Also, wo waren wir?"

Sie kletterte zurück in ihre Position und reizte mich mit der kleinsten Berührung dort, wo ich sie am meisten brauchte.

Dann schaute sie mir in die Augen und sank hinunter, was uns beide in die Glückseligkeit trieb.

Eine Weile lag ich still da und genoss den Moment. Dann packte ich ihre Hüfte und erwiderte ihre Bewegungen mit kurzen, nach oben gerichteten Stößen.

„Nash…", flüsterte sie, um mir zu sagen, wie gut es sich anfühlte.

Ich rieb mit den Daumen über ihre Haut und sagte mir, ich könnte noch drei weitere Stöße dieser Art von Droge aushalten. Aber Erin schaffte nur noch zwei, bevor sie sich zur Seite rollte.

„Mehr. Ich brauche mehr…"

Es war halb Bitte, halb Befehl, und ich kam ihr gern entgegen.

Wir rollten uns herum, ohne den Kontakt zu verlieren, und machten dort weiter, wo wir aufgehört hatten – und das war sehr, sehr kurz vor der Explosion. Oben zu sein, gab mir den nötigen Spielraum, um uns dem Höhepunkt näher zu bringen. Erin spannte ihre inneren Muskeln an und umklammerte mich mit allem, was sie hatte.

„Pass… auf… deinen… Kopf… auf", murmelte sie zwischen kurzen, harten Atemzügen.

Wäre ich nicht so kurz vorm Explodieren gewesen, hätte ich vielleicht gelacht. Ich folgte ihr zurück in die Mitte des Bettes, dann stieß ich wieder in sie hinein.

Gefährtin, schrie mein Drache, als wir wild in ihr versanken.

Ich hatte schon vor einer Weile aufgehört, es zu leugnen, aber noch nie war dieser Gedanke so kristallklar gewesen wie jetzt.

Alle anderen Gedanken und Empfindungen verschmolzen jedoch miteinander. Die schaukelnde Bewegung… das heiße, harte Gleiten… die Geräusche, die Erin machte… der berauschende Duft des Verlangens…

Ich stieß tiefer zu als je zuvor, jaulte dann auf und fand Erlösung.

„Ja…", schrie Erin und erschauderte, als sie kam.

In den nächsten Sekunden war das einzige Geräusch unser schnaufender Atem. Ich sank langsam nach unten und keuchte noch lange an ihrer Schulter.

„Oh!", quietschte Erin in einem Nachbeben.

Hätte ich die Kraft gehabt, es mit ein paar weiteren Stößen zu verstärken, hätte ich es getan. Wirklich schade, bis mir etwas anderes einfiel.

Etwas Besseres, knurrte mein Drache begierig.

Meine Brust wurde heiß und meine Kehle brannte. Ich fand Erins Lippen und verschlang sie in einem weiteren brennenden Kuss. Dann, nach einem tiefen Atemzug, schloss ich meine Lippen über ihren und ließ meinen Drachen los.

Erin riss die Augen weit auf und ihr Körper zuckte. Einen Moment lang grub sie die Fingernägel panisch in meine Schultern. Ihre Augen leuchteten und verrieten mir, dass sie in Flammen stand.

Von meinem Feuer, drängte ich sie, zu verstehen.

Ihr Gesichtsausdruck wandelte sich von Schock zu Glückseligkeit. Sie schloss ihre Beine fester um meine Taille und erschauderte, als sie sich den Wellen der feurigen Lust hingab.

Für ein paar kostbare Augenblicke schwebten wir in Ekstase. Dann ließen wir uns hinuntersinken und wurden schlaff. Irgendwann säuberten wir uns mit einer Ecke des Bettlakens und legten uns einander gegenüber. Die Kurve von Erins Taille bildete die perfekte Kerbe für meinen Arm, den ich um sie schlang, um sie festzuhalten.

„Wow", brachte Erin schließlich hervor. Ihre Brust hob und senkte sich immer noch im Takt mit meiner. „Was war das?"

Offenbar hatte sie nie ein Mutter-Tochter-Gespräch über intime Drachenangelegenheiten geführt. Warum überraschte mich das nicht?

„Drachenkuss", erklärte ich, strich ihr das Haar über die Schulter und zwirbelte dann eine Strähne um meinen Finger. Ein kleines Vergnügen, aber dennoch unglaublich befriedigend. Genau wie das Kitzeln ihres Atems auf meiner Brust.

Sie schmatzte ein paarmal mit den Lippen. „Drachenkuss oder Drachenfeuer?"

„Das ist das Gleiche." Ich strich über ihre Wange und war plötzlich besorgt. „Nicht gut?"

Ein freches Lächeln breitete sich auf ihrem Gesicht aus. „Sehr gut. Kann ich noch einen bekommen?"

Ich lachte, dann küsste ich sie, sandte dieses Mal aber ein kleineres Feuer.

Erin hielt sich mit den Fingernägeln fest und zappelte, um mir ihre Hüfte entgegenzustrecken. Als wir nach Luft schnappten, schluckte sie und starrte mich an. „Und noch einen?"

Ich lachte. „Ich habe ein Monster erschaffen."

Sie ließ sich auf den Rücken fallen und lachte. „Vielleicht. Aber, wow. Drachenkuss, was?"

Ich nickte, als mein Drache vor Freude und Erleichterung tanzte.

Sie mag es! Sie mag es!

„Davon gibt es noch viel mehr", versprach ich und drückte sie an mich.

„Das hoffe ich", flüsterte sie. Dann wurde sie ernster. „Ich weiß nicht viel über Gestaltwandler, aber ich habe jede Menge über Paarungsbisse gehört... "

Mein Atem stockte und ich nickte eifrig.

„Offensichtlich sind meine Eltern nicht gerade das weltbeste Vorbild." Sie runzelte leicht die Stirn. „Und ich hätte nie gedacht, dass ich das einmal wissen will. Aber jetzt, mit dir... " Sie biss sich auf die Lippe und schaute mir tief in die Augen. „Ich schätze, ich würde gern... ähm, unsere Möglichkeiten abwägen."

Mein Grinsen war so breit, dass es wehtat. Oh, wir hatten Möglichkeiten. Ein ganzes Leben davon.

„Die Verpaarung ist für immer, weißt du", warnte ich sie.

„Das Gegenteil meiner Eltern? Perfekt." Sie küsste mich.

Und, ups. Dieser Kuss geriet wie so viele andere auch schnell außer Kontrolle. Aber, hey. Die Details könnten wir später klären. Jetzt war es an der Zeit, uns einer ebenso wichtigen Aufgabe zu widmen – uns gegenseitig auf die allerbeste Art und Weise kennenzulernen.

„Pass auf deinen Kopf auf", murmelte Erin, als ich uns herumrollte, um wieder oben zu sein.

Ich gluckste an der weichen Haut ihres Halses, antwortete aber nicht. Zumindest nicht mit Worten.

Kapitel 33

ERIN

Zwei Wochen später...

„Mmm.“ Ich rollte mich halb schlafend herum und versuchte, eine neue bequeme Position auf der Matratze zu finden.

Nash schmiegte sich an meine Schulter und schlang seine Arme fester um mich.

Ich lächelte. Manche Leute redeten im Schlaf. Manche liefen im Schlaf herum. Mein Mann kuschelte.

Eine überaus wunderbare Ergänzung zu seinen eher, ähm... *aktiven* Talenten im Schlafzimmer. Die mich so glückselig müde und ach so befriedigt machten, während er mit dem Kuscheln bewies, wie tief seine Liebe reichte.

Nicht, dass ich die Bestätigung gebraucht hätte. Nicht nach dem, was wir eine Woche zuvor getan hatten, als ein paar unschuldige Küsse zu einem rasenden Inferno führten, in dem wir es auf allen vieren trieben, gefolgt von...

Ich wurde rot, wenn ich nur daran dachte.

Wir hatten uns beide geschworen, uns Zeit zu lassen, um nach dem Wirbel der letzten Wochen wieder zur Ruhe zu kommen. Nash war besonders darauf bedacht, mich nicht zum nächsten logischen Schritt zu drängen – einem Paarungsbiss. Was eine Erleichterung war, zumindest dachte ich das, denn ich war von der Sache mit dem Beißen nicht gerade begeistert, da ich mich noch allzu gut an eine fiese Vampirin erinnern konnte.

Aber in dieser Nacht und im Rausch der Leidenschaft kämpfte sich etwas tief in mir an die Oberfläche und entfachte ein Verlangen, wie ich es noch nie erlebt hatte. Am Ende bettelte ich – echtes, schamloses *Betteln* mit Tränen in den Augen und kratziger Stimme – um seinen Biss. Und heiliger Strohsack. Noch nie hatte ich ein explosiveres, schwindelerregenderes Hochgefühl erlebt als in diesen nächsten, unvergesslichen Momenten.

Außer, ha. Ich hatte es in der nächsten Nacht und vor ein paar Stunden noch einmal erleben dürfen, denn Paarungsbisse waren keine einmalige Sache. Man konnte sie so oft wiederholen, wie man wollte.

Und Junge, wie sehr Nash und ich es wollten. Und wollten und wollten und wollten.

Aber ich schweife ab.

Das glühende Strahlen musste sich am nächsten Tag gezeigt haben, denn Pippa zog mich in sichere Entfernung von Claire und verlangte, dass ich ihr alle knisternd heißen Details erzähle. Aber mir fehlten ehrlich gesagt die Worte.

„Versuche es", knurrte Pippa.

Diese Pippa. Manchmal so verdammt herrisch.

Also versuchte ich es, aber selbst *der beste, explosivste Sex meines Lebens, der mit einem winzigen Blitz des Schmerzes zusammentraf, bei dem Feuer durch meine Adern gesandt und ich in Ekstase versetzt wurde*, konnte dem nicht gerecht werden.

Ich bezweifelte, dass es Pippa befriedigen würde, die sich noch nie vor schmutzigen Frauengesprächen gescheut hatte. Aber mein Gesichtsausdruck musste den Rest vermittelt haben, denn er machte selbst sie – überwiegend – sprachlos.

„Wow", sagte sie fassungslos.

Ja, das beschrieb es ganz gut.

Und ja, ich wusste, dass ich ein Glückspilz war. Ich hatte einen tollen Job, einen großartigen Mann und ein wunderbares Leben an einem schönen, friedlichen Ort.

Und doch starrte ich in dieser Nacht auf meinem Dachboden unerklärlicherweise unruhig auf die Dachbalken.

Nash schlief so fest wie immer, seine gleichmäßigen Atemzüge vermittelten Ruhe und Zufriedenheit. Draußen bellte kein Hund, kein Pferd wieherte. Die Welt war in Frieden.

Alles und jeder außer mir.

Ich schaute auf die Uhr. Fast Mitternacht. Dann starrte ich in die Dunkelheit und versuchte, nicht mehr zu denken. Eine Ewigkeit später blickte ich wieder auf die Uhr. Warum verging die Zeit so langsam?

Vielleicht lag es an mir.

Seit ich die Macht des Wirbels angezapft hatte – etwas, von dem ich mir geschworen hatte, es nie wieder zu tun (es sei denn, ein weiterer Hexenmeister oder Vampir kämen vorbei, um uns zu bedrohen. Aber verdammt, ich hoffte es nicht) – waren die Dinge anders. Früher konnte ich den Wind verfolgen, wenn ich mich bewusst und konzentriert anstrengte – ein wenig wie mit meinem begrenzten Highschool-Spanisch. Jetzt war es plötzlich fließend und ich verstand es so mühelos wie eine Muttersprache.

Ja, verstehen. Fließend – das passte perfekt zu meiner neuen Beziehung zum Wind.

Aber der Wind schlummerte im Moment, so wie ich es auch tun sollte.

Ich lag da und lauschte auf das Pochen meines Herzens. Es war auch kein leises nächtliches Pochen. Eher ein erwartungsvolles, *das Rennen wird gleich beginnen*-Pochen.

Stirnrunzelnd blickte ich in die Dunkelheit. Es gab keine Rennen, nur einen Wecker, der um vier Uhr morgens klingeln würde. Es war an der Zeit, sich auszuruhen, nicht herumzuliegen und sich zu sorgen.

Ich rollte mich zur Seite und kuschelte mich näher an Nash, um seine friedliche Ausstrahlung aufzusaugen. Doch als ich die Augen schloss, füllten sich meine Gedanken mit apokalyptischen Bildern von vorbeirauschenden Landschaften und Feuerstrahlen.

Ich riss die Augen auf und drehte mich auf den Rücken. Vielleicht sollte ich Schafe zählen...

Okay, Schafe zu zählen, hatte noch nie funktioniert. Aber ich musste etwas versuchen.

Und verdammt, es war so heiß. Selbst nackt und nur mit einem Laken, das sich längst über den Rand der Matratze verabschiedet hatte, brach ich in Schweiß aus. Ich konnte ihn im Mondlicht auf meiner Brust glitzern sehen. Es wäre normal für den Sommer – oder für die Wechseljahre, nahm ich an –, aber wir befanden uns immer noch mitten im hoch gelegenen Arizona im Winter. Und was die Wechseljahre anging, so sollte ich mich erst in zwanzig Jahren damit befassen müssen. Zumindest hoffte ich das.

Ich drehte mich und grub meine Schultern gegen ein plötzliches Jucken in die Matratze. Und, au. Es war nicht nur ein Juckreiz, sondern ein scharfes, stechendes Zwicken. Ich runzelte die Stirn. Abby hatte einmal unter einem schweren Fall von Gürtelrose gelitten und das Virus war das reinste Elend gewesen. Hatte ich mir das etwa auch eingefangen?

Ich lag noch eine Weile da und fragte mich, was mit mir nicht stimmte. Dann holte ich tief Luft und zwang mich, alles aus meinem Kopf zu verdrängen.

Einatmen. Ausatmen. Alles war in Ordnung.

Na also. *Reine Willenssache*, wie mein Vater zu sagen pflegte.

Oder vielleicht auch nicht, denn einen Moment später...

Ein intensives, dringendes *Etwas* packte mich. Ich warf mein Kissen zur Seite, sprang aus dem Bett und eilte die Treppe hinunter.

„Erin?", rief Nash verschlafen.

Rumms! Ich stieß die Haustür so heftig auf, dass sie gegen die Wand prallte.

„Erin!", rief Nash alarmiert.

Ich wollte stehen bleiben und ihm sagen, dass alles in Ordnung war. Aber das war es nicht und ich konnte es nicht.

Ich rannte barfuß, nackt und keuchend in die Wüste. Ich spürte weder die Kälte noch den Schotter unter meinen Füßen, sondern nur den Drang, unter freiem Himmel und in einer frischen Brise zu sein.

Freier Himmel... frische Brise... schneller und schneller, jubelte etwas in mir.

Ich sprintete einem reinen Instinkt folgend. Aber einem seltsamen Instinkt, denn wenn man so schnell laufen wollte, musste man mit den Armen pumpen, anstatt sie wie ein Albatros zur Seite hinauszustrecken.

Kein Albatros, spottete eine tiefe, kehlige Stimme in meinem Kopf. Sie erinnerte mich an meine Mutter.

Ich erschauderte. Sie war doch nicht schon wieder zurück, oder?

„Erin!", rief Nash von der Tür aus.

Ich wollte zurück in seine Arme laufen, aber irgendetwas drängte mich vorwärts. Schneller und schneller mit der kalten Luft, die über meine Haut zischte.

Ja, murmelte die tiefe Stimme. *Schneller...*

Ich war schon fast am Picknickfelsen, wie meine Schwestern und ich ihn getauft hatten – eine große, flache Felsplatte, die sich allmählich bis auf etwa einen Meter über dem Boden erhob. Wir hatten dort wirklich manchmal gepicknickt und als Kinder hatten wir Weitsprungwettbewerbe veranstaltet, die mit einem Anlauf auf dem Felsen begannen und mit einem Sprung vom oberen Ende endeten. Pippa gewann sie meistens.

Ich verzog die Lippen zu einem irren Lächeln. Irgendetwas sagte mir, dass ich im Begriff war, ihren Rekord zu brechen.

„Erin!" Ich hörte Nashs Schritte hinter mir. Aber sie wurden von Flüchen und Springen unterbrochen, während meine Füße weder Steine, Wurzeln noch Dornen registrierten.

Was ich spürte, war allerdings der Wind. In dem Moment, als ich hinausgestürmt war, hatte er sich so aufgebäumt wie die Pferde, wenn wir die Stahltür öffneten. Innerhalb von Sekunden peitschte er in aufgeregten kleinen Böen. Jetzt wehte er von hinter mir und schob mich an, wobei er mich praktisch anfeuerte: *Du schaffst das!*

Was schaffe ich? fragte sich der letzte funktionierende Teil meines Verstandes.

Der Rest von mir war auf Autopilot. Ich rannte so schnell, dass mir die Tränen die Sicht vernebelten. Ich sprang so weit, dass mir der Atem stockte. So hoch, dass die Sterne funkelten.

Und ich landete nicht.

Der Boden rauschte zwei Meter unter mir vorbei. Drei Meter... Fünf Meter...

„Juhu!" Irgendwo in der Ferne jubelte Nash. „Du fliegst!"

Ich blinzelte und entdeckte eine Flügelspitze zu meiner Linken. Und, wow. Eine passende auf meiner rechten Seite.

Ich starrte darauf. Das war keine gute Idee. Genauso, wie wenn man beim Radfahren zur Seite schaute – der Körper neigte sich mit dem verschobenen Gleichgewicht.

Wie aufs Stichwort kippte ich in eine enge Kurve und brüllte in Panik.

Ich brüllte so *richtig* laut wie eine gereizte Kuh. Vielleicht sogar noch lauter.

„Dein Schwanz!", brüllte Nash. „Benutze deinen Schwanz!"

Das ist aber nicht sehr höflich, brummte die damenhafte Seite meiner Seele.

Aber, oh. Etwas peitsche hinter mir und ich flog wieder gerade.

Uff. Oder, verdammt. Ich hatte jetzt einen Schwanz?

Ich war mir nicht sicher, was ich davon hielt.

Das Gefühl kam mit einem kleinen Aufschrei heraus und *wusch!* ein dünner Feuerstrahl erhellte den Raum vor meinen Nasenlöchern.

Nash duckte sich aus dem Weg. „Vorsichtig!"

Ich presste meine heißen, aschigen Lippen zusammen, erschrocken, aber auch unbändig aufgeregt.

Denn, wow. Das waren keine apokalyptischen Visionen, die ich hatte. Es waren Einblicke in die Sicht eines Drachen.

Meine Sicht jetzt.

Ich stieg auf zwanzig Meter, dann auf dreißig, dann noch höher. Kühle Luft wehte über meine Wangen und folgte den Linien meines Körpers, wo sie gleichmäßig über meine Brust und Flügel floss. Ich lehnte mich hierhin und dahin und testete sozusagen die Steuerung aus.

Kühn saugte ich einen Atemzug tief in meine Lunge, ließ ihn einen Sekundenbruchteil in meiner Kehle heiß werden und blies ihn dann aus.

Wusch! Flammen schlugen aus meinem Mund. Es war berauschend, so wie der Abzug am Brennerventil eines Ballons, nur fünfzigmal besser.

Als sich der Luftstrom zu meiner Rechten veränderte, blickte ich hinüber und entdeckte einen riesigen, bronzefarbenen Drachen, der neben mir aufstieg.

Das war unglaublich! Nashs tiefe Drachenstimme dröhnte in meinem Kopf. *Ich habe ewig gebraucht, um das Abheben zu lernen, und selbst dann bin ich nicht viel weiter geflogen als die Gebrüder Wright. Du segelst schon richtig!*

Das tat ich, ohne überhaupt nachzudenken.

Der Wind kitzelte meinen Bauch und forderte seinen Teil der Anerkennung.

Ich änderte den Gedanken hastig zu *Gott sei Dank für diesen unglaublichen Wind, ohne den dies nicht möglich wäre.*

Trotzdem musste ich mich im Stillen wundern. Ich flog tatsächlich und zwar gar nicht mal so schäbig.

Es war alles so neu und doch seltsam vertraut.

Je weiter ich flog, desto mehr vermutete ich, dass meine Drachenseite die ganze Zeit in mir geschlummert hatte – diese düstere Stimme in meinem Hinterkopf, die mir stets Ratschläge, Ermutigung und Warnungen gegeben hatte.

Hier lang, rief Nash und wandte sich in Richtung Bear Mountain. *Achte nur auf die Verwirbelungen...* Er schaute zurück, um nach mir zu sehen, und machte große Augen.

Wow, du bist ein Naturtalent. Und es schadet auch nicht, eine Windflüsterin zu sein, nicht wahr?

Ich spitzte die Lippen – große, harte Drachenlippen, wie ich feststellte; vielleicht nicht so gut zum Küssen – und ließ den letzten Abschnitt des Fluges noch einmal Revue passieren. Ich hatte die Verwirbelungen gespürt, aber mich rechtzeitig angepasst, um nicht ins Taumeln zu geraten. Also ein Hoch auf mich. Extrapunkte für die technische Leistung.

Ich flog weiter und dachte darüber nach. Aber anstatt klare Gedanken zu fassen, spürte ich nur Emotionen – einen ganzen Sturm von Gefühlen, die aus dem Nichts über mich hereinbrachen.

So eilig, wie ich in die Luft gegangen war, stürzte ich mich in Richtung Klippen, um zu landen.

Pass auf die – und die... Nash unterbrach seine Anweisungen, als ich die Landung meisterte. So richtig meisterte, wie ein alter Profi, und mir schwirrte der Kopf.

Ich sackte zusammen und krümmte meinen beängstigend langen Hals, bis mein Kopf meine Brust berührte. Ich schmiegte meine Nase daran, schloss die Augen und keuchte. Schniefend. Moment… weinend?

Nun, eine Drachenversion des Weinens, obwohl ich nicht tatsächlich Tränen vergoss. Mein Atem ging schwer und ich gab erbärmlich kleine, keuchende Geräusche von mir.

Was ist denn los? Nash landete und legte einen riesigen Flügel um meine Schultern – eine Bewegung, die ernsthaft das Potenzial hatte, erschreckend zu wirken, obwohl ich sie seltsamerweise als tröstend empfand.

Also warum weinte ich?

Ich blubberte zusammenhanglos vor mich hin. Wegen allem, dachte ich. Wegen allem, was ich war und wegen allem, von dem ich jahrelang geglaubt hatte, dass ich es nie sein würde.

Warum weinst du denn? fragte Nash und klang aufrichtig betroffen.

Nun, es gab viele Gründe, auch wenn sie schwer zu fassen waren.

Einer war Freude – die pure Freude am Fliegen. Etwas, nach dem ich mich mein Leben lang gesehnt hatte und dass ich jetzt erreichen konnte. Denn, wow. Ich konnte mich in einen Drachen verwandeln!

Ein anderer Teil war Kummer. All die Jahre hatte ich mir nur einen winzigen Krümel der Magie meines Vaters oder der Fähigkeiten meiner Mutter gewünscht… Nur um dann festzustellen, dass sie schon immer da waren, tief in mir drin. Ich hatte nur die Puzzleteile nicht richtig zusammengefügt. Jetzt passten sie alle zusammen und ich fühlte mich zum ersten Mal ganz – wirklich ganz und wirklich *ich*. Nicht das Ich, das ich mir *wünschte* zu sein. Sondern das Ich, das ich bestimmt war zu sein.

Das brachte mich wieder zur Freude zurück. Die bittersüße Art, die man nur nach einer langen Zeit der Mühe verspürte.

Ich nahm also an, dass ich deshalb weinte. Um all das und auch wegen Nash, der das möglich gemacht hatte.

Eine lange Zeit hatte ich viele Träume gehabt, aber einen Mann wie Nash zu finden, war ein wenig wie der Traum von Weltfrieden. Eine hübsche Idee, aber unwahrscheinlich, dass sie jemals verwirklicht werden würde.

Und doch waren wir hier. Unglaublich.

Also, hey. Als nächstes Weltfrieden?

Eins nach dem anderen, erinnerte ich mich. *Eins nach dem anderen.*

Ich riss mich zusammen und flüsterte in seinen Geist. *Weißt du noch, wie du gesagt hast, dass du erst richtig lebendig wurdest, als du von Angelina befreit warst?*

Er nickte angespannt.

So fühle ich mich jetzt auch, erklärte ich. *Lebendig. Frei.*

Nash rieb meinen Kopf mit seinem Kinn. Mit seinem riesigen, klobigen, rammbockartigen Kinn, aber es fühlte sich für mich wie der Himmel an.

Ich schniefte noch ein wenig länger und lehnte mich an ihn. Als meine Atemzüge wieder ruhiger wurden, schaute ich auf.

Entschuldigung.

Es muss dir nicht leidtun, versicherte er mir.

Ich kuschelte mich an ihn. Und oh, war das gut, besonders als ich meine dicke Stirn an seinem Kinn rieb. Ich nahm mir vor, es mir zu merken.

Vielleicht tut es mir nicht leid, stimmte ich zu. *Ich bin nur dankbar für so vieles. Dankbar für dich.*

Sein Lächeln kam mit einem warmen Luftzug. *Ich bin dankbar für dich.*

Wir blieben noch ein paar Minuten so und genossen unser Drachenkuscheln – was nicht so abwegig war, wie es klang – dann holte ich tief Luft und richtete mich auf.

Jetzt bin ich bereit.

Nash neigte den Kopf. *Bereit, wofür... ?*

Zum Fliegen, Dummerchen, sagte ich so unverfroren, wie es mir möglich war, denn schließlich war ich diejenige, die zur Notlandung angesetzt hatte, um mich eine Weile auszuheulen.

Nashs Augen funkelten und er streckte einen Flügel aus, um auf die kilometerlange, wilde, offene Landschaft zu deuten, über die wir fliegen konnten. Verdammt, wir könnten mehr tun, als nur zu fliegen. Wir könnten schweben. Gleiten. Uns in die Höhe schrauben und in die Tiefe stürzen... Und all das über einer atemberaubenden, in Mondlicht getauchten und von einer freundlichen Brise gesegneten Landschaft.

Nach dir, meine Gefährtin, brummte Nash glücklich. *Flieg voraus.*

Epilog

ERIN

Vier Wochen später...

„Zuerst die gute oder die schlechte Nachricht?", fragte Henry und drückte mir im Morgengrauen eine Tasse Kaffee in die Hand.

Ich trank einen kleinen Schluck und schloss die Augen. Was auch immer die schlechte Nachricht wäre, ich würde mich nicht beirren lassen. Ich hatte einen intriganten Hexenmeister, eine eifersüchtige Vampirin und zwei tödliche Stürme überlebt. Beide Desert Skies Ballons waren repariert und wieder einsatzbereit und ich hatte die Lizenz, jederzeit zu fliegen – der Job meiner Träume in einer der schönsten Ecken des Landes.

Und was noch wichtiger war, ich hatte Nash. Als Partner, Freund, Kollege, Liebhaber.

Gefährte, murmelte meine Drachenseite glücklich.

Solange Henrys schlechte Nachrichten also keine durchgedrehten Dämonen oder einen weiteren Überraschungsbesuch meiner Mutter beinhalteten – Gott, bitte nicht –, konnte ich damit umgehen.

„Die gute Nachricht zuerst", murmelte ich und nippte an meinem Kaffee.

Henry deutete auf die Ansammlung von Gästen, die auf den Start warteten.

„Alle Plätze im Ballon sind heute, morgen und übermorgen ausgebucht. Auch der Mittwoch wäre voll, aber wir halten einen Platz für unsere Fliegerin-in-Ausbildung frei." Er klopfte mir auf die Schulter. „Übrigens eine brillante Idee. Die Presseberichterstattung war tolle Werbung – und auch ohne sie würde es sich lohnen."

Ich stieß mit meiner Kaffeetasse gegen seine und war aufrichtig stolz.

„Es freut mich, das zu hören."

Ich hatte die meiste Zeit des letzten Jahres damit verbracht, verzweifelt zu versuchen, Flugstunden zu bekommen – eine Hürde, vor der viele angehende Pilotinnen standen. Aber erst an einem der letzten Morgen hatte ich eine Idee, wie man das Problem in einem größeren Rahmen angehen könnte. Henry war anfangs skeptisch gewesen, aber unsere zweiwöchige Testphase hatte sich als so erfolgreich erwiesen, dass er sich für ein ganzes Jahr verpflichtete – und damit landesweit Schlagzeilen machte.

Einmal pro Woche hielt Desert Skies einen Platz für ein Mädchen oder eine Frau aus der Region frei, die mit uns fliegen konnte. Einige waren benachteiligte Kinder, die von Betreuern der örtlichen Highschool empfohlen wurden. Andere waren Erwachsene, von jung bis „alt", die ihre Kindheitsträume fast aufgegeben hatten, weil das Ballonfahren zu teuer und Ausbildungsmöglichkeiten nicht zugänglich waren.

Die ersten vier Monate unseres Fliegerinnen-Ausbildungsprogramms waren bereits komplett ausgebucht und die Plätze für die Folgemonate füllten sich schnell. Es war ein solcher Erfolg, dass Ballonunternehmen im ganzen Land unserem Beispiel folgten.

Ich war begeistert und Henry ebenso. Würden einige dieser Frauen später einmal Ballonfahrerinnen werden? Ich hoffte es, aber das war nicht wirklich wichtig. Die Hauptsache war, dass sie die Gelegenheit dazu bekamen.

„Also was ist die schlechte Nachricht?", fragte ich.

Henry seufzte. „John kann diese Woche nicht kommen, also fehlt uns ein Mann in der Bodencrew."

John war kompetent und man kam gut mit ihm aus, also war das zwar schade, aber kein unüberwindbares Problem. Mit Nash als Leiter des Bodenpersonals und dem stets zuverlässigen Chico konnten wir es schaffen.

Und dass uns ein Mann fehlte, beeinträchtigte meine Chance zu fliegen nicht. Madden hatte das Unternehmen abrupt verlassen und begründete es mit „Problemen". Es habe jedoch nichts mit dem missglückten Management des Junggesellenabschieds zu tun, hatte er behauptet.

Ja, richtig.

Seitdem war ich neben Henry Desert Skies permanente zweite Pilotin. Ich hatte also nicht viel mit dem Bodenpersonal zu tun, es sei denn, ich wollte es.

Die Ironie war, dass es mir nichts mehr ausmachte. Als Drachengestaltwandlerin konnte ich fliegen, wann immer ich wollte. Tatsächlich tat ich es in den meisten Nächten auch.

Erst letzte Nacht waren Nash und ich über den Bear Mountain geschwebt, den Biegungen des Oak Creek gefolgt und lautlos über die Innenstadt von Sedona geglitten. Wir waren müde, aber zufrieden nach Hause geflogen und eingeschlafen, nachdem wir uns langsam und innig geliebt hatten.

Ich atmete tief ein, um mich daran zu erinnern, dass ich nicht träumte. Das Leben war wirklich so schön.

Aber, ups. Zurück zum Problem mit dem Bodenpersonal.

Ich schaute zu Ingo hinüber, der ein wenig abseits von den anderen Gästen stand. Vielleicht könnte er helfen?

Einen Moment später verwarf ich die Idee wieder. Das wäre nicht wirklich fair. Außerdem war er in offizieller Funktion hier – wenn auch inkognito, sozusagen.

Das war ein weiterer Silberstreif am Horizont unserer ganzen Tortur. Captain Edwards von der ABDKS hatte Nash bei der Nachbesprechung des Zwischenfalls mit Harlon glimpflich davonkommen lassen. Edwards hatte Nash sogar eine neue Stelle angeboten, die die Agentur in Sedona ansiedeln wollte.

Danke, aber ich mag meine neuen Jobs, hatte Nash gesagt. *Ballonfahren und die Arbeit auf der Ranch.*

Das und seinem eigenen Privatrekruten – mir – alles über das Drachensein beizubringen. Sich zu verwandeln, zu fliegen, Feuer zu speien… Ihr wisst schon, all die üblichen Dinge.

Im Gegenzug lehrte ich ihn alles, was ich über die Ranch und das Ballonfahren wusste. Eine Win-win-Situation für alle.

Zu Nashs Freude und Überraschung hatte Ingo die Stelle in der Agentur angenommen.

Zu *meiner* Überraschung war Ingo der *Frank*, den ich am Telefon „kennengelernt" hatte – Nashs Insider in der Behörde.

Zu Pippas Überraschung war Ingo *der* Ingo, ihr Ex-Freund. Ich konnte nicht genau sagen, ob sie erfreut oder bestürzt war, ihn auf unbestimmte Zeit in der Stadt zu haben. Etwas von beidem, vermutete ich.

Nash und ich hatten seitdem viel Zeit mit dem Wolfsgestaltwandler verbracht und ich hatte eine Menge über die übernatürliche Welt und die geheime Regierungsbehörde gelernt.

Tatsächlich war ich immer noch von Ingos größter Enthüllung überwältigt.

Es heißt, dass die Behörde versucht hat, deine Mutter zu rekrutieren, damals vor langer Zeit, hatte Ingo gesagt.

Mir war die Kinnlade aufgeklappt, obwohl es irgendwie Sinn ergab. Geheimagenten mussten toughe, bindungslose Typen sein – und zum Unglück für mich und meine Schwestern passte die Beschreibung genau auf meine Mutter.

Offenbar hat sie das Angebot abgelehnt, obwohl sie Edwards möglicherweise nicht komplett abblitzen ließ... hatte Ingo mit einem verschmitzten Grinsen hinzugefügt.

Das erklärte, woher sie sich kannten. Aber, igitt. Captain Edwards und meine Mutter?

Danach hatte ich aufgehört, Fragen zu stellen, weil, nun ja... zu viel des Guten. Ich hatte kaum die Kapazität, um den Überblick über drei Ex-Liebhaber meiner Mutter zu behalten – meinen Vater, Pippas und Abbys Vater, die „einzigen" drei, mit denen sie Kinder bekommen hatte.

Auf jeden Fall war dieser Flug für Ingo eine geschäftliche Angelegenheit. Sein Auftrag beinhaltete, einen Bericht zur Risikobewertung für Sedona zu erstellen, und dazu gehörte es, sich einen Überblick über die Dinge zu verschaffen – im wahrsten Sinne des Wortes.

Ich verwarf die Idee, seine Hilfe als Bodenpersonal in Anspruch zu nehmen, und dachte stattdessen an Pippa. Könnte sie helfen?

Ja, meine jüngere Schwester war auch da, lächelte und scherzte mit den anderen Gästen, ignorierte Ingo jedoch geflissentlich. Es war eine Woche nach ihrem Geburtstag und Freunde aus der ganzen Stadt hatten zusammengelegt, um ihr einen Gutschein für eine Ballonfahrt zu schenken.

Ich war begeistert. Zum ersten Mal konnte ich mit einer meiner Schwestern fliegen.

Ich wollte das nicht ruinieren, also verschränkte ich die Arme und starrte Henry an. „Die gute Nachricht ist besser, dass du einen Ersatz gefunden hast."

„Habe ich!" Henry grinste und winkte jemanden aus dem Schatten. „Amanda, komm rüber."

Seine Augen funkelten, als er meine Reaktion beobachtete.

„Wir haben vielleicht einen Mann zu wenig, aber wir haben eine Frau mehr. Erin, das ist Amanda."

Ich schüttelte ihr begeistert die Hand. Amanda war eine hübsche, hispanische Frau, gut zehn Jahre älter als ich, und obwohl sie an ihrem ersten Arbeitstag ein wenig schüchtern wirkte, war die Brünette definitiv kein Schwächling.

„Schön, dich kennenzulernen", sagte ich und Junge, meinte ich es ernst.

„Es freut mich auch."

Ich stellte ihr erst Nash und dann Chico vor, der sie auf der Stelle mochte.

„Ich zeige dir, wie alles geht", versprach er und plusterte seine Brust ein wenig auf.

Nash zwinkerte mir zu und sprach in meine Gedanken.

Wer weiß. Vielleicht bleiben wir nicht das einzige glückliche Paar, das sich in Henrys Crew kennengelernt hat.

Ich lachte, als ich an diese Tage zurückdachte.

Unsere Blicke begegneten sich und mein Herz schlug höher. Nashs Schritte waren so leicht, seine Augen so strahlend. Er war in jeder Hinsicht derselbe alte Nash, aber auch eine völlig neue Version. Er war glücklicher. Unbeschwerter. *Lebendig*, wie er es so schön auszudrücken pflegte.

Lebendig, murmelte mein innerer Drache ebenso glücklich.

Also ja. Ich schätzte, das galt auch für mich.

„Kommst du, Boss?", rief Chico.

Nash drückte mir einen Kuss auf die Lippen und wandte sich zum Gehen. Dann drehte er sich noch einmal um und drückte mir einen zweiten Kuss auf den Mund, aus dem beinahe ein dritter geworden wäre... ein vierter...

Jemand stieß mich an und ich zwang mich, mich aufs Fliegen zu konzentrieren, anstatt mit meinem Drachengestaltwandlerliebhaber herumzumachen.

Nashs Augen leuchteten ein wenig, als er sich entfernte und murmelte: „Tut mir leid, Captain. Ich muss den Ballon fertig machen.“

„Oh! Oh!“ Einer der Gäste eilte zu mir herüber. „Darf ich ein Selfie mit Ihnen machen, Captain?“

Das war Teil meiner neuen Realität – die kleine Berühmtheit, die ich als „die Pilotin, die all diese Jungs gerettet hat“, erlangt hatte, wie ich es immer wieder und wieder gehört hatte.

Madden tat mir fast leid. Fast.

„Wie wäre es, wenn wir das nach dem Flug machen, wenn Sie wissen, ob Sie mir wirklich danken wollen?“, schlug ich vor.

Alle kicherten und ließen Henry und mich allein, um einen Flugplan auszuarbeiten. Nach der Sicherheitseinweisung und dem Vorflugcheck holte ich alle an Bord und zog am Abzug des Brennerventils.

Zisch! schlugen die Flammen hoch und begeisterten meinen inneren Drachen.

Das Feuer spiegelte sich auch in Pippas Augen und faszinierte sie ebenso. Schließlich war auch sie zur Hälfte Drachengestaltwandlerin. Rief die Seite unserer mütterlichen Familie genauso nach ihr, wie sie stets nach mir gerufen hatte?

Wieder einmal fühlte ich mich glücklich. Dank Nash war ich jetzt eine vollwertige Drachengestaltwandlerin. Aber Pippa war genauso erdgebunden, wie ich es einst gewesen war.

Nun, nicht für die nächste Stunde, tröstete mich meine Drachenseite.

Die leichte Brise wirbelte enthusiastisch um mich herum und versprach einen angenehmen Flug.

Ein weiterer Heißluftstoß hob den Ballon sanft in die Luft und schon ging es los. Während wir an Höhe gewannen und nach Westen drifteten, schaute ich nach unten und behielt den Transporter im Auge, der unserer Fahrt folgte.

„Zwei-neunzig Grad bei vier Komma zwei", meldete Henry aus dem Desert Skies One.

Ich spürte, dass eine Windveränderung kam, aber ich wiederholte seine Worte trotzdem.

„Zwei-neunzig Grad bei vier Komma zwei."

Es war albern, aber ich fand es trotzdem aufregend, zu wissen, dass Nash über Funk zuhörte.

Nicht mehr lange, klang seine Stimme in meinem Kopf. *Windwechsel im Anmarsch.*

Ich grinste. Wir hatten ein kleines Spiel daraus gemacht – wer konnte eine Veränderung der Bedingungen zuerst erkennen. Normalerweise gewann ich, aber manchmal, so wie jetzt, ließ ich Nash in dem Glauben, er hätte es zuerst erkannt. Oder tat er das Gleiche?

„Wow, das ist unglaublich", schwärmte Pippa. „Jetzt weiß ich, warum du so angetan vom Fliegen bist." Sie zwinkerte mir zu und fügte dann in Gedanken hinzu: *Vom Fliegen als Drache, meine ich. Und mit deiner Schwärmerei für Nash. Und all den – ähm, Aktivitäten – die ihr beide so treibt.*

Meine Wangen wurden heiß. Ich hatte versucht, nicht zu sehr von meinem Mann zu schwärmen, und hatte mich ganz sicher nicht auf schmutzige Frauengespräche eingelassen. Aber verdammt. Ich schätze, die tiefe Befriedigung zeigte sich. War das meine Schuld?

Deine Schuld, klagte ich Nash verspielt an.

Was ist? fragte er.

Ähm... das erkläre ich dir später, murmelte ich.

„Oh! Da ist die Ranch!" Pippa zeigte darauf. Der Anblick war mir vertraut geworden, nachdem ich ihn schon so oft aus der Drachenperspektive gesehen hatte. Trotzdem wurde er mir nie langweilig.

Die Brandspuren waren immer noch zu sehen, aber wir hatten den Rest der Schäden behoben – Gott sei Dank war alles relativ geringfügig. Aber verdammt. Die Fensterläden würden immer noch schiefhängen und das Scheunentor klemmen, hätten wir nicht eine zusätzliche Hilfe – Nash – gehabt, der die Reparaturen mit uns in Angriff genommen hatte.

Wie ich schon sagte, bin ich froh über ein wenig geistlose Arbeit, scherzte Nash in meinen Gedanken, der sie aus der Ferne las.

Ich musste mir ein Lachen verkneifen. Das war das Positive an den Schäden – eine Gelegenheit für Nash, sich meinen Schwestern zu beweisen. Sogar Abby hatte sich ein wenig für ihn erwärmt.

Okay, das muss ich ihm lassen, hatte sie zugegeben. *Er hat sich hier ins Zeug gelegt, und das nicht zu knapp.*

Sehr wahr, obwohl ich mich dabei ertappte, zu seufzen. Vielleicht würde Abby eines Tages auch einen guten Mann finden. Sie verdiente einen.

Meine Gedanken wanderten zu Ingo. Er schien ein guter Kerl zu sein. Zu schade, dass er nicht Abbys Typ war.

Aber Ingo und Pippa auf der anderen Seite...

Es gab nur ein Problem – sie hatten sich vor Jahren getrennt und das aus Gründen, die Pippa mir nie erklärt hatte. Sie behauptete, sie sei über ihn hinweg, aber ich sah die Sehnsucht in ihren Augen, wenn sie ihn anschaute.

„Und wie gefällt es dir in Sedona?", fragte ich Ingo und sprach dabei so laut, dass Pippa mithören konnte.

Würdest du damit aufhören? mahnte Nash. *Er ist nicht daran interessiert, wieder mit ihr zusammenzukommen.*

Nein, Ingo *tat so*, als wäre er nicht interessiert. Aber ich hatte ihn definitiv dabei erwischt, wie er ihr Blicke zuwarf.

Er ist nicht ihr Typ, fügte Nash hinzu, der seinen Freund eindeutig schützen wollte.

Stimmt – Ingo und Pippa waren völlig gegensätzlich. Ingo war ein Wolfsgestaltwandler *und* ein superseriöser Agent. Aber er würde einen großartigen Einfluss auf meine impulsive, leichtfertige Schwester haben. Und sie könnte ihm sicher helfen, ein bisschen lockerer zu werden. Meiner bescheidenen Meinung nach eine weitere Win-win-Situation.

„Sedona ist wirklich wunderschön." Ingo nickte als Antwort auf meine Frage.

Trotzdem ertappte ich ihn dabei, dass er eher auf Pippa als auf die Landschaft schaute. Und wer könnte es ihm verdenken? Pippa war die lebhafteste und hübscheste von uns drei Schwestern. Der Wind spielte mit ihren blonden Haarsträhnen, die unter der Baseballkappe hervorlugten, und man konnte ihrem Lächeln einfach nicht widerstehen.

Natürlich bedeutete das nicht, dass es ein glückliches Comeback für die beiden geben würde. Aber ein Mädchen durfte doch auf einen netten Schwager hoffen, oder?

„Drei-null-fünf Grad bei drei Komma neun." Henrys Stimme kam über das Funkgerät.

Er hatte seinen Ballon höhersteigen lassen als meinen, aber wir waren fast auf dem gleichen Kurs.

„Drei-zehn Grad bei vier Komma null", meldete ich.

Der Wind spielte mit meinem Haar und deutete an: *Wir könnten schneller fahren.*

Gott, nein. Aber danke, murmelte ich fast.

Ich öffnete das rechte Ventil und ließ den Ballon langsam rotieren, so dass jeder Gast eine dreihundertsechzig Grad-Aussicht bekam. Unter uns huschten ein paar Javelinas über den Wüstenboden und die Sonne glitzerte im Oak Creek, der sich durch die trockene Landschaft schlängelte.

„Oh! Ich kann Robber's Roost sehen", rief Pippa.

Während sie die Gäste mit Schmugglerlegenden unterhielt, kicherte ich in Nashs Gedanken. Ein Ort, den wir gut kannten.

Er lachte zurück. *Dank Harlon – oder auch nicht.*

Es war gut, dass die Agentur Harlon aufgegriffen und in die Mangel genommen hatte. Seine Geschäfte wurden unter die Lupe genommen und obwohl er freigelassen worden war – nachdem er sich einem Sperrzauber unterworfen hatte, der von einem Gremium von Klasse-eins-Hexenmeistern der Agentur ausgesprochen worden war –, stand er weiterhin auf ihrer Beobachtungsliste „rot". Hoffentlich waren die Tage, an denen er Leuten wie uns Ärger bereitete, vorbei.

Die Sonne stieg höher und färbte die felsige Landschaft in immer hellere Töne. Ich staunte genauso sehr wie die Gäste. So viel Schönheit auf einmal. So viele Erinnerungen. So vieles, worauf wir uns in der Zukunft freuen konnten.

Kurze Zeit später verkündete Henry unseren Landeplatz – Angel Valley –, wo die Transporter bereits warteten.

„Dieser Nash kann unsere Landeplätze fast genauso gut vorhersagen wie du, Erin", staunte Henry.

Ich konnte Nash nicht sehen, aber ich spürte sein Lächeln. Wenn Henry doch nur das Ausmaß unserer Talente kennen würde.

Die Sache war die, dass nicht einmal ich selbst das volle Ausmaß meiner Fähigkeiten kannte. Das Gewitter mit den Blitzen war allerdings ein verdammt guter Weckruf gewesen – mit meiner neuen, verstärkten Verbindung zum Wind im wahrsten Sinne des Wortes. Mein Vater hatte versprochen, uns bald zu besuchen und mir alles beizubringen, was er konnte.

Die Zeit würde zeigen, wie viele von seinen Fähigkeiten ich geerbt hatte. Fürs Erste war ich dankbar, eine Drachengestaltwandlerin zu sein – und eine voll zertifizierte und versicherte Ballonpilotin.

Wir setzten sanft auf, so dass die Bodencrew uns kaum bremsen musste. Nash tauchte an einer Ecke des Ballons auf, zunächst ganz geschäftsmäßig. Aber sobald wir fest auf dem Boden standen, zuckten seine Lippen mit dem Küsschen, das er mir gedanklich zuwarf.

Während Henry die Gäste zum traditionellen Sekt- und Frühstückspicknick nach dem Flug einlud, half ich Nash, Chico und Amanda mit der Ausrüstung. Als alles in den Transporter und den Anhänger geladen war, gingen Nash und ich mit den Champagnergläsern, die Pippa für uns gesichert hatte, ein paar Schritte zur Seite. Jeder von uns trank nur einen Schluck, aber das war alles, was wir für unseren beherzten Trinkspruch brauchten.

Hinter uns hörten wir Henry, der das traditionelle Gebet der Ballonfahrer für die Gäste sprach. Wir hoben unsere Gläser in unserem eigenen privaten Toast.

„Mögen die Winde dich mit Sanftmut empfangen… ", begann Henry.

Ich dachte an all die Male, in denen sie das getan hatten, und an die wenigen Male, in denen es nicht der Fall gewesen war.

„Möge die Sonne dich mit ihren warmen Händen segnen... "

Ich neigte mein Kinn nach oben und genoss das Gefühl. Warm, so wie Nash, wenn er mich jeden Abend und jeden Morgen umarmte.

„Mögest du so hoch und so gut fliegen, dass Gott mit dir lacht... "

Nashs Augen funkelten und erinnerten mich an meine ersten Flugstunden.

Das tust du ganz sicher, versprach er mir. *Hoch und gut fliegen, meine ich. Freude und Lachen hervorrufen.*

„Und dich sanft zurück in die liebenden Arme von Mutter Erde legen", schloss Henry.

Der Autor dieses Stücks war unbekannt, aber er hatte alles, was ich am Fliegen liebte, genau auf den Punkt gebracht.

Nash und ich stießen mit unseren Gläsern an und tranken einen Schluck.

„Apropos liebende Arme... " Nash tippte mich sanft an.

Ich verzog das Gesicht zu einem breiten Lächeln, als ich meine Arme um ihn schlang. Wir hielten uns eine lange Zeit gegenseitig fest und wiegten einander.

„Wo ist die Kapitänin?", rief Pippa laut. „Sie hat mir ein Selfie versprochen... "

Nash und ich lösten uns lachend voneinander. Mehrere Gäste kamen mit Kameras in der Hand auf uns zu.

„Diesen Teil überlasse ich dir, Captain", murmelte Nash und trat zur Seite.

Wie immer murrte meine Drachenseite, weil er sich so weit entfernte. Aber bald wäre dieser Teil unseres Arbeitstages vorbei. Dann konnten wir nach Hause fahren, um zu brunchen und ein Nickerchen zu machen, bevor wir uns am Nachmittag der Arbeit auf der Ranch widmeten. Alles in allem – ein perfekter Tagesrhythmus.

„Ha. Ich war zuerst hier", sagte ein Gast und schnappte mich von den anderen weg. „Könnte ich bitte ein Selfie bekommen?"

Ich musste für insgesamt sechs Fotos posieren, aber mein Lächeln war bei allen echt. Ich musste dabei nur an Nash denken.

Schließlich, als alle wieder in die Kleinbusse gestiegen waren, drückte ich seine Hand.

„Zeit, nach Hause zu fahren, Amigos", verkündete Chico und zwinkerte Amanda zu.

„Nach Hause klingt gut", stimmte Nash zu.

Sein Lächeln war etwas Wunderschönes und meins strahlte ebenso. Denn „Zuhause" war mein – ähm, unser – Hütte.

„Nach Hause", wiederholte ich.

Nash küsste meine Hand und flüsterte in meine Gedanken. *Du und ich gemeinsam, meine Gefährtin.*

Sneak Peek: Feuertänzerin

Was soll man tun, wenn der Kunde, den man nicht verlieren darf, ein durstiger Vampir ist?

Feuertänzerin? Schön wäre es. Nur weil ich teils Drachengestaltwandlerin, teils Pyromagierin bin, heißt das nicht, dass ich Feuer kontrollieren oder speien kann. In letzter Zeit habe ich jedoch Anzeichen von Magie verspürt – und das ist nicht die einzige unerwartete Entwicklung in meinem Leben. Mein Ex, ein Wolfsgestaltwandler, ist zurück in der Stadt und mehr denn je von seinem Job eingenommen. Ingo ist süß, loyal und braucht dringend ein besseres Gleichgewicht zwischen Arbeit und Privatleben. Als Agent in der übernatürlichen Strafverfolgung sieht er überall Feinde – auch in meinem besten Kunden. Ein Kunde, den ich angesichts meiner finanziellen Probleme nicht verlieren darf.

Aber was, wenn Ingo recht hat und dieser Kunde ein bösartiger Vampir ist? Ich habe den menschenscheuen Victor Jananovich selbst noch nie getroffen, aber Stacy, seine Assistentin, sieht blasser und blasser aus. Und sie trägt stets drei Dinge: einen Schal, der ihren Hals verdeckt, einen Pegasus-Anhänger und eine Halskette mit einer Blutampulle. Liegt Ingo mit diesen Warnzeichen richtig oder ist er nur paranoid?

Als Glaskünstlerin sind mir delikate Probleme nicht fremd, aber in diesem Fall bin ich möglicherweise überfordert. Trotzdem zögere ich, mich Ingo anzuvertrauen. Wolfsgestaltwandler haben ihre eigene Art, Probleme zu lösen, und *Finesse* zählt nicht dazu. Aber es steht viel auf dem Spiel und alles schwebt in Gefahr – meine Ranch, mein verletzliches Herz und die Leben Unschuldiger.

Weitere Titel von Anna Lowe

Verzauberte Horizonte

Windflüsterin (Buch 1)

Feuertänzerin (Buch 2)

Traumweberin (Buch 3)

Sherwood Forest Gestaltwandler

Verführung des Sheriffs (Buch 1)

Verführung des Gesetzlosen (Buch 2)

Verführung des Löwen (Buch 3)

Aloha Shifters - Juwelen des Herzens

Der Ruf des Drachen (Buch 1)

Der Ruf des Wolfes (Buch 2)

Der Ruf des Bären (Buch 3)

Der Ruf des Tigers (Buch 4)

Die Verlockung des Drachen (Buch 5)

Der Ruf des Fuchses (Buch 6)

Aloha Shifters - Perlen des Verlangens

Drachenrebell (Buch 1)

Bärenrebell (Buch 2)

Löwenrebell (Buch 3)

Wolfsrebell (Buch 4)

Rebellenherz (Buch 5)

Alpharebell (Buch 6)

Töchter des Feuers - Billionaires & Bodyguards

Töchter des Feuers: Paris (Buch 1)

Töchter des Feuers: London (Buch 2)

Töchter des Feuers: Rom (Buch 3)

Töchter des Feuers: Portugal (Buch 4)

Töchter des Feuers: Irland (Buch 5)

Töchter des Feuers: Schottland (Buch 6)

Töchter des Feuers: Venedig (Buch 7)

Töchter des Feuers: Griechenland (Buch 8)

Töchter des Feuers: Schweiz (Buch 9)

Die Wölfe der Twin Moon Ranch

Verlockung des Jägers (Buch 1)

Verlockung des Wolfes (Buch 2)

Verlockung des Mondes (Buch $2\frac{1}{2}$ – Vier Kurzgeschichten)

Verlockung des Alphas (Buch 3)

Verlockung der Wölfin (Buch 4)

Verlockung des Herzens (Buch 5)

Weihnachtsverlockung (Buch 6)

Verlockung der Rose (Buch 7)

Verlockung des Rebellen (Buch 8)

Verlockende Begierde (Buch 9)

Verlockung der Nacht (Buch 10)

Die Bären des Blue Moon Saloons

Perfekte Gefährten (die Vorgeschichte)

Verlangen des Bären (Buch 1)

Verlangen des Wolfes (Buch 2)

Verlangen des Alphas (Buch 3)

Verlangen des Gefährten (Buch 4)

Verlangen der Wölfin (Buch 5)

Süßes Verlangen (ein Festtagsschmaus)

Gestaltwandler in Vegas

Wolfspoker

Bärenpoker

Pantherpoker

Drachenpoker

Karibische Abenteuerromantik

Funken der Lust

Prickelndes Wagnis

Süße Verstrickung

Verlockende Tiefe

Sinnliche Strömung

www.annalowe.de

Über Anna Lowe

USA Today und Amazon Bestseller Autorin Anna Lowe schreibt fesselnde Romane mit tatkräftigen Heldinnen und unwiderstehlichen Helden in exotischen Umgebung, mit jeder Menge Zündstoff für scharfe Romantik.

Sie liebt Hunde, Sport und Reisen, die auch die Inspiration für Ihre Bücher liefern. Wenn Anna nicht gerade in die Arbeit an ihrem nächsten Buch vertieft ist, kannst Du Sie am Wochenende beim Wandern in den Bergen antreffen. Egal wo und wie – sie wird den Tag mit einem leckeren Stück Zartbitterschokolade ausklingen lassen.

Einfach mal vorbeischauen, auf **www.annalowe.de**.